Helena de Pasadena

Helena de Pasadena

Lian Dolan

Tradução
Carolina Caires Coelho

Rai
EDITORA

Título original: Helen of Pasadena

EDITORA ASSISTENTE
Mayara Facchini

TRADUÇÃO
Carolina Caires Coelho

PREPARAÇÃO DE TEXTO
Sandra Garcia

REVISÃO
Nina Bernard

PROJETO GRÁFICO DE CAPA
Max Oliveira

PROJETO GRÁFICO DE MIOLO
Victória Ida

CIP-BRASIL. CATALOGAÇÃO-NA-FONTE
SINDICATO NACIONAL DOS EDITORES DE LIVROS, RJ

D571h

Dolan, Lian.
Helena de Pasadena / Lian Dolan ; tradução Carolina Caires Coelho.
- São Paulo : Rai, 2012. 320p.

Tradução de: Helen of Pasadena
ISBN 978-85-8146-019-2

1. Arqueologia - Ficção. 2. Romance americano. I. Coelho, Carolina Caires. II. Título.

12-5737. CDD: 813
CDU: 821.111(73)-3

RAI EDITORA
Avenida Iraí, 143 - conj. 61
Moema
04082-000 - São Paulo - SP
Tel: 11 - 2384-5434
www.raieditora.com.br
contato@raieditora.com.br

Para Berick

Capítulo 1

Pronto, agora eu já sabia: no meu velório, a igreja ficaria lotada. Que alívio. Esse era o tipo de dúvida que me tirava o sono à noite, porque gosto de planejar as coisas com antecedência. Muitas vezes eu havia ido a velórios e ficava ali, sentada, contando as centenas (ou, infelizmente, dezenas) de enlutados nos bancos e pensava: *Quem iria ao meu enterro? Será que as pessoas gostam mais de mim ou da mãe de Jane? Eu conheço cem pessoas que se importariam com a minha morte? Duzentas? Quem apareceria?* Mas eu já tinha a minha resposta: igreja lotada. Porque se aquele tanto de gente foi ao velório de meu marido, meu *falecido* marido, então quase o mesmo tanto iria ao meu, certo?

Mas o que eu nunca tinha previsto era que meu marido jogaria uma bomba em cima de mim e cairia morto.

Teria sido bom prever isso também.

Pelo menos, Merritt teria gostado de ver a situação na igreja. Merritt era importante no mundo dele e, para provar isso, havia muitos sócios da empresa e os amigos de faculdade, as autoridades da cidade, grupos de escolas e organizações, todo mundo de Pasadena. O povo de Merritt, grande parte do qual ele havia conhecido desde o começo de sua curta vida.

Mas havia uma grande parte do meu povo também: as mães magras e jovens da Escola Millington apareceram com seus melhores terninhos pretos, bolsas Prada e sapatos Tory Burch, apesar da crise econômica; as mães magras que por uma década acompanharam os filhos em todos os eventos esportivos, de basquete a futebol; os adoráveis membros mantenedores da Orquestra Sinfônica, cochichando nos bancos de trás a respeito da perda de um grande doador em um momento tão difícil; os pais bonitões do polo aquático com medo de serem os próximos. Metade deles querendo beber, e a outra metade querendo saber quem havia feito os arranjos de flores. A presença deles era tudo para mim.

Fiquei passada com a morte de Merritt, talvez até em choque. Mas não fiquei arrasada. Senti alívio.

Muito, muito alívio.

– É uma tragédia quando um marido é tirado de sua esposa, quando um pai é tirado de seu filho, quando um filho é tirado de sua mãe, quando um cidadão é tirado de sua comunidade, como Merritt Fairchild foi tirado de sua adorável esposa Helena, de seu corajoso filho, Aiden, de sua querida mãe Mitsy, e de sua amada cidade de Pasadena – entoou o monsenhor Flaherty, falando com seu sotaque irlandês e seu talento para orar, do altar da igreja Santa Perpétua, a igreja católica mais socialmente progressiva e mais socialmente aceitável da cidade.

Merritt havia doado o altar. Era o tipo de gesto grande e público que ele gostava de fazer. Era um altar simples de mogno, entalhado a mão, influenciado pela Missão de San Luis Obispo. Merritt havia me pedido para pesquisar e fazer a recomendação ao Comitê de Restauração da Igreja. Foi tudo meio forçado para mim, mas eu cumpri minha parte, por adorar história e arquitetura. Ainda preferia enfiar US$25 em um envelope, anonimamente, na hora do ofertório. Merritt nunca entendeu isso. "Por que dar um pouco por semana, se podemos fazer um cheque grande no leilão anual?", perguntava ele.

O monsenhor era um homem respeitado, que atraía o tipo de seguidores com os quais a maioria dos padres católicos sonhava naquela época. Talvez porque entendia o poder do mito, já que estava criando um.

– Merritt Fairchild fará falta – continuou o monsenhor. – Sua generosidade, senso de humor, dignidade. É um homem de quem sentiremos saudades.

Obrigada, monsenhor, em nome de meu filho, que sentirá saudades dele, ainda que nunca o tenha conhecido muito bem. Ou talvez exatamente *por não tê-lo conhecido* muito bem. Apertei a mão de Aiden. Como ele havia crescido tanto? Não era mais o 20º percentil, então, acho que a preocupação toda valeu a pena. Treze anos e agora não tem mais pai. Depois de dois dias alternando choro copioso e silêncio, Aiden parecia surpreendentemente forte, sentado ali, trajando um terno Nordstrom que causava coceira nele, mas que eu não me lembrava de ter comprado, apesar de ter feito isso apenas dois dias antes. Meu Deus, que dois dias terríveis. Pensei que passaria por cinco estágios de pesar; eu tive umas 36 horas.

Aguente firme e leve a interpretação até o fim.

– Ele era um homem que honrava seus compromissos com afinco.

Até que não mais. Eu amava o meu marido – de verdade, amava, mesmo. Quando eu me mudei para Pasadena e me tornei a senhora Merritt Fairchild, pensei que era a mulher mais sortuda da cidade. Estar casada com Merritt significava ter estabilidade e *status* social, coisas que eu nunca tive na infância. A região central de Oregon não tinha muitas festas e clubes. Quem precisaria se socializar em grupos formais quando havia um monte de maconha e fitas piratas do Grateful Dead para compartilhar? Meus pais não fizeram por mal, mas, falando sério, passar a vida vendendo óleos perfumados e macramé em uma perua não servia para mim. Eu lia tudo o que encontrava pela frente, desde Walker Percy a *The Preppy Handbook*, tirava boas notas e dei o fora de Jerry Garciaville assim que pude.

E então entra Merritt Fairchild, um estudante certinho, cursando Direito em Berkeley, trajando *blazer* azul e calça cáqui. Eu era universitária do curso de arqueologia e trabalhava na cooperativa de alimentos quando Merritt desceu o meu corredor, firme, gracioso e um pouco suado depois de um jogo de *frisbee*.

Merritt fingiu interesse na dúvida de sempre: quinoa ou bulgur? Depois que ele me chamou para sair, cheguei a olhar para trás para ver se havia uma aluna de república ali. Eu adorava quando ele me apresentava a seus amigos como sua "gata *hippie*" ou "deusa inteligente que fala grego". Como se ele admirasse o meu passado, mas acreditasse em um futuro sem feiras de artesanato de fim de semana. Quando ele me pediu em casamento, seis meses depois, apesar das objeções da mãe dele em relação à minha criação nada ortodoxa e das objeções de meus pais em relação à criação convencional dele, Merritt se tornou o meu herói.

Passei com facilidade pelos primeiros anos, sentindo-me muito esperta por ter encontrado Merritt e ter dado a ele um filho saudável e robusto. Merritt era um cidadão bem-sucedido na bem-estruturada cidade de bairros residenciais de Pasadena, lar da Rose Parade, do Norton Simon Museum, de Caltech, das casas Greene and Greene e dos velhos ricos. Muitos velhos ricos. O tipo de título que só interessaria se você crescesse em uma cidade como Sisters, Oregon, com mais lojas de bijuteria do que bancos e com galerias de "arte" repletas de troncos de árvore em forma de castores, feitos com serras elétricas.

Merritt estava ocupado construindo uma empresa de advocacia e fazendo a mudança para os investimentos de capital; eu me ocupava fazendo amizades e navegando pelas águas da sociedade com total ingenuidade. Feliz da vida, troquei meu *status* de formanda pelo de membro do clube de jovens mães de Pasadena. Acho que foi o carro. Nada admirável, mas eu adorava aquele Volvo. Ele era novo, brilhante, e não tinha nada a ver com as relíquias enferrujadas que eu havia visto nos simpósios têxteis de Oregon, na juventude. Aquele carro tinha um tom lindo de azul. Olá, entrada por controle remoto. Adeus, arquétipos do feminino na mitologia clássica.

"Só precisarei de alguns anos", eu pensei quando engravidei. Tenho 26 anos, vou terminar minha tese um dia. Mas, naquele momento, eu precisava angariar fundos para o novo museu infantil. Merritt dava risada, surpreso por me chamarem para participar das reuniões de decisão a respeito do Museu das Crianças com minha pasta de fibra natural e minha assinatura da revista *Arqueologia Bíblica*. Ele me provocava na frente dos seus clientes, mas sempre de brincadeira – era o que eu pensava. Mas, nos últimos anos, as provocações tinham deixado de ser engraçadas. Começaram a parecer reais.

Ainda assim, isso não seria motivo para sentir alívio com a morte dele.

– Merritt Fairchild era o tipo de homem que inspirava outros a fazer o melhor que podiam, a aumentar seu potencial, a atingir mais. Ele trazia à tona o melhor das pessoas ao seu redor.

Ou as inseguranças. Será que eu deveria ter prestado mais atenção às obrigações sociais? Ou à minha aparência? Ou aos outros detalhes que importavam a Merritt? Não tenho mais como saber.

– É adequado que um homem que fez tanto para a sua comunidade tenha morrido a serviço da organização que ele tanto amava.

O monsenhor não disse mais nada, mas acreditei ter escutado risadinhas. Uma mão de unhas benfeitas apertou o meu ombro de modo caloroso, e então minha amiga Candy McKenna, cheirando a Michael Kors e vestida com Stephen, da Stephen Stephens Salon, cochichou em meu ouvido:

– Jackie Kennedy, Jackie Kennedy, Jackie Kennedy – o mantra que Candy recomendou que eu adotasse pelos próximos dias. – Seja a viúva estoica – dissera ela. Eu seguia seus conselhos em assuntos como aquele.

Candy tinha profunda noção do que era apropriado, pois era ex-Rainha das Flores, o ápice do sucesso social adolescente em Pasadena. Entre milhares, literalmente milhares, de candidatas de rostinho novo, Candy tinha sido a soberana. Alcançar a soberania no Concurso de Rainha das Flores por meio de cuidados excessivos com a aparência, conquistas acadêmicas e serviço comunitário costuma ser um prelúdio para uma vida de sucesso nos noticiários da TV ou em trabalhos de caridade. Candy tinha sido uma maravilhosa Rainha das Flores, aproveitando cada segundo diante das câmeras e fazendo todos os contatos possíveis em seus quinze minutos de fama.

Mas, então, veio a queda.

Ela chamou de "infeliz caso de má interpretação" seu incidente à la Vanessa Williams no fim dos anos 1980. Com seu reinado, de 1987, como Rainha das Flores, Candy havia conseguido entrar em uma universidade de renome, mas logo descobriu que ninguém lá dentro dava a mínima para o fato de ela ter usado uma coroa de diamantes e acenado para milhões de pessoas na manhã de ano-novo. Ser Rainha das Flores de Pasadena não significava nada para as ricas universitárias da Costa Leste, de Providence, Rhode Island, principalmente para sua colega de quarto, formanda em estudos relacionados às mulheres com habilitação em literatura feminista comparativa. No segundo ano, muito tempo depois de seu reinado oficial terminar, Candy desesperou-se para resgatar seu *status*. Então, posou para a edição especial *Universitárias da Playboy*. Naquela época, uma foto nua era chocante, não como hoje, quando todas as *misses* têm algum vídeo de conteúdo pornográfico disponível na Internet. Quando o Concurso das Flores soube de sua... hum... exposição, ela foi afastada. Não oficialmente expulsa da família das Flores, mas deixou de ser bem-vinda nos encontros. Candy rebelou-se, voltou para a UCLA para retomar o que havia perdido, e acabou se tornando a ovelha negra das Rainhas das Flores.

Agora, duas vezes divorciada e com dois filhos, com o mesmo corpo lindo que tinha no colégio e uma casa moderna de meio século na Linda Vista, ela ganhava a vida como especialista em mídia digital, administrando o *site* de entretenimento de fofocas candysdish.com, extremamente famoso.

Ela cobria os eventos e as notícias de toda Los Angeles, incluindo as de Hollywood. Mas pagava o aluguel com suas histórias regionais. Candy falava sobre tudo o que importava aos moradores de Pasadena, de eventos formais a *bullying* na pré-escola. Era respeitada, popular e temida. Quase influente, mas nem tanto.

Candy, fazendo jus a seu treinamento como Rainha das Flores, correra para ficar ao meu lado quando soube a respeito de Merritt. Deus, todo mundo da cidade já tinha tomado conhecimento da notícia antes mesmo de o Desfile das Flores terminar. Como não ler as manchetes? VOLUNTÁRIO DO DESFILE DAS FLORES MORTO POR CARRO ALEGÓRICO. E embaixo, os detalhes se desdobravam: POLÍCIA INVESTIGA COLISÃO DE SCOOTER E CARRO ALEGÓRICO DO PANDA GIGANTE, PATROCINADO PELA CÂMARA CHINESA DE TURISMO.

Nos 112 anos de história do desfile, nenhum voluntário do Concurso das Flores, ou um Terno Branco, como eles eram conhecidos pelos moradores da região por causa dos ternos brancos e gravatas vermelhas que usam na noite de ano-novo, morrera durante um desfile. Os Ternos Brancos eram CEOs, advogados e banqueiros com profundas conexões sociais e senso de dever cívico, escolhidos a dedo para supervisionar o desfile, o jogo de futebol e os diversos eventos associados ao Concurso das Flores. Eles sabiam lidar com chuva, frio, falta de flores, protestos de guerra, multidões de milhões... Mas uma morte por carro alegórico? Novo território para aqueles pilares da sociedade.

"Criando Lembranças Eternas" era o tema do Desfile das Flores daquele ano e Merritt realmente criou essas lembranças quando enfiou sua moto no panda que estava vindo. Ele estava escrevendo uma mensagem de texto no momento da colisão, mas era tudo o que eu sabia.

E só eu sabia para quem.

*****

Meus pés estavam começando a inchar. Eles estavam enfiados nas botas com salto que Tina Chau-Swenson dissera que alongariam minhas panturrilhas. Tina, Candy e eu nos conhecemos em um grupo de mães quando nossos filhos eram bebês; agora, éramos melhores amigas.

Quando percebemos que todas as mães da terceira geração de Pasadena, com seus bebês de seis semanas de vida na lista de espera da pré-escola St. Simon, não falariam conosco porque, bem, porque Candy era amaldiçoada, Tina voltara a usar sua calça jeans *skinny* e eu não era dali, nós nos unimos.

Se Candy representava o passado de Pasadena, Tina Chau-Swenson incorporava seu futuro. Novo tudo: dinheiro, estilo, cidadania. Tina era a primeira geração, filha de mercadores abastados de Hong Kong que viram onde teriam sucesso e seguiram para a Califórnia com a filha recém-nascida e travesseiros recheados de dinheiro antes de os chineses retomarem sua ilha dos britânicos. Tina fez o que disseram para ela fazer: foi a primeira oradora de turma chinês-americana na exclusiva Escola Martindale para Garotas; conseguiu entrar na Escola de Direito de Yale; recebeu uma proposta para cuidar de litígios em uma firma de advocacia de prestígio em Los Angeles. Ela estava no caminho certo para uma vida e um casamento de sucesso com um velho amigo de família que mantinha relações em Hong Kong, quando conheceu Anders Swenson no piquenique de verão da empresa. Alto, loiro e de Minnesota, ele ganhou Tina. Foi amor à primeira vista.

O senhor e a senhora Chau não ficaram muito felizes, mas eles só falavam sobre Anders pelas costas, em cantonês. Pelo menos, ele se tornou sócio. Isso acalmou um pouco os Chau.

Tina e Anders tiveram três filhas adoráveis, Lily, Rosie e Heather, para provar como tinham sido feitos um para o outro. "E esse lance multirracial é tendência hoje em dia", disse Tina, dia desses. "É moderno ter filhos mestiços!" E assim era Tina, em resumo: estilosa, com um pouco de substância, sem bobagem.

Tina Chau-Swenson ficou responsável pela minha roupa no velório, e ela havia feito que eu prometesse que não usaria meus calçados preferidos. "Muito feios, não faça isso", dissera ela. "As pessoas notarão. Você conhece aquelas mães de Cloverfield."

Sim, as mães de Cloverfield. Escola rival, comitês rivais. Eu nunca seria uma mulher que se importava com sapatos, por mais que passasse anos em Pasadena, mas Tina tinha razão. Aquelas mães de Cloverfield notariam cada fivela. *Por que dar a elas assunto para o próximo café das mães?* Por isso, eu enfiei as minhas panturrilhas curtas nas botas, envolvi minha barriga flácida em diversas camadas de roupa íntima compressora e enfiei o meu corpo enrolado em um terno que Tina comprou em uma liquidação no centro da cidade. (*Você veste 38 se acredita que veste 38!*) E então fechei o colar de pérolas de três voltas que minha sogra havia me dado no dia de meu casamento e aceitei os grandes óculos escuros Chanel que Candy quis me emprestar. Nos meus melhores dias, eu parecia a Kate Winslet em seus piores.

Agora, duas horas depois do enterro, ali, na saleta verde e com estampas do famoso Clube de Pasadena, eu só queria parar de dar apertos de mão, de balançar a cabeça, de aceitar condolências, "sentimentos e orações". Chega de sentimentos e orações, eu queria gritar. Deixem-me tirar estas botas!

Foi a morte repentina de Merritt que assustou a todos. Eu conseguia sentir o que todos estavam pensando: um dia, você pode ser futuro presidente do Concurso das Flores e, no dia seguinte, virar forragem de panda. Aquilo era demais para as pessoas que viviam na mesma cidade em que nasceram.

Aiden já tinha pedido para sair dali e "ficar com os amigos". Dezenas de colegas de classe de Millington estavam presentes com seus pais e encararam o velório como um baile da escola, rindo, paquerando, trocando números de telefone. O narcisismo adolescente pode ser uma bênção em momentos como aquele.

– Vá –, eu disse. – Eu lido com isso – e podia lidar.

Minha própria família – meus pais deslocados e meu belo irmão mais novo, Des – ficou em um canto, comendo sanduíches de salpicão de frango (*será que eles sabem que tem carne ali?*) e batendo papo entre eles. Comportamento clássico da família Castor quando ia me visitar. Meus pais, com quase setenta anos, haviam se recolocado como artistas de fibra e donos de galeria no mercado de turismo cada vez mais crescente, no centro de Oregon, que havia se transformado totalmente desde a minha juventude. Restaurantes famosos, livrarias e lojas de antiguidades tinham substituído as frentes de loja vazias.

A região, agora, era repleta de milionários da Nike e da Microsoft, enquanto a Califórnia procurava decorar suas grandes casas de madeira com peças enormes de arte de lã em tufos que meu pai fazia. Mas meus pais não tinham abandonado seus hábitos de *hippies*. Por isso usavam as papetes e causavam uma violação clara à exigência do clube para que homens usassem camisa e gravata; era a maneira que eles tinham de se manter ligados no cara. Mesmo nas ocasiões mais felizes, uma ida a Pasadena era como um programa de intercâmbio para eles.

Minha mãe, Nell, tinha sido adorável nas últimas 24 horas. Todas aquelas oficinais nos anos 1970 a tornaram especialmente talentosa em relação à estratégia quando ficou mais velha. E o programa de doze passos para acabar com o vício em maconha havia dado a ela olhos lúcidos e um senso de propósito. Ela tinha uma abordagem simples e pragmática para lidar com a adversidade: sopa, chá e Joni Mitchell.

Meu pai, Peter, estava emocionado, apesar de ele e Merritt nunca terem sido próximos. Os dois não tinham quase nada em comum, apenas eu, Aiden e uma paixão por gamão. Mas meu pai também tinha um poço enorme de empatia dentro de si, e ele sentia profundamente a tristeza da situação. Infelizmente, ao contrário de minha mãe, ele não conseguia controlar aquele poço. Ele chorara sem parar desde a chegada, soluçando na igreja, para desconforto de todo o clã Fairchild e o grupo Fairchild Capital. Até mesmo

Aiden começou a rir da choradeira. Expressar emoção não era uma característica da família Fairchild.

Deixar tudo explícito era uma característica da família Castor. É por isso que eu costumava levar Aiden para visitar meus pais em Oregon apenas quando Merritt estava viajando a trabalho.

Meu irmão Des, um segurança de estação de esqui em Mount Bachelor no inverno e guia de *rafting* em Deschutes no verão (sim, ele recebeu o nome *por causa* do rio), estava tentando reidratar meu pai com vinho branco, uma escolha suspeita. Pelo menos, ele havia parado de chorar. A mãe de Merritt, a imponente Millicent "Mitsy" Forester Fairchild, ficou perto de mim, mas não ao meu lado, o que meio que resume o meu relacionamento com ela nos últimos quinze anos. Ela tinha uma fila de pessoas só para ela, o que normalmente teria me irritado, mas, naquele dia, eu deixei passar. As irmãs mais velhas de Merritt, Mimi e Mikki, estavam do lado da mãe, com ternos pretos iguais. Fiquei feliz por não ter de ficar com elas. A dor delas era verdadeira.

As pessoas que queriam nos cumprimentar ficaram ali por horas. Eu recebi o prefeito de Pasadena, o presidente do USC e diversos influentes de famosas instituições. A diretora de Millington, Adele Arnett, e seu marido, Michael, abraçaram-me com força. Ao longo dos nove anos de Aiden na escola, eu os havia conhecido muito bem. Eu substituiria Merritt no quadro de pais e mestres? Ou eles teriam apenas que nomear outro pai que contribuísse de forma parecida? E Deus sabia que havia muitos deles em Millington. Mais uma preocupação.

E então vieram os esquadrões de mulheres que tinham ficado perto de mim em jogos, peças de teatro da escola ou despedidas antes de excursões. As mulheres que tinham trabalhado comigo em eventos de caridade ou vendas de massa de *pizza* para fins religiosos. Muitas delas choravam e se engasgavam. Será que elas gostavam tanto assim de Merritt? Ou será que, quando elas olhavam para mim, pensavam em suas vidas? Eu não tinha certeza, mas foi emocionante. A dor delas fez que eu me sentisse muito, muito bem... E isso, por sua vez, fez que eu me sentisse muito estranha.

E então, claro, vieram os esquadrões de Ternos Brancos, cujos sentimentos e orações, creio eu, incluíam a esperança de que eu não os processasse. Podem acreditar, eu não processaria ninguém. Eu precisava seguir em frente.

Tina ficou em pé atrás de mim, enchendo-me de coquetel, uma mistura meio limonada, meio chá gelado que regava a maioria de nossos almoços na cidade. Não havia rum no ponche, mas fiquei pensando que um pouco de bebida alcoólica me faria bem naquele momento. Candy estava à minha direita, aplicando suas maravilhosas habilidades de identificação facial, melhoradas ao longo dos anos nas melhores festas, sussurrando nomes e relacionamentos conforme as pessoas passavam pela fila. Dexter Olmstead, administrador da Preservação Histórica de Pasadena. Nancy Tully, presidente do banco *Near and Far*. Jeff Smithson, sócio-administrativo do *Capital Fund*. Eu havia conhecido todas aquelas pessoas em eventos de gala, de arrecadação de fundos e jantares de premiação ao longo dos anos, mas nunca fui boa em lembrar nomes, a menos quando vinham relacionados a uma história, e, naquele dia, meu cérebro estava péssimo. Felizmente, a fila estava terminando quando escutei Candy pigarrear.

– O que ela está fazendo aqui? É brega demais trazer um carro de uma emissora a um velório. Não acredito que o clube permitiu a entrada dela – Candy estava irada.

Olhei para a frente e minhas pernas tremeram dentro das botas de alongar panturrilhas. A maldita Roshelle Simms, âncora do telejornal *Fox 11* e a mulher para quem meu marido estava escrevendo quando bateu no carro alegórico.

– Preciso de uma bebida forte!

Capítulo 2

— Aquela vaca da TV dormia com o Merritt? Vou dar na cara dela até matá-la!

– Obrigada, Tina, porque não tenho certeza de que os garçons do serviço de *buffet* escutaram o que você disse da primeira vez. Agora que os funcionários do Clube de Pasadena sabem que meu marido estava prestes a me deixar para ficar com Roshelle Simms, posso parar com a palhaçada de viúva em luto – eu disse, entre soluços e suspiros, com as mãos na cabeça, sentada no sofá listrado de muito bom gosto da sala das mulheres.

Candy reorganizou as coisas, como sempre fazia.

– Comece do começo. De que está falando?

Olhei para Anna, a simpática atendente guatemalteca que cuida da sala das mulheres do clube há duas décadas. Sempre pronta com um lenço de papel, uma palavra gentil para aliviar o sofrimento por um Botox malsucedido ou uma xícara de café para uma madrinha de casamento embriagada, Anna era a discrição em pessoa. Seu enorme repertório de dicas era prova de que ela sabia mais sobre os endinheirados de Pasadena do que a CIA. Eu sabia que ela era de confiança, e ela sabia que eu a compensaria na próxima caixinha de Natal.

– Merritt ia me trocar por Roshelle Simms. Ele me disse isso na noite de ano-novo, um pouco antes de ter de participar do desfile. Ele disse que estava loucamente apaixonado por ela, que ela era sua "alma gêmea", que só ela compreendia as necessidades dele, e que tudo estava terminado entre nós. Quinze anos e ele estava me deixando por uma mulher que usa ternos azul-petróleo e que não consegue dizer *cinco de Mayo*.

– Jesus, ele usou mesmo as palavras "alma gêmea"?

– Tina, por favor! – interveio Candy. – Você sabe que o sobrenome real dela é Slusky. Acho que isso já diz tudo. E ela só foi Princesa das Flores, sabe? Nem foi rainha. E os anos 1990 não foram uma boa década para o Concurso.

– É mesmo? Mais importante do que a parte da alma gêmea? – perguntou Tina.

Candy voltou ao ponto principal.

– Vamos ajudar Helena. Merritt disse isso na noite de ano-novo? Você sabia sobre o caso, sabia de alguma coisa?

– Não, não tinha nem ideia. Eu me senti uma imbecil. Totalmente enganada. Vocês sabem que eu mal o via. O trabalho dele não tinha fim. Sempre tinha milhões de reuniões. Ou pelo menos ele dizia ter milhões de reuniões. Ele levava a vida dele; eu, a minha. Tínhamos Aiden, a casa, o clube... as coisas eram bem tranquilas e fáceis. Não emocionantes, mas não terríveis. No entanto, nunca pensei que ele fosse fazer isso comigo. Com Aiden.

– Oh, meu Deus! Ele encontrou Roshelle no evento de caridade ano passado? – Candy arregalou os olhos ao se lembrar. Sim, encontrou. No evento que Candy, Tina e eu havíamos organizado para salvar os Cedros Deodara em Arroyo Seco. "Dê Verde, Fique Verde" foi nosso lindo tema, e Roshelle Simms foi a nossa adorável Mestra de Cerimônia. Que ótimo ter uma subcelebridade, foi o que pensamos. Uma jornalista! Apesar de trabalhar para a Fox.

Todas as celebridades de primeiro escalão viviam do outro lado de Los Angeles, o lado oeste, lar dos Top de Linha: estrelas de cinema, produtores badalados, diretores, chefes de emissoras. O povo Fim de Linha vivia no Valley: funcionários, garçons, contadores. Em Pasadena, éramos o povo do Meio da Linha: executivos de emissoras, advogados de estúdios e advogados comuns, banqueiros e investidores de imóveis. Além de atores e muitas pessoas dos jornais, desde âncoras até os jornalistas da previsão do tempo e produtores. Roshelle vivia em um apartamento na área antiga e mais agitada de Pasadena. Muito conveniente para ela chegar à emissora quando a notícia acontecia, e divertir os muitos papais suburbanos casados que viviam por ali.

Como Merritt.

No evento, Roshelle só precisou agradecer aos patrocinadores e apresentar um filme curto, "A história dos Cedros Deodara em Pasadena". Ela estava vestindo um vestido de festa azul-claro e curto, que ela havia conseguido nas araras da Loehmann, apesar de, no convite, estar especificado: "Preferível traje verde". Ela havia falado sobre como era maravilhoso "dar para a comunidade", mas não disse que estava dando para o meu marido em seu camarim.

– Sim, começou naquela noite, e Merritt quis me contar todos os detalhes, como... como se eu pudesse entender que tinha sido "mais forte do que ele". Foi isso o que ele disse o tempo todo: "Não pude evitar. Foi mais forte do que eu". – Nada nunca foi mais forte do que ele, pois ele não era o tipo de cara que se deixava levar. Sua vida tinha sido totalmente previsível desde seu nascimento: Millington, Ignatius, USC, verões no Camp Longbow, férias no Havaí, viver a três quilômetros e meio da casa na qual cresceu. Era um cara que não gostava de comprar na loja Brooks Brothers porque os ternos "são modernos demais". Mas uma noite com Roshelle foi mais forte do que ele.

Anna apareceu com mais um coquetel com limão, no ponto, e uma tônica de sua salinha de curas e eu prossegui:

– E, vejam isto, Merritt queria permanecer em casa como se fôssemos o casal feliz. Ele continuaria dormindo com Roshelle, mas queria a minha bênção para ficar até abril. Sendo o bom pai que era, Merritt não queria atrapalhar a chance que Aiden tinha de entrar na escola Ignatius.

Tina e Candy balançaram a cabeça, enojadas. Com exceção da época de desfiles e os torneios no clube, o dia mais importante do ano em Pasadena era a sexta-feira, em abril, quando as cartas de aceitação na escola privada eram enviadas pelo correio. Desde a pré-escola até a universidade, a aceitação escolar era a única coisa sobre a qual todos os pais de Pasadena sabiam falar. Conversas sem fim a respeito de qual escola era melhor, mais exclusiva, tinha mais lição de casa, oferecia melhor educação artística, o melhor programa de ensino de línguas, tinha o mais alto índice de aceitação nas grandes universidades. Nas reuniões da Associação Hospitalar, nos jogos de basquete da Y, em parques e em salões de cabeleireiros, as mães falavam pelas costas umas das outras, discutindo qual criança de quatro anos tinha "potencial para a Millington", qual filho de diretor de fundo de *hedge* entrou na escola Cloverfield graças à promessa, feita pelo pai, de pagar por um novo teatro, qual escola tinha "legados demais" ou "irmãos demais" como candidatos, qual menina nunca entraria na escola Martindale por causa de um escândalo no Facebook envolvendo um professor de educação física.

A admissão em uma escola particular não era um *hobby*, mas, sim, um emprego em tempo integral. E não parava na admissão.

Os pais passavam anos justificando a escolha por determinada escola, muito tempo depois de terem enviado as cartas de solicitação. Até mesmo Merritt, com seu sangue azul, gostava disso.

Merritt não prejudicaria a admissão de seu filho na prestigiosa Ignatius Prep for Boys com um escândalo envolvendo um caso extraconjugal e um divórcio problemático. Isso seria suicídio, especialmente porque envolvia uma escola católica. Ele esperaria a chegada da carta de admissão para anunciar a nossa separação. Pelo menos foi o que ele me disse na noite de ano-novo, um pouco antes de vestir seu terno branco oficial e sair de casa para cumprir seu dever cívico no desfile.

A polícia de Pasadena havia recuperado o Blackberry dele no local do acidente. Eu li as mensagens. *Está feito*, era o que estava escrito na mensagem enviada a *soulm8* segundos antes da colisão. De fato, estava feito.

– Sinto muito por ele ter morrido, mas não estou triste por ele estar morto – disse Candy.

– Eu também não – concordou Tina.

*****

– O que está havendo aqui, Helena? O prefeito está esperando para se despedir de você. Está falando sobre dar o nome de Merritt a uma das ruas pelas quais o desfile passa, como forma de homenageá-lo. Isso não é gentil? – Mitsy Fairchild, usando um terno antigo preto e branco da marca *St. John Knit*, entrou na sala das mulheres. Alta, atlética, e passando a impressão de que estaria pronta para fazer exercícios físicos a qualquer momento, ela continuava a me assustar mesmo quinze anos depois de convívio com a família Fairchild.

No estudo de clássicos, os estudiosos dedicam muito tempo pesquisando os "mitos da origem" dos deuses e deusas, tentando determinar o início de todos eles no âmbito religioso, artístico e arqueológico. Minha teoria a respeito da criação de Mitsy, formulada enquanto eu estava me escondendo na cozinha durante uma festa para escapar do Trivial Pursuit* altamente competitivo da família Fairchild, foi de que Mitsy havia nascido para ser uma matriarca, como a antiga deusa minuana Serpente, parte civilizada, parte indomada. Imagens da Deusa Serpente, da Era de Bronze, mostram-na segurando uma serpente irada em cada mão, ilustrando seu poder ameaçador e sua conexão com o mundo natural. Se alguém imortalizasse a Deusa Serpente Mitsy, ela estaria segurando um martíni com vodca e duas azeitonas em uma das mãos e o talão de cheques na outra.

Mitsy havia se tornado viúva quando Mitchell Fairchild caiu morto em um campo de golfe, mas ela não perdeu tempo. Usou sua estatura de amazona, criação sólida, inteligência e o apoio às artes para formar sua reputação. Ela dava mais a própria presença do que dinheiro a boas causas, sempre presente em todas as estreias de teatro, ópera, sinfonias e galerias. "Meu Deus, se eu tiver de escrever mais uma descrição do elegante vestido de festa e das belas joias de sua sogra, terei de cauterizar meus olhos", Candy reclamara, certa vez. Mitsy sabia falar eloquentemente a respeito da importância das artes em escolas públicas pobres na Rotunda of the Athenaeum, na Caltech, e então sair e humilhar o

* ***Trivial Pursuit*** é um jogo de tabuleiro norte-americano que testa o conhecimento dos jogadores em várias áreas como história, geografia, arte e literatura, esporte e lazer, ciências da natureza e entretenimento. (N.E.)

atendente do estacionamento se o rádio de sua Mercedes estivesse muito alto. Assim como a Deusa Serpente, ela sabia ser boa e sabia ser destrutiva, mas não tinha como ser ignorada.

Mas o engraçado é que com tudo o que lia e estudava a respeito da experiência humana por meio das artes, uma coisa que ela não conseguia entender era o fato de Merritt ter sido atraído por alguém de Oregon. Connecticut, tudo bem. Talvez até de alguns condados de Ohio. Mas de *Oregon*? Ali, na sala de mulheres do Clube de Pasadena, no dia do enterro de seu único filho, vi a expressão "Você foi criada na cocheira?" no rosto bem esticado de Mitsy, assinado pelo Dr. Weismann.

– Recomponha-se, Helena. Pode sofrer amanhã. Ninguém verá.

As palavras estavam na ponta da minha língua. Senti o rancor de quinze anos fervendo em meu peito, os comentários a respeito de minha falta de estilo, minha maneira de cuidar da casa, a escolha que eu fazia de jardineiros e o costume que eles tinham de plantar cravos-de-defunto, a pior das flores de canteiros. *Ei, velhota do anel de diamante! Seu filho morreu porque ele estava enviando uma mensagem de texto a uma jornalista de 27 anos com quem ele estava dormindo na casa de praia da família! Isso mesmo, a sua casa de praia! Sim, o Merritt perfeito também estava prestes a abandonar o seu lindo neto no meio de uma bagunça dos infernos. E por falar em inferno, pode esquecer de conseguir a melhor mesa no leilão anual da igreja Santa Perpétua, porque o monsenhor reprova o adultério! O que acha dessa estranha situação social, sua tenebrosa senhora Serpente?*

Nossa! Eu teria adorado aquele momento de sinceridade depois de um dia exaustivo de fingimento. Mas eu me lembrei da promessa que havia feito a mim mesma, logo depois de receber o telefonema da Polícia de Pasadena. O segredinho podre de Merritt continuaria sendo o meu segredinho podre. Se eu havia aprendido alguma coisa em meus anos em Pasadena, era reconhecer o sentido do dito popular "a discrição é a melhor parte do heroísmo". Ou seja, cale a boca e já terá meia batalha ganha.

Eu sabia que podia confiar em Candy e em Tina. Elas mesmas tinham o rabo preso e não contariam o meu segredo. Mas com Mitsy, era mais do que apenas ocultar informações; era uma questão de preservar a minha reputação e a de Aiden. Mas, para dizer a verdade, eu não sabia como ela reagiria ao comportamento do filho.

Nós nunca havíamos conversado sobre nada pessoal. Já havíamos discutido logística em festas de aniversário, novos eventos não relacionados à política, a maior produção do Masterpiece Theater, "O único programa de televisão que valia a pena assistir", Mitsy disse mais de cem vezes, apesar de eu saber que ela assistia *Regis and Kelly* escondida. Nós duas nos sentíamos mais à vontade contando em detalhes os problemas enfrentados em lavanderias do que falando sobre o estado de nossas almas. Revelar o mau comportamento de Merritt seria algo novo para nós, e só de pensar eu já ficava aterrorizada.

Eu sabia que sentiria saudade de Merritt, mas não naquele dia. Ele havia me dado Aiden e o ingresso para uma vida que eu não trocaria por nada no mundo. Um dia, talvez logo, eu perdoaria a traição e sofreria por sua morte, mas não naquele momento. Eu precisava continuar atuando. Contar a Mitsy a respeito de Roshelle Simms seria um prazer enorme. Preferia que ela tivesse ressentimentos de mim e não de Merritt. Esse era todo o amor que eu conseguia demonstrar naquele momento.

Mitsy inclinou a cabeça. Meu breve silêncio deve tê-la intrigado, pois costumo gaguejar até conseguir pensar em uma frase coerente a dizer. Mas não foi o que aconteceu. *Jackie Kennedy, Jackie Kennedy, Jackie Kennedy*. Tina e Candy me observaram com expectativa. Candy estava lambendo os beiços.

– Você está certa, Mitsy. Dois minutos, por favor. Obrigada.

– Ah, e pedi para que aquela moça horrível do jornal, a tal de Roshelle, fosse embora. Que nome é esse? Roshelle? Ela queria uma declaração da família. Já imaginou? Eu conheci a avó dela, Cecília. Certa vez, ela serviu um queijo em lata! Em um almoço! Faça algo com essa cara, Helena.

E, assim, Mitsy se foi, e o ar voltou à sala das mulheres.

– Oh, que maravilha. Você foi perfeita! – Candy disse, procurando o estojo de maquiagem dentro da bolsa. – Ela está devendo uma a você e percebeu.

– Devendo uma? Como assim? – perguntei com os lábios tensos, enquanto Candy passava seu delineador de lábios em meu rosto derretido.

– Mitsy Fairchild não teria se livrado da "moça horrível do jornal" a menos que já suspeitasse de algo. Tenho observado a sua sogra há anos em todas aquelas festas, e esse comportamento não é normal. Ela nunca fala com a imprensa, nem mesmo comigo. A Mitsy que eu conheço teria mandado a atendente da recepção cuidar do carro da emissora e da jornalista. Mas Mitsy resolveu falar com a mulher pessoalmente. E sabia até o nome dela. Isso diz muita coisa.

Como de costume, no que diz respeito a atitudes e maneirismos, Candy estava sempre atenta.

– Ela não dirá nada. E está do seu lado – concordou Tina. – Isso é ótimo pra você.

Eu não fazia ideia de como elas estavam certas.

*****

Estava exausta, esgotada literal e figurativamente. Todas as lágrimas, todos os sorrisos, todas as amenidades trocadas tinham sido sugadas de meu corpo. Fiquei feliz quando o dia terminou.

Recentemente, eu havia lido a respeito de um novo tipo de serviço que planejava velórios que eram mais parecidos com festas, deixando de ser uma ocasião triste. Balões, máquinas de margarita, picapes de DJs. "Devolvendo a diversão ao velório" era o lema deles. Na época, pareceu uma ótima ideia, colocando em prática o tal clichê do "Fulano de tal desejaria que nós estivéssemos bebendo uma cerveja, e não aqui, sofrendo!". Mas eu percebi que esse tipo de velório não teria sucesso, pois não daria espaço à raiva e à falta que sucedem qualquer morte. Até mesmo uma morte como a de Merritt, tão cheia de contradições.

Eu não teria conseguido fazer um brinde a Merritt com uma margarita naquele dia. Ainda assim, na cama que eu havia dividido com ele por tantos anos, eu fiquei tremendamente triste. O homem com quem eu havia vivido por quinze anos, que dormira comigo quando meu corpo era dez quilos mais leve e livre de estrias, havia partido. Que droga, Merritt.

Será que você não podia ter morrido *antes* de me dizer que estava me deixando?

Meus pais e meu irmão voltaram para casa depois do velório e prepararam um jantar simples. Aiden e eu estávamos muito abalados para tomar muito do famoso bisque vegetariano de cenoura de minha mãe. Deixei Aiden assistir a um filme inadequado com Des e capotei no sofá, sem dizer nada. Minha mãe, cantarolando "Down to You" de Joni Mitchell, limpou tudo discretamente, colocou umas roupas na máquina de lavar, levou meu pai bêbado para a cama e me confortou para o dia seguinte.

– Durma até mais tarde, querida. Não precisa se levantar por nossa causa. Precisa de alguma coisa antes de irmos ao aeroporto? Não acredito que precisamos voltar para aquele simpósio de feltro.

Eu disse que ficaria bem. Isso se ficar bem fosse viver com a ideia de matar repórteres de TV. Mantive esse sentimento em segredo. Mas ali, deitada no escuro, não consegui me irritar tanto com Roshelle. Eu não era casada com ela. Era casada com Merritt.

– Mãe? – a voz de Aiden interrompeu meus pensamentos.

– Aiden, está tudo bem?

– Sim, só tive um pesadelo. Posso ficar em seu quarto? Trouxe meu saco de dormir – aos treze anos, ele era velho demais para se deitar comigo na cama, como fazia dois ou três anos antes. Ele sabia disso e eu também, apesar de desejar que as coisas não fossem desse jeito.

– Claro que pode. Precisa de um travesseiro?

– Sim, por favor.

Eu me levantei, coloquei um travesseiro sob a cabeça dele e beijei seu cabelo desgrenhado. Talvez eu devesse tê-lo mandado cortar o cabelo antes do velório.

– Estou aqui. Estou aqui.

– Eu sei. Boa noite.

Capítulo 3

Os escritórios de advocacia da Owens e Hapstead ficavam em um prédio charmoso dos anos 1920 ao sul da prefeitura da cidade. Ele havia sido restaurado de acordo com os padrões do Registro Nacional de Locais Históricos e, por isso, ganhou um Prêmio Seta Dourada de Pasadena pela "recuperação de instalações de iluminação de época valiosíssimas". Esses tipos de honras levavam a um coquetel de comemoração e muitas fotos na coluna de Candy.

Merritt e eu havíamos participado, claro, porque o ilustre Billy Owens, Esquire, um premiado arquiteto e restaurador, era nosso advogado e também era como um irmão para Merritt. Billy era o melhor amigo de Merritt desde o jardim de infância, na Millington, até a formatura da faculdade, na USC. Sem o drama que uma amizade tão longa entre mulheres enfrenta, os dois homens sempre conviveram bem, desde o parquinho de areia, passando pela fraternidade na época de universitários e depois ao clube. Costumavam jogar golfe, beber martínis e assistir a jogos de futebol, e se referiam um ao outro pelos seus apelidos de fraternidade, Billbo e Merles. Billy foi a primeira pessoa para quem telefonei depois do acidente. Acabei tendo de confortá-lo.

Eu gostava de Billy. Engraçado, esperto, não muito presunçoso para um troiano. Apesar de a insistência dele em ficar totalmente bêbado nos jogos de futebol da USC ter me irritado cada vez mais, conforme meu filho se aproximava da época de entrar na faculdade.

"Ele não está ficando velho demais para isso?", perguntei a Merritt, que revirou os olhos. O que eu estava perdendo? Nunca compreendi por que as pessoas bebiam no meio do dia. Qual é a graça em ficar cansado e torto às quatro da tarde? A mesma coisa em um estádio de futebol.

A esposa de Billy, Lacey, era uma loira da Califórnia, da cidade de San Diego, cheia de energia e boas intenções, movida a Coca light e viciada em aula de *spinning*. Meu Deus, ela devia pedalar duas horas por dia! Como ela encontra tempo para cuidar daquelas três crianças? Lacey também trabalhava na arrecadação de fundos para o Hospital Crown City, aplicando suas boas intenções. Nós já tínhamos saído um milhão de vezes com os Owen, mas o telefonema que recebi de Billy um dia depois do velório me deixou desconfiada.

"Por favor, encontre-me no escritório. Bruno estará lá", Billy havia dito com um tom sério. Bruno é o nosso, agora só *meu,* contador. Eu sabia que teria de encarar a questão do dinheiro em breve, mas não pensei que fosse tão cedo.

– Helena, entre. Que bom que você está aqui. Como vai? Está bem? Patrice, traga um café a Helena. Parece que você precisa de um café. Patrice trará um café – Billy disse com pressa.

Que esquisito. Billy mais parecia um *mâitre*, simpático e casual, responsável pela hospitalidade ainda que não estivesse supervisionando a reunião. Mas não naquele dia. Estaria nervoso?

– Obviamente, você conhece Bruno Purcelli – disse ele.

Bruno assentiu. Tão firme, o Bruno. Merritt dizia que o melhor era ter um contador italiano, porque eles entendem o que é dinheiro sujo. Um contador italiano nunca engana o cliente, porque sabe que, um dia, pode ter troco. Bruno fazia a nossa contabilidade havia anos, mas eu só o encontrava em abril, quando nos reuníamos para fazer o imposto de renda. Eu balançava muito a cabeça naquelas reuniões, mas só entendia cerca de 30% das informações. Eu tinha Merritt. Para que me preocuparia com os detalhes?

Eu já estava me arrependendo por não ter prestado mais atenção, mas eu tinha confiança em Bruno. Ele me ajudaria a atravessar os anos seguintes.

Eu sabia que haveria mudanças, mas Merritt sempre me dizia que "estava sossegado", seja lá o que isso significava.

– Helena, não sei como dizer isto – gaguejou Billy. Percebi que ele estava bem nervoso.

Droga, não podia ser coisa boa.

– Você não está em boas condições... Eu me refiro financeiramente, não fisicamente. Como sabe, estamos passando por uma época difícil e a economia está de cabeça para baixo. Merritt fez alguns investimentos ruins e quando a crise de crédito aconteceu, ele foi pego desprevenido. Bem desprevenido. Você está em um buraco bem grande.

Bruno assentiu, confirmando a informação.

Respire, respire. Fale.

– Não entendi. Como isso pode ter acontecido? Merritt não me disse nada. Nada. Nem um "pare de gastar". Nada. É claro que falamos sobre a queda do mercado de ações, da recessão e dos negócios dele, mas ele dizia que ficaria bem. Qual é a extensão do buraco, Bruno?

Bruno fez uma descrição que incluiu um portfólio esgotado de ações, um sobre-endividamento imobiliário, grandes dívidas de cartão de crédito e seguros não pagos. Pessoalmente, nossas finanças estavam em ruínas. E graças à queda do mercado de ações e aos clientes fugindo como ratos, a participação de Merritt no Fairchild Capital era praticamente inútil. Ainda que Merritt estivesse vivo, estaríamos em apuros.

Merda, merda, merda. Que merda, Merritt!

– A casa? – perguntei.

– Você terá de vendê-la. Esperamos que você consiga o valor de que precisa para pagar as dívidas e ainda ter com o que pagar mais alguma coisa.

– A escola de Aiden?

– Eles têm auxílio-financeiro. Ou talvez Mitsy possa ajudar.

Foi um baita chute no estômago.

Que fantástico, agora sou uma viúva de quarenta anos com metade de um mestrado em um assunto desconhecido que precisa depender da sogra para pagar as contas. Parece um maldito romance de Jane Austen. Talvez consiga alguém para se casar comigo. Eu ia enlouquecer.

– Como isso foi acontecer? – eu não parava de perguntar.

Ninguém respondeu. Na minha mente, eu repassava as conversas que tivera com Merritt nos últimos anos, e nenhuma delas refletia nada além de uma leve preocupação com nossa situação financeira. Sim, os últimos dezoito meses tinham sido ruins, mas Merritt não estava preocupado. "Estamos bem", Merritt dissera quando eu perguntava semanalmente a respeito da economia que estava ruindo sobre nossas cabeças.

Estamos bem? Estávamos ferrados, e nos ferraríamos ainda mais.

– Billy, não consigo entender. Mesmo que Merritt estivesse aqui, vivo, como ele sairia disso? – Billy olhou para baixo por um momento, como um menino de república flagrado por um segurança pichando muros do campus, e eu percebi. Ah, e como percebi. Ele sabia sobre Roshelle. Estava estampado na cara dele, totalmente tomada pela vergonha.

Agora eu entendia.

– Ela tinha dinheiro? – olhei para Billy. – Era assim que ele sairia dessa? Ele ia me deixar, casar com ela, colocar a culpa dos problemas financeiros em nosso divórcio e viver com o dinheiro dela?

Bruno fingiu não ter escutado e olhou pela janela, repentinamente fascinado pelo jardim nativo da Califórnia, tolerante a secas, tido pela revista *Sunset* como "Um dos 10 Melhores em 2006".

E então eu me lembrei do que Candy havia dito no velório. O nome verdadeiro dela era Slusky! Claro! Ela era a Shelly Slusky do Lava-rápido Slusky, com 64 lojas espalhadas, com os anúncios horríveis sempre aparecendo em todas as partes. Eu havia aprendido, anos vivendo no Estado Dourado, que se você fosse o primeiro em *qualquer coisa* na Califórnia, desde lava-rápido, passando por engarrafador de suco de laranja, até desenvolvimento imobiliário, estava feito. Era isso! Merritt estava trocando a nossa dívida pela fortuna dela.

Em troca, ela se tornaria Roshelle Fairchild, e não a Shelly Slusky, de nome feio.

Billy já não estava mais tão calmo e tranquilo. Era agora o responsável por encarar a esposa enganada de seu melhor amigo falecido, um pai traidor e financeiramente relapso.

– Helena, eu tentei dizer a ele. Eu tentei fazer que ele fosse mais devagar com tudo. Tentei fazer que ele pensasse. Apenas parasse e pensasse. Os investimentos, as... mudanças de vida. Ele tomava uma decisão ruim atrás da outra. Muitos caras fizeram isso, Helena, muitos caras de negócios financeiros enlouqueceram. Todo mundo perdeu a cabeça. Merritt era apenas um deles.

– *Mudanças?* É assim que vocês se referem a trocar esposa e filho sem qualquer recurso financeiro e humilhados por uma moça do tempo? E loucos? Ele fez um empréstimo usando o seguro de vida como garantia. Isso não é só loucura, é maldade. Que maluquice! Meu Deus, coitado do Aiden. Como poderemos pagar o ensino médio... E a faculdade, então?

Ele balançou a cabeça, receoso de olhar em meus olhos. Toda a raiva que havia sentido por Merritt pela traição, eu queria jogar no Billy por coisas que não eram culpa dele, mas, ainda assim, que ele havia permitido que acontecessem.

– Billy, todas as reuniões, os jantares, as risadas... Pensei que você também fosse meu amigo, não só dele. Como tudo isso pode ter acontecido e você não ter se importado em me contar? E você... – eu me virei para o Bruno. – Será que eu não tinha o direito de saber que não tínhamos mais nada? Meu nome não estava nos documentos também?

– Não.

– O quê?

Bruno olhou dentro de meus olhos, como o bom contador italiano que era.

– Você tirou o seu nome de tudo há anos. Todos aqueles documentos que você assinou, deixando tudo para Merritt. Nunca entendi por que você fez isso.

Porque Merritt me dizia que ele cuidaria de tudo, e eu acreditava nele.

Aos 12 anos de idade, eu já era financeiramente responsável em minha família. Pagava as contas, fazia as contas e separava sempre o dinheiro do lanche de meu irmão. Eu mantinha as contas dos artesanatos em ordem assim que percebi que Nell e Peter estavam prestes a ir para a cadeia por sonegação fiscal. (Meus pais não eram criminosos, apenas totalmente desorganizados.) Quando me tornei a senhora Fairchild, deixei de lado as contas. Deixei outra pessoa se preocupar com dinheiro; tenho um milhão de outras coisas na minha lista de preocupações. Esse era o acordo não expresso entre Merritt e eu, como muitos maridos e esposas. Cumpri o meu lado no acordo, deixei os estudos, criei uma família e cuidei da casa. Pensei que Merritt estava fazendo a parte dele.

Eu confiava em meu marido. *É por isso, Bruno, mas você nunca entenderia.*

– Você deveria ter feito mais perguntas, Helena.

– Também acho, Bruno, também acho.

Patrice bateu à porta e entrou, trazendo um café em uma caneca alta, sobre uma bandeja.

– Aqui está o seu café, senhora Fairchild. Quer mais alguma coisa?

– Sim – eu disse ao me colocar em pé e beber tudo como se fosse uma dose de coragem. – Faça cópias de todos os documentos naquela pilha e envie-as à minha casa. Melhor que seja hoje. Pode ser que eu não tenha mais casa amanhã, Patrice.

Pobre Patrice. Vestindo sua saia e cardigã de lã da loja Talbots, ela reagiu como se alguém tivesse acabado de pedir sua escova de dentes emprestada. Eu não costumava ser tão incisiva naquele escritório.

Billy ficou em pé.

– Helena, sinto muito. Se houver algo que eu possa fazer...

Eu o interrompi.

– Não. Não, obrigada. Lembre-se de que eu cresci em um fim de mundo, não em Pasadena. Estou acostumada a não ter nada.

*****

Eu fiquei parada na garagem da Monterey Colonial, que Merritt e eu havíamos comprado doze anos antes, quando o mercado estava em baixa e nós, em alta. "Precisa de muitos reparos, mas o bairro é tudo!", dissera a nossa agente, Nancy Taunton, uma divorciada de cinquenta e poucos anos em um terno tamanho 38. Nancy gostava de dizer o óbvio, pois a casa estava em ruínas por dentro, mas estava localizada em uma rua dos sonhos. O bairro Oak Knoll, de Pasadena, tinha paisagens tradicionais e ruas compridas e serpenteantes que levavam a casas de arquitetura proeminente dos anos 1920 e 1930. Dizer que era o bairro dos sonhos para alguém como eu era dizer o mínimo. Não era *parecido* com um cenário de filme, *era* um cenário de filme. *O Pai da Noiva*, *Sr. e Sra. Smith*, *Brothers & Sisters* e outros tinham sido gravados naquela rua. Na infância, não conheci ninguém que morasse em um lugar como aquele e, agora, de alguma forma, eu morava ali. Quando comecei a chorar, Merritt e Nancy fingiram não perceber.

– É a casa onde viveremos para sempre – eu disse, repetindo a frase que havia escutado Cissy Montague usar na aula de aeróbica Mamãe e eu. Cissy e seu marido, Bart, namorado da época da escola e colegas de Cloverfield, haviam acabado de comprar uma casa enorme no mesmo bairro, na moderna Jordan Road. Uma casa na Jordan era tudo, um paraíso, dentro do alcance de poucos. E esses poucos incluíam Cissy McMurphy Montague e seu marido precocemente calvo, porém decente.

Felizmente, Cissy tinha ajuda em tempo integral, por isso podia passar muitas horas na semana atrás de camiseiras e papel de parede com desenhos feitos a mão com seu decorador, Pierce DeVine, enquanto a babá Maria cuidava de McMurphy Montague, seu primogênito. As reformas, segundo boatos, tinham girado em torno de milhões, o que era muito dinheiro em meados dos anos 1990, e incluíram a mudança da piscina. Mudaram a piscina? Eu nem sabia que isso era possível, mas Cissy queria que mais sol batesse na área da piscina, então decidiu mudá-la de lugar.

– Ela só tem 30 anos. Como eles podem comprar uma casa daquelas? – eu havia perguntado a Candy na época. Sim, Merritt e eu tínhamos um pouco de dinheiro, mas não o suficiente para mudar a piscina de lugar.

– Oh, como você é bonitinha, mocinha de Oregon! A família de Cissy fundou a Standard Oil. Ela tem grana e quis mudar a piscina. Então mudou.

Mais tarde, percebi que, quando eu perguntava a respeito da riqueza de alguém da cidade, a resposta sempre parecia ser "a família deles fundou a Standard Oil". Se ao menos a minha família tivesse percebido que o petróleo era mais rentável do que o óleo de patchouli! Na época, essa participação na Standard Oil parecia uma sorte sem tamanho para alguém como Cissy, que não era exatamente uma cientista espacial.

– Bart e eu decidimos que essa será a casa onde viveremos para sempre – Cissy disse a todas nós na aula de aeróbica, certo dia, usando o pequeno McMurphy para fazer exercícios para os bíceps. Meu coração havia se aberto para Cissy. Então ela havia mudado a piscina de lugar, tinha uma babá em tempo integral e uma faxineira também. Tudo bem. Ela queria criar um lar para sua família. Eu podia perdoar o fato de ela sempre usar sapatos Cole Haan. Tanta confiança no futuro, tanta segurança no amor de seu marido. Naquele momento, eu queria ser Cissy mais do que qualquer coisa.

Agora, a casa onde viveríamos para sempre iria para o mercado e seria vendida com uma enorme perda, financeira e emocional. Assim como o canteiro de rosas, a varanda com os móveis Brown Jordan onde eu adorava ler, o balanço na árvore enorme de Aiden e minha cozinha branquinha Pierce DeVine com o fogão Viking, a lava-louças Miele e as luminárias italianas. Adeus à sala de jantar vermelha que Tina afirmara ser a "cor ideal" de 1999 e o mictório ridiculamente caro que Merritt havia colocado no banheiro do vestiário da piscina. Talvez fosse por isso que meus pais evitavam situações tradicionais de moradia. Era difícil apegar-se emocionalmente a um aluguel sazonal.

Eu senti mais pela perda da casa do que pela perda de meu marido. Eu havia de fato me tornado uma californiana.

Como diria a Aiden? *O que* eu diria a Aiden? *Bem, filho, você já é adolescente e sei que pensou que seu pai ter colidido com um panda já era bem ruim, mas tenho notícias ainda piores. Seu pai perdeu todo o dinheiro que tinha e a maior parte do seu, arranjou outra mulher que colocou peito de silicone no aniversário de 21 anos. Ah, e pode ser que você não consiga fazer faculdade. Então, pare de chorar, porque precisamos fazer as malas!*

O cinismo em um momento de raiva pode ser como uma oração.

Onde estava o meu mapa? Eu precisava de um tipo de calendário acordado para a minha situação: recém-traída, abandonada e viúva. Eu não gostava muito de desbravar novos caminhos. Eu sou daquelas que usa o caminho mais trilhado e me satisfaço com o resultado.

Na infância, eu sabia que minha situação com pais que usavam roupas de estampa *tie-dyed* e meus estudos em casa com alguns semestres em escolas públicas não era a mesma das outras crianças. Minha melhor amiga era Jessica Holstrom, que tinha uma televisão (nós não), uma mãe que vestia calça de moletom (minha mãe usava saris de estampa indiana já bem ultrapassados) e uma lancheira Brady Bunch (eu levava os meus sanduíches com pão pita em uma sacola de pano). Eu queria aquela existência de Brady Bunch. Que casa adorável, senhora Brady.

Mas a casa dos Castor não tinha nada que lembrasse estrutura. As outras famílias pareciam estar cumprindo um plano bem cronometrado. Usavam roupas novas em setembro, não roupas usadas, iam à igreja aos domingos em vez de vender artesanato em uma barraca, escreviam para o Papai Noel em vez de comemorar o solstício de inverno. Vi os irmãos mais velhos de Jessica fazerem o exame de admissão universitária e serem aprovados na Universidade de Oregon. Passos lentos, estáveis, totalmente esperados que levam a uma vida adulta cercada por ordem, não por bagunça.

Apesar de meus pais demonstrarem desinteresse pelo calendário que o resto da sociedade seguia, eu queria acompanhar direito. Eu implorei a eles para frequentar uma escola de ensino médio pública em Sisters, Oregon, em vez de "ganhar experiência vivendo", que era o plano deles. (Uma adolescente só consegue ler algumas vezes *O Kit de Teste de Acidez Elétrico* e *Na Estrada* antes de se perguntar: "Por que esse povo não arranja um emprego? O que eles têm de errado?".) Eu adorava o ensino médio: os livros, os armários e o sinal anunciando as mudanças de aula. Meus colegas de sala eram os filhos e filhas de trabalhadores de serralherias, empregados do Serviço Florestal e do Departamento de Transporte, pais com uniformes, cronômetros e endereços permanentes. Meus professores davam aulas em período integral; ficávamos ocupados todos os dias.

Eu me dividia entre história e literatura, memorizando nomes, datas e padrões, fazendo aulas e estudos independentes. Tive latim com um professor bem-intencionado, o senhor Berman, que acreditou que eu gostava da precisão da tradução, e ele estava certo. Foi o senhor Berman que me ajudou a entrar na Universidade Willamette em Salem, Oregon, com uma bolsa de estudos.

Na Willamette, uma bela faculdade de artes liberais fundada pelos metodistas, eu me esforcei. Descobri as comidas de refeitório, abundantes e medíocres. Comia carne em excesso, depois de anos de alimentação macrobiótica – antes de a alimentação macrobiótica ser comestível. Engordei dez quilos no primeiro ano, mas não por causa da cerveja e da *pizza*, os inimigos normais. (Meus pais me davam cerveja feita em casa desde a oitava série.) Engordei dez quilos comendo *bacon* e picadinho. Gostava de ficar cercada pelos alunos normais com tradições normais. Gostava de cantar canções de Natal ao redor da árvore de Natal.

Eu me concentrei nos clássicos imediatamente, sem sequer pensar em outra formação. Grego clássico, história da religião, mitologia, literatura, filosofia (Minha pior matéria. Muito teórica para mim. Mais fatos, menos retórica, por favor.). Eu aproveitei a imersão completa em um mundo antigo repleto de mistério, sexo e romance. Mas também repleto de disciplina – as regras estritas de arquitetura clássica, a língua complicada, porém elegante dos gregos. Tudo me envolveu. Como todos os alunos nos Estados Unidos na época, eu queria ser Indiana Jones, sem as aranhas, as bolas gigantes rolando ou o poço de artefatos antigos sagrados, aos quais eu era totalmente contra, claro.

E eu estava na universidade em Berkeley quando conheci Merritt. Ele não era exatamente um herói da Era de Bronze, mas, sim, um rei reverenciado. No entanto, o que ele oferecia me surpreendeu: uma vida organizada, nos trilhos, com um propósito.

Onde estava aquele caminho batido de que eu tanto gostava? Que diabos deveria fazer?

Já vi o que as mulheres divorciadas fazem em Pasadena: elas vendem a casa grande, mudam-se para a linda casa de dois quartos perto da South Lake Avenue e perdem dez quilos com um novo regime de estresse e ioga. De certa forma, no primeiro ano pós-divórcio, elas encontram a vontade de secar os cabelos com secador e frequentar os programas de estudos de férias, sorrindo muito e rindo com comentários sem graça. Por fim, conseguem sua licença como corretoras de imóveis ou conseguem um emprego em uma associação de caridade da região, esperando que, um dia, quando seus filhos terminarem o ensino médio e passarem pela fase de distúrbios alimentares/vícios em analgésicos/nota de corte no vestibular, elas encontrarão um homem bacana, se casarão de novo e viajarão pela Europa acompanhadas. Até lá, elas dirão que estão felizes retomando contato com suas amigas e indo ao cinema quando os filhos estão na casa de seu ex ("Finalmente, depois de tantos anos assistindo a desenhos! Um filme com pessoas de verdade em roupas de época! Eu adoro aquele James McAvoy. O que mais ele fez?"). Assim como Nancy Taunton, a ex-corretora de imóveis que agora era Nancy Nelson, aposentada e vivendo em uma casa em Solana Beach com o marido número dois. Que bom para Nancy; ela só demorou uma década para chegar lá.

Minha mãe sempre diz: "Primeiro, as prioridades", o que era um lema pessoal engraçado para alguém a quem a "prioridade" costumava ser uma xícara de chá de camomila e um cachimbo para fumar drogas. Mas ela estava fazendo algo especial. O que tenho aqui é a Operação Primeiro, as Prioridades. Posso fazer isso, com café e negação suficientes.

Peguei meu iPhone e enviei uma mensagem de texto a Candy: PRECISO DE CONSELHO DE CORRETORA, PFV.

Isso. Primeiro, as prioridades.

Capítulo 4

– Não se preocupe. Sei que o mercado está em baixa, mas não para uma propriedade como esta. É o sonho de qualquer pessoa. Conseguiremos propostas logo no primeiro dia – Rita Beghosian, minha nova corretora armênia, disse. – O preço está ótimo. E tem muito estilo.

Candy havia recomendado Rita.

– Ela é de matar. É a única que ainda ganha dinheiro na crise. Os armênios são durões e Rita é a mais durona. Sabe como é, eles são os melhores vendedores. Eles dominam a equipe de vendas da Macy's e da Nordstrom. São bons. Começaram na TJ Maxx e Mervyn's e foram subindo até a DKNY. Rita começou nos financiamentos imobiliários, e agora está vendendo casas de US$5 milhões. Ela não vai decepcionar você.

Candy estava certa a respeito dos armênios e de Rita. A região de Pasadena tinha agora a maior população de armênios imigrantes. Eles trouxeram seu frango delicioso, os maravilhosos pães e começaram a assumir pequenos negócios, desde passeios de limusine a serviços de entrega de remessas. As mulheres dominavam as vendas de atacado da região, e agora tomavam conta de todas as lojas de departamento e de descontos na área. Rita era um furacão no mercado imobiliário, conseguindo galgar seu lugar em um bairro de primeira, vestindo terninhos Anne Klein e dirigindo um Cadillac STS. Não sabia que eles faziam carros em tom de roxo.

Tina estava me auxiliando.

– Você não vai assinar nenhum documento sem mim, entendeu?

Ela colocou aquele diploma empoeirado da faculdade de direito de Yale em ação e analisou a pilha de papéis que eu havia conseguido no escritório de Bill Owens e estremeceu.

– Você fez algumas coisas bem estúpidas. Merritt estava fazendo muitas coisas erradas e conseguiu enganar você. Não há nada que eu possa fazer agora, mas não permitirei que isso volte a acontecer. Só fico impressionada com a facilidade com que mulheres espertas como você são enganadas. Digo isso com carinho.

E entendi como sendo com carinho.

Tina queria ver se Rita estava no caminho certo e eu precisava de apoio moral para caminhar pela casa apontando características especiais como se eu fosse alheia a tudo aquilo. Com a voz controlada, eu dizia: "Aqui está a adega com temperatura controlada" e "Não se esqueça de incluir no folheto que os azulejos ao redor da lareira são Batchelders, originais da casa e considerados uns dos mais finos em Pasadena".

Esta não é a minha linda casa.

Quando contei a Aiden que faríamos algumas mudanças imediatas em nossa vida, como vender a casa, ele não compreendeu.

– Posso fazer a festa de formatura aqui ainda?

Merritt havia prometido a ele uma festa de formatura da oitava série de "arrebentar", com DJ, luzes e um carrinho de tacos. Tentei imaginar como ele pensou que pagaria por tudo isso, mas fiquei calada. Vamos manter o mito vivo.

– Aiden, se vendermos a casa, não estaremos aqui quando você se formar. Vamos nos reunir com seus amigos, mas não aqui.

– Não podemos ficar aqui até eu terminar o ano na escola? Por que temos que nos mudar agora?

– Porque não podemos. A casa é cara demais para manter, e simplesmente não conseguiremos sem seu pai.

– Você não pode arrumar um emprego? – o tom de voz dele ficava cada vez mais irritado, quase furioso.

Tive vontade de rebater: *Sim, mulheres que passaram muitos anos criando os filhos e sendo voluntárias em festas da abóbora são muito valorizadas no mercado de trabalho.* Mas não disse isso. A psicóloga da escola havia me dito que uma pequena dose de realidade não fazia mal, mas ondas gigantes de emoção real de minha parte poderiam colocar muita pressão sobre Aiden. "Aiden não é seu parceiro, ele é seu filho. Não comece a tratá-lo como se ele fosse um substituto de Merritt."

Então, prossegui com cuidado.

– Vou. Mas primeiro as prioridades. A casa suga muito dinheiro, e precisamos nos mudar para um local mais barato – eu disse em um tom que esperava que fosse firme e gentil ao mesmo tempo.

– Aqui está a lista.

Rita entregou a mim uma lista de tarefas (Sim, eu amo listas!) de pequenos reparos que precisavam ser feitos antes de me mudar. Teria mesmo que pintar minha sala de jantar vermelha?

– Sim, vermelho é tendência do milênio passado. Pinte de azul, é mais calmante. É uma nova era. As pessoas querem *spa*, não poder. Mandarei meus homens. Juan cuida de tudo. Ele pode fazer tudo em uma ou duas semanas. Colocaremos a casa no mercado até o final do mês – Rita apertou meu braço. – Você vai passar por isso, e encontraremos um lugar que você adore... Bem, quase isso – e lá se foi o Cadillac lilás pelo pôr do sol lilás.

Tina olhou para mim.

– Você está bem?

Assenti. "Bem" havia se tornado um termo relativo. Eu estava bem naquele momento, mas talvez não estivesse cinco minutos depois.

– É deselegante dizer que você está mais magra? Acho que perdeu peso – disse Tina, entrando em seu novo carro. – Tenho que pegar as meninas na escola e depois levá-las ao balé. Você quer que eu busque o Aiden?

Recusei com um movimento de cabeça.

– Ele já tem carona. Jan Gamble vai trazê-lo para casa. Ela tem sido um anjo. Só espero que ela não apareça com mais um prato.

Todos os dias da última semana, Jan havia chegado a minha casa levando um prato tampado e um saco de salada de uma mãe bem-intencionada da Millington. Os rumores de que Jan estava levando Aiden à escola tinham se espalhado, e ela havia se tornado a Entregadora de Pratos. Eu via aqueles jantares como a moeda do desconforto. Parecia que as pessoas que queriam dizer "sinto muito por sua perda" achavam que uma lasanha fazia isso muito melhor do que um cartão de condolências ou um telefonema. Minha empregada, Emilia Sanchez, passava agora uma hora do dia organizando e redistribuindo os pratos a sua extensa família, com minha permissão.

– Bem, obviamente você não tem comido todos aqueles carboidratos, porque está emagrecendo. Tudo tem um lado bom!

Tina acreditava muito – no lado bom das coisas. Quando um ex-desafeto conseguiu tirá-la do time da escola no ensino médio? Tudo tem seu lado bom: agora ela tinha mais tempo para treinar *kickboxing*! E quando ela deu perda total no novo Jaguar do marido na primeira vez em que o dirigia? Tudo tem seu lado bom: ela conseguiu ganhar o carro azul que tanto queria! Então, o fato de ela ver a morte de meu marido e minha subsequente falência como uma oportunidade para perder peso me fez rir. Todo mundo precisa de um otimista por perto.

Quando Tina estava partindo, uma Range Rover preta chegou. Melanie Martin, ex-executiva, agora diretora de arrecadação, passou pelo caminho de pedras, tocando levemente na buzina para indicar que estava chegando. Candy se referia a mulheres como Melanie como a Mãe Nêutron: antes poderosas executivas, agora mães em período integral cuja perda de *status* resulta em instabilidade e possível implosão a qualquer minuto.

Melanie Martin era o exemplo perfeito da Síndrome da Mãe Nêutron. Apesar do que o médico do rádio dizia, algumas mães não devem sair do mercado de trabalho. A transição dos negócios para a maternidade é pesada demais para o ego delas. Vejamos o caso de Melanie. Ela era a vice-diretora de *marketing* do Grupo Hoteleiro Langham Luxury até o nascimento de seus gêmeos, Dustin e Denzel. Como vice-diretora de *marketing*, ela gostava de criar estratégias, de viajar e de cuidar do orçamento de eventos realizados apenas para os melhores. Como mãe de gêmeos em tempo integral, ela quase não tinha nenhuma dessas coisas.

Em seu grande emprego, em seu grande escritório, ela tinha uma grande equipe de apoio: subordinados que faziam café, organizavam seu dia, pagavam suas contas e faziam as coisas acontecerem quando Melanie dizia sua frase favorita: "faça acontecer". Em casa, ela só tinha a babá em quem mandar, e, assim, passara anos observando mulheres adoráveis da América Central pedindo as contas depois de um mês, como elas contavam à minha Emilia: "A senhora Melanie é maluca".

Melanie utilizou o Método Encharque e Incendeie para chegar à rede de caridade de Pasadena. Ela era tão controladora, tão desagradável para trabalhar, que as colegas voluntárias simplesmente deixavam seu caminho livre. Saiba que essas mães tinham MBA em Stanford ou eram advogadas formadas também, mas elas tinham se ajeitado melhor à vida civil do que Melanie. Se ela queria que tudo fosse de acordo com seus gostos, desde a escolha da fonte dos convites às peças de decoração, tudo bem – era assim que todos pensavam. Para que entrar em disputa com alguém tão sedento por poder? Agora, Melanie havia alcançado a cadeira do Evento das Cinco Escolas, e seus lacaios eram todos do comitê, como eu.

O Evento das Cinco Escolas era realizado todos os meses de maio em Pasadena. Era o evento da temporada. Em resumo, os pais de cinco escolas particulares predominantes realizavam um leilão para angariar fundos para as escolas públicas da cidade. A tradição tinha mais de 75 anos, o que indicava há quanto tempo o sistema de ensino público andava sem recursos e há quanto os pais das escolas particulares mantinham rivalidade. Centenas de milhares de dólares entraram, fruto de grande trabalho, diplomacia escolar e generosa distribuição de álcool. Millington, Cloverfield, Redwood, Martindale e Raleigh se revezavam na copresidência, com cada escola no poder uma vez a cada cinco anos. O resultado foi uma indicação cobiçada por muitos porque acontecia raramente. Geralmente, apenas uma ou duas vezes na vida escolar de seu filho na Redwood, por exemplo – a escola sem notas e sem uniforme, mas com uma mensalidade gigante para compensar toda essa liberdade –, seu nome apareceria como candidato a comandar o evento. Um comitê secreto de nomeação formado pelo pessoal de desenvolvimento da escola e ex-copresidentes cuidavam do processo seletivo, como a Skull and Bones* para a sociedade mais avançada.

Os filhos de Melanie Martin estudavam em Raleigh, a escola na qual havia alunos na fase pré-escolar até os 12 anos, famosa por ter um índice de aprovação tão alto entre as melhores universidades norte-americanas que foi mencionada na capa do *Wall Street Journal* (o artigo criou uma onda de *e-mails* em Pasadena, e centenas de horas de discussão continuam acontecendo até hoje). Melanie chegou ao topo das mães de Raleigh liderando uma grande campanha para o novo centro de alunos. (Sim, toda escola precisa de um *sushi bar* no refeitório.) Agora, ela estava gastando toda aquela energia de execução nos cartões para anunciar o tema daquele ano do Evento das Cinco Escolas: "As Melhores e Mais Inteligentes".

Um pequeno grupo de mães de cada escola foi escolhido para preencher os tão importantes comitês: tinha de tudo, de Decoração e Convites a Cardápio. Tina, Candy e eu havíamos sido escolhidas para representar Cloverfield no comitê executivo, resultado de nosso sucesso com o agora fatídico Evento de Arrecadação de Fundos Salve os Cedros Deodara. Tina ficou responsável pelos Convites, Candy cuidou das Relações Públicas, e eu cuidei dos Patrocínios de Empresas. Para ser sincera, nos últimos dez dias, eu nem me lembrava da existência de Melanie ou do evento.

Então, *o que* Melanie estava fazendo ali?

Éramos amigas porque rapidamente concluí que ser inimiga dela poderia ser arriscado para a minha vida, mas não somos próximas. Frequentamos alguns jogos de futebol quando os meninos eram pequenos e nos encontramos diversas vezes na academia e no salão de cabeleireiro. Ela gostava de mim porque eu a divertia, pedia sua opinião a respeito de tudo, desde quais eram os melhores professores de matemática até onde comprar carne de peru orgânica. Como muitos homens do Tipo A, as Mães Nêutron ficavam muito felizes quando estavam destacando as próprias conquistas. Encontrar o melhor professor de matemática era

---

* ***Skull and Bones*** é uma sociedade secreta estudantil norte-americana, fundada em 1832, na Universidade de Yale, por William Huntington Russell e Alphonso Taft. (N. T.)

uma conquista no mundo de Melanie. Mas eu nunca iria à casa dela para cumprimentá-la.

Para dizer a verdade, ela me assustava.

Quando uma Melanie recém-saída do salão de cabeleireiros saiu da SUV, a resposta se tornou clara. Ela estava segurando um prato.

– Helena, não acredito. *Não consigo* parar de pensar em você e no Aiden. Estou arrasada. Como você está? Você me viu no velório? Precisei ir embora antes do enterro. Posso dar isto a sua menina? – perguntou ela, sem esperar a resposta para a pergunta a respeito de meu bem-estar. Ela entrou na casa, levando a lasanha de espinafre congelada da Vivienne's Gourmet Shoppe e chamando Emilia.

Sim, Melanie, vi você no velório e a primeira coisa em que pensei foi: *O que você está fazendo na terceira fila?*

*****

Com a lasanha guardada no Corredor dos Pratos e uma xícara de café fresco nas mãos, Melanie e eu nos sentamos nas cadeiras na copa. Percebi que ela virou a almofada quando se sentou, procurando um tipo de etiqueta que minha almofada não tinha.

Ela tomou um gole grande de café, pousando a xícara de modo drástico e se virou para mim com o melhor olhar de pena do tipo "sou a chefe e sei o que é melhor".

– Helena, o comitê executivo da festa beneficiente teve uma reunião de emergência hoje para discutir sua situação. Estamos muito preocupadas com vocês.

Que reunião? Até onde eu sabia, Tina e Candy não tinham sido avisadas a respeito de uma reunião de emergência.

– Você não tem que se preocupar com nada. Jennifer Braham está chegando para entrar em seu lugar no comitê de Patrocínio de Empresas. Você a conhece? Ela é uma mãe de Martindale, mora perto de Arroyo, o marido trabalha na área de *marketing* da Nestlé. Ela será ótima. Foi responsável pelos Patrocínios de Empresa no Colorado Street Bridge

Summerfest. Sabe o que tem que fazer e tenho certeza de que você enviará as suas anotações e contatos a ela, para não perdermos tempo. Este será um ano difícil para trazer de volta aqueles patrocinadores e não queremos que você se estresse com mais nada, para poder lidar com tudo o que está acontecendo em sua vida – Melanie parou rapidamente para puxar o ar. – Sei o que você está pensando e, sim, seu nome continuará no convite como "Membro Honorário do Comitê". Gostamos disso, e você? Está *muito* aliviada?

Na verdade, eu fiquei *muito* boquiaberta.

O Comitê de Patrocínio de Empresas normalmente ficava com uma mulher que entendia de contabilidade, fazia propostas e que gostava de levar executivos médios para almoçar porque a chefona dizia que isso era bom para a imagem da empresa.

Mas o fator-chave para conseguir um posto tão cheio de prestígio era o marido. Sim, mesmo nessa época, as conexões do marido criavam valor. Um marido poderoso e bem-sucedido podia fazer os telefonemas aos chefões e conseguir o comprometimento da empresa. Os almoços com o responsável pelas Relações Públicas da empresa ou o responsável pelo *marketing* da comunidade? Papelada e acompanhamento simples que qualquer esposa de chefão de empresa conseguia resolver. Quando o IndyMac Bank se desfez em 2008, Chrissie Sears abriu mão de seu posto no Patrocínio de Empresas porque seu marido havia perdido o emprego no banco. E também a casa bonita e grande. As pessoas ficaram surpresas, mas todos achavam que Chrissie havia feito a coisa mais certa pelo bem do benefício. Ela manteve um pouco de dignidade e foi para Orange County morar com os pais "para cuidar deles, que já estavam idosos". Hum-hum.

A declaração de Melanie deixava claro que a morte de Merritt havia reduzido minha posição exponencialmente. Eu não poderia mais atrair os grandes doadores sozinha. Melanie estava me mandando embora de modo simpático. E eu não tinha escolha além de aceitar sua estratégia de pé no traseiro. Meu nome no programa era o meu pacote de saída com dignidade.

Aposto que ela planejou tudo durante o velório. Jennifer Braham não estava sentada do lado dela? A Melhor e Mais Inteligente.

Precisei aceitar a decisão. Não tinha força para bater o pé sem falar com Candy e Tina, sabia que elas me incentivariam a lutar, mas aquele momento não parecia o mais adequado para uma disputa de força com a Mel Nêutron.

Com a mesma voz que eu usava com a minha sogra quando sabia que estava derrotada, mas queria me projetar de outra maneira, respondi:

– Oh, Melanie, que alívio. Muito gracioso da parte de Jennifer me ajudar. Ela é a melhor. Por favor, diga a ela que agradeço muito pelo esforço dela. E por sua atitude rápida, Melanie. Tirou uma grande preocupação de minha vida.

Melanie bateu palmas em acordo (ou vitória) e se recostou, aproveitando o segundo gole de café ainda mais do que o primeiro.

– Deve ser difícil ter de resolver tudo sozinha. Como as questões financeiras. – Melanie inclinou a cabeça, permitindo uma visão ainda melhor de seus brincos enormes de diamante. Meu Deus, grandes como os de Oprah! E, assim como Oprah, Melanie sabia cuidar de orçamentos depois de ter gerenciado uma empresa com campanhas de milhões de dólares. Ela estava ali para arrebentar. – Essa Rita foi aquela armênia que eu vi descendo a rua? E então, quando a casa será posta à venda?

Dessa vez, Melanie parou para esperar a resposta, sorrindo enquanto esperava.

*****

O barulho da mochila de Aiden batendo no chão me tirou de minha ira quando Melanie se foi.

– Oi, mãe, cheguei. A senhora Gamble trouxe mais um prato para você. Está esperando lá fora.

Não consegui olhar para o meu filho, porque ele logo subiu a escada para se esconder em seu quarto, onde passava boa parte de seu tempo desde a morte de Merritt. Atendi Jan na porta da frente.

– Oi, Helena. A oferta de hoje é bife *bourguignon*! Belo *upgrade*! Sophie Wright preparou e ela sabe cozinhar. Ela trabalhava no restaurante Hearth antes de ter filhos.

O Hearth era o local onde eram contratados todos os serviços dos *buffets* da cidade. Nenhum evento ficava completo sem o purê de tomate maravilhoso deles ou o patê com sementes de romã. Obrigada, Sophie, pelo jantar sem miojo. A última vez em que fiz bife *bourguignon* foi no Natal de 2004, e Mitsy afirmara que o prato "não estava ruim para uma primeira tentativa". Eu já tinha feito umas doze vezes antes daquela. Agora, eu tinha o ensopado de carne do Hearth para amenizar a pancada dada por Melanie. Tudo tem seu lado bom!

Jan esperou na porta.

– Helena, Aiden me contou no carro que você terá de vender a sua casa. É verdade?

Diferentemente da Mel Nêutron, a preocupação no olhar de Jan era verdadeira. E seus motivos eram puros. Ela era uma das mães mais bem respeitadas em Millington, conhecida por sua generosidade, discrição e total falta de ostentação. Jan não precisava de uma agenda de US$1200 para provar seu valor.

Jan tinha quatro filhos e dois labradores pretos, e dirigia um grande Suburban. Will, um de seus filhos, estudava com Aiden desde a pré-escola. Sempre era possível contar com ela para buscar as crianças ou ficar com elas em casa. Ou simplesmente para preencher um cheque para patrocinar a ala inteira de um hospital. Apesar de ter entrado para a família Gamble, ela não dava importância para isso. Sim, *aquela* família Gamble, da Proctor and Gamble. Não que Jan e Ted estivessem ativamente envolvidos nos negócios de fraldas, mas eles tinham herdado uma boa parte das ações. Também importavam pinturas a óleo italianas, e para isso tinham de fazer várias viagens para Itália e França, com dedução dos impostos.

Os primeiros Gamble chegaram a Pasadena, vindos de Ohio, no fim dos anos 1800, juntamente com uma série de industrialistas do leste e centro-oeste à procura do sol: os Wrigley (chiclete), os Gillette (lâminas de barbear), os Scripp (jornal). Essas famílias desejavam sol e laranja e a área tinha muito dos dois. Eles construíram suas casas gloriosas no que ficou conhecido como Linha dos Milionários. Os Milionários trouxeram ajuda, muitos deles eram afro-americanos, tornando, assim, Pasadena o lar de uma das mais bem-sucedidas comunidades negras do oeste de Mississippi. E então, graças a Hollywood, Caltech, muita luz natural e muita terra, as pessoas do cinema, os cientistas, os arquitetos, os artistas e os desenvolvedores de imóveis se estabeleceram em Pasadena. Agora, a cidade abrigava 150 mil pessoas de todas as raças, credos e classes.

E ainda assim, em alguns dias, Pasadena mais parecia um grande colégio do que uma cidade pequena.

Apesar de muitas das mansões da Linha dos Milionários serem agora complexos de luxo, os filhos dos Gamble e de outras famílias fundadoras permaneceram na área. Jan, com muito bom-senso e boa criação, casou-se com Ted Gamble logo após se formar em Harvard. Eles viviam em uma enorme propriedade mediterrânea perto da Caltech. Jan Gamble não media esforços para ajudar seus amigos, e eu tinha a sorte de ser um deles. Eu sabia que era uma questão de tempo, agora que Mel Nêutron havia visto Rita, a armênia. Todas as mulheres dos comitês das Cinco Escolas saberiam, assim que o sol nascesse, da situação da minha residência, já que Mel Nêutron adorava os *e-mails* do tipo "tenho uma novidade". Se havia alguém capaz de pôr fim aos rumores iniciados por Melanie, esse alguém era Jan Gamble, estável e constante. Então, contei a minha história.

– Vamos colocar a casa à venda. Quero ser muito cuidadosa com a propriedade. Quero garantir a Aiden tudo de que precisa para seu futuro, e não quero correr riscos com a economia. Sabe, Jan, essas casas são caras para manter. Acredito que um lugar com menos necessidade de manutenção e menos estresse seja o melhor para Aiden e para mim no momento.

Ali, a meia-verdade foi revelada, e eu me sentia 50% melhor!

A casa era grande demais, cara demais e tudo demais para mim, mas não havia a necessidade de contar a parte a respeito dos investimentos ruins, da enorme dívida e do fato de a propriedade não valer quase nada. Eu sabia que uma parte vazaria posteriormente, já que tenho certeza de que alguns dos pais dos alunos da escola de Aiden também eram clientes do Fairchild Capital. Mas, pelo menos entre os pais dos amigos de Aiden, eu podia manter a fachada.

– Compreendo totalmente. Isso é muito sensato. Se eu não tivesse Ted, eu estaria perdida. Você está fazendo o mais certo.

– Obrigada, Jan.

Quase me descontrolei. Ter a aprovação de Jan era muito importante para mim. Não duvido de que ela tenha sido a líder de classe no Colégio Atherton, sua escola no norte da Califórnia. Ela ainda mantinha aquela aura de conquista e autoridade moral.

– Sentimos sua falta na escola. Não que eu me importe de levar Aiden – disse Jan rapidamente. – Mas sentimos saudade de você.

– Sou a força que mantém aquele lugar em pé – nós duas rimos. Era uma piada entre Jan e eu, que fazíamos desde o dia em que nossos filhos estavam na terceira série e o colega de classe deles, Elliot Merriman, perguntou para mim, durante um evento na escola: "senhora Fairchild, a senhora é dona da escola?".

"Não, Elliot, sou apenas a força", respondi, divertindo-me, mas não surpresa pela observação de Elliot. Eu realmente passava mais tempo ali do que as outras mães da sala, simplesmente porque eu tinha mais tempo. Enquanto Jan, Candy, Tina e as outras estavam tendo dois (normal), três ("três é o novo dois!") ou quatro ("temos tanto dinheiro que podemos pagar quatro faculdades!") filhos, eu só tinha Aiden.

Eu havia investido toda a minha energia no voluntariado para me distrair e não pensar na segunda maternidade. Eu podia ser chamada a qualquer momento para subsituir o motorista do ônibus da excursão que não apareceu ou a contadora de histórias da biblioteca que estava com o filho doente. Eu sempre estava disponível para reuniões no meio da manhã. Tinha sempre muito tempo para dedicar a qualquer projeto, desde fechar envelopes a fazer visitas desbravadoras à loja de material de artesanato Michaels, conhecida também como Visão do Inferno. O que eu não tinha em relações sociais, sobrava em trabalho voluntário. Passei a ser vista como essencial para a escola, a força-motriz que mantinha o lugar em pé, até mesmo para Elliot Merriman.

Mas não queria levar e buscar as crianças.

Dez dias desde a morte de Merritt e eu ainda não havia ido à escola, ao mercado, a lugar algum. Não era o pesar, mas, sim, o medo. Para dizer a verdade, eu estava me escondendo das pessoas porque estava morrendo de medo de me descontrolar e contar a verdade nua e crua a quem quisesse me escutar. Eu precisava me estabilizar para conseguir encarar aquelas mulheres de novo.

Aquelas mulheres? A maioria delas era formada por amigas, mas agora a minha existência toda precisava ser reinterpretada. Meu encontro com Melanie confirmou essa sensação.

– Estou quase voltando. Talvez na próxima semana eu apareça para o meu turno na feira do livro na escola! – eu disse a Jan, esperando por compreensão.

– Não se sinta pressionada – respondeu Jan rapidamente. – Só queria que você soubesse que sentimos sua falta. Ah, e encontrei Melanie no salão da manicure hoje à tarde. Ela me disse que você saiu do Evento das Cinco Escolas. Totalmente compreensível, apesar de achar que você estava fazendo um trabalho ótimo. Talvez em outro ano.

Inacreditável. É claro que Jan saberia de minha situação, como ex--copresidente e membro do comitê de seleção. Será que ela seria capaz de perceber o meu espanto com a mentira deslavada de Melanie? Mais uma vez, tive que fazer o mesmo jogo.

– Bem, essa decisão tem a ver com a vontade de ajeitar as coisas para Aiden e para mim. Prioridades!

Às vezes eu encontro uma única palavra para descrever uma ideia toda sem ter de dizer nada. *Prioridades*! Sim, as prioridades de Melanie, não as minhas, mas prioridades, mesmo assim.

– Coma o bife *bourguignon*! Espero que tenha um bom *cabernet* para acompanhar. É o que você precisa! Vinho! Esqueça a salada! Venho pegar Aiden amanhã às 7h45. Os meninos terão prova de história. – Jan, com sua natureza confiante e discreta, entrou em seu Suburban e foi para casa.

Chamei Candy e Tina para nossa reunião emergencial.

*****

– Meu Deus, essa refeição está espetacular! Eu sei que você teve um dia terrível, mas vamos reservar um minuto para fazer um brinde a Sophie

Wright – disse Candy, erguendo uma taça de Cabernet que eu havia pegado da coleção de Merritt. – Acho que nunca escutei aquela coitadinha dizer nada na vida. Ela sempre parece tão deprimida com todas aquelas roupas pretas. Todos sabemos que ela é de Nova York, já pode parar de usar as golas altas em maio. Mas sabe cozinhar.

– Candy, já percebeu que você nunca para de falar? Pode ser por isso que ninguém diz nada perto de você – Tina se divertia alertando Candy de seus defeitos. Candy gostava de ter aquela fama.

– Voltando ao assunto, Helena, você quer que peçamos para sair como forma de protesto? Sabe que faremos isso, se quiser. Melanie ficaria doida da vida. Adoro quando ela perde o controle.

Eu havia acabado de contar a conversa toda com Mel Nêutron, incluindo o café e a conversa com Jan depois. Como já esperava, Tina e Candy não tinham participado da fictícia "reunião de emergência" e ficaram abismadas quando contei o ocorrido e xingaram nossa amiga Melanie. Ali, sentada com as meninas na cozinha, pensando nas medidas de retaliação, eu senti a minha frustração desaparecer. A verdade é que eu não tinha tempo para arrecadar dinheiro para que os filhos de outras pessoas pudessem ter uma boa educação. Eu precisava arrecadar dinheiro para proporcionar isso a meu próprio filho.

– Permaneçam no comitê. Melanie é o tipo de pessoa que não conseguiria entender que o protesto era para ela. Acho que ela não avalia muito as atitudes que toma. E ela tem razão. Sem Merritt, não tenho espaço nesse mundo. Não poderia arrecadar o dinheiro, nem nessa economia, nem sozinha.

– Isso não é verdade – disse Tina, sempre animando, mesmo quando sua equipe estava perdendo.

Candy serviu-se de mais uma taça de vinho.

– É meio verdade, sim. Sinto muito, Helena. Mas quando Chris e eu nos divorciamos, eu perdi um monte de contatos. Quase toda a indústria de imóveis não atendia mais aos meus telefonemas. Convenhamos, ele é *gay* e é culpa minha o fato de termos nos divorciado?

O primeiro marido de Candy, Chris Lincoln, era um corretor de imóveis comerciais e *gay* enrustido. Ela tinha 24 anos, era a nova produtora de um telejornal de uma afiliada da NBC e usava a maior parte de seu salário para manter o cabelo recém-tingido de ruivo. Conheceu Chris em um salão de beleza (sinal vermelho!) e eles fugiram para Vegas seis semanas depois, depois de assistirem ao show do George Michael (sinal vermelho!). Candy adorava o fato de Chris parecer adorar fazer compras e tomar bebidas com vinho branco no almoço (sinal vermelho!). Chris precisava de Candy como disfarce para derrubar qualquer suspeita em relação a sua empresa tomada por testosterona no centro da idade, apesar de ele não ter dito isso nos votos do matrimônio. O casamento durou três anos, e a maior parte desse tempo eles viveram separados depois de Candy flagrar Chris na cama com seu cabeleireiro, Arthur, duas semanas depois do enlace. Quando o divórcio foi concretizado, Candy era uma repórter de entretenimento loira, e Chris um elemento importante na reforma da Melrose Avenue para que ela se tornasse uma Meca das compras. Candy conseguiu um bom acordo e uma vida inteira de mechas gratuitas feitas por Arthur, agora marido de Chris, pelo menos em Massachusetts. Ela fez questão de incluir as mechas no acordo de separação.

– É sério, só fiz coisas bacanas para o Chris e ainda assim o mercado imobiliário deu as costas para mim. Ah, sim, depois de quatorze anos, elas conversam comigo em eventos e querem boas matérias para suas participações em caridade, mas no começo dos anos 1990? Esqueça! – resmungou Candy.

– Então não quer que façamos nada a Mel Nêutron?

Balancei a cabeça para responder à pergunta de Tina. Estava cansada demais para querer vingança.

Tina sorriu para mim.

– Queremos ajudá-la, Helena.

– Sabe do que eu preciso, Tina? Preciso de um emprego, um trabalho remunerado. Não uma posição de liderança em um comitê onde eu doe todo o meu tempo e habilidades de graça. Preciso de alguém que pague pelo meu trabalho. E nem sei por onde começar.

– Conheço a moça certa para você. Elizabeth Maxwell, *headhunter*. Ela costumava telefonar para mim o tempo todo para falar sobre empregos em firmas de advocacia. Sabe como é, por eu ser uma mulher asiática, todos me queriam para trabalhar. Só que agora existem asiáticos em todos os cantos. Mas, ainda assim, ela me deve um favor. Eu ajudei a colocar os filhos dela no jardim de infância. Vou telefonar para ela – disse Tina, digitando uma mensagem a si mesma no Blackberry. – Você precisa de um terninho novo. Vai precisar, para todas as entrevistas que fará.

*****

Mitsy Fairchild havia feito a coisa mais correta para uma mulher de Pasadena de certa idade e *status*. Ela havia vendido a casa grande na qual vivia na região de San Rafael e escolhido uma bem menor em um condomínio no famoso Orange Grove Boulevard. A rua era pontuada por prédios de luxo com paisagens pristinas, casas de milhões de dólares e muitas placas de "vende-se", graças à alta desistência no grupo daquela faixa etária. Mitsy vivia em um complexo cinza-escuro em estilo francês, humildemente chamado Le Trianon. Aparentemente, chamar o prédio de Versailles seria um pouco demais para os moradores. O apartamento de esquina e a cobertura de Mitsy tinham mais 280 metros quadrados de antiguidades e tesouros da arte reunidos em décadas de viagens anuais para fora do país. É claro, ela havia trabalhado como decoradora, mas seu gosto era impecável. Sua casa era maravilhosa.

E ela raramente me convidava para ir lá.

Mitsy preferia fazer reuniões no clube, mais ostentosas e menos pessoais. Assim, quando recebi uma mensagem do telefone dela, dizendo que adoraria que eu fosse almoçar em sua casa, eu me preparei para o pior.

Mas, naquele momento, o que ela poderia me dizer que deixasse minha situação mais desfavorável? Pode mandar, Deusa Serpente. Respirei fundo e fui. Mitsy abriu a porta, vestindo uma calça fina e marrom, uma blusa de caxemira de gola V na cor amarela e o anel clássico de diamantes da Tiffany, seu uniforme durante a semana.

– Helena, fico feliz por ter chegado no horário – a única coisa que minha sogra admirou em mim nos últimos quinze anos. Costumo chegar cedo, sempre no horário, nunca atrasada. – Entre e beba um chá gelado.

O almoço foi previsível e já estava sobre a mesa: quiche, salada com azeite e vinagre e um cesto de pão francês. O chá gelado foi servido, cada copo com uma rodela grande de limão. Aquele almoço era de negócios apenas. Nós nos sentamos e, ao mesmo tempo, colocamos o guardanapo de linho sobre o colo.

– Conversei com Billy. Estou ciente da sua situação financeira. – Bem, não existia a confidencialidade entre advogado e cliente. Aparentemente, Billy havia se deixado corromper pela pressão de Mitsy Fairchild também e, por algum motivo, isso me deu ânimo. Para dizer a verdade, saber que Billy havia contado a Mitsy que seu único filho estava à beira da falência era um alívio. Antes ele do que eu. Assenti e mordi a quiche dura e fria. – E pelo que sei, você vai colocar a casa à venda, é isso?

A Melanie Nêutron devia ter contado tudo para as senhoras mais velhas na aula de hidroginástica no clube, e a notícia havia chegado a Mitsy. Aquele método de comunicação agradava o meu lado que não gostava de encarar as situações. Assenti de novo, percebendo que Mitsy não queria conversar, apenas confirmar.

– Bem, parece que você teve de tomar algumas decisões rápidas, e compreendo. Quando o pai de Merritt morreu igualmente de repente, eu também precisei aprender algumas coisas com rapidez. É bom que você seja bem mais jovem do que eu era. Ter 40 anos hoje parece décadas a menos dos quase 50 que eu tinha quando precisei recomeçar a minha vida.

Esperei Mitsy continuar. Ela parecia prestes a me contar algo pessoal, mas essa impressão passou e ela prosseguiu.

– Quais são os seus planos? – perguntou ela.

Dessa vez, parecia que eu precisava responder. Escolhi as palavras com cuidado. Não sabia como ela esperava que eu reagisse. E tinha receio de estar abaixo de suas expectativas.

– Ainda estou assimilando as informações a respeito das finanças, mas estou tentando seguir em frente.

– O que isso quer dizer? – perguntou ela, sem pestanejar, pois detestava qualquer tipo de linguagem que pudesse ser vista como "moderna". Acho que "seguir em frente" era vago demais para ela. Fiquei incomodada.

– Vou explicar o que seguir em frente quer dizer, Mitsy. Quer dizer que eu estou tentando não perder o controle e ficar obcecada pensando no que meu marido fez com todo o nosso dinheiro. Então, estou vendendo os bens que precisamos vender, como carros e obras de arte. Estou procurando um emprego e espero que, depois que a casa for vendida, tenhamos dinheiro suficiente para comprar uma casa pequena e ainda condições para pagar o colégio de Aiden. Se não der certo, teremos de pensar em nos mudar para uma parte menos dispendiosa do país. É isso o que seguir em frente quer dizer.

Uau! Eu me surpreendi com aquele raciocínio tão claro! Meu tom e minha convicção pareciam ter surpreendido Mitsy. Ela relaxou a sobrancelha direita arqueada e me observou. Então, disse:

– Gostaria de poder ajudar. Infelizmente, a crise econômica tem me obrigado a fazer meus ajustes financeiros. – Será que Merritt tinha alguma coisa a ver com aquilo? Mitsy nunca me contaria algo como aquilo. – Eu contribuiria de bom grado com os estudos de Aiden, mas agora não tenho como fazer isso.

Voltei a assentir. Eu não tinha certeza de que ela estava sendo honesta, pelo menos a respeito da parte de "contribuir de bom grado". Ela nunca havia tomado grandes atitudes antes, não havia contribuído com o dinheiro para a faculdade nem com nenhuma aplicação em nome de Aiden. Mitsy dizia acreditar que as pessoas tinham de se sustentar sozinhas, mas em minha opinião ela era mesmo sovina, principalmente no que dizia respeito às pessoas.

– Helena, gostaria que você não anunciasse a sua situação pela cidade. Não que tenha feito isso! Mas é pelo bem de Aiden, seria melhor se você não contasse detalhes a suas amigas e conhecidas.

Pelos últimos quinze anos, percebi que as pessoas ricas sempre recorrem à negação e à ilusão. Mitsy, uma velha rica, fingia que não seria de bom tom mencionar dinheiro, ou a falta dele, a amigos e parentes distantes. Mas, na verdade, ela simplesmente não queria que as pessoas soubessem que a viúva de seu filho e seu neto estavam em dificuldades. Naquele momento, entendi por que ela havia me convidado para almoçar.

– Não pretendo "anunciar" minha situação, mas farei o que for preciso para cuidar de meu filho. E se para isso eu precisar colocar minha casa à venda, então é o que farei. Cresci cuidando de mim mesma e de minha família. Não tenho medo de fazer isso de novo.

Mitsy estava tentando engolir a quiche-papelão. Ela olhou para mim com os olhos marejados e lutou para controlar as emoções. Foi então que me lembrei de que ela era uma mãe que havia acabado de perder um filho, por mais imperfeito que fosse.

– Sei que vai, Helena. Só agradeço de antemão por manter intacto o nome Fairchild.

Se Mitsy não estivesse tão emocionada, eu teria dito uns bons palavrões ao ouvir aquela palhaçada de manter intacto o nome Fairchild, grande ironia, afinal foi Merritt quem colocou o nome em perigo. Mas percebi que, na alegria e na tristeza, na saúde e na doença, eu também era uma Fairchild.

– Claro que sim. Pelo Aiden – e nós duas assentimos.

*****

Não senti falta de Merritt naquele dia. Entre os quadros, os pacotes e a venda de minhas antiguidades, eu fiquei ocupada demais durante o dia para pensar nele. E, para dizer a verdade, ele nunca fazia parte da minha vida durante o dia, mesmo. Não éramos o tipo de casal que conversava dez vezes por dia, em uma terça-feira normal. Às vezes, eu precisava perguntar alguma coisa no meio da tarde, sobre buscar Aiden no treino ou comprar ingressos para algum evento, e telefonava para Merritt no escritório. Mas, geralmente, cortávamos a comunicação durante o dia.

Por esse motivo, a chegada dele à noite era esperada. E o motivo pelo qual o silêncio às 19h agora se tornara ensurdecedor. Aiden e eu começamos a assistir aos *Simpsons* para preencher o vazio. Sem dúvida, um dia, a namorada de faculdade de Aiden, uma bela estudante de psicologia de Scottsdale ou Houston, analisaria o sentido de Aiden ter substituído o pai falecido por Homer Simpson. Ela me culparia por permitir que Aiden processasse o luto de modo tão inadequado. Mas ver Aiden sorrindo naquele momento era muito mais importante para mim do que me proteger de culpas futuras.

O único problema do interesse de Aiden pelos *Simpsons* era que o canal era a Fox Network, o mesmo de Roshelle Simms. Então, todas as noites, enquanto Aiden e eu comíamos o prato do dia, assistíamos à televisão e eu esperava pelo inevitável: a amante de meu falecido marido certamente apareceria em algum momento da última meia hora para fazer uma propaganda. *Essa lingerie é sexy demais para a TV? Decida às 22h.* Ou *Esse comprimido é o segredo para um corpo em forma para o biquíni? As fotos reveladoras do antes e depois às 22h.* Se o conteúdo editorial da Fox News parecia questionável antes do Incidente do Panda, agora ele tinha uma conotação extremamente sexual.

Eu precisava de muita disciplina para não jogar o garfo na televisão. Eu havia começado a chamá-la de Shelly Safada.

– Essa mulher tem uma cara esquisita – comentou Aiden certa noite (*será que mais ação entre quatro paredes ajuda a eliminar as estrias? Dê uma olhadinha às 22h!*), enquanto se servia de Enchiladas Especiais da família Gutierrex.

– O que ela fez?

Alta definição e colágeno são uma combinação letal.

Cliquei no botão "mudo" e mudei de assunto. Uma coisa era ser estoica diante da infidelidade; outra era ser *blasé*.

– Sabe, você vai fazer o exame de admissão na Ignatius em algumas semanas. Marquei umas aulas preparatórias hoje – porque era isso o que os pais em Pasadena faziam, desembolsavam centenas de dólares em todos os tipos de extras acadêmicos, porque era o que todas as outras pessoas faziam.

– Por favor, não me mande para aquele cara de cabelo esquisito.

Admito que fiz isso. Aiden havia enfrentado algumas aulas de espanhol com um tutor sósia do Donald Trump, chamado Señor Tom. Mel Nêutron havia dito que Señor Tom era "o melhor da cidade". Infelizmente, o cabelo dele acabou sendo uma enorme distração para Aiden, a ponto de suas notas piorarem, apesar dos US$75 dólares/hora cobrados. Alguns dias, Aiden entrava no carro e sentia ânsia de vômito só de pensar no topete. "No más, Señor Tom", Aiden havia implorado.

Assim, comecei a dar uns dólares a mais a Emilia para ela revisar a lição feita por ele, uma solução muito melhor. Mas o estrago já estava feito. O Señor Tom continuou sendo uma lembrança ruim para Aiden, e sua resistência às aulas de reforço havia aumentado.

– Sem Señor Tom. Você e Lilly Chau-Swenson irão juntos à casa de um aluno de faculdade totalmente normal que vai dar algumas dicas, apenas orientações. Vai ser divertido.

Por que eu disse aquilo? É claro que não seria divertido. "Banda de *rock*" é divertido. Gramática nunca será divertida, se você for o Aiden. Pelo menos ele gostava da Lilly, e ela era muito esperta. Uma ótima realizadora de exames.

– Tudo bem, se eu tenho de ir...

Aiden era um aluno que tirava muitos Cs. Depois de anos sendo ameaçado e fazendo aulas de reforço e frequentando uma escola "academicamente rigorosa", ele continuava sendo um aluno comum. Em um mundo de adolescentes de treze anos aparentemente extraordinários que tocam violino de modo perfeito, jogam no time de vôlei e competem nos concursos, tudo isso enquanto tentam sobreviver à pressão acadêmica intensa de seus pais e professores, um estudante normal como Aiden não era nada especial a um diretor de escola de ensino médio. Por isso era feito o exame preparatório.

Precisei me conformar com o desempenho totalmente dentro da média de Aiden na sala de aula. Eu teria adorado estudar em uma escola como Millington, com rigor, regras e horas de lição de casa. Mas Aiden fazia a lição de qualquer jeito, com um desempenho acadêmico enlouquecidamente inconstante. Quando o assunto era escola, eu era Sísifo e ele, a rocha*. Por que será que ele não podia se importar um pouco mais com suas notas e

* Referência a Sísifo, na mitologia grega, o homem fadado a subir uma montanha com uma rocha e vê-la rolar para baixo repetidas vezes, representando o sofrimento de um trabalho sem esperança. (N. T.)

menos com seus Legos? – era o que eu me perguntava depois de ver outro boletim normal.

Merritt ria de minha preocupação.

– Ele vai se dar bem. Os asiáticos podem ficar com os As, mas Aiden ficará com as meninas no ensino médio.

Até mesmo Tina Chau-Swenson chegara à mesma conclusão.

– É claro que nossos filhos tiram notas melhores. O que você espera? Vocês querem que seus filhos sejam populares. Nós não nos importamos com o fato de nossos filhos serem ou não convidados para festas de aniversário. Queremos que eles sejam convidados para estudar em Yale.

Tina tinha razão. Aiden havia nascido de uma determinada maneira, e em seu futuro parecia estar incluído o ingresso gratuito a uma escola decente, a uma boa faculdade e a uma carreira de respeito, se ele conseguisse se manter nos trilhos e não usar drogas, não se envolver em um acidente de carro, nem engravidar ninguém. Aiden não precisava ser aluno de uma das melhores universidades; ele era um Fairchild. Até o ano-novo, sua vida tinha sido uma série de passos esperados em um caminho claro, como eu queria que fosse quando tinha a idade dele. Em dezembro, eu não estava me preocupando com o ingresso dele na Ignatius. Por isso ele havia se candidatado a apenas uma escola de ensino médio. Mas agora? Ele era apenas um menino comum cujo pai havia falecido e sem influência econômica, como a Melanie Nêutron havia ilustrado claramente para mim. Ele precisava entrar na Ignatius agora mais do que um mês antes.

Mas, primeiro, ele precisava passar no exame-padrão.

– Sim, você precisa das aulas de reforço. Quer estudar na Ignatius, não quer?

Aiden deu de ombros. Será que ele não queria estudar na Ignatius? É claro que queria. Merritt o levava aos jogos de futebol na Ignatius desde que ele era pequeno. Ele adorava a camiseta que tinha da Ignatius. Era o sonho dele jogar polo aquático pela Ignatius, não era?

– Aiden, sei que no momento pode não parecer importante, mas no próximo mês de setembro, vai ficar feliz por ter se esforçado.

Percebi em seu olhar que era como se "o próximo mês de setembro" estivesse a milhões de anos. Ele apertou o botão do "mudo" de novo. A conversa estava encerrada.

O Shelly Show tinha voltado. *Seu filho adolescente tem trocado mensagens de texto com conteúdo sexual na escola? Assista ao programa às 22h e veja o que acontece no celular de seu filho.*

Ei, Shelly, cale a boca! Tente esta chamada: *Seu marido está enviando mensagens de texto com conteúdo sexual enquanto dirige? Cuidado com o Panda, às 22h!*

Ai, caramba, eu disse isso em voz alta?

– Mãe, você está bem? Estava falando sozinha.

– Estou com muitas coisas na cabeça. Quer mais enchiladas?

Capítulo 5

– Preciso ser honesta com você, porque você não tem qualificações para nenhuma vaga em nível executivo, nem mesmo para executivo júnior – disse Elizabeth Maxwell, uma mulher afro-americana alta, de trinta e poucos anos.

Eu estava boquiaberta com a foto de família mais bonita que já tinha visto, exibida de modo proeminente sobre sua mesa reluzente em seu escritório reluzente na Maxwell and Mathers Executive Search, Inc. A voz de Elizabeth forçou-me a me concentrar.

– Há candidatos fora do mercado de trabalho, com MBAs, que não conseguem nem mesmo entrevistas para cargos iniciantes. Não há nada em seu currículo que grite "me contrata".

O único motivo pelo qual ela não havia rido de minha situação era porque eu era amiga de Tina e uma mãe de Millington. O fato de eu ser uma viúva também contava. A maneira com que ela disse "currículo" foi a pior. Meu "currículo" era uma lista de atividades de caridade reunidas por mim e decorada por Tina para fazer parecer que meus anos como mãe, esposa e voluntária da comunidade parecessem experiência real de trabalho. O tempo que passei no comitê de decoração tornou-se "especialidade em *design* e marcas". Tina transformou meus anos como mãe em uma posição que exigia "habilidades de formação de equipe" e "negociação de contratos".

(*Com quem? Com a empresa de ônibus das excursões da escola?*). E os muitos dólares arrecadados em caridade para diversas organizações se tornaram "capital criado" e "orçamento para despesas". Meus estudos na universidade de Berkeley tinham sido redefinidos como "plano de carreira". A mulher do papel tinha uma carreira.

Eu nunca tive uma carreira.

Eu não havia nada a que "retornar" além de uma tese mal acabada. Eu não tinha empresa de advocacia, como Tina, nem um departamento de *marketing*, como Melanie Nêutron, ao qual retornar em meio período. Em vez de construir carreira quando tinha vinte anos, eu estava constituindo família: eu me casei aos 25, tive Aiden aos 27, fiquei em casa e fui mãe, feliz. Agora, eu estava tentando fingir que toda aquela experiência constituía um trabalho.

Todas aquelas experiências eram de vida, mas não de trabalho. Até mesmo meu novo terninho da Banana Republic (*em promoção no tamanho 38!*) parecia meio demais para a ocasião; eu nunca usava camisas sob medida ou meia-calça durante o dia. E a echarpe rosa-choque ao redor de meu pescoço? Tina disse que ela me faria parecer mais jovem.

– Se você se recusa a aplicar Botox como as outras mulheres da cidade, então precisa de algo para cobrir esse pescoço!

Eu havia rejeitado os tradicionais presentes de 40º aniversário, sessões de Botox, Restalina ou cirurgia na barriga em troca de um bom jantar com as amigas. Tina havia me chamado de maluca. Parecia que o meu castigo seria aquela echarpe. Para mim, eu ficava parecendo uma vendedora de cosmético, mas não entendia muito.

Elizabeth Maxwell não se deixou enganar pelo currículo nem pela roupa, mas foi gentil.

– Já vi muitas mulheres como você nos últimos anos, voltando a trabalhar depois que seus filhos crescem. Talvez precisem de dinheiro para a faculdade ou talvez o marido tenha perdido o emprego ou sofrido um corte no salário. Para dizer a verdade, seus prospectos não são nada bons. Você é capaz de trabalhar em *marketing* ou comunicação. E acho que a sua experiência de vida real vale tanto quanto qualquer MBA. Mas as empresas norte-americanas não pensam da mesma maneira. Você vai acabar ganhando menos do que a sua empregada.

Não por muito tempo, porque teria de dispensar Emilia, mas sabia que ela tinha razão.

Ao analisar a jovem e bem-sucedida Elizabeth Maxwell, desejei, pela centésima vez desde a morte de Merritt, que pudesse voltar quinze anos. Obviamente, eu não trocaria Aiden por nada, mas por que não tinha sido mais ambiciosa em relação aos meus interesses? *Não chore. Não chore.*

– Você pode me dar algum conselho? – perguntei, esperando não parecer patética demais.

– Você realizou muito trabalho volunário na Huntington. Talvez possa fazer algo lá, no departamento de Desenvolvimento ou de Relações Públicas. Eles conhecem você, por isso sua dedicação à instituição vai compensar a falta de experiência de trabalho. Você é inteligente, articulada, ligada à comunidade. Só não tem crédito de mercado no mundo real. Comece pela Huntington. Precisa sair e obter experiência de verdade.

Entre as mães da escola e nos jogos do campeonato, eu havia ganhado fama de Sábia, graças ao meu passado acadêmico e às horas de trabalho voluntário na Huntington. A Huntington Biblioteca, Coleção de Arte e Jardim Botânico – o nome oficial, ainda que ninguém na cidade o chamasse de alguma coisa que não fosse Huntington – abrigava uma das mais raras coleções de livros e documentos do mundo, além de jardins espetaculares e uma coleção de arte e mobília de primeira linha. A Huntington ocupava o lugar onde antes ficava a propriedade de Henry Huntington, barão das estradas de ferro e colecionador de livros, e sua adorável esposa, Arabella, filantropa e *designer* visionária de jardins. A Huntington se localizava em uma maravilhosa propriedade na fronteira de Pasadena e San Marino, um local mais silencioso e com impostos mais altos ao sul.

Além de ser um ótimo local público, a Huntington era um centro de pesquisa de primeira linha, graças aos livros e jornais raros de sua coleção. Apenas alguns estudiosos tinham acesso às coleções para realizar pesquisas. Eles compensavam à Huntington realizando palestras a respeito de áreas esotéricas de estudo. Eu servia chá com biscoitos a eles.

Nos últimos dez anos, tenho galgado meu espaço na cadeia alimentar do voluntariado, e fui de professora de pré-escola a conselheira pedagógica graças ao fato de ser quase acadêmica e ter cerca de 25 anos a menos do que a maioria dos outros voluntários. Os adoráveis aposentados voluntários costumavam falar até ferver os ouvidos dos estudiosos e curadores, por isso a minha atenção menos a necessidade de contar a todos histórias a respeito de meus netos faziam de mim a escolha perfeita para as séries de palestras públicas. Chá e bolachas eram sempre servidos a quem podia participar das conversas no meio do dia. Às vezes, eu recebia permissão até de apresentar os convidados, dizendo a longa lista de títulos, como se eu fosse um deles. Adorava aquilo.

Para as mães da escola, eu fazia a minha própria série de palestras. Conseguia pegar uma palestra de uma hora de duração realizada pelo Corpo Honorável de Detalhes Históricos na impressionante Universidade da Costa Leste e resumia tudo a alguns fatos mais relevantes para as mulheres ocupadas que não tinham tempo de ir a palestras nas tardes de quarta-feira. A sociabilidade no Iluminismo Britânico (*quem diria que o estudo todo da ciência começava com ingleses bem relacionados que conseguiam divertir as moças com histórias engraçadas do mundo natural!*), o Reinado de Charles I (*rei desastroso! O George Bush da Inglaterra. Devoto, mas sangrento. Executado como resultado da guerra civil!*); Conversas sobre Dinheiro? Comércio, Clássico e Gosto no Fim da China Imperial (*uau, aquelas mulheres da dinastia Ming eram tão cientes de marcas e consumistas quanto as esposas dos ricos de Hollywood*). Aquelas palestras, e o que eu contava, mantinham-me intelectualmente estimulada, afastando o tédio da maternidade. E com isso, ganhei o apelido de "professora Fairchild" das mães de Millington.

Em todos aqueles anos de voluntariado na Huntington, eu nunca havia pensado em trabalhar ali. Obrigada, Elizabeth Maxwell.

– Vou roubar essa frase para a minha entrevista. "Sem experiência, mas muita dedicação à instituição", sou eu! – eu disse, um pouco alto demais.

– Por favor, use-a.

– Posso perguntar uma coisa?

– Claro.

– Você pensou em abrir mão de seu trabalho quando teve filhos? – fiz um meneio de cabeça em direção à foto da família toda no mar do Havaí. Duas meninas adoráveis com maiôs cor-de-rosa e Elizabeth com um chapelão e canga. Marido bonitão, também.

– Minha mãe foi mãe solteira. Eu acredito no trabalho.

– Bem explicado. Obrigada, Elizabeth. Gostei de seu conselho.

– De nada. Você vai à Feira do Livro?

– Talvez. Pode ser que eu esteja gerenciando o escritório de desenvolvimento da Huntington até lá – eu ri, e ela também.

– Sim, pode ser.

*****

– Mãe, o que está fazendo aqui? – perguntou Aiden, entrando no *Audi* na fila dos carros. – E por que está vestida assim?

Precisei contar a ele, que sabia ser muito observador quando queria, só não era quando estava procurando a mochila ou o equipamento de polo aquático.

– Vim buscar você. Está na hora de eu voltar ao mundo – declarei, lentamente entrando na rua de novo, feliz por não ter batido na picape na minha frente que repentinamente parou. – E acabei de sair de minha primeira sessão de orientação profissional.

– Que profissão?

– Sim, isso mesmo. Que profissão? Creio que você tem mais qualificação para conseguir um emprego do que eu. Pelo menos tem certificado de guarda-costas.

Olhei para Aiden, que estava sorrindo pela primeira vez em três semanas. E aproveitei.

– Você se importaria de sair da escola e trabalhar como guarda-costas para pagarmos as contas?

– Sem problemas. Desde que eu possa ir para o trabalho dirigindo a BMW do papai – e nós dois rimos, rimos muito, juntos pela primeira vez desde a morte de Merritt.

E então, Aiden fez a pergunta que eu estava me preparando para responder todas as noites quando me deitava na cama e rezava pedindo orientação.

– Mãe, vamos ficar numa boa?

Olhei diretamente para a frente, observando a estrada e as minhas palavras.

– Aiden, vamos ficar numa boa, mas teremos de fazer muitas mudanças. Você sabe a respeito da casa, mas, além disso, não teremos o mesmo dinheiro de antes. Venderemos a casa, vou conseguir um emprego e vamos ficar bem. Mas a vida será diferente.

Ele assentiu, franzindo o cenho.

– Estamos meio ferrados de dinheiro, né?

Surpresa, eu perguntei:

– Como assim?

– Escutei você conversando com Candy e Tina, ou melhor, a senhora McKenna e a senhora Chau-Swenson – Aiden corrigiu-se. Pasadena era o tipo de cidade dos "sobrenomes para adultos". – Parece que a situação não é nada boa.

Eu me controlei, tentando me lembrar de que ele era o meu filho, não meu parceiro.

– Está meio ruim agora, mas vai melhorar.

– Não preciso estudar na Ignatius. Há escolas públicas. E posso trabalhar. Posso ajudar.

– Não se preocupe. Podemos pagar a mensalidade, e sua prioridade deve ser estudar, entendeu?

– Entendi. Eu te amo, mãe – Aiden nunca sentiu vergonha de dizer isso a mim. Ele raramente dizia a Merritt, que não era muito fã de expressar as emoções, nem mesmo com um "te amo, cara", como os homens costumam fazer. Merritt costumava dar um tapinha na cabeça dele e dizer: "bom garoto", como se Aiden fosse um labrador.

– Também amo você, Aiden – respondi, apertando a mão dele, e então, para diminuir a emoção, perguntei: – você gostou de minha echarpe? Acha que fiquei mais jovem?

– Você está parecendo uma francesa burra.

– *Merci.*

*****

Eu havia descoberto. As férias para o México, cerca de cinco anos antes, foram o começo do fim para Merritt e eu. Deitada em minha cama, noite após noite, sem conseguir dormir, fiquei obcecada em definir o Incidente que Mudou Tudo. "Defina e o resto da bagunça vai começar a fazer sentido", eu me convenci.

E parei na viagem ao México.

– Você pode planejar – dissera Merritt a mim, certa manhã de janeiro, antes de ir para o centro de Los Angeles para construir seu império. – aonde você quiser. Quero ver você me surpreender! – Acho até que ele havia me beijado ao se dirigir para a porta.

E foi o que fiz, porque adoro planejar. Sou boa com detalhes, com datas, com previsão do tempo, reservas de voos, passeios durante o dia, documentos para viajar e vacinas exigidas. "Planejando bem, a diversão é garantida", era um tipo de lema com o qual eu vivia. Eu havia me entregado à minha nova tarefa. Logo no começo, eu me adaptei ao planejamento de férias pela Internet; era como se eu estivesse de volta à escola fazendo pesquisa. Pensei que as férias de 2003 seriam um ponto marcante no histórico de férias da família Fairchild.

E em nossa vida sexual.

Nós havíamos passado os seis anos anteriores tentando ter outro filho, mas sem sucesso, apesar dos especialistas, dos tratamentos de fertilidade e das relações sexuais inspiradas no planejamento médico. É meio exagero chamar de *sexo* aquele tipo de cópula. Infertilidade secundária, foi o nome dado pelos médicos. Eu estava fingindo não estar triste, mas Merritt não se importou em esconder nada. Ele culpava a mim, apesar de o dr. Weston não ter chegado àquela conclusão.

Aquelas férias seriam nossa grande tentativa. Uma última oportunidade de relaxar e engravidar antes de eu jogar a toalha. Não que Merritt e eu discutíssemos o assunto a fundo naquele momento. Mas acreditei que, se conseguíssemos encontrar um novo ponto exótico, conseguiríamos relaxar e voltaríamos a ser como éramos antes.

Merritt não havia gostado de minha criatividade.

– México? Não é Havaí. Não é Mauna Kea.

– Sempre vamos para Mauna Kea. Você disse que queria que eu o surpreendesse, algo diferente. Como um eco-*resort* em Puerto Vallarta! Podemos ver algumas celebridades.

– Helena, o México não fica nos Estados Unidos. O México é o *México*. Entende o que quero dizer? Não vou conseguir beber água nem conferir os *e-mails*. E a segurança? E os terroristas? E não quero ver celebridades. O que está pensando? O que será da próxima vez? Um cruzeiro?

– Você tem trabalhado tanto. Nunca vemos você. Pensei que seria divertido sair para uma aventura. Em família – não mencionei a palavra "bebê".

– Quero férias, não uma aventura.

Não tivemos nenhuma das duas coisas. Aiden e eu adoramos o lugar, com sua atmosfera meio decadente e bem diferente dos Estados Unidos. A "vida selvagem" que prometiam no *site* era um tanque velho de tartarugas que ficava no deque do restaurante. Os garçons e garçonetes tinham "apresentado" o entretenimento da noite com piadas ruins de um número estranhamente alto de apresentações de travestis.

Merritt ficou de bico, bebendo margaritas aguadas, enquanto Aiden, então com oito anos, e eu, dançávamos as músicas de Ricky Martin. Ninguém ficou doente nem foi atraído por terroristas, e eu com certeza não engravidei.

Mas nunca nos recuperamos.

Chegamos em casa, em Pasadena, e a mensagem de Merritt estava clara: "eu quero um casamento, não uma aventura". Minha educação incomum não era mais uma vantagem, era um problema. Acho que foi isso mesmo o que ele disse. Vantagem, problema, risco, perda. Era o que ele pensava sobre o nosso casamento.

No ano seguinte, voltamos para a segurança do Mauna Kea com metade dos membros do Clube de Pasadena em *lounges* de praia próximos do nosso, bebendo mai tais e falando sobre golfe. Merritt divertiu aquelas pessoas contando sobre a nossa "viagem de acampamento ao Terceiro Mundo no terrível país México!". Todos riram de suas descrições exageradas, confiantes em suas excelentes escolhas de hotel. Todos, menos eu.

Ele nunca mais falou do México, nem mesmo no *réveillon*, quando me contou sobre Roshelle. Mas eu sei, *eu sei*, que esse foi o Incidente que Mudou Tudo.

Ótimo. Vamos em frente.

Capítulo 6

O caminho comprido e pontuado por árvores na Huntington sempre me encheu de prazer. Desde a primeira vez em que vi o local da mansão *beaux-arts* com a paisagem luxuosa e sem fim; do autêntico jardim japonês até o adequado jardim inglês de rosas, soube que aquele era um lugar especial. As fontes e as esculturas localizadas em cantos tomados pelo sol em todas as partes da propriedade sempre me surpreendiam. As Galerias, de muito bom gosto, que já tinham sido a residência particular da família Huntington, haviam sido restauradas fazia pouco tempo; possuíam candelabros gloriosos e andares com pisos de parquete brilhante. Os quadros *Breakfast in Bed*, de Mary Cassat, e o *The Blue Boy*, de Gainborough nas paredes azul-prateadas, eram lembranças lindas da maternidade. Mas, acima de tudo, eu apreciava o prédio frio e escuro da biblioteca repleto de tesouros, desde a primeira edição da Bíblia de Gutenberg às cartas de Albert Einstein e um "Fólio" de Shakespeare. Eu adorava fingir fazer parte daquele mundo.

Mas, naquela sexta-feira no fim de janeiro, eu estava tomada pelo medo. Precisava pedir algo a alguém. Precisava pedir um grande favor. Eu estava acostumada a receber pedidos de favor, não pedir.

Acostume-se.

Encontrei Sarah White na barraca de café que ficava perto do Pavilhão de Entrada. Ela tinha cerca de cinquenta anos, uma dessas mulheres que ficam grisalhas cedo e que ainda eram sensuais, com o cabelo no perfeito tom prateado e a pele vibrante. Saíra do escritório de autorizações de Wesleyan uma década antes, e foi para o oeste para recomeçar a vida depois de um divórcio. Ela ganhou poder como assistente no escritório de desenvolvimento arrecadando milhões de dólares para o novo jardim chinês, graças ao influxo pela área toda de pessoas e dinheiro da China. Agora, ela estava envolvida em tudo em Huntington. Como a diretora de Relações Públicas recém-nomeada, ela era a maior fonte de informação.

Sarah trouxera aquele ar de esnobismo da Costa Leste que os californianos adoravam, seu sotaque forte como o do Upper East Side de Nova York e do colégio interno para meninas Miss Porter. Ela dizia coisas do tipo "nossa casa de verão em Cos Cob" e "minha mãe tinha uma série noturna de sábado no Met", e os doadores assentiam em solidariedade, fingindo saber ao que ela estava se referindo. Mas eu já tinha visto Sarah sem disfarces em diversas ocasiões, depois de beber um pouco de vinho em excesso no jantar de voluntariado. Ela não me assustava nem um pouco. Pelo menos, não até aquele momento.

– Helena! – Sarah me abraçou, apertando meus ombros um pouco, como se estivesse sendo sincera. – Tenho pensado em você.

– Também senti saudades. É bom estar de volta.

– Fiquei surpresa ao receber o seu telefonema tão cedo. Você não precisa se preocupar com os seus turnos. Você sabe que não pode ser substituída, mas Arlene, do Departamento de Voluntários, pode encontrar substitutos. A senhora Smithson está com vontade de entrar e fazer as séries de palestras – nós duas rimos. A senhora Smithson era capaz de demorar vinte minutos para perguntar as horas. – Quer um café?

– Quero, obrigada – eu disse, aceitando a xícara da adorável e pequena Annie, que cuidava da máquina de expresso durante a semana. Annie estudava fotografia no Centro de Artes. Ela tinha ido ao velório, juntamente com tantos outros de Huntington. – Obrigada, Annie!

– Oi, Helena! Que bom ver você – Annie abriu um largo sorriso, e seu bom humor me contagiou. – Precisamos de você aqui de novo – e então piscou, porque gosta de piscar.

Pisquei de volta de modo desconfortável.

– Vamos andar. Preciso deixar algo na Galeria Scott – disse Sarah, dando passos largos em direção à escada.

Mais uma vez, usando meu terno da Banana Republic, eu me senti fingindo. A combinação de saia reta e sapatos de salto médio dificultava para mim acompanhar o ritmo de Sarah White. E, caramba, eu não queria derrubar o café quente em minha saia. Tina me mataria.

Ande devagar, cacete.

Entrei em pânico, tentando manter o ritmo de Sarah Pernas Compridas, esquecendo-me do discurso de emprego que eu havia escrito e ensaiado diversas vezes diante do espelho do banheiro: *creio que a minha dedicação a esta instituição tem sido provada em atos e compromisso. Adoraria ter uma chance de me tornar mais do que apenas uma voluntária. Quero fazer parte da equipe.* Em uma tentativa de fazer a minha acompanhante caminhar mais devagar e acabar logo com aquilo, eu disse:

– Preciso de um emprego. Não tenho qualificação para nada, mas posso fazer *qualquer coisa.* Qualquer coisa. Você tem qualquer coisa?

Sarah se virou, surpresa, com o cabelo brilhoso e o batom certo em destaque contra a floresta de bambu atrás... e então sorriu.

– Oh, era para isso que você precisava falar comigo. Por que não me disse ao telefone? Também já passei por isso! – Disse Sarah, referindo-se à sua mudança de situação depois do divórcio, uma comparação da qual eu começava a me ressentir, mas deixei passar. – Adoraríamos que você trabalhasse conosco. Mas não é o melhor momento para procurar uma vaga. Deixe-me pensar. Não tem vaga nenhuma em meu escritório no momento. Estamos com dificuldades, tentando sobreviver nessa economia sem perder muitas pessoas.

– Tem alguma vaga em outro departamento? Eu posso até tirar o pó da Magna Carta, se for preciso – a Huntington tinha, de fato, uma cópia da Magna Carta, que eu acho que eles me deixariam espanar, mas eu estava apenas dando ênfase ao pedido.

– Fiquei sabendo de uma coisa. A Karen, da Biblioteca, disse para mim hoje pela manhã. Temos um PE nos visitando neste semestre. Ele precisa de um assistente de pesquisa.

PE era um Pesquisador Exemplar e quando dizia "semestre", Sarah queria dizer que ele ficaria ali até maio ou junho. Perfeito. Meu pé dentro da instituição.

– Seria perfeito! – eu estava sem fôlego, talvez porque minha roupa íntima estava apertada e começava a interromper a entrada de oxigênio nos pulmões, e Sarah havia retomado seu passo apressado em direção ao outro lado dos jardins. Aquela tinha sido uma escolha ruim de roupa.

Saraha riu.

– Você não quer nem saber quem ele é ou o que está pesquisando? Nem o salário?

Eram todas perguntas excelentes, reconheci.

Sarah me disse tudo. O valor da hora era um pouco melhor do que o de Emilia, mas menos do que um salva-vidas recebia em uma festa de aniversário infantil. Tudo o que ela sabia a respeito do pesquisador era que ele era um arqueólogo especializado em Troia. Estava ali para catalogar alguns documentos novos que tinham sido descobertos no sótão da casa de um dos professores da Caltech e que estavam relacionados com o famoso arqueólogo Heinrich Schliemann e a escavação original em Troia.

– Sinto muito, mas não sei qual é o nome dele. Vou entregar isto e vamos conversar com Karen agora mesmo. Talvez ele ainda esteja aqui e você possa conhecê-lo.

Conhecê-lo? Agora? Ai, meu Deus, não. Não posso trabalhar para um arqueólogo clássico! Antropólogo? Claro. Botânico? Sem problemas. Um dos primeiros estudiosos da história norte-americana especializado em impressões da vida selvagem daquele cara de Audubon? Tudo bem. Adoro aves. Mas um arqueólogo clássico de verdade? De jeito nenhum. Ele vai me dar um banho de conhecimento. Não sou inteligente o bastante. Ele vai saber logo que eu abandonei a faculdade, que meu grego era ruim vinte anos antes e que com certeza não melhorou na última década. Os rostos de todos os professores que decepcionei na escola surgiram diante de mim.

– Bem...

– Não era o seu campo? Arqueologia? E um sinal!

Esse é o tipo de frase que não ouvimos todos os dias. Eu queria matar Sarah, porque estava suando pela minha blusa e consegui sentir um arrepio começando na meia-calça e subindo pela parte de trás da minha perna direita.

– Sim. Bem, já faz alguns anos. Talvez eu devesse telefonar para Karen e voltar mais tarde...

– Helena, quando esse emprego for anunciado na Internet, você vai perder a chance. A maioria dos assistentes de pesquisa que empregamos é de candidatos a mestrado. Jovens candidatos qualificados para um mestrado. Se você quiser esse emprego, precisa se mexer agora. Sacou?

Sacou? Este sim é o jeito de falar de uma menina que estudou na Miss Porter! Mas Sarah tinha razão, a mesma razão de Elizabeth Maxwell. Aos 40 anos e sem trabalhar há quinze, eu não era jovem, nem qualificada. E piorava a cada dia, então hesitei. Pensei em Aiden. Pensei que precisava dar o primeiro passo.

– Tudo bem. Vamos lá conhecer o arqueólogo.

*****

Eu ainda estava ofegante quando parei em frente à Galeria Scott e esperei Sarah entregar seu envelope e localizar Karen na Biblioteca. Meu Deus, quando fiquei tão fora de forma? Fazia quanto tempo que eu não fazia o treino de esteira que meu *personal trainer* havia desenvolvido? Antes ou depois de Meredith ter saído do *The View*? Eu havia relaxado comigo mesma, como Merritt dissera. Precisava incluir na lista de minha vida nova: mais exercícios cardiorespiratórios.

Chega! Aquele era, exatamente, o tipo de distração patética que eu deveria evitar. Foco, foco. Tente se lembrar de alguma coisa que você aprendeu sobre Troia. *Tornou-se famosa por Homero*, em Ilíada. *Cena de um sítio de dez anos, cerca de 1200 a.C. na Idade de Bronze, apenas diga Era de Bronze, que funciona. Helena de Troia, esposa daquele fulano, a mulher mais linda da Terra, abduzida por Orlando Bloom. Os espartanos tentam resgatar Helena. Aquiles, blá-blá-blá, maior guerreiro de todos. Cavalo grande, Troia cai, os espartanos vencem, Helena volta para aquele fulano. Menelau, era esse o nome dele! Muitos debates entre estudiosos: será que a Guerra de Troia aconteceu de fato ou foi apenas uma história de Homero? Nos anos 1800, o empresário alemão "barra" arqueólogo amador Heinrich Schliemann usou sua fortuna para provar que Troia existiu de fato.*

Encontrou um local no norte da Turquia. Chamou-o de Troia alguma coisa. Troia 1. Troia 2. Certo, isso mesmo. Já estou me lembrando de tudo.

Uma voz interrompeu minha História de Troia para os Fugidos da Escola.

– Com licença, pode me dizer...

Automaticamente, eu voltei para o modo docente, antes mesmo de me virar para quem me fazia a pergunta. Eu estava diante da famosa estátua de bronze *Diana, a Caçadora*, de Houdon, uma parada no passeio com áudio pela Huntington, mas não era um dos meus favoritos. Diana, ou Artemis dos Gregos, tinha sido minha área de estudo na faculdade; aquilo eu sabia de cor. Era como se eu tivesse de defender o legado dela.

– Essa Diana foi esculpida por Jean-Antoine Houdon em 1790. É admirada por sua bela musculatura e pela bela imagem da face da poderosa Deusa da Caça. Mas, na verdade, essa pobre deusa não era capaz de matar nem um coelho com esse arco pequeno, muito menos um porco selvagem! Além disso, ela está nua, o que não ajuda muito quem quer sair correndo pela mata. Ela deve ter se esfolado. E convenhamos: é difícil lutar contra um atacante indesejado quando se está nua! Obviamente esculpida por um homem.

Opa, isso não está no roteiro oficial.

– Na verdade, só queria saber onde encontro um bebedouro.

Eu me virei e me deparei com os olhos mais azuis que já vi em um homem. Junto com os olhos, vi um rosto muito bronzeado, uma vasta cabeleira e um sorriso muito simpático. Ele devia ter quarenta e poucos anos, alto, bonito, vestia uma blusa bacana marrom-chocolate. Usava uma bolsa tipo mensageiro atravessada no ombro e segurava um mapa da propriedade enrolado na mão direita. Não usava aliança. Ele parecia um Gerard Butler com sede, e ali estava eu, suando, corada e sem conseguir dizer nada. Se eu conseguisse me enforcar com a echarpe, era o que teria feito. É sério, eu teria arrancado minha cabeça.

– Oh, sinto muito. Tantos visitantes perguntam sobre a estátua de Diana, que eu simplesmente pensei que fosse a sua pergunta e fui explicando sem pensar – eu fiquei me desculpando, mais parecendo uma guia turística japonesa desenfreada. – Mas se você só quer encontrar o bebedouro, também posso te ajudar! Há um bebedouro perto do Jardim de Fragrância. Siga o caminho pela esquerda, depois das camélias. Posso ajudá-lo com mais alguma coisa?

Por favor, diga não e vá embora enquanto eu tento resgatar a minha dignidade.

– Não, apesar de eu ter de concordar que ela está mesmo em desvantagem com essa arma. E espero que ela esteja usando muito protetor solar. Você tem razão no que disse.

– Obrigada. Vou conversar com o curador.

– Oh, você não é curadora? Parecia saber bem do que estava falando.

Aquele cara estava me paquerando ou só tentando diminuir o meu embaraço? É sério, fazia tanto tempo que eu não conversava com um homem a respeito de algo que não envolvesse negócios, golfe ou Merritt, que não tive ideia do que estava acontecendo. Por outro lado, reconheci a sensação de ansiedade da época do colégio e da faculdade, então podia ser que ele estivesse me paquerando. Mas, falando sério... por que Gerard Butler, de blusa marrom, estaria flertando *comigo*?

– Não, sou uma... bem, estou tentando trabalhar aqui, mas, no momento, não. Sou só uma... *freelancer*, uma professora voluntária. – *O quê? O que isso quer dizer?*

Naquele momento, Sarah e Karen, da Biblioteca, entraram pelas portas duplas. Karen era bibliotecária-mestre, um termo que eu pensava existir apenas nos livros infantis, mas não, Karen era a Rainha do Sistema Decimal Dewey. Ela conhecia todos os livros, todos os documentos, todos os desenhos da coleção da Huntington – um catálogo ambulante. Usava o mesmo *blazer* vermelho todos os dias do ano, mesmo quando a temperatura chegava aos trinta graus. Ela dizia ser por causa do "ar-condicionado maluco". Eu achava que a maluca *era ela*. Mas gostava de sua intensidade.

– Que ótimo. Vocês se conheceram! – exclamou Karen, assentindo para mim e para o Blusa Marrom. Fiquei confusa, assim como ele. Karen da Biblioteca não tinha muita noção sobre emoção humana, preferindo páginas a pessoas, mas Sarah não era assim. Percebendo a nossa confusão e notando o corpo alto e atlético do Blusa Marrom, ela interveio para corrigir a situação, usando seu melhor tom de relações-públicas.

– Dr. O'Neill, muito prazer em conhecê-lo. Ouvi falar muito bem sobre seu trabalho. Seja bem-vindo a Huntington. Sou Sarah White, responsável pelas Relações Públicas, por tudo o que você está vendo – gesto de mão exagerado combinado com um modesto meneio de cabeça. – Ficarei feliz em ajudar com *qualquer coisa* de que precise.

Notando a cara de desejo de Sarah, percebi que ela não estava brincando quando disse o *qualquer coisa*. E agora eu sabia exatamente quem era o Blusa Marrom. Droga.

– Helena, este é o pesquisador visitante sobre quem eu estava falando antes – continuou Sarah, direcionando a voz aveludada a mim.

Por favor, não permita que eu suspire.

– Dr. O'Neill, soube, pela Karen, que o senhor está precisando de ajuda para organizar o seu trabalho. Helena seria a perfeita assistente de pesquisa. É muito qualificada. Está conosco há muito tempo.

Poderia ser pior? Acho que não.

O Dr. O'Neill, o Dr. Blusa Marrom O'Neill, estendeu a mão primeiro para mim, depois para Sarah.

– Patrick O'Neill. Prazer em conhecê-la. Eu não sabia o nome de Helena, mas já estava impressionado pelo interesse dela e por sua posição aqui como "voluntária a docente *freelance*". Fico feliz por saber que você está interessada na vaga de assistente de pesquisa.

E então ele sorriu de verdade para o grupo todo e pensei que Sarah abriria mão de seu emprego atual para se candidatar a pesquisar o que diabos o Dr. O'Neill quisesse que fosse pesquisado. Até Karen teve que desabotoar o *blazer*. Onda de calor?

– Sim, muito interessada no trabalho – frases curtas pareciam o mais seguro naquele momento. – Ama arqueologia. Superorganizada. Instigante.

Instigante?

O Dr. Patrick O'Neill olhou diretamente para mim. Com os braços cruzados e apoiado em uma das pernas, mantendo o quadril mais para um lado do que para o outro, ele me analisou por inteiro, como se estivesse examinando outra estátua. Sua expressão continuou neutra, sem passar qualquer emoção que pudesse diminuir ou aumentar a minha ansiedade. Eu tive certeza de que eu era tudo o que seus assistentes de pesquisa anteriores não tinham sido: mãe, viúva e uma mulher que havia acabado de completar quarenta anos. O terninho, a faixa na cabeça e a meia calça não gritavam exatamente "estou pronta para ajoelhar na terra e cavar!". Além disso, ele tinha muito mais cabelos do que eu.

– Tenho só uma pergunta.

Oh, não, por favor, não fale comigo em grego arcaico e não espere que eu responda com um comentário incisivo. Por favor, Deus, não.

– Um de meus alunos me disse para não deixar de ir ao La Estrella. Parece que eles servem os melhores tacos da cidade. Você sabe onde fica?

Fiquei surpresa por um momento, e então respondi de modo triunfante:

– Sim!

Ele esperou. Queria a resposta completa. Aquele era o meu teste. E eu ia passar! Quando estava grávida de Aiden, só comia tacos e sorvete de palito nos primeiros quatro meses. Escondida, desde então eu comia em barraquinhas de tacos, apesar de Merritt me alertar a respeito de alimentos contaminados.

– Há muitos La Estrellas em Pasadena, mas o original fica na Fair Oaks com a Washington. Tem os melhores tacos de *carne asada* da cidade. E eles trazem a Coca-Cola mexicana com açúcar de verdade, não a norte-americana, com xarope de milho.

– Você, além de voluntária a docente *freelance*, também come tacos?

– Às vezes.

Karen estava confusa e Sarah parecia estar com um pouco de ciúmes.

– Então, ótimo. Você pode começar na semana que vem? Ou pelo menos levar o almoço ao meu escritório?

– As duas coisas.

*****

Eu estava meio empolgada demais quando voltei para casa e contei sobre o meu triunfo. Nem mesmo ver Shelly Safada na televisão, falando sobre os efeitos da cafeína na libido masculina, diminuiu a minha alegria. Apesar de o salário ser modesto e de ser um compromisso de apenas alguns meses, aquele parecia um passo muito importante na minha vida. Tina e Candy, minha dose diária de bom humor, foram à minha casa confirmar o que eu estava sentindo: eu sairia da escuridão.

A primeira reação de Aiden ao saber de meu trabalho com o Dr. Patrick O'Neill foi dizer:

– Irado! Você vai trabalhar com o Indiana Jones!

Talvez aquilo ajudasse a animar Aiden um pouco também. Eu não tinha pensado naquilo como uma das vantagens. Um ponto pra mim.

Candy quis saber se ele era solteiro. Eu disse que ele não usava aliança e ela me disse que isso não significava nada.

– Ele cava a terra o dia inteiro – disse ela. – Os cirurgiões também não usam aliança.

Parecia inútil tentar explicar a Candy que ele não faria escavações em Huntington. Ela gostava de exagerar as coisas para justificar seu ponto de vista. E a julgar pelo modo com que eu não queria conversar sobre a minha vida pessoal com meu novo chefe, não faria perguntas a ele a respeito de sua vida pessoal.

– Candy, pretendo trabalhar com o cara, não me casar com ele – disse a ela.

– Mas pode ser que eu queira me casar com ele! – disse ela. – Passe a colher.

Tina queria saber se ele era famoso.

– Você vai passar o dia inteiro sozinha com ele. O que sabe sobre a vida dele?

Então, como uma boa assistente de pesquisa, fiz a pesquisa. O que o homem desconhecido fazia, segundo o Google? O Dr. Patrick O'Neill tinha mais de vinte páginas com menções a seu nome, tantas que eu parei de clicar. Ao pesquisar o meu nome, o Google mostrava duas páginas, e a maioria das citações envolviam "Merritt Fairchild e sua esposa, Helena". Torci para o Blusa Marrom não jogar o meu nome no Google.

Havia artigos escritos por ele, livros idem, palestras gravadas do Dr. Patrick O'Neill, mestre. Ele tinha até uma página na Wikipédia, o que me deixou muito impressionada. Aquilo significava que ele tinha alunos muito dedicados para criar a página ou que havia pago a alguém para escrever a página, uma prática comum ali na terra de Hollywood. Candy e Tina ficaram em pé atrás de mim e lemos:

> Trabalho atual: Dr. Patrick O'Neill é membro da Walter F. Beady de Arqueologia Clássica na Escola Americana de Estudos Clássicos em Atenas, Grécia. Também é o vice-presidente executivo da Cidade Antiga da Fundação Troia e Diretor de Escavações no local onde se localizava Troia, em Hissarlik, na Turquia. Atualmente, ele está em período sabático em Pasadena, Califórnia, como Pesquisador da Mortimer Levitt na Biblioteca Huntington.
>
> Pesquisa atual: Dr. O'Neill é um dos mais de 350 estudiosos, cientistas e tecnicistas de aproximadamente vinte países que estão colaborando nas escavações do local (onde se localizava Troia), no nordeste da Turquia. Troia começou como uma fortaleza da Era de Bronze no terceiro milênio a.C. e terminou como um assentamento bizantino antes de ser abandonada em 1350 d.C. A pesquisa do Dr. O'Neill se concentra em escavar, mapear e determinar as datas de todo o local. Sua pesquisa tem dado credibilidade aos textos de Homero como fontes históricas. O Dr. O'Neill também é reconhecido pelo trabalho como biógrafo de Heinrich Schliemann, o arqueólogo alemão que escavou Troia pela primeira vez e que é considerado o pai da arqueologia moderna.
>
> Formação: O Dr. Patrick O'Neill é norte-americano, mas passou por diversas partes do mundo ao longo da vida. Seu pai, Thomas O'Neill, era um executivo expatriado da Questum Pharmaceuticals, e a família viveu em São Paulo, Brasil; Atenas, Grécia; e Genebra, Suíça. O Dr. O'Neill se formou na Escola Internacional de Geneva e

Amherst College com bacharelado em História Antiga. Realizou seu mestrado em Arqueologia Clássica na Universidade de Princeton.

Seu interesse em Troia e a Interpretação de Homero nasceu na infância, na Escola Internacional em Atenas e durante as frequentes viagens que a família fazia a Mycenae e outros pontos da Era de Bronze.

Seu trabalho em Troia tem ajudado a aumentar o entusiasmo dos estudiosos, fundações e amadores interessados pelo local.

Trabalhos:

A Grande Árvore: Homero, Schliemann e Troia (2005)

História sem os Histriônicos: Fato, Mito e Interpretação (2001)

Por que Homero Importa (documentário da BBC)

Artigos:

Veja *links* em: www.ancienttroy.org

– Cadê as informações pessoais? – perguntou Candy.

– Cadê a foto? – perguntou também Tina.

– Cadê o vinho? – eu quis saber. O cara era *o cara*, tudo o que eu queria ser e mais.

Eu não fiquei só intimidada. Também fiquei aterrorizada.

Capítulo 7

Descobri que o melhor horário para se preocupar é às quatro da manhã. É o horário perfeito entre ter uma boa noite de sono e estar totalmente desperto. Quatro da manhã não era tão cedo a ponto de eu me estressar para voltar a dormir, mas era cedo demais para levantar e ir fazer café. Então, quando despertava às quatro da manhã, eu deixava a minha mente se ocupar com a minha Lista de Preocupações.

Eu pensava em todas as preocupações que havia enfileirado ao longo do dia. Escolhia as três principais e tentava encontrar uma solução ou decidia continuar me preocupando até ser convencida, por uma amiga, de que eu não tinha nada com que me preocupar. Como no caso de "Ah, Helena, você sabe que alguém vai se oferecer para patrocinar as camisetas para a feira da escola. Sempre acontece!". E pronto, a preocupação desaparecia, porque, sim, alguém sempre me procurava para o patrocínio.

Antes da morte de Merritt, a lista comum de preocupações do começo de fevereiro era constituída por itens como marcar horário no cabeleireiro, a probabilidade de um ataque terrorista no aeroporto, a possibilidade de fazer sexo com Merritt no fim de semana e a localização do cartãozinho do dentista com o horário da próxima limpeza.

Depois de formular a Lista de Preocupações, eu podia atacá-la com um plano de ação, logo depois da terceira xícara de café e pronto. Eu não podia fazer nada a respeito do ataque terrorista ou do cartãozinho perdido com o horário do dentista, então esses itens iam parar diretamente no fundo do meu plano de ação. Mas havia preocupações que eu podia atacar! Marcaria o horário no cabeleireiro! Marcaria uma sessão de depilação na virilha porque Candy havia feito com que eu percebesse o erro que cometia ao usar gilete, ou havia me envergonhado, a ponto de eu querer dar mais atenção àquela área. Eu estava no controle das coisas! – ou pensava que estava.

Naquela época, eu não tinha *nada* com que me preocupar.

Eu sempre suspeitei de que minha vida não tinha estresse algum, mas agora sabia com certeza que a situação era boa. Eu costumava me preocupar com minha felicidade, em fazer Merritt feliz, em deixar Aiden totalmente amparado. Que luxo poder se preocupar com a felicidade.

Ultimamente, minha Lista de Preocupações estava repleta de preocupações reais a respeito de vender a casa e conseguir dinheiro suficiente com ela para cobrir as dívidas e comprar um apartamento pequeno. Eu me preocupava em fazer um seguro de vida porque, *Deus me livre!*, e se alguma coisa acontecesse comigo? Eu me preocupava com o crescimento das árvores que podiam cair na entrada de casa depois de uma tempestade, apesar de elas terem sido podadas há um ano. Eu cheguei a me preocupar com a possibilidade de Aiden começar a cheirar cola como uma maneira de esconder a raiva, porque eu já tinha visto estatísticas assustadoras a respeito de adolescentes cheiradores de cola no *Good Morning America*. Eu me preocupava com a possibilidade de nunca mais fazer sexo com outro ser humano de verdade. Eu me preocupava com a chance de morrer sozinha.

Pelo menos essas eram preocupações reais.

Agora, eu tinha uma nova fronteira de preocupações para adicionar à Lista de Preocupações: o local de trabalho. Minha orientação de oito horas (Paga! Vou levar o pão para casa!) antes de meu primeiro dia de trabalho oficial consistiu de algumas horas no departamento de Recursos Humanos, e depois de uma sessão de treinamento difícil com Karen da Biblioteca. No departamento de Recursos Humanos, eu tive de preencher todo o tipo de papelada, a maioria dela aparentemente desnecessária para um emprego de trinta horas semanais e temporário. Mas Min Cho, o responsável pelo RH, ficava repetindo: "É bom entrar no sistema", e eu concordei. Já fazia tanto tempo que eu não fazia parte de um sistema de nenhum tipo, que só o fato de usar uma identificação de funcionária da Huntington no pescoço já me dava a sensação de vitória.

Então, entrei no vórtice de Karen da Biblioteca, que trajava o *blazer* vermelho. Karen levava seu trabalho muito a sério. Eu achava que, se parte de meu trabalho envolvesse garantir a saúde e segurança de um rascunho original do Discurso de Gettysburg para as próximas gerações, eu também seria séria. Como uma humilde voluntária, eu nunca havia visto aquele lado de Karen; agora, como assistente de pesquisa, eu estava sob a avaliação de uma bibliotecária-mestra. Minha maior preocupação era manter as mãos limpas o tempo todo para não "sujar nem manchar as páginas" com meus – pasmem! – "óleos corporais pessoais".

Eu teria de lidar com cadernos que tinham cerca de 140 anos. Karen me orientava como se eu estivesse prestes a embarcar em uma missão secreta e ela só pudesse revelar poucos detalhes por vez, ou minha existência estaria comprometida.

– Ouça o que posso dizer a você por enquanto. Há quinze livros, numerados com numerais romanos, que foram doados a nossa coleção. Os livros pertenciam ao sobrinho do famoso arqueólogo Heinrich Schliemann. O sobrinho era Rudolph Schliemann. Os livros foram descobertos há mais de um ano no sótão de uma das casas de propriedade do Instituto de Tecnologia da Califórnia. Em uma época, os dois irmãos Schliemann chegaram à Califórnia, vindos da Alemanha, para ganhar dinheiro durante a Corrida do Ouro. O irmão de Heinrich morreu, e a viúva dele se mudou para Pasadena com o filho deles, Rudolph. O Dr. Rudy Schliemann se tornou um dos primeiros professores de Engenharia na Caltech, mas os diários são de antes da época em que ele trabalhou na Universidade. Ele fazia parte da equipe original de escavação em Troia. Os livros detalham o local original antes e durante a escavação. É só o que posso dizer.

Eu estava meio que esperando que Karen da Biblioteca, com o *blazer* vermelho, se destruísse depois da explicação. Mas, não. Ela abriu um sorriso de doida e entregou a mim um par de luvas brancas.

– Nunca, em tempo algum, toque nestes livros sem estas luvas. Qualquer violação pode resultar no fim.

Fim, tipo... morte? Ou demissão? Aquela nova Karen seria capaz das duas coisas.

Karen me explicou sobre o "Protocolo de Análise de Documentos", ou "PAD", como ela se referia ao processo pelo qual eu fotografaria as páginas avulsas dos livros, escanearia para passar ao computador e criaria um arquivo de trabalho para o Dr. O'Neill, como Karen não parava de se referir a meu futuro chefe. Ela explicou, com riqueza de detalhes, o processo diário de chegada e saída. E então passou a mostrar como checar os mecanismos internos da câmera, da estante e do computador. Chegou até a explicar o conteúdo de fibras das luvas *versus* o conteúdo de fibras do papel nos livros. Parecia que ela falava em câmera lenta. Será que ela não sabia que eu havia criado meu próprio Protocolo de Análise de Documentos ao ajudar Aiden com seus projetos de história? *Consigo escanear dormindo*, senti vontade de gritar. Por fim, ela permitiu que eu praticasse a técnica em revistas em quadrinhos, depois em livros de verdade, supervisionando-me. Depois de diversas horas de tédios, Karen sugeriu que fizéssemos um intervalo por causa do "ritmo intenso do treinamento". Uma caminhada rápida e um dos expressos de Annie me tiraram de meu estupor.

No fim do dia, Karen disse que eu tinha sido aprovada para o Nível Um, o mais baixo da avaliação.

– Não quero ver você tocando a Bíblia de Gutenberg – brincou Karen.

Quase me autodestruí.

Agora, às quatro da manhã, sem conseguir dormir nem relaxar, fiz a minha Lista de Preocupações para o Primeiro Dia de meu trabalho:

Não me esquecer das luvas brancas ou corro o risco de ser despedida.

Como devo chamar Patrick O'Neill? Dr. O'Neill? Professor O'Neill? Patrick? Pat? Dr. Escavador? E aí?

Devo contar a ele sobre o mestrado perdido? Ou só fingir que adoro arqueologia, mas não tenho formação na área, para não ter que revelar meu passado acadêmico vergonhoso?

Devo dizer que meu marido morreu há pouco? Devo contar sobre Aiden? Claro que sim, mas será que devo mencionar a minha idade?

Devo fazer perguntas sobre a família dele? É ilegal? Não há leis no ambiente de trabalho a respeito de questões como esta?

O que as pessoas dos escritórios fazem na hora do almoço? Ficam sempre juntas? Sempre sozinhas?

Posso trabalhar para um homem tão atraente quanto Patrick O'Neill?

E defini minhas atitudes. Eu o chamaria de Dr. O'Neill, como parecia ser o padrão em um local formal como a Huntington. Não havia motivos para o Dr. O'Neill saber a respeito de meu mestrado ou de qualquer outra coisa a respeito da minha vida, como o fato de eu ter dinheiro antes e não mais agora. Comentaria sobre a morte de Merritt e sobre Aiden se ele perguntasse, mas não precisaria dar detalhes só para conversar. Levaria o almoço de casa, faria perguntas apenas a respeito do trabalho, e torceria para não me apaixonar por ele.

Porque ele provavelmente tinha uma bela namorada grega esperando por ele em Atenas.

Pronto, plano traçado. Eu só precisava segui-lo.

*****

Pesquisadores de destaque ganhavam escritórios de destaque na Huntington. Eu sabia que o Dr. Patrick O'Neill tinha uma posição importante no mundo acadêmico supercompetitivo, quando deram a ele o Chalé 7 dos Pesquisadores, um dentre uma dúzia de pequenos bangalôs espalhados pela propriedade da Huntington com telhado de telha.

Os acadêmicos comuns trabalhavam em baias na própria biblioteca. O Dr. O'Neill ganhou sala privativa, escritório com temperatura controlada adequadamente para documentos valiosos, equipamentos de escaneamento de primeira qualidade de que eu precisaria, os melhores computadores e acesso rápido à Internet, e também móveis antigos lindos, presentes de um dos benfeitores da Huntington. Havia quadros antigos nas paredes, uma manta sobre o sofá e flores frescas na mesa de canto. O Chalé 7 tinha até um quintal onde, possivelmente, o Dr. O'Neill e eu beberíamos chá e conversaríamos como colegas.

Era um local de trabalho que não parecia profissional. Mais parecia uma suíte de um hotel bem bacana no Ojai Valley Inn and Spa (onde Merritt e eu nos hospedamos em nosso décimo aniversário de casamento) do que um escritório. Eu sentia vontade até de chamar o serviço de quarto. O sofá, porém, me deixava desconfortável.

No primeiro dia, eu cheguei cedo, claro, logo depois das oito, para o meu dia de trabalho oficial, das 9 às 15h. Karen avisara: "Espere por orientações do Dr. O'Neill antes de começar o trabalho". Foi exatamente o que ela disse. Ela nem precisou usar a frase "pode resultar no fim".

Aproveitei a oportunidade para analisar o ambiente à procura de informações pessoais sobre meu chefe: fotos de família, desenhos de criança, mensagens deixadas no fax nos quais houvesse informações valiosas e particulares. Mas não havia nada, nem mesmo um *post-it*. Droga.

Então, fiz o que sabia fazer: fiz café, limpei a geladeira, reorganizei as flores, varri a varanda, arrumei tudo um pouco e esperei pela chegada do Blusa Marrom.

Pare de ser a esposa, eu tive de me lembrar. *Você é uma assistente de pesquisa agora. Tem um importante trabalho a fazer. Vai analisar e organizar informações que poderiam definir um dos locais antigos mais importantes da história. Segredos revelados! Conhecimento novo! Você pode incendiar o mundo da Arqueologia e reaver um pouco da dignidade que perdeu quando saiu de Berkeley. Você é uma estudiosa, não uma esposa. Vá para o computador!*

Eu estava *on-line* checando a programação do torneio de polo aquático de Aiden, no fim de semana, em Mission Viejo, quando o Dr. O'Neill chegou em nosso escritório, perto das dez da manhã. Estava usando outra blusa maravilhosa e um cachecol de caxemira azul-escuro que eu não deveria ter notado. A bolsa estilo mensageiro ainda estava em seu ombro e trazia um *laptop* embaixo do braço. As mãos dele eram ásperas e bronzeadas por anos de exposição ao sol e à terra. Apesar de sua aparência ótima, conseguia imaginá-lo em Troia, caminhando lentamente ao lado de uma retroescavadora, coberto de poeira e suor, doido para alcançar a nova camada de informação. Como os arqueólogos com quem eu havia trabalhado no passado, ele não parecia muito à vontade naquele ambiente chique. Ele fez um meneio de cabeça para mim ao jogar a bolsa no sofá.

– Já está trabalhando, estou vendo.

Aiden havia me ensinado o truque que ele usava para mudar de página na Internet rapidamente quando flagrado por um professor durante a aula, por isso, abri a página inicial da Huntington para esconder minhas atividades reais. Acho que não enganei o grande arqueólogo.

– Estou só me orientando – eu disse, esperando dar a impressão de que tinha experiência prévia naquele cargo e sabia como as coisas funcionavam. – Quer um pouco de café? E eu trouxe uns bolinhos de uma padaria maravilhosa do centro da cidade. Cranberry Orange. Quer um?

Oh, pelo amor de Deus, eu mais parecia a aeromoça da primeira classe de uma companhia aérea. Onde estava o uniforme? Cale a sua boca, Helena!

– Uau, geralmente meus assistentes de pesquisas estão de ressaca da balada da noite anterior, e não trazem bolinhos.

– Olha, sabe como é, sou mãe solteira. Meus dias de balada acabaram. Acordo cedo, agora que tudo é minha responsabilidade. As contas, a venda da casa, criar meu filho. Só acho que não há nada melhor do que café fresco e um bom desjejum. É o que digo ao meu filho de treze anos. Quer dizer, menos o café. Ainda que, às vezes, eu prepare um café com leite para ele de manhã, principalmente desde que o pai dele morreu. Estou tentando criar aquele momento de conexão entre nós dois, para ele não começar a cheirar cola e sair da escola.

Aquilo não podia ter saído pior. Acho que a única coisa que deixei de mencionar sobre a minha vida foi uma tentativa fracassada de me formar. O que certamente seria contado até a hora do almoço.

– Quer um bolinho, Dr. O'Neill?

– Se você faz questão, claro, vou comer um. E pode me chamar de Patrick, quando estivermos a sós. Não precisa ser formal.

– Sinto muito. Estou nervosa. Já tem algum tempo que eu não faço isso – respondi, entregando a ele uma xícara de café e um prato com bolinho, geleia, manteiga e um guardanapo de pano. – Já tem um tempo que não trabalho, é isso o que eu quis dizer. Não... servir bolinhos.

– Eu entendi – o Dr. Patrick O'Neill realmente pareceu compreender, a julgar pelo sorriso que abriu. – Vou me organizar e então poderemos tratar de nossas responsabilidades. E do que estou procurando.

– Positivo. Operante. Certo.

Meu plano de ação já era.

– E sinto muito pelo seu marido. Sarah me contou sobre sua situação. Meus pêsames – Patrick fez um meneio de cabeça, indicando que não esperava uma resposta além de "Obrigada".

É claro que Sarah White, com seu tom de voz dúlcido, havia dito algo. E entendi o que eu era: uma situação.

– Obrigada.

*****

Até a hora do almoço, Patrick explicou as expectativas que ele tinha para aquela nova pesquisa: nenhuma. Até onde ele sabia, os meses seguintes na Califórnia não passariam de um pouco mais do que férias remuneradas e uma oportunidade de conseguir o dinheiro de que sua fundação precisava desesperadamente para continuar a pesquisa em Troia, obtendo vários novos patrocinadores. Os cadernos Schliemann, descritos por Karen como "uma fonte altamente valiosa de novas informações a respeito do que pode ter sido destruída na escavação original" eram, nas palavras dele, "um monte de considerações simplórias feitas por um cara que não sabia nada sobre arqueologia".

– Rudy era jovem e inexperiente e nunca gostou de arqueologia. Ele se tornou engenheiro. Sabia menos sobre como preservar o local do que seu tio. Invadir e cavar era o método deles. Abriram um fosso em toda a extensao de Troia com homens e machadinhas. Mesmo que ele tivesse visto algo importante, Rudy Schliemann não o teria reconhecido como tal. Heinrich Schliemann pesquisou evidências arqueológicas de milhares de anos para chegar ao que pensava ser Troia. Essa evidência não existe mais há muito tempo. Não acho que haverá algo naqueles cadernos que eu possa realmente usar, além de algumas histórias enfeitadas a respeito do velho Tio Heinrich, o que sempre ajuda em festas de arrecadação de fundos. Mas a ideia de que podem existir revelações muito importantes a respeito do local é bem forçada – disse Patrick. – Ainda assim, a Huntington me deu o dinheiro e quis que eu viesse e checasse os cadernos, então aqui estou.

E lá se foi a minha chance de redenção arqueológica. Pelo menos, agora eu não tinha de me estressar com a possibilidade de meus óleos corporais pessoais estragarem uma disciplina acadêmica inteira. Naquele instante, o iPhone dele começou a tocar com a música "Dig"*, do Incubus, o que achei bem pensado, e que me senti muito esperta por conhecer, graças ao meu filho de treze anos.

– É melhor você atender – eu disse, tentando me controlar para não fazer uma piadinha relacionada à arqueologia. E pedi licença para tirar os pratos dos bolinhos, voltando ao meu papel confortável como ajudante, agora que minha carreira brilhante parecia ter terminado antes de começar.

Escutei a voz do Blusa Marrom mudar. Com certeza era uma mulher.

– Sim, estou pronto. Até lá – Patrick desligou e continuou a falar comigo, sem explicar nada. Detestei aquilo. Não que fosse da minha conta saber sobre as coisas de Patrick. Eu ficava maluca quando Merritt falava por muito tempo ao telefone sem explicar sobre o que se tratava, e agora aquele cara estava fazendo a mesma coisa. Talvez eu devesse ter feito mais perguntas a respeito dos telefonemas de Merritt.

– Bem, Helena, a situação é a seguinte. Vamos analisar os cadernos, ver o que há neles, transcrever coisas, mas não se mate. Fico feliz por ter sua ajuda para o trabalho chato – Patrick se recostou casualmente no sofá, esticando as pernas e falando com total confiança a respeito de sua teoria sobre os cadernos. Ele estava me tratando como se eu fosse uma colega. Não era à

---

* ***Dig***, em inglês, significa "escavação". (N.T.)

toa que os alunos dele o adoravam o suficiente para manter uma página no Wikipédia em seu nome.

Talvez existisse uma *fan page* de Patrick O'Neill no Facebook. Eu checaria na hora do almoço.

Continuei retirando as xícaras de café, tentando esconder a curiosidade em relação a ele e seu telefone celular.

– É que Karen fez parecer que a descoberta destes cadernos fosse essencial a seu trabalho.

Patrick riu e, meu Deus, ele tinha lindas linhas de expressão ao redor dos olhos, resultado de duas décadas ao ar livre, embaixo do sol da Turquia, desenterrando a história.

– Karen é bibliotecária! Ela acha que todas as folhas de papiro têm um segredo antigo. Por isso ela passa os dias em catacumbas com temperatura controlada. Algumas coisas só estão disponíveis porque são velhas, não porque são importantes.

– Bem, talvez haja *alguma coisa* ali que seja útil – eu disse da maneira mais esperançosa, com o otimismo de Tina.

– Talvez. Pode tentar.

Naquele momento, ouvimos uma voz conhecida.

– Oi, sou eu. Patrick?

Sarah White entrou no escritório, linda como sempre, em um terninho maravilhoso azul-marinho, com uma blusa branca de gola alta e um colar grande e cheio de penduricalhos que eu não teria coragem nem altura para usar. Então... Sarah White, uma divorciada disponível, era a mulher misteriosa. Talvez ela estivesse dando as boas-vindas a ele em seu primeiro dia de pesquisa, uma obrigação oficial, nem um pouco social. Afinal, seu trabalho como relações-públicas estava ligado a projetos de importância, como os que estavam sendo chamados de Diários Schliemann. Por que eu me importava?

– Helena, parabéns pelo seu primeiro dia. Esse projeto é tão perfeito para você e tão fascinante. Patrick me contou sobre o trabalho dele no sábado à noite. Fomos ao Steak House. Filés enormes, mesas ótimas. Eu adorei. Bem, como estava dizendo, ele me contou sobre os diários enquanto apreciávamos um filé para dois. Está se acostumando?

Certo, nem um pouco oficial. Definitivamente social, o que podia explicar as joias chamativas de Sarah em plena segunda-feira, dia em que a Biblioteca ficava fechada ao público e a maioria dos funcionários ia trabalhar com roupas mais simples. Sarah estava apaixonada pelo Dr. O'Neill. Bem, pelo que percebi, ele não havia dito a ela o que contara a mim sobre os diários. Patrick deixou que ela acreditasse no que a Huntington queria acreditar. Ele sabia fazer o jogo. E eu também, graças a muitos anos com Merritt. Um ponto para a assistente de pesquisa.

– Sinto-me feliz por estar aqui. Estou muito animada para os próximos meses. Obrigada por tudo, Sarah.

E então, depois de sorrir para mim, Sarah deu um beijo esquisito no rosto de Patrick, que ficou tenso, e então pegou o telefone, o *notebook* e o cachecol de caxemira.

– Está pronto, Patrick? – perguntou Sarah, dando as costas para mim e deixando bem claro que eu não estava sendo convidada. – Estamos indo ao La Estrella. Também adoro a comida de lá!

Mentirosa, assanhada. Sarah White nunca havia comido um taco que fosse em sua vida boa, a menos que fosse preparado por Wolfgang Puck e servido em louça chique. Ela estava babando por aquele cara a ponto de arriscar-se a comer taco. Bom, legal. Eu tinha que trabalhar, mesmo.

– Quer vir conosco, Helena? Você deve saber exatamente o que pedir – Patrick perguntou, totalmente alheio à expressão de surpresa no rosto recém-ajeitado de Sarah. Visita recente à dermatologista?

– Vou cuidar dos diários. Além disso, eu trouxe almoço de casa. – eu disse, balançando a minha marmita rosa-choque, um brinde de um evento de moda para arrecadação de fundos para uma instituição que ajuda pessoas com câncer de mama do qual eu havia participado no outono anterior. Não há nada que grite mais "estou economizando dinheiro" do que uma marmita.

– Você é tão econômica, Helena. Que bom para você! Vamos, Patrick.

Sarah White! Quem imaginaria que ela atacava desse jeito?

– Helena, pode ser que eu não volte hoje. Até amanhã. Obrigado pelos bolinhos.

E, assim, meu novo chefe me deixou sozinha em meu escritório/quarto de lua de mel.

*****

Eu tinha mais três horas para enrolar, ou melhor, trabalhar, antes de poder ir buscar o Aiden. Talvez houvesse algo naqueles diários. O toque do meu celular me tirou do meu estupor. Eu estava gostando da monotonia do lugar e perdi totalmente a noção do tempo. Era Candy.

– Oi! Estou trabalhando! – anunciei.

Ela deu um grito meio esquisito, estridente, como se eu tivesse acabado de anunciar ser a mais nova ganhadora da Mega-Sena, e continuou:

– E então...

– E então...?

– Ele é casado? Qual é a situação?

– Oh, pensei que você se importasse com minhas conquistas profissionais, mas só quer a parte mais pesada.

– É o que faço melhor.

– Não há fotos de esposa nem namorada, nenhum telefonema de Atenas, nenhum fax incriminante. Mas parece que ele andou saindo com Sarah White. E agora, eles saíram para almoçar juntos – eu contei à minha amiga colunista de fofocas... E imediatamente me arrependi das palavras escolhidas. Oh, meu Deus, e se Candy incluir isso em sua coluna desta semana? – Candy, por favor, não divulgue isso.

– Eu não faria isso. Ninguém sabe quem ele é, e Sarah White tem sido citada muitas vezes recentemente, ela está começando a me irritar com aquele cabelo perfeito. Você tem sorte por eu estar cansada dela. Mas é a única chance que terá. Não me conte nada que não queira que eu divulgue.

Eu sabia que ela estava brincando.

– Bom, eu pensei que Sarah White e Tiny Tim fossem namorados.

"Tiny"* Tim Winston era um cirurgião-cardiologista baixinho, mas mun-

* ***Tiny***, em inglês, significa minúsculo. (N.T.)

dialmente famoso, que era parceiro de negócios do segundo ex-marido de Candy, um cardiologista baixinho, porém mundialmente famoso, Sam Kennedy.

O casamento de seis anos de Candy e Sam havia resultado em dois filhos lindos, Mariah e Ian, e muitas horas de brigas. Candy não se encaixava no perfil de mulher de médico; não conseguia lidar com as várias noites de solidão e os plantões de fim de semana. E Sam Kennedy não se encaixava no perfil de marido de ninguém; ele gostava das mulheres. Eles eram o casal divorciado mais feliz que eu conhecia. Ninguém nunca saberia que eles estavam separados, a menos que a pessoa tivesse visto o caminhão de mudança passar por lá, pegar a mobília branca de Candy e levá-la para sua nova casa, do outro lado do Rose Bowl. Nas festas de aniversário dos filhos, nos jogos de basquete e nos passeios de férias, Sam e Candy se uniam e agiam melhor do que a maioria das pessoas casadas. Tenho certeza de que Candy e Sam ainda dormiam juntos, também, mas ela era orgulhosa demais para deixar isso escapar.

Acho que o interesse dela em meu arqueólogo era, de fato, para o meu bem, para me colocar dentro do que acontecia.

– Não sei se Sarah White e Tiny Tim estão juntos, mas posso dizer, em *off*, que Sarah afirmou amar tacos, só para fazê-lo almoçar com ela.

– *Quelle horreur!* – disse Candy, usando a única frase em francês que ela sabia, além de *mon Dieu*. – Por que não pergunta logo se ele é casado?

Eu não entendi pra quê. Se Merritt estivesse vivo, eu seria uma esposa e não viúva, e não teria o menor interesse em saber o estado civil dele. Mas agora parecia mais seguro não saber do que ter informações.

– É meio pessoal.

– Sim, e nós não queremos nada que seja pessoal! Você tem sido uma Fairchild por tempo demais.

Olhei para a tela de meu computador. Estava na hora de buscar Aiden.

– Talvez. Preciso fechar tudo aqui. Até depois, Candy.

– Tchau, querida. Aguente firme – e desligou.

O primeiro dia de trabalho havia terminado. Eu não pensava em Merritt e na Shelley Safada havia seis horas.

Vitória.

Capítulo 8

A Escola Millington havia sido construída no terreno de um antigo hospital para tuberculosos, às margens do vale San Gabriel. O complexo restaurado, construído na última parte do século XIX, já abrigara pacientes com problemas respiratórios que vinham a Pasadena em busca de alívio com ar puro e sol constantes. O hospital foi fechado nos anos 1920 e ficou vazio por uma década, até Eustice Millington comprar a propriedade para criar uma escola particular do jardim de infância até a oitava série, assim como as boas escolas na Costa Leste. Agora que a qualidade do ar em Pasadena era uma das piores do país, era o local perfeito para crianças pequenas estudarem, brincarem e passarem um tempo ao ar livre, durante o intervalo e quando o tempo estava bom.

Millington tinha mais de 75 anos, antiga para os padrões da Califórnia, e sempre que eu entrava por seus portões e dava a volta no caminho circular, a beleza perfeita do lugar me surpreendia. Escolas como a Millington não existiam no centro de Oregon: prédios com gesso e um toque de ar mediterrâneo, quintais abertos e caminhos cobertos por glicínias entre as salas de aula, acres de campos bem cuidados e parquinhos, tudo cercado por oliveiras e laranjeiras. Como muitos lugares em Pasadena, Millington estava pronta para as fotos o tempo todo.

Todos os anos, em fevereiro, as mães de Millington participavam do Festival Palavra-Escrita, um evento de arrecadação de fundos que durava uma semana e que incluía peças teatrais, uma competição de discursos entre os alunos, sessões de autógrafo com autores renomados, uma série de palestras e, claro, a venda de milhares e milhares de dólares em livros. O evento era tão bem respeitado que até as outras escolas da região participavam das palestras. Placas do lado de fora dos portões anunciavam o tema daquele ano: Mistérios Revelados!

Eu participaria de uma reunião de comitê por alguns minutos antes de pegar Aiden. Eu era responsável pelo Palavra-Escrita quando Aiden estava no ensino fundamental, e agora eu tinha uma posição emérita, usando meu *know-how* adquirido para ajudar em qualquer crise que aparecesse. Presidir a Palavra-Escrita tinha sido o meu passaporte para os escalões mais altos das mães de Millington. Quando recebi o chamado do presidente da Associação de Pais da Millington (APM), perguntando se eu estaria interessada em comandar o Palavra-Escrita, fiquei muito animada. Até mesmo Merritt ficou impressionado.

"Helena, temos total confiança em você. Parece que lê muitos livros, eu soube", disse Nan Mitchellson, o presidente da APM, sem qualquer traço de ironia. "Você poderia contribuir enormemente para esse evento".

Eu me dediquei a organizar uma semana dinâmica de autores e palestrantes, como se eu estivesse preparando uma campanha presidencial. Nosso tema daquele ano era "A Fronteira Final", e eu consegui impressionar com a presença do famoso grupo de *geeks* do Laboratório de Lançamento de Jatos, a mesma equipe que, algumas semanas antes do evento, havia pousado a sonda Rover em Marte. O gerente do projeto entrou ao vivo na transmissão de Marte com algumas das primeiras fotos do Planeta Vermelho, um feito do Palavra-Escrita, que havia obtido atenção da imprensa nacional. Não é preciso dizer que a apresentação foi um sucesso enorme e garantiu o meu espaço no panteão dos organizadores do Palavra-Escrita. Assim como a Rover, eu registrei astronautas e escritores de ficção científica sem parar. A astronauta Sally Ride fez um painel especial para as meninas do ensino médio, a fim de que elas corressem atrás de seus sonhos de cientistas. Ray Bradbury agradou ou desagradou aos pais, dependendo da filiação a qual partido, comparando a administração Bush com os astronautas do *Farenheit 451*. E, claro, vendemos milhares de dólares em livros, um novo recorde do evento.

Hoje em dia, o festival Palavra-Escrita acontece no Centro de Artes Performáticas Fairchild, um presente meu e de Merritt durante uma campanha para obtenção de capital e depois de um ano especialmente bom, 2006.

Fizemos a doação em homenagem aos pais de Merritt, e Mitsy roubou a cena no dia da entrega. Ela foi à cerimônia vestida como uma Rainha Elizabeth moderna e declarou que os 100 anos seguintes na Millington ofuscariam a Era Elizabetana. Para dizer a verdade, achei que aquilo foi pressão demais em cima de um monte de alunos da quarta série e de seus professores de inglês mal remunerados, mas não disse nada. Ela estava à vontade, no palco, sob os holofotes.

Mais de uma vez desde a morte de Merritt, desejei poder reaver aquela doação. Mas as coisas com dinheiro não funcionam dessa maneira.

Enquanto caminhava pelo campus da Millington, percebi que começava a relaxar. Eu estava à vontade ali. Conhecia o código secreto da copiadora do escritório. Tinha uma chave para o armário de suprimentos no meu chaveiro. Eu sabia até onde ficavam escondidas as Coca-Colas lights para os funcionários (e para mim). Fiquei contente com os acenos e meneios de cabeça das mães que estavam no pátio, esperando seus filhinhos. Ali estavam Hattie Thompson e Cheryl Knowles, duas corredoras supermagras que sempre estavam treinando para alguma coisa. Eu disse olá a Donna e Shihfeng, que conversavam sem parar em mandarim, as mães do clube de xadrez que usavam bandejas de frango com laranja e bolinhos de carne para atrair as crianças para o treino depois da aula. Camille Dryer estava violando a política que proibia o uso de telefone celular no pátio, falando alto o suficiente para que todos nós escutássemos a respeito da reforma em sua cozinha. Até mesmo a diretora Adele Arnett passava pelo pátio naquele momento.

Adele me deu um abraço rápido, com seu casaco de lã de boa qualidade cheirando a Chanel N. 5 e a massinha de modelar.

– Eu acabei de sair da sala do jardim de infância. Eles ficam mais lindos a cada ano. Você tem um minuto? Eu ia telefonar para você hoje.

– Claro, estou indo para uma reunião do Palavra-Escrita, e então dou uma passada pelo seu escritório. Você vai estar lá?

– Hoje à noite tem uma reunião dos membros. Ficarei aqui até tarde.

Adele agia com habilidade, era uma boa educadora e talentosa administradora. Era durona, mas firme. E o fato de conseguir se impor diante de todos aqueles egos da comissão era uma prova de sua força. Merritt era apenas um dos Mestres do Universo que tinham contribuído com grandes quantias para conseguir uma vaga no conselho. Imaginei que aquele era o assunto que ela pretendia tratar comigo.

Quanto mais eu pensava na vaga, mais eu a desejava. Sentia que merecia tê-la por tudo o que já havia feito pela escola. Eu podia não ser um membro normal, com MBA e carta branca, mas o trabalho que eu havia feito na escola tinha importância para as crianças e para a vida da escola. Eu estava começando a acreditar que era tão qualificada quanto qualquer pessoa, talvez até mais. Mesmo o fato de Aiden estar prestes a mudar de escola não me impedia de ter voz ativa em Millington. Era o meu teatro, afinal!

Vi o comitê do Palavra-Escrita reunido no Pátio Eustice, um grupo de cerca de doze mães, todas tomando café da Starbucks e digitando, sem parar, informações em seus Blackberrys. Se todas as mulheres estivessem vestindo terninhos, aquela teria parecido uma reunião de negócios qualquer em uma empresa qualquer em Los Angeles, com uma mistura de etnias e rostos. Mas as roupas de ioga da metade das participantes eram um sinal claro de que aquilo era uma reunião de mães de Pasadena. A qualquer momento, em qualquer salão de cabeleireiros, qualquer mercado ou qualquer empório de produtos importados, 50% das mães da cidade podiam ser vistas com calças de ioga Lululemon, ainda que a última aula de ioga realizada por elas tivesse sido em 2004, antes de o pilates virar moda. Eu mesma havia me tornado vítima daquela tendência, a ponto de Tina implorar a mim, certo dia: "Compre uma calça que tenha zíper ou ninguém vai levar você a sério".

Ao analisar a mesa e ver metade das pessoas vestindo terninhos e a outra metade vestindo calça de ioga, eu me perguntei onde eu me encaixaria agora, com o meu trabalho. Eu faria o Time Calças de Ioga se sentir inferior agora que eu tinha de usar roupas com zíper e camisas sob medida?

Não, aquelas eram pessoas que eu conhecia. Não tinha nada com que me preocupar.

Ali estavam a confiável Jeanie, da publicidade, e a diretora de arte Sandy, da área de decorações, sentadas ao lado de Kate e Sally, as meninas palestrantes. Cris e Kathy, as mulheres mais trabalhadoras do comitê de alimentos, estavam apertadas ao lado da equipe esforçada de doações de livros, Sun, Jinny e Jeku. Aquele era um elenco de estrelas, liderado pela Dra. Natasha Natarova, uma ortodontista vinda da Rússia, que usava saltos de 10 centímetros todos os dias, em qualquer lugar, porque, aparentemente, ter 1,80 metro não era imponente o bastante.

O marido de Natasha, Yuri, tinha muitas reuniões misteriosas em Moscou, apesar do fato de ele, supostamente, ser dono de uma rede de postos de gasolina em Pasadena. Será que ele próprio trazia a gasolina de Moscou?

Natasha havia imigrado para os Estados Unidos aos 6 anos de idade, mas ainda tinha um sotaque forte o bastante para inspirar muitas imitações de "Boris e Natasha", apenas quando ela não estava por perto. Ela endireitou os dentes da maioria dos alunos do ensino médio na Millington com pulso de ferro. Era uma pessoa inquieta e determinada, que agarrava todas as oportunidades de tornar o "Palavra-Escrita mundialmente famoso!". Pelo menos foi o que ela me disse enquanto tomávamos café em uma reunião formal no último mês de junho. Agora, seus planos de dominar o mundo estavam passando por um período conturbado.

Ela havia telefonado para mim, no celular, em pânico, cerca de uma hora antes, gritando as palavras "desastre" e "cancelamento". Ela implorou para que eu fosse à reunião com minha grande sabedoria.

– Helena! – gritou ela. – Crise contornada! Mas obrigada por se apressar em ajudar. Você é demais.

Natasha explicou que o principal palestrante, tão espetacular, tão tudo de bom a ponto de a escola temer pela segurança no local se seu nome fosse anunciado com muita antecedência, havia desistido no último minuto. Bem cedo, ela recebeu um telefonema do agente explicando que o Palestrante Misterioso havia comido muito *sushi* e por isso estava em observação, com suspeita de intoxicação alimentar. Assim, ele não conseguiria ser o principal mistério dos Mistérios Revelados!

– Quem era ele? – perguntei, naturalmente.

– Prometi que manteria a boca fechada, mas não consigo. Stan Black. Stan "Eu-escrevi-um-trabalho-sobre-Michelângelo-e-comi-*sushi*-demais" Black – Natasha continuou com seu sotaque mais irado. – Eu odeio os livros dele. Tão inacreditáveis e idiotas. Mas ele é muito popular, quando não está comendo *sushi*. Pessoas de todas as partes do mundo adoram Stan Black. Teria sido muito especial conseguir a presença dele aqui. Mas, ah, não, *sushi* demais! Não pense que não vou deixar essa história vazar para sua amiga Candy.

Eu estava prestes a comentar que não seria muito bom para a imagem da escola ou do Palavra-Escrita humilhar um autor tão conhecido, mas me contive. A confiável Jeanie que lidasse com a situação. Ou a máfia russa.

– Telefonei para você me ajudar a pensar em alguma ideia porque você lê muito. E então tive uma ideia brilhante. Acabei de ligar para a Sarah White, na Huntington, para ver se havia alguém na cidade que pudesse ser misterioso. Um grande palestrante. E adivinha só?

Eu já sabia.

– Indiana Jones está na cidade! Um tal arqueólogo famoso que caça tesouros. Troia, acho. E Sarah disse que ele é um palestrante dinâmico. Surpreendente, segundo ela. Então, ele vem. Eu me esqueci do nome dele.

– Dr. Patrick O'Neill – ajudei. – Eu trabalho para ele.

Uma expressão de surpresa coletiva escapou do comitê. Olhares curiosos vieram junto com o susto em uníssono. Desde a Crise, muitas daquelas mulheres haviam assumido, na surdina, empregos de meio período para dar uma força ao salário menos rentável de seus maridos. Horas de trabalho em lojas, livrarias, brechós. Agora, até mesmo Helena Fairchild, do Fairchild Theater, estava na força de trabalho.

– Comecei hoje como assistente de pesquisa dele – eu disse, falando como se, na verdade, eu tivesse sido escolhida para uma tarefa maravilhosa, não apenas para um EMPREGO qualquer.

E então o choque se transformou em admiração. Voltei a ser a Mestra Fairchild.

– Que maravilha, Helena – disse Natasha. – E ele é dinâmico, o seu arqueólogo?

– Sim, com certeza. Ele é brilhante.

– Diga a ele para trazer seu chicote.

*****

Enquanto voltava ao escritório de Adele Arnett, espiei Aiden com os amigos no meio do pátio da escola. Eu havia enviado uma mensagem de texto a ele dizendo que me atrasaria, e pedindo a ele que me encontrasse no escritório. Acenei rapidamente; não queria interromper sua vida social. Quando ele era pequeno, ele adorava me ver na escola, servindo refeições ou vendendo pirulitos na loja da escola. Agora, quase no ensino médio, nós dois fingíamos não perceber a presença um do outro. Eu respeitava o espaço dele. E esperava que ele me respeitasse por isso.

Os amigos de Aiden não eram os caras bacanas (os jogadores de lacrosse e as meninas do teatro), nem os caras espertos (os alunos da aula de matemática avançada que se autodenominavam Einsteins asiáticos), mas faziam parte da segunda ala de popularidade. Sua turma ocupava a camada social logo abaixo dos caras de Atitudes Ruins, os alunos mais sofisticados com irmãos mais velhos, com fundos fiduciários e pais determinados, mas muito acima do Povo da Puberdade, aqueles que ou tinham atingido a puberdade muito cedo e eram enormes e tomados por espinhas, ou ainda tinham de passar pela mágica de se tornarem mais altos, mais peludos ou de terem peitos, no caso das meninas. Aiden e seus amigos, uma mistura de cerca de oito meninos e meninas, haviam se acomodado em um ponto acima da média, sem angústia nem rebeldia.

Nem mesmo alguém tão preocupado quanto eu se preocupava muito a respeito de sexo, bebidas e drogas com o grupo dele. Bem, na verdade, eu me preocupava com o sexo, porque era gratuito e fácil de encontrar. E as meninas de sua sala pareciam uma década mais experientes do que os meninos nos assuntos da carne. Quando eu levava os meninos para os jogos, eles conversavam como se eu não estivesse no carro. Eu adorava conhecer a opinião, meio na surdina, daqueles homens-meninos e suas preocupações diárias. Tais preocupações não incluíam Tiff, Karly nem Morgan. Ao escutar Aiden e seus colegas de classe conversando, percebi que as horas que passei preocupada com Keith Von Brockitsch, na oitava série, foram uma perda de tempo total. Os meninos de treze anos não pensam nos detalhes de meninas de treze anos. Eles pensam nos detalhes de videogames e armas de *paintball*.

Eu começaria a me preocupar de verdade no ano seguinte, quando Aiden fosse para o ensino médio e seus amigos estivessem espertinhos demais para roubar remédios ou cerveja, mas, por enquanto, seus amigos pareciam mais interessados em bate-papo e em ir ao cinema juntos do que em abrir a adega de seus pais.

Mas não podia dizer a mesma coisa a respeito dos meninos do lacrosse. Ficaria de olhos neles.

Antes de entrar na sala da diretora, olhei de novo para Aiden. Ele se parecia em absolutamente nada com Merritt e se parecia totalmente com meu irmão Des. Merritt era alto e grande, com traços largos e claros. Ele era bonito, limpo, arrumado, de olhos azuis e roupas azuis, como um menino de escola. Certa vez, ele me disse que se achava parecido com Ed Harris, mas com mais cabelos. Com mais cabelos e menos intensidade, corrigi.

O casamento é uma série de pequenas meias-verdades e acordos apressados que compõem uma vida. Eu certamente não ia estragar a visão que meu marido tinha de si mesmo.

Mas Aiden parecia ter herdado totalmente todos os meus genes no que dizia respeito à aparência. No futuro, ele seria alto e esguio como o meu irmão, com sobrancelhas grossas e escuras e um rosto bonito. Por enquanto, ele estava apenas crescendo, comendo e tentando enfrentar todas as mudanças. Quando Aiden era pequeno, eu adorava ver que ele se parecia com as pessoas de minha família. Eu era cercada por Fairchilds, mas Aiden era, claramente, um Castor. Com a morte de Merritt, talvez fosse ruim o fato de ele não ter herdado nada além de dívidas de seu pai.

– Entre, Helena! – escutei a voz de Adele interromper meus pensamentos. Certo, estava na hora de conversar com a diretora e aceitar aquela vaga na comissão.

O escritório de Adele Arnett era quente e confortável, com cortina de manchas escuras, tapetes orientais e um espaço com duas cadeiras de couro marrons e um sofá de *chenille* verde-oliva. Adele estava sentada a sua mesa antiga, grande e organizada de carvalho quando eu entrei. Apesar de estar muito envolvida na Millington, eu não havia passado muito tempo no escritório de Adele. Aiden não se metia em confusões, e Merritt e eu não éramos o tipo de pais que reclamam por toda nota baixa ou qualquer probleminha ocorrido no parquinho.

"Aguente", dizia Merritt a Aiden quando ele voltava para casa contando mais uma história de horror a respeito da injustiça do jogo de futebol na hora do recreio. "O mundo é cruel. Você precisa aprender a lidar com esses idiotas. Sabe por que precisa aguentar agora? Porque um dia você vai liderar esses trouxas. E eles terão que aguentar."

Típico de Merritt.

– Conte-me como foi o teste na Ignatius. O que o Aiden disse? – Adele começou a conversar logo de cara. Eu gostava de sua eficiência.

– Ele disse que foi bem. Mas ele diz isso a respeito de tudo, e aí chega com uma nota C – eu ri. Era verdade! "Bem" era a mesma coisa que "desastroso" para Aiden.

– Quando será sua entrevista?

– Na sexta-feira à tarde. Estou nervosa – admiti. O diretor de admissão da Ignatius havia adiado a nossa entrevista até a última data possível por causa das "circunstâncias". Agora, depois de ter conseguido um emprego com Patrick O'Neill, eu temia passar a imagem de maluca. Merritt era mestre nesse tipo de situação, por isso eu costumava deixar coisas desse tipo para ele resolver. Agora, eu estava sozinha.

– Não se preocupe – disse Adele. – As pessoas da Ignatius são bacanas. Elas compreendem. E, falando sério, a entrevista é sobre Aiden, não sobre você e sua vida.

Aquilo era uma mentira, e tanto Adele quanto eu sabíamos disso. Em todas as escolas particulares da região, a "entrevista" servia mais para conhecer a família do que o aluno. Quando Aiden foi "entrevistado" na Millington, ele tinha cinco anos e não tinha nada que dizer a respeito das perguntas que nos faziam, como estruturar uma campanha de capital bem-sucedida ou avaliar nosso comprometimento com a comunidade de Millington. Aiden ficou sentado em um canto brincando com um caminhãozinho de lixo.

O diretor de admissões na Ignatius já havia visto Aiden em diversas situações. A Millington era uma escola receptiva que organizava passeios particulares para seus alunos garantirem um alto nível de aprovação. A Ignatius queria conhecer *a mim*.

Eu, sem Merritt.

– E não se preocupe, Helena, não comunicaremos à Ignatius as notas de Aiden. Obviamente, ele decaiu um pouco depois da morte do pai. Mas não tem culpa. Ofereceremos a ele algumas recuperações este semestre se for preciso, e ele pode compensar todo o trabalho perdido no quarto bimestre – Adele serviu-se de outra xícara de café na máquina polida Cuisinart que ficava sobre a antiga mesa de canto. Despejou um pouco de leite e esperou pela minha resposta. Fiquei boquiaberta.

– Desculpe, Adele. O que você quer dizer com "decaiu"?

– Bem, você tem acompanhado os relatórios. Ele não entregou mais nenhum trabalho, não passou em mais nenhuma prova. É compreensível. E sabemos que você está ocupada com tudo agora, todas as coisas com que tem que lidar. Não pode ajudá-lo muito.

De que ela estava falando? Eu não tinha visto os relatórios, certo? Eu os teria notado em minha caixa de mensagens; os professores os enviavam por *e-mail* todas as semanas, se houvesse algum problema. E será que ela realmente precisava dizer "você está ocupada"? e "não pode ajudá-lo muito"?

A voz calma da diretora Arnett já estava começando a ficar um pouco estridente demais para os meus ouvidos.

– Adele, não vi nenhum relatório de progresso e não ando assim tão ocupada a ponto de ignorar Aiden. Ele é a minha prioridade.

– Claro. Não quis dizer isso. Mas é que temos enviado a você as notícias a respeito da falta de esforço de Aiden – disse ela, indo para a mesa e pegando os relatórios de progresso no computador.

– Aqui estão. Três enviados nas últimas três semanas para o seu endereço *merritthelena*.

Claro! Havia semanas que eu não checava *aquele* endereço de *e-mail*. Uma das primeiras coisas que fiz depois da morte de Merritt foi abrir uma nova conta. Era uma pequena, bem pequena expressão de ódio. Não queria mais aquele endereço antigo, aquele que Merritt e eu havíamos criado quando abrimos nossa primeira conta de *e-mail* e que Merritt nunca usou. Apenas eu lia as mensagens enviadas ao *merritthelena*. Quando descobri a respeito de Shelley Safada, quis começar a minha vida cibernética do zero.

Obviamente, eu havia me esquecido de informar a escola, e os relatórios estavam sendo enviados ao endereço antigo. Mas por que a escola não havia percebido minha resposta automática informando sobre o novo endereço?

– Troquei meu endereço de *e-mail*. É a primeira vez que sou informada a respeito dos problemas de Aiden – eu me senti prestes a me desculpar, mas algo tranquilo na expressão de Adele Arnett me impediu de começar a chorar. Eu concluí de modo conciso – Vou cuidar disso com o Aiden. Vamos reverter essa situação.

– Ótimo. Somos muito solidários à dor dele, mas não poderemos permitir que ele se forme se não passar nas matérias, *todas* as matérias. Você compreende, Helena. Temos a reputação da escola pela qual zelar. As expectativas em relação a nossos alunos são muito altas, porque as escolas de ensino médio deles exigirão muito. Aiden não pode ser uma exceção.

Todas as coisas boas que eu já tinha ouvido a respeito de Adele Arnett desapareceram naquele instante. Ela estava falando sobre um menino de treze anos que havia acabado de perder o pai, não a cabeça. Então ele havia perdido um pouco da lição e reprovado em algumas provas? Pelo amor de Deus, ele estava naquela escola havia nove anos e agora precisava de um pouco de compreensão, não de repreensão. Aiden estava passando por um luto, não estava vendendo drogas, ameaçando professores nem colando nas provas. Se não era uma exceção, deveria ser. Estávamos falando sobre um menino da oitava série, não de um aluno de medicina.

Às vezes, os anos de vida com Merritt compensavam de modos inesperados. Como naquele momento. Eu queria, acima de tudo, dar na cara dela com a maçã de cristal que provavelmente tinha sido presente de um de seus alunos maravilhosos. Mas, se eu matasse Adele Arnett, com certeza Aiden não se formaria.

Então, engoli o sapo.

– Compreendo. Você precisa pensar na escola.

– Por falar em pensar na escola, Helena, temos uma reunião de conselho esta noite. É quando nomeamos novos membros do quadro para o próximo ano – Adele mudou de assunto de modo tão suave, que mal tive tempo de perceber o novo rumo da conversa.

Será que ela estava de brincadeira? Será que realmente acreditava que depois de ameaçar reter o meu filho, acabar com a carreira estudantil dele para preservar a reputação da Millington como uma escola *top* de linha, uma *escola que o meu dinheiro havia ajudado a construir, a propósito*, eu passaria um segundo a mais que fosse de meu precioso tempo cuidando do futuro de sua instituição sem coração? Adele Arnett poderia muito bem ir para a...

– E decidimos pedir a Yuri Natarov para tomar a cadeira de Merritt. Esperamos que você compreenda. Temos que garantir o futuro da Millington.

Não aguentei engolir mais um sapo.

– Não, Adele. Não compreendo. Por favor, explique.

E foi então que Adele Arnett demonstrou a índole que lhe rendera um lugar entre os CEOs da instituição. Virou um bicho.

– Precisamos dar o lugar a alguém que possa ajudar a escola financeiramente de modo substancial. Precisamos disso agora mais do que nunca.

Não acho que você possa continuar fazendo isso. Está na hora de outra pessoa ter essa oportunidade.

Fiquei em pé e fiquei feliz por estar usando a calça larga nas pernas que Tina havia escolhido na J.Jill, de modo que Adele Arnett, Diretora dos Malditos, não pudesse ver as minhas pernas tremendo.

Mas minha voz estava firme.

– Aiden vai se formar nesta escola, independentemente de ele passar em *todas as matérias* ou não. Se a Ignatius telefonar, você vai incentivar que eles o admitam. Caso contrário, contarei às pessoas que ainda consideram a minha opinião importante, como Candy McKenna, colunista de fofoca, minha amigona Natasha Natarova, e minha sogra Mitsy Fairchild, que ainda tem uma conta bancária polpuda, o que você acabou de me dizer. E a sua reputação, Diretora Arnett, sofrerá. Não a minha. Espero que *você* compreenda.

A Diretora dos Malditos ergueu uma sobrancelha, e então assentiu levemente.

Merritt tinha razão a respeito de uma coisa: um dia, eu teria de liderar aqueles trouxas.

*****

– Oi, mãe.

– Está pronto para irmos? – perguntei com a voz embargada, esperando parecer normal. – Oi, meninos! Vocês aprenderam alguma coisa hoje? – eu me virei na direção dos amigos de Aiden, Dex e Connal Ramsey, irmãos univitelinos, estilo inseminação artificial.

– Nadinha, senhora Fairchild – Dex, o ruivo, respondeu sem pestanejar. Connal, o adorável de cabelos castanhos e QI alto, gargalhou. Um dia, Dex apresentaria o próprio *show* de entrevistas noturno, não me restavam dúvidas. Ele tinha um senso de humor aguçado, era engraçado e conhecedor da mídia, muito além do que uma pessoa de sua idade. Os pais deles eram roteiristas de TV de certa fama. Até que ele assumisse o lugar atrás da mesa, no entanto, Dex teria que passar pela maldição da adolescência, com pele ruim, nariz gigante e uma série de homenagens como a pessoa de Melhor Senso de Humor.

– Temos uma reputação maculada a manter aqui na Millington, e estamos fazendo a nossa parte.

Eu ri.

– Que bom.

– Sobre o que você estava conversando com a senhora Arnett? – perguntou Aiden, tentando parecer tranquilo. Ele fazia perguntas na frente dos amigos para se proteger. Eu nunca havia lhe dado uma bronca em público, e ele sabia que eu nunca o exporia no meio do pátio da escola.

Em circunstâncias normais, como um mês atrás, quando ele tinha um pai e eu tinha dinheiro, eu teria logo o repreendido por um relatório com notas ruins assim que ele entrasse no carro. Eu passaria um sermão sobre responsabilidade até chegarmos em casa. Mas, naquele dia, eu não o repreenderia nem mesmo em particular.

– Nada demais. Conto depois. Dex e Connal, o que vocês farão agora? Querem comer panini no Porta Viaggio? Eu os levarei para casa depois.

Aiden pareceu feliz, como se eu tivesse voltado a ser quem era, porque aquilo era algo que eu costumava fazer o tempo todo, encher o carro de meninos, e sair atrás de comida e diversão.

– Claro, senhora Fairchild. Vou ligar para minha mãe. Íamos ficar depois da aula. Temos uma prova de espanhol, mas podemos estudar mais tarde. Certo, Connal?

Connal fez um gesto de positivo, mexendo os ombros e a mão de modo a mostrar que aprovava a ideia. Ele gostava de falar sobre *O Senhor dos Anéis* e *Galáctica: Astronave de Combate* e só.

– Ótimo – concordei com Dex. – Paninis agora, espanhol depois.

– Acho que vou usar isso como minha frase no livro da formatura, senhora Fairchild. É muito bem bolada.

– Obrigada, Dex.

*****

Quando entramos na garagem, não ficamos surpresos ao ver o Caddie de Rita, a armênia, e a picape branca de Juan Sanchez. Os pintores, jardineiros e limpadores iam à nossa casa quase todos os dias das últimas semanas, deixando tudo perfeito. Qualquer coisa que parecesse ser do outro milênio seria transformado em algo novo e "eco-green", de acordo com Juan. É claro, Juan também se gabava de sua marca secreta de tinta barata, que era tão boa quanto as mais caras do mercado.

– Supervendável – repetia Rita sem parar, como se, ao dizer aquilo, tornasse a casa realmente muito vendável, apesar do mercado ruim e da falta de crédito. A nova sala de estar azul com detalhes cinza-escuro? Supervendável! A lareira externa e área de descanso com lavanda e alecrim? Supervendável! A área de diversão para a família com tinta "de quadro negro" e cortinas novas da Target? Supervendável! Rita me garantiu que o estilo de vida que minha casa oferecia a algumas famílias de sorte era à prova de recessão. Eu ganharia dinheiro e me recuperaria; era isso o que Rita, a armênia, prometia.

Eu queria muito acreditar nela.

Mas eu não sentia vontade de conversar com ela naquele momento.

Precisaria lidar com Aiden e seus problemas com a lição de casa em algum momento. E também havia a taça grande de vinho na qual vinha pensando desde minha reunião com Adele Arnett. Mas as duas coisas teriam de esperar, porque Rita me chamou com um gesto espalhafatoso, mostrando um enorme anel de água-marinha e diversas pulseiras douradas. Caramba, olha a blusa dela, de estampa de oncinha.

O *open house* seria no fim de semana seguinte e, felizmente, Aiden e eu estaríamos em Orange County em um torneio de polo aquático. Os esportes dos adolescentes conseguem desestruturar a rotina de uma família, mas, como desculpa para sair da cidade naquele fim de semana, fiquei contente. Acreditava que não conseguiria ficar ali e ver os montes de vizinhos curiosos e visitantes passando pela minha casa, discutindo como seria a minha vida a partir de então. Iríamos ao Courtyard Marriott, em Mission Viejo, fingindo que o polo aquático era a única que importava.

Aiden e eu saímos do carro.

– Certo, faça o que tem de fazer e se prepare para o treino – orientei.

Cinco noites por semana, das oito às dez, Aiden tinha aulas de natação. Duas manhãs por semana, das seis às sete, ele fazia musculação. Geralmente, dois fins de semana por mês, sua equipe participava de um campeonato de dois dias em algum lugar, exigindo que ele passasse a noite ou que tivéssemos de viajar longas distâncias. Eu gostava do polo aquático, mas não adorava saber que nossa vida inteira girava em torno dele.

O clube de polo aquático tinha sido ideia de Merritt. Ele passara a vida toda nadando, disciplinado e em forma. Merritt sonhava que Aiden fosse um astro do polo aquático na Ignatius; nós dois sabíamos que ele nunca seria grande o suficiente nem bom o suficiente para jogar na faculdade. De todas as tarefas que Merritt deixara nas minhas costas, levar e buscar Aiden na piscina era a mais tediosa.

– Eu tenho que treinar hoje? – perguntou Aiden, pela terceira noite consecutiva.

Merritt nunca permitia que ele faltasse ao treino, a menos que o mundo estivesse caindo ou que ele tivesse ingressos para o jogo do Lakers. Naquela noite, tudo o que eu queria era beber o vinho e ler as páginas dos cadernos que eu havia escaneado. A última coisa que queria fazer era cumprir a maratona do polo aquático.

Aiden uniu as mãos para implorar:

– Por favor, posso faltar ao treino só hoje?

Claro que sim. Nós dois podíamos.

– Sim, mas faça a lição de casa. Vou querer ver.

Aiden ergueu os dois polegares e entrou em casa.

Juan buzinou ao entrar na rua. Percebi que Emilia colocou a cabeça para fora pela porta de trás e acenou para Juan. Será que alguma coisa estava rolando entre os dois? Eu atravessei o espaço de cascalhos para encontrar Rita. Ela me deu os dois beijinhos de sempre e começou a pôr seu plano em ação.

– Está tudo ótimo, tudo pronto para domingo. Juan tem feito um trabalho incrível. Está lindo. Supervendável. Então... – Rita hesitou. – Só preciso falar uma coisa com você. Por favor, compreenda que acho que é para o seu bem.

– Tudo bem – respondi com cuidado.

– Acho que você deveria retirar as coisas de Merritt do armário e do banheiro. Acredito que seu ex-marido era muito conhecido, e não quero que as pessoas venham aqui e desrespeitem sua privacidade – disse Rita com um sotaque mais carregado do que o normal. – Quero que os possíveis compradores vejam esta casa como um novo começo, não como algo... Amaldiçoado ou assombrado. Por favor, compreenda que é difícil pedir isto.

Oh, meu Deus, claro, ela estava certa! Não havia me ocorrido que as pessoas podiam ir até a casa em razão da morte tão falada de Merritt, apenas por pura curiosidade mórbida. Durante semanas, fiquei pensando na casa como sendo só minha. Mas era de Merritt também. E esse fato dava um tom meio macabro.

E ali estava Roshelle Simms. Imaginar que ela pudesse entrar em minha casa, em minha vida...

– Hummm...

E foi então que o choro começou. Os soluços fortes e as lágrimas que haviam fugido de mim desde o ano-novo. Até aquele momento, eu havia me enganado, dizendo que estava bem, movida pelo ódio, pelo medo e por muita cafeína. Mas pensar em tirar as coisas dali para que as pessoas que fossem ver a casa não xeretassem nos armários, procurando por provas de como eu estava vivendo aquilo, me deixou muito irritada. A traição, a casa, o dinheiro, o novo emprego, as notas de Aiden, a situação da escola, Mitsy... Tudo me tomou como uma onda enorme e Rita me apertou contra seu peito de oncinha.

– Coitadinha. Sinto muito, não deveria ter pedido.

– Não, não, você tem razão – eu disse soluçando e depois me sufocando nos peitos de Rita. Eu consegui me afastar e liberei minhas vias respiratórias antes de morrer sufocada, mas o choro continuou. – Eu não tinha pensado nisso. Há muitas coisas que tenho de fazer, muitas coisas, mesmo. Ainda não tive tempo de sentir saudade dele.

Mais soluços.

Rita, a oncinha, atacou de novo, envolvendo-me em sua seda de solidariedade.

– Você é forte, como uma mulher armênia. Durona, muito durona. Geralmente, vocês, norte-americanas, não sabem cuidar de vocês. Mas você sabe. E vai conseguir fazer isso.

– Hummm... – os soluços estavam menos intensos, mas não tive tempo de me acalmar o suficiente para dar uma resposta coerente.

– Mas... Se quiser, o Juan pode esvaziar os armários.

Aquele Juan pode fazer tudo. Santo Juan.

Eu me afastei de novo. O choro havia passado e eu secava a maquiagem borrada sem parar. Era isso o que eu ganhava por usar maquiagem no trabalho. Respirei profundamente.

– Tudo bem. Farei isso até o *open house.*

Rita parecia feliz e aliviada ao passar um lenço na camisa ensopada.

– É uma boa decisão. Bom para você e para seu filho. E para a casa – Rita conferiu a hora no relógio e abriu a porta do carro. Hora de ir! Mais casas para vender! – Vamos conversar antes de domingo. E não se preocupe. A casa é supervendável.

*****

Aiden estava deitado no sofá, com o *laptop* aberto e usando o fone de ouvido, *Os Simpsons* na TV como som de fundo. O conteúdo de sua mochila, com *short* de ginástica e uma arma de brinquedo, havia caído em cima do sofá. Eu duvidava que ele estivesse fazendo lição de casa; era mais provável que ele estivesse enviando mensagens a seus amigos com conteúdo importante, do tipo: "E aí?".

Ou talvez algo mais suspeito, porque ele logo saiu da tela que estava estudando quando toquei seu ombro.

– Aiden – chamei, fazendo o sinal internacional de mão de "Retire seu Fone de Ouvido enquanto Conversa com sua Mãe". Ele tirou. – Quer comer mais alguma coisa? Tenho de fazer alguns telefonemas.

O fato de Aiden estar crescendo descontroladamente parecia exigir cerca de um milhão de calorias extras por dia de qualquer forma, saudável ou não. Lasanhas congeladas inteiras eram um lanchinho antes do jantar, quatro pacotinhos de aveia no café da manhã, litros de Gatorade depois do treino. *Mantenha o fluxo de calorias* havia se tornado a minha estratégia nutricional.

– Espere um minuto, Lydia – disse ele no microfone de seu *laptop*, antes de desviar o olhar da tela. – Sorvete de chocolate?

Escutei a voz de uma menina ressoando pelo fone de ouvido. Ela estava recitando poesia? Que bonitinho.

– Quem é Lydia?

– Minha amiga do acampamento. Você sabe quem é, a menina que dança muito bem. Você se lembra de que nos apresentamos para os pais?

Ah, sim. A apresentação que Merritt dissera ser uma versão sem graça de uma peça já sem graça.

– Ela se mostrou muito talentosa. Diga oi a ela por mim.

Aproveitei aquele momento de atenção para pensar em meus planos. Eu costumava falar alto e lentamente quando ele estava envolvido em diversas atividades digitais de uma vez, como se ele tivesse dificuldades para me ouvir e não fosse um falante nativo do idioma. – Vou subir para telefonar para as suas tias, preciso de ajuda com algumas coisas.

Recebi o terceiro gesto de positivo na mesma hora.

Ele não poderia saber.

*****

As irmãs de Merritt sempre foram muito gentis comigo. Nunca fomos muito amigas, nem ficávamos de conversa, porque, bem, porque eu não era tão alegrinha quanto elas, mas tínhamos uma boa amizade. Elas eram mais jovens, mais magras e mais loiras do que eu, mas nunca se preocuparam com isso. Elas mantinham amizades duradouras e tinham fortes conexões na comunidade graças ao tempo que viveram em Pasadena. As duas tinham se casado muito bem e tido filhos loirinhos.

Mary Claire Fairchild Bellweather, também conhecida como Mimi, e Madeleine Grace Fairchild Purcell, também conhecida como Mikki, eram muito próximas. Eram melhores amigas, parceiras na caridade e se falavam ao telefone cerca de seis vezes por dia. Eu nunca tinha visto irmãs como Mimi e Mikki, sem qualquer conflito ou rivalidade. Os maridos delas, o advogado Bart e o corretor Ben, haviam se tornado melhores amigos, parceiros de golfe e técnicos de futebol. Era um círculo muito próximo, e às vezes eu tinha a impressão de estar olhando de fora, vendo um desfile de rainhas e reis da primavera da Classe Privilegiada de Pasadena de 1995.

Mas, como Candy havia dito, certa vez: "esse é um problema *seu*, não um comportamento *delas*. Elas são moças bacanas".

O Selo de Aprovação Candy.

Elas adoravam o irmão mais velho Merritt. Ele era seis anos mais velho que Mimi e oito anos mais velho que Mikki. Ele havia assumido as rédeas das coisas quando o pai deles morreu, tão jovem, e era a figura paterna que as irmãs Fairchild, na época adolescentes, haviam precisado para terminar o ensino médio, a faculdade e para começar suas carreiras antes de se casarem. Merritt havia levado as duas ao altar da Santa Perpétua no dia do casamento. Elas sentiam muita saudade dele, o que ficava óbvio pelos telefonemas constantes e as visitas que fizeram a mim desde a morte dele.

Para elas, Merritt era um herói, não um galinha de primeira, nem um falido, e por isso eu pedi a elas que me encontrassem. Ao longo do último mês, as duas irmãs tinham oferecido ajuda diversas vezes, para fazerem qualquer coisa, qualquer coisa que eu precisasse.

Eu precisava que elas esvaziassem os armários e gavetas de Merritt.

Não queria pedir ao telefone, isso parecia tão deselegante, tão injusto. Então, marquei um encontro com elas em um café antes do trabalho, porque precisava de um favor. Claro, as duas irmãs concordaram sem hesitar. Nenhuma das duas falou qualquer coisa sobre reorganizar a agenda ou chamar babás. Apenas um simples "sim" tanto de Mimi quanto de Mikki.

Quando entrei no Petit Petals Pâtisserie, Mimi e Mikki já estavam ali, bebendo café de xícaras grandes de cerâmica branca e usando quase as mesmas roupas e brincos de diamante. Elas tinham herdado o físico comprido e esguio da mãe e a capacidade de serem solícitas, dos maridos. Mimi tinha três filhas com menos de oito anos (Maddie, Mayson e Merri) e Mikki tinha um menino no jardim de infância (J.B.) e uma bebê (Callie), mas, olhando o corpo delas, não tinha como dizer que elas já tinham procriado.

Mikki ergueu a cabeça de fios loiros quando entrei, e acenou. Mimi se virou e também acenou. Eu me emocionei um pouco. Como eu podia pedir a elas que fizessem algo que eu possivelmente não conseguiria fazer? *Recomponha-se. Isso precisa ser feito.*

– Olha só! Você está com roupa de trabalho! Você é incrível, Helena – disse Mimi ao se levantar e me abraçar.

Tina havia montado *looks* para sete dias de trabalho, usando peças de meu guarda-roupa e alguns acessórios novos. Como Barbie para adultos. Eu estava usando a Roupa De Trabalho Número 3: calça de sarja com uma modelagem moderna, blusa de gola rolê preta e botas pretas de salto baixo. "Clássico, porém contemporâneo", dissera Tina ao colocar alguns colares dourados compridos, cortesia da seção de promoções da Forever 21, ao redor de meu pescoço. "De longe, eles parecem Chanel!", ela mentira.

Mimi aprovou também, dando-me um abraço e um beijo.

– Helena, você está linda. Pedimos um *latte*. Desnatado, certo?

Aquilo tinha sido muito simpático. E agora eu me sentia muito mal.

– Sim.

Eu me afundei em uma das cadeiras modernas coberta por tecido *Marimekko* e respirei fundo. Minha paciência para amenidades andava curta demais.

– Eu vou pedir o que preciso pedir e vocês podem dizer "não", sem ressentimentos. A corretora que está responsável pela venda da casa acha que eu devo retirar os pertences de Merritt dos armários. Ela não quer que xeretas entrem na casa apenas para espiar. E eu acho que ela tem razão. É que... Não posso fazer isso. Não até domingo, não durante um bom tempo. Pensei que talvez vocês pudessem...

Nem precisei terminar. Mimi e Mikki, com os olhos marejados e assentindo de modo compreensivo, logo me interromperam.

– Claro. Seria uma honra – as irmãs responderam em solidariedade. Ficou claro que elas gostaram do pedido. Queriam ajudar.

– Obrigada. Vou separar algumas coisas para Aiden, como a jaqueta do USC e alguns outros objetos. E tenho certeza de que vocês querem algumas coisas. Acho que Merritt tinha até algumas das gravatas do pai de vocês e um sobretudo azul-marinho lindo. Por favor, fiquem com essas peças. Se quiserem alguma coisa, podem pegar. Se eu deixar de fora algo que vocês acreditem que Aiden possa gostar, separem-no. Emilia pode guardar o básico e mandar tudo para ser revendido para o hospital. Mal posso agradecer...

– Não precisa dizer nada. Estamos surpresas ao ver sua força nesse momento. Todos nós – Mikki disse, e Mimi apertou a minha mão para mostrar que concordava com a irmã. A mensagem foi clara: até Mitsy aprovava.

– Estou no trabalho a semana toda. Vocês podem ir na quinta ou na sexta. Apenas me avisem, para que eu deixe Emilia de prontidão – eu disse, levantando-me da mesa. Graças a Deus eu tinha um emprego e uma desculpa. Eu deveria ter começado a trabalhar anos antes. Adorava ter para onde ir e algo em que pensar que não tivesse nada a ver com a minha vida. – Muito obrigada.

As irmãs Fairchild loiras balançaram a cabeça. Eu também. Pelo menos uma vez, estávamos todas no mesmo círculo.

Um item a menos na gigantesca Lista de Afazeres, mais um para enfrentar. Enviei uma mensagem de texto a Tina: *Open house* esse fim de semana. Receio que Roshelle possa aparecer. Pode ficar de olho? Cuide para que ela não roube nada.

As irmãs de Merritt podiam ficar com qualquer lembrança que quisessem. A amante de Merritt, não.

Tina respondeu na hora: Você tá certa... A vaca roubaria algo... Pode deixar.

Capítulo 9

Para minha surpresa, Patrick já estava a sua mesa quando cheguei, às 8h55. Ele olhava com tanta intensidade para a tela do computador, que nem sequer notou minha chegada. Ele estava sentado imóvel, a mão direita sobre a mesa, em cima do *mouse*. As mangas de sua camisa de linho azul estavam casualmente enroladas, e eu notei o tamanho e a força de seu antebraço. A pele morena, com a quantidade perfeita de pelos escuros, destacava seu relógio de aço polido. Ele tinha uma tatuagem no braço esquerdo?

Pare com isso, Helena!

– Bom dia – eu disse baixinho.

Mais uma vez, mais uma regra do escritório. Devo perturbá-lo se ele estiver trabalhando? Ou devo deixá-lo em paz e entrar diretamente em modo "observador"? O cumprimento dele me mostrou que eu estava dentro do aceitável profissionalmente.

– Ei, você chegou! – Patrick disse com animação, olhando para mim com a mesma intensidade com que observava sua tela. – Fiz o café hoje.

– Obrigada – agora, ele estava me deixando um pouco nervosa com seu olhar. Eu não tinha o que dizer depois do "bom dia!" planejado. No dia seguinte, eu teria de chegar com algumas frases ensaiadas para preencher o espaço entre o "bom dia!" e a "hora do almoço". Por que aquilo era tão difícil? Eu conversava sempre com os amigos de Merritt. Eu recorria ao meu truque certeiro de conversa quando tentava envolver os caras do círculo de Merritt: pergunte a respeito do trabalho dele.

– O que está fazendo? – tentei parecer casual enquanto largava a minha bolsa grande de lona e me dirigia à cafeteira, para minha quarta xícara de café. Não queria ser grosseira, apesar de já estar nadando em cafeína. Bebe-riquei e tossi. Tossi muito. – Está muito forte!

Patrick riu como se esperasse a reação.

– É turco. Você acaba se acostumando. Depois de passar tanto tempo lá, aprendi a gostar da textura.

Claro. O local onde ele escavava ficava em Hissarlik, Turquia, onde existia um café denso e um linho bonito, como o da camisa dele.

Dei um gole menor dessa vez, como já tinha visto nos filmes.

– É praticamente uma refeição. O meu café ontem devia estar com gosto de água suja.

– Não, estava refinado. Como você – Patrick respondeu, virando-se para a tela de novo.

Refinado? É isso mesmo? Em comparação a Sarah White e, ah, a quase todo mundo de Pasadena?

Ele mostrou um *slide* do que parecia ser um enorme local de escavação quando me aproximei dele. Acreditei se tratar de Troia.

Minha pesquisa até aquele momento não incluía memorizar as vistas aéreas de locais antigos, como minha aula de arqueologia da escola exigia.

– Dê uma olhada nisso.

Fui até o lado da mesa dele. Fiquei do lado de seu ombro direito e imediatamente fiquei preocupada com minha respiração.

Respiração de ioga, respiração de ioga, pelo nariz.

– Isto é o que estou chamando de Troia 10, a última cidade conhecida, ou nível a ser ocupado. A maioria das pessoas pensa que só existem nove cidades no local: Troia 1, Troia 2, Troia 3 e assim por diante, desde 3000 a.C. a 600 d.C. Construída e destruída, construída e destruída. Mas acho que esta é Troia 10. Acho que ela foi ocupada a partir de 850 d.C.

Na tela do computador, havia uma foto aérea de alta qualidade do local todo. Diferentemente de muitos locais antigos, não havia ruínas em

Troia, nenhum sinal evidente de que houve ali uma civilização de algum tipo. A evidência arqueológica estava enterrada sob diversas camadas de terra, coberta por grama. Patrick apontou para um monte de terra com grama em uma planície vasta à beira dos níveis escavados. – Acredito ser a chave para determinar se Troia foi ou não uma grande cidade de mercadores do mundo medieval.

Para ser sincera, não consegui ver nada naquela foto. Havia uma cidade embaixo daquele monte? Havia realmente um monte? Mais parecia um campo de futebol para mim, não a chave para alguma coisa.

– E seus rivais estudiosos preferem o "ou não", certo?

Patrick demonstrou surpresa.

– Eu li sua página no Facebook. Bem, tecnicamente, é a página do Trazendo o Sexy de Volta à Arqueologia, mas você tem destaque.

Ops, parecia que eu o estava perseguindo.

– Apareceu quando pesquisei Troia no Google. E apareceu você – procurei me explicar depressa, esperando que ele não entendesse logo de cara o que eu estava insinuando. – Existe uma discussão acalorada nos fóruns a respeito da validade de sua afirmação de que Troia foi uma poderosa cidade de comércio na Idade Média. Você tem alguns inimigos, Dr. O'Neill.

– Não abri aquela página – ele estava corando um pouco?

– Logo imaginei. Você não parece o tipo de cara que se descreveria como "meio Indiana Jones/meio Apolo".

– Está brincando?

– Sim, estou – eu não estava, mas ele parecia tão envergonhado, que concluí que mudar de assunto seria uma boa ideia. – Serei honesta. Não vejo nada nessa foto além de um lugar ótimo para jogar futebol. Para o que está olhando?

– Chegue mais perto – instruiu Patrick.

Oh, não, ele tinha um perfume incrível, como se tivesse tomado banho com um sabonete muito cheiroso e depois rolado em cima de erva-cidreira.

Ele esticou o dedo indicador e o correu de leve sobre a tela iluminada, traçando um círculo em uma determinada área do campo verde.

– Isto é imagem de satélite. Bem aqui é onde eu acredito que ficava o mercado, a ágora. Consegue ver a mudança de elevação?

– Oh, sim – menti, querendo apenas que ele se afastasse para que eu pudesse me recuperar.

– Não acredito. Meus alunos também tentam me enganar. Sente-se aqui – ordenou Patrick, trocando de lugar comigo de modo gracioso, pondo as mãos em meus ombros para me colocar na posição correta. Ele passou o dedo suavemente pela lateral de meu rosto, levando-me a olhar para a área superior direita da imagem. *Ele tem uma tatuagem no braço?* Ele praticamente sussurrou em meu ouvido. – Siga o meu dedo com os olhos. Relaxe o foco, analise o *slide* lentamente, permita que seus olhos captem as diferenças na topografia. Perceba a leve mudança de elevação. Consegue ver?

Quem imaginaria que "topografia" poderia ser usada em um "chega mais"? Eu estava tendo um pouco de dificuldade para relaxar *qualquer coisa*, muito menos o meu foco. Minha mente estava focada na sensação dos ombros dele pressionados contra os meus e na sua voz delicada.

– Relaxe – ele disse de novo. Obviamente, minha linguagem corporal tensa, mas refinada, estava falando alto demais.

Respiração de ioga de novo.

Estava dando certo. Ao deixar meus olhos mais relaxados e ao me concentrar na tela, vi o contorno circular da ágora, a linha sobre a qual Patrick havia passado o dedo antes. Estava ali, onde não estivera antes.

– Estou vendo!

Eu mais parecia uma menininha da pré-escola que havia acabado de encontrar o Wally. Patrick riu, dando um passo para longe das costas de minha cadeira, olhando para mim.

– Dessa vez, acredito em você – ele deu a volta até a parte da frente do computador. Como ele podia ter encontrado uma camisa que combinasse com a cor dos olhos? – Às vezes, o segredo não está no encontrar, mas, sim, no olhar.

Agora eu entendia por que aquele homem tinha seguidores tão fervorosos. Eu saí da cadeira dele, tentando pensar em algo a dizer. Ele foi mais rápido.

– Traga sua cadeira aqui perto. Vou mostrar algumas outras coisas.

O contato físico próximo não fazia parte do Protocolo de Escaneamento de Documentos, mas eu não podia recusar. Eu era apenas a assistente.

*****

– Duas taças desse serão ótimas. Você costuma beber na hora do almoço? – Patrick perguntou a mim quando se sentou em seu banquinho e pegou uma azeitona da tigela de cerâmica pintada à mão, com as cores amarela e azul do In Vino Veritas Wine Bar.

Não, pensei sozinha, mas estava claro que ele, sim. Ninguém se mostrava mais à vontade bebendo vinho, comendo azeitonas e conversando do que Patrick O'Neill.

Eu costumo comer queijo *cottage* e Wheat Thins em pé diante da pia, entre a aula de aeróbica, as reuniões do comitê e a manicure e pedicure. Mas esse tipo de resposta parece simplório demais depois da manhã que passei com o famoso arqueólogo, então, eu prefiro me calar.

– Não quando preciso levar os meninos para algum lugar – o que é verdade, ainda que algumas mães que eu conheço não sigam os mesmos padrões.

O In Vino Veritas era de propriedade de Ted Gamble, o marido de Jan, herdeiro e aficionado por vinhos. No passado, Ted fora um advogado de fusões e de aquisições, ainda que seu interesse nas ações tivesse sido o suficiente para lhe garantir uma vida muito boa. Ele se tornou um advogado tão bom que acabou ganhando rios de dinheiro. E então, depois do 11 de Setembro e depois da morte de seu melhor amigo no avião da United com destino a São Francisco, Ted se aposentou cedo e abriu uma pequena loja de vinhos com um bar informal e satisfatório de tapas e sanduíches. O serviço era lento, mas o presunto era Parma. E Ted era um proprietário dedicado, a companhia perfeita para um jantar solitário. Eu costumava passar ali a cada duas semanas para comprar uma garrafa de vinho, à escolha de Ted, e um sanduíche.

Meu orçamento para vinho atualmente estava mais para Trader Joe do que para In Vino Veritas, por isso já fazia um tempo que eu não aparecia por ali. Quando Patrick sugeriu que almoçássemos juntos, eu disse que conhecia o lugar perfeito. Tive a clara impressão de que ele queria um lugar meio escondido, onde Sarah White não se materializasse. Ele murmurou algo sobre ter encontrado um lugar "não conhecido dos outros funcionários da Huntington". Veritas ficava na mesma rua, mas fora do caminho de todos.

Ted ergueu as sobrancelhas levemente ao me ver entrar com Patrick. Eu nunca havia ido ali nem mesmo com Merritt, que não tinha paciência para lugares como aquele. Mas consegui perceber que ele estava querendo saber quem era o meu companheiro do almoço. Eu não via Ted desde o velório, e eu acreditava que ele e Jan tinham outras coisas sobre as quais conversar, e não falariam de mim. Rapidamente apresentei os dois homens, que se mostraram muito simpáticos. Ted tinha muito conhecimento, era um explorador do mundo com ligações importantes na política e nos negócios. E Patrick se sentia à vontade conversando com caras como Ted.

Enquanto Patrick e Ted trocavam as amenidades sociais, perguntas que envolviam quem, o quê, quando e quanto tempo você ficará em Pasadena, beberiquei meu Pinot Grigio (*Delicioso... Talvez eu devesse beber mais na hora do almoço*) e pensei nas últimas três horas.

Patrick havia me explicado grande parte de sua pesquisa, *slide* por *slide*. Como um semestre de Arqueologia de Troia em uma manhã. Eu me lembrei do que havia me feito cair de amores pela Arqueologia vinte anos antes. Descobrir um mistério, pedacinho por pedacinho, usando os dados físicos, linguísticos e históricos para recriar uma civilização que não existia há mil anos. Patrick estava tentando montar uma imagem complexa de Troia, uma cidade lendária que havia desaparecido. Seu trabalho era como um quebra-cabeça, mas muito difícil.

Ele teve paciência com as minhas perguntas e se empolgava ao dar as respostas, como fazem os melhores professores. E estava claro que ele não apenas sabia do que estava falando, como também entendia do trabalho de todo mundo: conhecia sobre a Grécia, Homero, Troia, a história começando na Era de Bronze e chegando aos dias atuais. Patrick falava sobre Constantino, Bizantino e a *Eneida*. Ele falava sobre antigas rotas de comércio e suas semelhantes modernas. Falava um pouco de grego, turco e latim, além de estudar filosofia e geologia, e fazia recomendações acerca da melhor comida da região. E ele envolvia tudo em um cavalo de Troia de bom humor e entusiasmo.

Agora eu entendia por que o conteúdo dos cadernos não significava nada. O trabalho de Patrick era muito maior do que aquilo, muito mais amplo do que poucas observações feitas por um engenheiro há 140 anos. Patrick queria mudar o mapa aceito do mundo antigo e do mundo medieval, transformar os padrões acadêmicos aceitos. O que Rudolph Schliemann podia revelar naqueles diários era uma peça pequena de um quebra-cabeça gigantesco. Como Patrick dissera: "algumas histórias coloridas", mas nada na dimensão de mapear todos os 4 mil anos de uma cidade chamada Troia.

A voz de Ted me tirou de meus pensamentos.

– Você é casado, Patrick? Sua esposa está aqui com você?

Brilhante, Ted, brilhante! Uma vez advogado, sempre advogado. Manda ver, doutor. Vamos conhecer a situação por completo. Fingi interesse pelo cardápio enquanto esperava pela resposta oficial.

– Fui casado uma vez, há muito tempo. Por cerca de uma hora e meia. Mas não deu certo. Ela não gostava da sujeira que eu levava para dentro de casa.

Os dois homens riram.

– Ela voltou para Londres. Gosta de confortos. Eu não ligo muito pra isso. É onde minha filha mora também.

O quê? Uma ex-esposa em Londres? Uma filha?

– Quantos anos tem sua filha?

Muito bem, Ted.

– Cassandra tem vinte anos. Está estudando moda. Ela quer ser a próxima Stella McCartney. A mãe dela é *designer*, nisso ela saiu à mãe, não a mim.

– Minha filha mais velha quer ser guarda florestal. E eu nunca sequer a levei para acampar!

Mais risos de Ted e Patrick.

Minha mente estava incontrolável. Inexplicavelmente, imaginei Jane Seymour, apesar de eu ter certeza de que o Dr. Patrick O'Neill não foi casado com a Dra. Quinn, a Mulher dos Remédios.

Quem é a Esposa Artística? Quanto tempo é "há muito tempo"? E quando, exatamente, a Esposa Artística "voltou para Londres"? Ele vê a filha? Com que frequência? Por que ele deu a ela o nome de Cassandra sendo que a Cassandra da mitologia foi morta pela própria mãe? E quando ele vê a filha, será que toma chá com biscoitos com a Esposa Artística? E se ele tem uma filha de vinte anos, certamente é mais velho do que eu, mas quão mais velho?

Continue falando, Ted. Continue falando.

Mas Ted fez o que todos os homens fazem quando a conversa fica boa e mais íntima: ele mudou de assunto.

– Vou fazer uma pergunta: por que os gregos não fazem um vinho melhor? Eles já o bebem há milhares de anos. Por que não é melhor?

E a partir de então eles se aventuraram em milhares de assuntos, todos eles divertidos, mas nenhum deles relacionado a qualquer coisa que fosse pessoal. Falaram sobre os melhores restaurantes em Paris, a Liga Premiere Inglesa, a política norte-americana *versus* a russa, as ruínas em Ephesus, ver o Bruce Springsteen pela primeira vez. Tudo o que se pode imaginar, menos de pessoas e relacionamentos. Quase duas horas depois, depois de algumas xícaras de café para mim e mais algumas taças de vinho para Patrick, tudo por conta da casa, claro, voltamos para o escritório.

– Lugar ótimo, sujeito ótimo – disse Patrick, sentando-se no banco de passageiro do meu carro.

Um amor entre sujeitos começando a nascer? Que bom para os dois.

*****

– A propósito, você vai ficar sozinha até segunda-feira. Vou sair da cidade por alguns dias.

Estávamos de volta à suíte de lua de mel. Eu estava guardando as coisas para ir embora, já atrasada para buscar Aiden. A frase de Patrick me pegou desprevenida. Torci para não demonstrar muita decepção.

– Oh, tudo bem. O que quer que eu faça até segunda-feira?

– Vamos tentar escanear os primeiros seis cadernos e as anotações. Se você tiver como transcrever o material, ótimo. Suas anotações seriam muito úteis, e páginas digitadas seriam mais fáceis de ler do que as escritas à mão. Depois do quinto ou sexto diário, teremos como saber se os cadernos têm algo de interessante a respeito da escavação original. Depois, passarei alguns dias formulando um tipo de hipótese, ou as pessoas podem desconfiar do que ficamos fazendo o dia todo – disse Patrick, um pouco caloroso demais. Talvez ele não estivesse acostumado a beber na hora do almoço. – Preciso estar pronto para o caso de Sarah começar a me questionar de novo enquanto comemos tacos.

Aparentemente, ele não estava se envolvendo com Sarah White. Saber disso me deixou mais animada. Mas Sarah havia conseguido aquele emprego para mim, por isso eu ainda não estava pronta para traí-la.

Patrick acessou seu computador, claramente preparando-se para mais algumas horas de trabalho depois de minha partida.

– Queria saber também se você poderia me ajudar a fazer algo. Preciso fazer uma apresentação para um monte de alunos do ensino médio na próxima semana. Esse não é meu público, exatamente. Seu filho não tem essa idade?

– Sim. Na verdade, ele estuda na Millington. Sua apresentação será lá.

– Mundo pequeno.

Mal sabia ele.

– Pode dar uma olhada na apresentação em PowerPoint para ver se há algo que crianças dessa idade gostam? Seria legal ser revisado por quem entende. Receio que seja acadêmico demais.

– Claro – eu estava surpresa. Algumas taças de vinho e agora eu era a Revisora Monitora do Dr. Patrick O'Neill. – Fique com o meu *e-mail*. Envie o arquivo para mim. Qual é a premissa básica da apresentação?

– Ah, você sabe, história básica da Guerra de Troia, um pouco da história de Heinrich Schliemann, e então eu termino o trabalho aí. A ideia é que a arqueologia é como desvendar um mistério, com ferramentas de alta tecnologia, como intensificadores de imagem e modelos de computador, e trabalho árduo à moda antiga.

– Como cavar a terra?

– Isso.

– Nossa! Os adolescentes adoram intensificadores de imagem. E abrir covas.

– Pensei que eles gostassem de computadores – Patrick assumiu uma postura defensiva.

– Onde está a emoção nisso? A ação? O que acha de dizer que o pai da arqueologia moderna, Heinrich Schliemann, era um contrabandista trapaceiro? Ele ganhou seus milhões vendendo armas. O cara mal era alfabetizado, era um pária entre os acadêmicos da época. Mas ele teve a audácia de descobrir Troia. E ele se casou com uma noiva de encomenda, Sophia, que precisou fazer uma prova sobre Homero antes de ele concordar em se casar. O que acha de dizermos isso às crianças? Interessante. Computadores, não.

– Sou um professor, não roteirista.

– E eu sou só uma mãe, não uma especialista. Mas acho que deveríamos animar um pouco as coisas. Ou você pode assustar uma geração inteira de possíveis arqueólogos. Você não entrou na área graças a histórias desse tipo?

Patrick parou e pensou na minha pergunta.

– Não. Eu gostava da estrutura da vida acadêmica. Do rigor. Não do romance.

Foi a minha vez de parar.

– Que bom, Dr. O'Neill. Envie o arquivo de PowerPoint. Aiden e eu vamos dar uma olhada. Aqui está o número de meu celular se precisar de alguma coisa enquanto estiver fora – anotei a informação de contato, e então me demorei na mesa dele. Pelo que eu estava esperando?

– Obrigado – disse Patrick, olhando para mim diretamente e por um segundo a mais do que o necessário. – Quantas horas são de viagem daqui até Santa Barbara?

Santa Barbara, o paraíso sobre a Terra. Quem ou o que existia em Santa Barbara?

– Cerca de duas horas, dependendo do trânsito. Não saia no horário de pico. Se fizer isso, pode demorar dias. Você tem familiares lá? – jogando verde para colher maduro. Torci para não estar sendo muito óbvia.

– Não, minha família está na Costa Leste agora. Vou ficar na casa de um ex-aluno, agora colega. Leciona na universidade, faz um trabalho interessante a respeito de rotas de comércio relacionadas a crenças religiosas em mudança, desde a Era de Bronze até as civilizações de hoje. Vou passar alguns dias. Trocar informações, esse tipo de coisa.

– Espero que faça sol. Divirta-se com ele.

– É ela. Tenho certeza de que me divertirei.

Capítulo 10

— Quantas mulheres ele tem? Primeiro Sarah, depois a Esposa Artística em Londres, e agora a de Santa Barbara? Quantas mais? – eu perguntei a Candy, enquanto fazíamos a volta de cinco quilômetros do Rose Bowl. Todas as manhãs, centenas de moradores de Pasadena corriam ao redor do famoso estádio de futebol como parte da rotina diária de exercícios: os jovens, os velhos, os que passeavam com cães e os esquadrões de mães. Candy e eu éramos apenas duas das dezenas de mães vestindo calça preta e boné para caminhar, batendo papo de manhã. Já tínhamos visto pessoas da Millington (as mães sul-americanas, que falavam espanhol, caminhavam lentamente e usavam maquiagem completa), da Martindale (que usavam "tênis" Cole Haan mas tinham gordura corporal) e da Redwood (*quem caminha usando tamanco?*).

Candy cumprimentava todos os grupos, dirigindo-se a todas as mulheres da mesma forma: "é isso aí, boneca!". Ela não fazia qualquer distinção social. Todo mundo era um amigo para Candy. Ela conhecia, literalmente, todo mundo da cidade. "Nunca se sabe quando precisaremos de alguém", ela dizia.

Olhei para ela com sua camiseta cinza, a calça capri preta e o Nike *top* de linha. Ela estava ofegante?

– Helena, vamos diminuir um pouco. Você está maluca hoje.

– Sinto muito, só estou com pressa. Preciso trabalhar e tudo mais.

Contornamos a última volta, e vimos o grande Lexus de Candy. Ela diminuiu o passo consideravelmente e colocou a mão em meu braço para chamar minha atenção.

– Não entenda isso do modo errado, mas acho que você precisa de um pouco de terapia.

Entendi de modo errado. Totalmente do modo errado.

– Passei minha infância toda vendo minha mãe tentar criar consciência e gritando feito doida. Então, não, obrigada. Estou bem. Ou ficarei bem. Só preciso de um pouco de tempo.

Estávamos no estacionamento naquele momento. Candy conversava comigo com preocupação sincera.

– Helena, geralmente, esse momento de caminhada serve para fofocar, concordar e rir. Eu estava toda pronta com uma ótima história da Melanie Nêutron, da reunião das Cinco Escolas, mas não consegui contar nada. Você passou os cinco quilômetros falando de Adele na Millington, de conselheiros de admissão nas escolas de ensino médio, dos preços das propriedades, de seu contador, do técnico de polo aquático e de uma mulher em Santa Barbara que você nem conhece.

– Preciso *extravasar* meus sentimentos. Não entrar em contato com eles.

Ela procurou no bolso da camiseta e pegou dali um chaveiro da Louis Vuitton carregado.

– Também não sou muito fã de autorreflexão. É para isso que serve a vodca. Mas, querida, você está irada. Eu adoro a ira. Ela tem um papel. Mas não dura para sempre. Acho que você precisa conversar com alguém. Não tem nada a ver com entrevista para o ensino médio nem com reunião da membros do conselho. Tem a ver com Merritt. Você está irada porque ela morreu e deixou você cuidando... De tudo.

Para alguém com diversos ex-maridos e escândalos na vida pessoal relacionados a seu nome, Candy, surpreendentemente, não tinha problemas. Se ela achava que eu precisava de ajuda, talvez eu precisasse, mesmo.

Inferno.

Eu andava tão concentrada no Aiden, que nunca pensava em cuidar de mim mesma. Eu já havia tentado convencer Aiden a participar do acampamento de verão para adolescentes enlutados, mas ele disse, com um sorrisinho: "é, parece divertido ficar com um monte de meninos de pais mortos".

Talvez eu precisasse de um acampamento de verão? Eu não sabia por onde começar. Recostei-me no carro e fingi alongar meus tornozelos.

– As irmãs de Merritt estão esvaziando os armários dele hoje. Não consigo nem olhar para os ternos azul-marinho dele. Como vou enfrentar... – abaixei a cabeça – todo o resto?

– Vou fazer umas ligações e pegar uns nomes. Alguém bom e experiente em dar orientação a pessoas enlutadas.

Fiquei surpresa por ela usar aquele termo. Candy tinha sido muito ríspida a respeito de Merritt e do caso. Era quase como se ela estivesse admitindo que havia julgado a situação depressa demais. Será que eu também?

– Apenas converse com alguém algumas vezes. Não vai machucar. Tudo bem?

– Tudo bem.

Candy entrou em sua picape e ligou o motor. Beyoncé ressoou pelos alto-falantes.

– Quer ir comigo à Sinfônica de Gala esse fim de semana? O relações-públicas me deu um ingresso a mais. Aposto que Mitsy estará lá. E talvez alguns cavalheiros interessantes, mais velhos e solteiros. E quero dizer *mais velhos*! – Candy voltando a ser Candy.

– Droga. Estarei em um campeonato de polo aquático. Tome um drinque por mim – eu voltando a ser eu.

– Tudo bem. É isso aí, boneca – e minha amiga partiu.

*****

O escritório estava em silêncio, exceto pelo barulho do *scanner* e o som de fundo do rádio. Com Patrick fora da cidade, aproveitei para usar calça *jeans*, escutar a rádio NPR e pensar no que Candy dissera. Normalmente, eu era o tipo de pessoa que pensava demais em todas as decisões, pesquisando e analisando uma situação *ad nauseum* antes de agir.

Mas desde a morte de Merritt, eu havia feito o contrário, reagindo depressa, até meio sem pensar. Acreditava que era isso que eu precisava fazer. Colocar as finanças em dia agora, chorar depois. Eu estava errada?

Talvez eu *devesse* conversar com alguém. Só porque minha mãe havia passado a vida na terapia não significava que eu tinha de passar as próximas duas décadas tentando me encontrar. Aposto que algumas sessões rápidas ajudariam. Ou eu poderia começar a ler alguns dos livros sobre luto que o monsenhor havia enviado a mim. Eu estava no primeiro ano de faculdade quando li Kübler-Ross pela última vez. Eu estava perdida em meus pensamentos, ignorando totalmente a Regra Número Um de Escaneamento de Documentos: focar no trabalho.

Foi quando escutei um rasgo bem alto.

Ai, droga. Eu havia virado a página 122 do Caderno VI rápido demais e ela rasgou um pouco. Certo. Talvez mais do que um pouco. Talvez três quartos da página. Droga, droga, droga.

E se Karen da Biblioteca conferisse as páginas todos os dias quando eu devolvia os cadernos? Por favor, por favor, por favor, não permita que Karen da Biblioteca confira as páginas. Não quero perder este emprego. Não quero perder minha *vida*!

Certa vez, quando eu tinha treze anos, estava cuidando dos gatos de nossos vizinhos. Tranquei um deles no porão por uma semana, por engano. Eu fiz uma visita proibida ao porão dos Mills para conferir se o boato de que eles cultivavam cogumelos alucinógenos era verdade. Esperava encontrar caixas de terra e de minhocas ali. Mas encontrei apenas as coisas de sempre que são encontradas em porões: enfeites quebrados, malas velhas, grelhas de churrasqueira enferrujadas. A família Mills não parecia cultivar cogumelos alucinógenos, apenas ninhadas de rato.

Depois de minha busca, Bola de Neve desapareceu. Seis gatos presentes, um gato desaparecido. Apenas continuei colocando comida na tigela do Bola de Neve e fingindo que ele continuava comendo, porque estava com medo demais para contar a alguém que eu havia perdido o Bola de

Neve. Quando os vizinhos voltaram, eles o escutaram miando feito louco no porão e encontraram o animal magro e abatido enrolado nas decorações de Natal. Eu me fiz de boba, como se o Bola de Neve estivesse por perto a semana toda e tivesse acabado de ficar preso no porão, sozinho.

A senhora Mills não parava de dizer que aquilo era muito estranho. Como ele podia ter se trancado no porão? Apesar do trauma sofrido pelo gato, o casal acreditou em minha versão. *Hippies* estúpidos. Talvez eles *estivessem* cultivando cogumelos alucinógenos. Desde então, eu tenho me sentido culpada.

Eu pretendia adotar a mesma postura em relação à folha do caderno. Eu ia me fazer de boba. Negaria todas as alegações. O caderno já estava rasgado quando eu o escaneei, essa seria a minha frase. Espere um pouco. Eles conseguem fazer testes de carbono para determinar a idade do rasgo? Nesse caso, eu estaria perdida.

Naquele momento, alguém bateu à porta e eu voltei a ter treze anos. O pensamento irracional de que Karen pudesse ter escutado o rasgo do outro lado da Huntington passou por minha mente estressada.

– Hummm, só um segundo – gritei com a voz trêmula. Derrubei um porta-lápis de couro, muito bonito, e uma caixa de clipes extragrandes na correria para esconder o Caderno Número Cinco. Enfiei o caderno embaixo das almofadas do sofá, reajustando a manta para esconder o volume. Meu coração estava acelerado.

Relaxe, relaxe. Aquilo que estava escutando era uma respiração ofegante na porta?

Mais uma batida, só que mais alta.

– Helena, você está aí dentro?

Graças a Deus, era Sarah White, não Karen. Senti que meu coração se acalmava. Eu me sentei no sofá, esperando que Sarah acreditasse em meu tom casual.

– Oh, claro, Sarah, pode entrar!

Ela entrou com cuidado, olhando ao redor para ver se Patrick estava por ali. Quando percebeu que o objetivo de sua visita não se encontrava, ela se concentrou em mim, jogando-se no sofá no meio de um dia de trabalho, sem qualquer trabalho por perto. Seu rosto demonstrou nojo. – O que *você está fazendo*?

Eu me ajeitei, torcendo para o caderno não cair no chão.

– Só descansando um pouco. Quer café?

– Não, obrigada.

Foi um alívio, porque não havia café pronto e minhas mãos tremiam tanto que eu não teria conseguido medir a quantidade de pó.

– Estou procurando Patrick. Ele está por aqui?

Então Patrick não havia contado a Sarah a respeito de sua viagem a Santa Barbara? Perfeito, agora eu estava no controle.

– Não, ele não está. E só vai voltar na próxima semana.

Sim! Era assim que uma boa assistente deveria falar. Muito neutra, mas indicando que não estava liberada para contar detalhes.

– Por quê?

– O quê?

– Por quê? Onde ele está? – Agora Sarah não estava mais se controlando.

Situação difícil. Se eu contasse onde ele estava e ela tentasse encontrá--lo, ele podia se irritar. Se eu fingisse não saber e Sarah descobrisse que eu *sabia*, quando ele voltasse, ela ficaria irritada. Então, optei pela opção "coluna do meio".

– Ele está trabalhando em Santa Barbara. Voltará na segunda-feira. Por isso preciso voltar ao trabalho – eu apontei para a minha mesa, esperando que Sarah não percebesse que não havia trabalho ali porque eu havia enfiado um dos cadernos embaixo das almofadas para esconder seu desfiguramento.

– Que tipo de trabalho está realizando em Santa Barbara?

Eu dei de ombros de modo exagerado.

– Rotas de comércio da Era de Bronze. Ele está com meu número de celular se houver qualquer emergência, mas não tenho o dele – pronto, acreditei ter conseguido interromper as perguntas.

Mas não foi tão rápido assim. Sarah não parecia totalmente satisfeita. Ela se aproximou.

– Percebi que vocês dois ficaram a tarde toda fora ontem. Saída de trabalho?

Sarah White estava perseguindo o próprio chefe?

– Fomos almoçar e acabamos demorando. Patrick estava me atualizando a respeito de sua pesquisa para eu poder trabalhar mais depressa. Assim, consigo colocar o projeto dentro de um contexto – expliquei, muito satisfeita com o meu tom de voz. – Demorou alguns dias, mas agora estou totalmente por dentro.

Um monte de bobagem ali. Eu mais parecia uma profissional.

Sarah começou a dar a volta pela mesa de Patrick, fingindo que não estava lendo os papéis ali em cima.

– Sabe, nós saímos algumas vezes. Ele comentou sobre mim?

Agora, era a vez de Sarah voltar aos treze anos.

– Temos conversado sobre Troia. Não faço muitas perguntas pessoais. Não é esse tipo de relacionamento que tenho com Patrick.

– Claro – Sarah disse, afastando pedacinhos de linha imaginários de seu terno sob medida, cor de creme. – Pensei que pudessem ter falado de mim, sabe, no meio de uma conversa.

Se minha meia-idade seria daquele jeito, eu não via muita diferença em relação à minha época de adolescência. Fiquei deprimida.

– Ele não me conta muito a respeito da vida particular dele.

– Você sabia que a ex-esposa dele é Susanna Ashford, a *designer* de tecidos? Parece que eles se apaixonaram perdidamente por cerca de seis meses e tiveram uma filha, mas aí ela voltou para Londres quando percebeu que Patrick se importava mais com o trabalho dele do que com o dela.

É claro que ele tinha sido casado com Susanna Ashford! Como não teria tido uma primeira esposa fabulosa? Isso explica os comentários a respeito de sujeira e conforto que ele fizera com Ted no bar. Ainda assim, eu estava surpresa por ver que Patrick pudesse revelar algo tão... Tão *íntimo* a Sarah enquanto comiam tacos.

– Ele contou isso a você? – perguntei.

– Oh, não tudo. Apenas que tinha uma filha. Então, eu pesquisei no Google: "Cassandra O'Neill", a filha, o que me levou a Susanna Ashford, o que me levou a uma entrevista com ela no *The Guardian*. Ela não citou o nome de Patrick, mas quando disse "Meu primeiro marido, o arqueólogo", eu percebi que era ele. Parece que ele foi a inspiração para a nova linha de roupa de cama que ela criou. Eu me refiro ao *design* antigo, não ao conceito de lençóis.

Que alívio. Não queria que Patrick se abrisse com Sarah, mas não sabia o motivo. Eu me senti meio desleal, por isso disse:

– Ele é um homem interessante. Com certeza vocês dois têm muito em comum – até que foi bacana da minha parte.

Aparentemente, Sarah não concordou.

– Vou deixar você voltar ao seu *trabalho* – disse Sarah. Minha lealdade desapareceu. – Se ele telefonar, pode dizer a ele que passei por aqui?

E quando Sarah White saiu, eu voltei para o meu "trabalho", tentando minimizar o dano que havia feito ao caderno. Eu me lembrei do que Patrick dissera: os objetos não são inerentemente valiosos por serem antigos. Ou algo assim.

Talvez aqueles cadernos não servissem para nada.

Seria ótimo.

*****

Eu estava sentada na cama, tentando transcrever os documentos escaneados. Demorava muito tentar entender a caligrafia centenária de Rudy. Eu estava na metade do primeiro caderno, uma descrição muito tediosa da logística da viagem a Troia. Trem, barco, caravana. Até uma lista detalhada dos objetos levados, que eu tenho certeza que alguns estudiosos julgariam fascinante, mas não eu. Não era muito diferente da lista de Aiden para o acampamento de verão.

Tirando a carne seca que Rudy Schliemann levou aos montes.

Apesar de a transcrição ser difícil, eu finalmente estava colocando em prática aquele curso de digitação que meu orientador havia me feito fazer no ensino médio. "Para o caso de o latim não dar certo", dissera a senhorita Tetherow, piscando, vestindo um vestido laranja à la Mary Tyler Moore na região central de Oregon.

Eu me senti meio enjoada quando percebi que talvez a senhorita Tetherow estivesse certa.

Fechei o *laptop* e apaguei o abajur. Um brilho vinha do armário, que agora estava meio vazio. Eu havia começado a dormir com a luz acesa. Fingia que era por Aiden, para o caso de ele querer vir dormir no chão no meio da noite. Mas era por mim também.

Ter medo do escuro era algo novo para mim.

Acendi a luz, abri meu *laptop* e comecei a digitar mais coisas do caderno transcrito. O quê...? De repente, as listas detalhadas de Rudy se transformaram em suas fantasias a respeito da jovem Sophie Schliemann e o que ela estaria vestindo quando ele chegasse ao local da escavação. Ou o que não estaria vestindo, como ele a descrevera: "nua, com as pernas à mostra, sem botas ou meias".

Rudy, Rudy, Rudy, seu malandrinho.

Capítulo 11

Aiden e eu havíamos discutido a respeito dos méritos de uma camisa e gravata durante a maior parte da manhã. Eu achava que ele deveria usar as duas coisas para a entrevista na Ignatius. Ele discordava:

– Mãe, vai parecer que estou me esforçando demais – disse ele.

– Uma camisa e uma gravata apenas mostram que você se importa. Quando você entrar, vai ter de usar camisa e gravata todos os dias, durante quatro anos. Qual é o problema em ir assim à entrevista? – sibilei com aquele sibilo especial de mãe.

Sinceramente, o mau humor dele estava aumentando – era compreensível, devido ao que ele havia enfrentado. Mas por que, por que, por que brigar por causa de uma camisa e uma gravata? Entrei com o carro no estacionamento da escola, observando a alta porcentagem de Mini Coopers e velhos Volvos nas vagas de alunos.

Em comparação ao ambiente verde e moderno da Millington, a Ignatius era suficientemente urbana para os padrões de Pasadena. As antigas construções de pedra, originalmente um seminário jesuíta e depois uma casa de repouso construída nos anos 1920, estavam cobertas por trepadeiras e ficavam em um monte perto da estrada. Havia uma pequena capela, com vitrais nos quais se via os nomes das faculdades jesuítas, à direita. A piscina e o campo de esportes iam além da capela, um espaço retangular de grama e concreto ao longo da estrada. Um estádio de futebol novo em folha, com um gramado de um milhão de dólares, a cabine de imprensa e os vestiários de luxo ficavam ao lado sul do campus. (Um capitão do time, muito leal, muito bem-sucedido, havia doado o estádio inteiro. Vingança de esquenta-bancos, Merritt havia rido na cerimônia de inauguração.)

O campus não era lindo, mas era repleto de tradição: os degraus largos de pedra onde os alunos se reuniam de manhã; o crucifixo gasto de madeira que era tocado, para dar sorte, por mil rapazes todos os dias, quando eles passavam pelos portões, a sala de jantar onde todos os alunos do último ano faziam as orações antes das refeições. A Ignatius, apesar de sua herança católica, era o mais próximo que o sul da Califórnia chegava das escolas elitistas preparatórias em Massachusetts e Connecticut. A grande diferença era que, na verdade, ela não era elitista.

Filhos de ricos, pobres, de imigrantes e de poderosos de todas as cores e credos estudavam na Ignatius, vindos de todas as partes do município de Los Angeles. Muito antes de as escolas preparatórias criarem planos para oferecerem ajuda a alunos carentes, a Ignatius se orgulhava de sua política de admissão "assine o cheque". Se o filho de um jardineiro, policial ou mecânico fosse considerado qualificado para entrar, algum ex-aluno simplesmente fazia um cheque para pagar as despesas daquele aluno por quatro anos. Isso havia começado sessenta anos antes, com o padre Michael, e continuava hoje com a reitoria do padre Raphael.

O querido jesuíta analisava a lista de ex-alunos e pegava o telefone. O advogado, empresário ou juiz não conheceria o aluno patrocinado. E o aluno esperava, um dia, poder pagar a dívida da mesma maneira. Era um processo silencioso e discreto, e criava o grupo mais fiel de ex-alunos da região. A maioria dos guerreiros cristãos da Ignatius considerava sua aliança do ensino médio ainda mais profunda do que a da faculdade ou da fraternidade.

Eu queria que Aiden tivesse essa conexão. Eu sentia que ainda podia dar isso a ele, ainda que tanta coisa em sua vida estivesse diferente.

Passei de novo o meu batom com a ajuda do espelho retrovisor e tentei convencer Aiden pela última vez. O que havia de errado com ele?

– Seria um sinal de respeito à tradição da escola usar uma gravata.

– Beleza. Está bem... tanto faz – e ele vestiu a gravata com uma careta exagerada.

Ótimo, pensei. Um dia maravilhoso para se ter esse tipo de atitude. E piorou a partir dali.

Hank Pfister, o diretor de admissões, nos levou a seu escritório cheio. "Humildade em todas as coisas" era a mensagem da almofada no sofá. Assim aprendi recentemente, pensei.

– E então, Aiden, o que está lendo na aula de inglês deste trimestre? – foi a primeira pergunta do senhor Pfister. Eu sabia que ele sabia exatamente o que um aluno da oitava série de Millington leria naquele trimestre: *Romeu e Julieta* e *O Sol é Para Todos*.

Vinte e cinco meninos da Millington tinham tentado um lugar na Ignatius; Aiden era o último a ser entrevistado. Apenas cerca de meia dúzia entraria. Aiden era um garoto decente que havia acabado de perder o pai, mas suas notas não estavam boas. Ele precisava dessa entrevista. Eu tive a sensação de que Hank Pfister também sabia disso.

Gostei da pergunta fácil.

– Hummm, hummm – Aiden começou, sem desviar os olhos do chão nem por um segundo. E então a enrolação começou, e logo depois o girar da cadeira. – Hummm, Romeu e hummm Julieta. É bem da hora. E tem também aquele sobre o cara advogado defendendo o afro-americano. Aquele do Sol.

O cara advogado? Shakespeare é *"bem da hora"*? Quem é esse menino?

– Oh, Aiden – eu fingi uma risada, esperando diminuir o desconforto crescente na sala. – Fico feliz por você achar William Shakespeare *bem da hora*.

– Público difícil de conquistar – Hank Pfister disse, inclinando a cabeça de modo brincalhão na direção de meu filho.

Que Deus o abençoe, senhor Pfister.

E então, acabou a brincadeira.

– Se você não consegue entender uma única palavra do que o cara escreve, como ele pode ser ótimo? – perguntou Aiden, com a voz desafiadora.

– Posso passar o dia lendo aquela bobagem e ainda assim não faria nenhum sentido para mim. Para que serve aquilo?

Não existe som mais ensurdecedor no mundo do que o som de toda a esperança deixando a sala. *Por favor, Aiden, conserte isso.*

Mas percebi que ele estava apenas começando sua fase de Jovem Revoltado.

Sofremos por mais dez minutos de perguntas e respostas. Até mesmo as perguntas rotineiras a respeito do polo aquático não conseguiram tirar dele uma resposta civilizada. Por fim, o senhor Pfister e eu estávamos falando sobre Aiden enquanto Aiden checava seu relógio imaginário. Continuamos a piada, com apertos de mão e desejos de boa sorte, até o fim da entrevista, mas todos nós sabíamos de uma coisa com certeza: aquele Aiden não era digno de entrar na Ignatius.

*****

Minha mãe era muito boa com o silêncio. Era a sua maior qualidade como mãe. É claro que eu ficava irritadíssima na infância quando ela pedia, diante de meus amigos, que fizéssemos "um momento de silêncio e meditação" se brigássemos por causa do trampolim enferrujado do quintal.

"Vamos todos fechar os olhos e respirar fundo. Exalem a energia negra", minha mãe, com cabelos compridos e saia rodada, dizia às minhas amigas surpresas, que iam à missa, "respirem a luz".

Ela ficava parada como estátua por cerca de um minuto, enquanto minhas amigas tentavam não rir e eu tentava não morrer de vergonha. Depois, ela voltava ao presente com um sorriso largo e uma solução. Acho que a solução era que o horror da meditação fazia com que todos os envolvidos na "energia negra" se esquecessem totalmente do motivo da briga. De qualquer modo, ficávamos todas mais calmas e as brincadeiras no trampolim continuavam sem incidente ou sem a necessidade de mais soluções.

Mas nunca na minha vida senti tanta gratidão pela lição de silêncio quanto senti a caminho de casa, depois de sair da Ignatius. O trajeto de quinze minutos de carro mais pareceu durar quinze horas. Aiden e eu não trocamos nenhuma palavra. Fiz o que pude para expulsar a energia pesada; ele ficou olhando pela janela, quase sem respirar.

Tanto Tina quanto Candy enviaram mensagens de texto para mim perguntando "como foi?". Eu ainda não estava pronta para responder àquela pergunta. Desliguei o telefone. Conseguia escutar a voz calmante de minha mãe. "Solte. Expire e solte."

Ela tinha razão.

Quando chegamos em casa, a placa de "à venda" estava sendo martelada no quintal da frente por dois caras da equipe de Rita, já antecedendo o *open house* do fim de semana. "Fonte de bom gosto e cores elegantes!", Rita prometera; tenho certeza de que os vizinhos gostariam do bom gosto. Desliguei o motor e fiquei sentada por um minuto. Aiden também.

– Você não vai dizer nada? – Aiden me desafiou quando finalmente saímos do Audi.

Não conseguia me lembrar de um momento no qual tenha tido menos o que dizer, talvez apenas quando Merritt me contou a respeito de Roshelle Simms. Ou quando o contador me contou sobre o dinheiro. Eu não conseguia entender muito bem o que estava acontecendo, então certamente não tinha nada de construtivo a dizer sobre aquilo. Simplesmente disse o óbvio.

– Acho que você realmente não quer estudar na Ignatius. Pensei que quisesse. Vamos ver o que faremos.

Aiden mostrou-se surpreso, como se ele esperasse que eu fosse fazer o maior escândalo quando chegássemos em casa. E, certamente, se ele tivesse se comportado daquele modo diante de Merritt, haveria consequências graves: gritos, o pai acusando-o de jogar o nome da família na lama, proibição de computador ou celular por uma semana. Mas, nos últimos meses, eu havia perdido totalmente a noção de pesar a importância dos acontecimentos. Será que desperdiçar a chance da entrevista na Ignatius era menos ou mais importante para a vida de Aiden do que a venda da casa? Como saber? Durante décadas, eu ficaria sem saber qual tinha sido o impacto da morte de Merritt em nossa vida, por isso certamente não queria me precipitar com conclusões naquele momento.

– Vamos pedir uma *pizza* para não estragarmos a cozinha que Emilia limpou.

– Mãe, sinto muito, eu estraguei tudo. Está brava comigo? – aquele foi o pensamento mais emocionalmente complexo de Aiden a tarde toda. Recebi dele o reconhecimento do erro, um pedido de desculpas e a aceitação da responsabilidade.

– Não – eu disse com sinceridade. Triste, desapontada, assustada, mas não brava. – Não, não estou brava. Vamos resolver tudo.

– Tá – as respostas monossilábicas estavam de volta.

Eu sabia que teria de retomar aquela conversa um dia, como dentro de um mês, quando recebêssemos a carta de recusa da Ignatius e quando Aiden tivesse noção da realidade da entrevista-lixo realizada.

Enquanto isso, eu mudei de assunto.

– Ei, pode dar uma olhada em um arquivo de PowerPoint para mim? É do Dr. O'Neill, e ele quer ter certeza de que é interessante o bastante para a sua sala. Dez minutos enquanto esperamos pela *pizza*. Pode ser?

Um sorriso do menino!

– Claro.

*****

Três horas e uma pizza de cogumelo com salame depois, Aiden e eu havíamos transformado a apresentação bem embasada de Patrick a respeito da Guerra de Troia em um espetáculo multimídia. O original era, como disse Aiden, "uma droga". Nossa versão, com música, animações e sequências de gráficos ficou, segundo ele, "irada". Acrescentamos ação, mistério, romance e intriga, elementos que Patrick havia deixado de fora. E algumas fotos de Patrick em ação no local de escavação que eu havia encontrado no Facebook, para agradar às professoras e às mães que fossem participar.

– Envie um *e-mail* ao seu chefe com o arquivo, mãe. Agora – Aiden estava certo de que eu conseguiria uma baita promoção com base apenas na trilha sonora que escolhemos, que ia de Green Day a The Weepies. Eu já tinha bebido vinho suficiente para achar que ele estava certo.

Cliquei em "Enviar".

– Hora de dormir. Fim de semana longo pela frente.

– Sim.

Eu me referia à venda da casa. Aiden se referia ao campeonato de polo aquático. Enquanto eu observava Aiden ir para a cama, sonolento, tomei uma decisão. Conversaria com Billy Owens, Esquire. Ele era um ex-aluno da Ignatius e ele resolveria tudo. Além disso, depois de saber a respeito do dinheiro e da traição e não me contar nada, ele me devia uma, e sabia muito bem disso.

Não existe lugar melhor para evitar a vida do que em um campeonato de polo aquático juvenil. Entre os assovios constantes, as pessoas superentusiasmadas e os gritos dos jogadores, eu literalmente não conseguia escutar meus pensamentos. (O que foi perfeito, levando em conta o que eu estava tentando evitar pensar.)

E daí que centenas de xeretas estavam dentro da minha casa dos sonhos, comentando como era triste o fato de eu ter de vendê-la? *E daí* que meu filho havia acabado com a sua única chance de ser feliz e, sem dúvida, começaria a experimentar maconha logo, logo? *E daí* que eu tinha de parar de pagar a academia, passar a frequentar um salão de beleza mais barato e vender telas a óleo de R. Kenton Nelson da Ponte de Colorado que Merritt havia me dado de presente de décimo aniversário de casamento, apenas para pagar a segunda metade das mensalidades da Millington?

Eu tinha muito protetor solar, um chapéu de doze dólares da Target e uma Coca-Cola light. A vida era boa.

Eu estava sentada em um banco de alumínio quente na Meca dos Esportes Aquáticos: o Mission Viejo Natatorium. A região de Orange County, em Mission Viejo, produzia mais nadadores olímpicos e mais jogadores de polo aquático do que qualquer outro lugar do país. Era uma fábrica movida a cloro, onde os atletas eram geneticamente abençoados e simplesmente maiores, mais fortes e mais rápidos do que os desacostumados à água. De jeito nenhum Pasadena ganharia, apesar de estarmos empatadas em 1 x 1 no primeiro tempo. Logo, o MV abriria o placar e nos esmagaria como sempre fazia.

Eu fingi assistir ao jogo, nosso segundo do dia, sentada sozinha para evitar conversar com outros pais. Não estava a fim de ficar batendo papo, no jogo, sobre problemas; a eficiência do treinamento de musculação; a situação na qual só a vitória interessaria no jogo das quatro horas se perdêssemos o atual. Geralmente, eu fingia interesse nesses assuntos para cumprir o meu papel, mas naquele dia eu estava sem paciência.

Aquelas pessoas eram bacanas – os Gamble, os Barnes, os Keegan, os Villanueva. Pais que tinham investido dinheiro e queriam ver o técnico altamente qualificado, um ex-aluno da UCLA e ex-jogador da seleção norte-americana, moldar seus filhos de modo que se tornassem máquinas de jogar polo. Eu percebia que eles só queriam o melhor para seus filhos, mas alguns deles tinham expectativas além da realidade.

Aiden tinha certo talento, certa determinação, mas provavelmente não tinha o tamanho certo para ser o "jogador de impacto" sobre os quais os outros pais falavam sem parar. Eu nunca alimentei a ilusão de que ele ganharia uma bolsa de estudos na USC jogando polo, diferentemente de muitos dos pais que enchiam o ginásio aquele dia na Meca do Polo Aquático. Depois daquela entrevista na Ignatius, então, qualquer ilusão havia sido reduzida a pó.

E então meu Blackberry avisou que havia uma mensagem de texto. Eram 13h – o *open house* havia começado. Tina, agindo como informante, de olhos e ouvidos atentos, estava enviando o primeiro relatório. Cheio. Fila para entrar quando as portas forem abertas. Você viu a foto no LA Times hoje?

Sim, eu havia visto a matéria de página inteira na seção de imóveis, anunciando a casa, a minha casa, como "A casa perfeita na qual constituir uma família e criar lembranças. Uma oportunidade rara de possuir um pedaço da história de Pasadena por um preço atraente".

E um grande pedaço da minha história a um preço muito atraente.

Eu me virei para o jogo a tempo de ver Aiden fingir que jogaria a bola numa primeira vez e depois lançar um tiro a cerca de sete metros de distância. Gol! Gol! Gol!

Fiquei maluca. Podia não entender os apitos constantes que sinalizavam faltas, ou a cobrança de "cinco metros", por mais jogos que assistisse, mas adorava ver a cara de Aiden quando ele marcava um gol. Pasadena estava vencendo de 2 x 1 no fim do segundo tempo. Inacreditável.

Mais um sinal do celular. *Ping*. EMILIA ESTÁ NA COZINHA SERVINDO CAFÉ E BISCOITOS. BOA! ELA ESTÁ INCLUÍDA NA CASA?

Aiden saiu do jogo para descansar. Eu fiz um sinal de positivo para ele pelo gol. Ele me ignorou. Eu já devia ter imaginado. Quando jogava futebol aos seis anos, ele saía do campo à procura de minha aprovação. Agora, apenas dava atenção ao técnico, o cara que foi para as Olimpíadas, não para a mãe dele, que não sabia nada sobre polo aquático.

Ping. MUITOS CASAIS *GAYS*. VOCÊ PROMETEU SERVIR MARTÍNIS?

Ping. JÁ FIZ UMA VOLTA DE RECONHECIMENTO. TUDO OK. A IMPRENSA NÃO ESTÁ, SE É QUE ME ENTENDE. JUAN, O PINTOR, ESTÁ AQUI COM EMILIA. UM LANCE ESTÁ ROLANDO?

Ping. VI MEL NÊUTRON E O MARIDO. ELA ESTÁ MUITO VESTIDA COM UM TERNO *CALVIN KLEIN*. ELE ESTÁ USANDO ROUPAS DE GOLFE. ELA JÁ NÃO VIU A SUA CASA UM MILHÃO DE VEZES?

Sim, sim, sim, ela já viu. Será que ela podia estar ali para olhar e comprar a minha casa dos sonhos? Melanie e o marido viviam em uma casa totalmente adorável na parte mais baixa de Arroyo, um rancho clássico da Califórnia com vista para a ponte de eucaliptos. Por favor, não permita que a minha casa seja vendida a Melanie. Isso seria humilhante demais.

Ahhh! Uma buzina forte soou no fim do tempo e eu quase caí do banco. Rapidamente, eu digitei para Tina: AVISE-ME QUANTO TEMPO ELA VAI PASSAR AÍ DENTRO.

– Grande lance do Aiden! Eles vão adorá-lo na Ignatius no próximo ano! – Chip Barnes gritou de diversas fileiras abaixo. Fiz mais um gesto de positivo para evitar o choro. Já com 1,80 metro, o filho de Chip, Randy, era um "jogador de impacto" e os rumores corriam de que ele estava sendo "muito requisitado" pelas escolas da região, incluindo a Ignatius. Pelo menos foi isso o que contou Marika Villanueva no treino de uns dias atrás, acrescentando de modo meio irônico: "que bom que ele sabe jogar, porque não sabe fazer contas".

– Obrigada, Chip. Acho que temos uma chance hoje! – eu respondi, tanto para ser sociável quanto para esquecer Mel Nêutron abrindo meus armários de remédio. Pelo menos, eu havia escondido todos os comprimidos para dormir, por sugestão da Candy.

– Ele vai fazer coisas incríveis no próximo ano – Chip gritou para que todos escutassem.

Desde a morte de Merritt, eu havia notado que os pais da equipe torciam por Aiden, dando mais atenção a ele depois do jogo, dizendo que ele havia jogado muito bem, mesmo que não tivesse. Isso era muito gentil.

Ping. A Mel ainda está aqui. O casal *gay* está lá na frente, examinando as plantas. Escutei quando eles disseram adorar as rosas da cozinha. Esses caras parecem os compradores ideais. Têm uma Range Rover. Os *gays* cuidam muito bem de propriedades.

Ahhh! A buzina sinalizou o começo do próximo tempo, e as pessoas de Pasadena ficaram em pé e gritaram, em um esforço de agitar nossa equipe. Eu passei mais protetor solar e torci para Melanie detestar o papel de parede do banheiro de visitas e os *gays* amarem o arbusto de alecrim e os canteiros de lavanda francesa. *Talvez eu devesse ter plantado as tulipas; mas elas eram tão caras.*

Aiden estava de volta ao jogo, nadando com esforço. Era bom vê-lo atuando.

Ping. Mel ainda não saiu. Talvez ela esteja tentando tirar Emilia de você. Fiquei sabendo que ela demitiu outra babá. O casal *gay* está ligando para amigos e chamando-os para verem a casa. Rita está rodeando para atacar.

Sim. Vamos lá, Pasadena! Vamos lá, *gays*!

Ping. Ai, meu Deus. A VACA da TV está aqui. Você tinha razão. Ela ainda está usando *jeans skinny*. Que triste. Vou entrar.

Perdi o rumo. Parecia que o jogo estava em câmera lenta. Eu me entreguei à ação, torcendo animadamente a cada passe, bloqueio e parada, quando o terceiro tempo acabou e os últimos seis minutos da partida começaram. Os outros pais se viraram para olhar para mim, surpresos com meu entusiasmo recém-adquirido. Em determinado momento, cheguei até a gritar com o juiz, o que foi ótimo para aliviar a tensão, algo totalmente proibido no Código de Conduta dos Pais. Quando Randy Barnes lançou um tiro pelo goleiro de Mission Viejo para levar o time adiante, 3 x 1, eu fiquei em pé e comemorei como se um homem tivesse acabado de pousar na lua.

Decidi: se o Pasadena ganhar esse jogo, os *gays* comprarão a minha casa.

Mais gritos surgiram da torcida. Randy Barnes marcou de novo com poucos segundos para terminar a partida. Nós havíamos derrotado os dragões. Pasadena derrotara o Mission Viejo na piscina da casa deles! Que confusão! Eu desci para abraçar Chip Barnes, e meus olhos estavam marejados.

Ping. A Vaca da TV entrou na sala de estar e nem chegou a subir.

Conforme as comemorações continuavam ao meu redor, li a mensagem, incrédula. Seria aquilo a dor? Ou será que finalmente compreendera que a "outra vida" de Merritt com uma esposa, um filho e uma casa era muito real? E exatamente a vida que ela havia imaginado para si.

Naquele momento, escutei uma voz me chamando:

– Mãe! – olhei para baixo e vi meu filho, de sunga e boné, cercado por colegas de equipe alegres.

Aiden fez sinal de positivo para mim, e então apontou para o céu. Nós nos entreolhamos; meus olhos ficaram cheios de lágrimas.

*****

Meu telefone tocou às oito e meia da noite de sábado. Eu abaixei o volume da TV de meu quarto no Courtyard Marriott. No passado (cerca de dois meses antes), eu teria me hospedado no Ritz-Carlton, perto dali, mas, atualmente, o *buffet* de café da manhã gratuito era decisivo na escolha do hotel.

A corretora mais trabalhadora de Pasadena, Rita, a armênia, estava telefonando para mim pela quinta vez em três horas. Estava em um casamento em Glendale Westin, mas isso não impediu a minha menina de mexer seus pauzinhos. Ela fez que os outros agentes enviassem, por fax e para a recepção, as propostas, e ela as analisou entre a cerimônia e a festa. Então, ela as enviou a mim por fax no Courtyard Marriott. Tenho certeza de que a atendente de dezenove anos pensou que eu era muito esperta.

– É fantástico. Recebemos duas ofertas muito boas. Viu? Eu disse. O preço certo faz toda a diferença!

– Escolha os *gays* – respondi.

– Mas a outra proposta, de Melanie, é um pouco mais forte. É US$69.995 mais alta e com maior possibilidade de fechamento.

É raro na vida o momento em que você realmente precisa responder à pergunta: *quanto vale a minha dignidade?* Ali estava a minha oportunidade. Não ter de lidar com Melanie nem com qualquer outra família de Pasadena que tivesse qualquer semelhança com a minha custaria US$69.995. Fácil.

– Vou aceitar a outra oferta – respondi. Nas últimas horas, com a troca de telefonemas e de faxes, eu havia me afeiçoado muito a Greg e a Tony, que me disseram em uma carta pessoal que a casa "cantava" para eles. Como eu não valorizaria aquele sentimento? E talvez eles pudessem se tornar meus novos amigos quando eu terminasse em um pequeno apartamento de um quarto, dando aulas em casa para o meu filho. – Você pode fazer uma contraproposta, mas não me importo. Quero que Greg e Tony fiquem com a casa. Vou compensar a sua comissão por essa diferença.

– Se essa é a sua decisão, está decidido. E quer saber de uma coisa? Não gostei da maneira com que Melanie tentou contratar Emilia no *open house*. Muito deselegante. Certo, entro em contato amanhã cedo. Preciso ir dançar.

Sim, eu também. Eu sabia que a realidade da mudança seria absorvida em breve. Mas, naquele momento, eu não sentia nada além de alegria intensa. Então, eu fiz uma dancinha bem ali, no quarto 447, à luz da TV sem som.

Capítulo 12

O Fairchild Performing Arts Center estava lotado, com uma plateia absorvendo todas as palavras do Dr. Patrick O'Neill. Ele ficava muito animado diante das pessoas, sua intensidade se tornava teatral enquanto entretinha os alunos, professores e mães com o drama da Guerra de Troia, a audácia arqueológica de Schliemann e sua paixão humilde que o levou a uma vida toda de descobertas.

Sim, o PowerPoint melhorado, a calça *jeans* e o *blazer* de linho ajudaram na qualidade geral da apresentação. Mas quando Patrick falou sobre a grande batalha entre Achilles e Patrokolas e sua ambiguidade em serem "heroicos", era como se ele tivesse visto a cena pessoalmente. Quando ele descreveu a determinação de Schliemann para encontrar Troia, apesar de sua educação parca e sua falta de conhecimento técnico, ele fez que todos na sala quisessem tentar o contrabando ou a arqueologia no fim da vida. E quando ele começou a contar a respeito de sua jornada épica, com Homero como companhia constante enquanto ele se mudava de cidade a cidade, na infância, bem, todas as mulheres presentes quiseram consolá-lo. A julgar pela reação dos alunos, professores e mães, Patrick podia estar segurando um cartaz de cartolina e usando uma camisola de hospital e tenho certeza de que o efeito teria sido o mesmo.

Dei uma olhada na fileira de trás, encontrando rostos familiares de amigos e de falsos amigos que haviam levado seus filhos para escutar a palestra de Patrick no Palavra-Escrita. Tina e Candy estavam imóveis, como se o Blusa Marrom estivesse falando sobre as *Esposas de Verdade da Troia Antiga*. Cissy Montague parecia animada e um pouco confusa com as palavras grandes. Jan Gamble estava até fazendo anotações. Até mesmo a Melanie Nêutron havia deixado seu Blackberry de lado para dar total atenção ao palestrante, uma coisa inédita. Percebi que ela e sua fiel escudeira, Jennifer Braham, estavam começando a se vestir da mesma maneira, o que era uma boa notícia para os fabricantes de ombreiras dos Estados Unidos.

Enquanto Patrick respondia às perguntas de alunos da sexta, sétima e oitava série, a presidente do Palavra-Escrita e Dentista dos Coitados, Dra. Natasha, chamou a minha atenção. Ela abaixou a cabeça, fazendo o gesto internacional de "batendo palmas com a cabeça abaixada" para mostrar que seria grata eternamente. Em seu modo de ver as coisas, ele era um astro do *rock*, e eu, a Penny Lane dele.

Vou aceitar essa posição, pensei.

Naquele instante, Patrick começou a finalizar a apresentação.

– Obrigado, alunos, pela atenção. Foi um prazer enorme para mim palestrar para vocês e contar sobre o meu trabalho. Um dia, espero que vocês encontrem algo que amem fazer, assim como eu amo a arqueologia. Passo meus dias com as mãos cheias de terra, desenterrando, literal e figurativamente, nosso passado. E ao fazer isso, eu vejo o futuro atuando com alguns dos alunos mais talentosos de todo o mundo. É maravilhoso. Talvez, no futuro, alguns desses alunos sejam vocês.

Escutei as mães dos alunos do sétimo ano suspirando em uníssono?

Patrick continuou:

– E seria uma grande falha se eu não mencionasse um aluno da Millington que me ajudou muito com a apresentação. Aiden Fairchild, você está aqui? Pode ficar em pé, por favor?

Aiden, que estava sentado na oitava fileira, aproximadamente, levantou-se meio sem jeito, e parecia que seu rosto explodiria de embaraço e orgulho. Os outros alunos aplaudiram.

Meu coração derreteu.

– Um trabalho fantástico, Aiden. Você deveria ser um diretor de filmes. E obrigado também a Helena Fairchild, minha muito talentosa assistente de pesquisa.

Patrick me procurou no fundo do salão e nós nos entreolhamos.

Os olhos de todas as mães do auditório também me procuraram.

– Obrigado, Helena.

Agora, era o meu rosto que estava prestes a explodir de embaraço e orgulho.

– Se tiverem mais perguntas, ficarei aqui por mais alguns minutos. Caso contrário, estudem com afinco, desafiem a si mesmos e encontrem algo que amem fazer.

Depois da palestra dele, enquanto Patrick era cercado por adolescentes tímidos que queriam saber como eles também poderiam passar uma vida escavando pistas, fiquei em um canto, recebendo alguns elogios.

A Equipe Calças de Ioga do comitê Palavra-Escrita correu para o meu lado com elogios e admiração. As mães do Clube de Dama balançavam a cabeça e me davam tapinhas no braço. Até mesmo os professores se aproximaram para dizer que estavam impressionados com Patrick *e* com Aiden.

E então, a diretora Adele Arnett se aproximou do círculo crescente que me cercava, claramente determinada a estabelecer um tipo de trégua depois de nosso conflito.

– Helena, que emoção deve ter sido trabalhar com um estudioso tão competente. Tenho certeza de que as pesquisas dele a mantêm muito ocupada e estimulada. Deve ser muito satisfatório ter tempo para se dedicar a um trabalho tão importante. E poder incluir Aiden nisso é um benefício maravilhoso para o futuro acadêmico dele.

– Sim, é. Mas Aiden sempre se interessou por história, por isso não se trata de uma surpresa para mim. Você ouviu o que Patrick disse! Aiden poderia ser um *diretor de filmes*! – Eu disse formalmente, com o que esperava ter sido um toque de indiferença. – E, Adele, sempre consegui cumprir várias tarefas ao mesmo tempo. Eu me importo muito com o trabalho que faço, seja voluntário ou pago. Ajudar o Dr. O'Neill não me afasta de fazer outras coisas que amo.

Delícia, aquilo foi bom. Dei as costas para ela para olhar para Candy e Tina, que finalmente haviam se recuperado de seu coma pós-palestra.

– Certo, vamos repassar. Você trabalha em um espaço pequeno e apertado com aquele homem? – Candy perguntou.

Tina riu.

– Precisamos cuidar da situação de suas roupas íntimas, para o caso de haver uma "Escavação de emergência" no escritório.

– Vocês não prestam. Caladas, porque ele está vindo. Lembrem-se de que ele é meu chefe, não um cara qualquer que conheci na Internet, como os homens de sua vida, Candy. Por favor, procurem ser educadas.

Eu me virei para olhar para Patrick, que parecia um pouco corado por estar recebendo tamanha atenção. Não consegui conter um sorriso.

– Você foi muito bem.

Para a minha surpresa, Patrick se inclinou para a frente e me deu um beijo no rosto.

– Graças a você e a Aiden. Vocês fizeram um trabalho "*show* de bola" com a parte visual, como dizem os meninos.

Era impressão minha ou ele ainda estava segurando o meu braço?

Candy disse, sem emitir som:

– Meu Deus!

Então, ela retomou seu charme de Rainha das Flores transformada em colunista de fofocas.

– Dr. O'Neill, o senhor foi fabuloso. Onde Helena o estava escondendo até agora? Não pode ficar o tempo todo dentro da biblioteca, escavando coisas.

Rolei os olhos.

– Patrick, estas são minhas queridas amigas Candy McKenna e Tina Chau-Swenson. Dr. Patrick O'Neill.

Infelizmente, ele soltou o meu braço para apertar as mãos de unhas feitas delas.

– Prazer em conhecê-las. Helena tem me mantido muito ocupado, com a mão na massa. Ela deve achar que eu devo passar meu ano sabático trabalhando, não me socializando. Ela não para de me passar anotações, de refazer as minhas apresentações, de fazer descobertas épicas. Ela é sempre tão mandona assim?

Naquele instante, Mel Nêutron apareceu em nosso círculo animado, sugando todo o oxigênio da atmosfera. Eu vinha tentando evitar olhar para ela a manhã toda, com medo de que ela me abordasse à procura de detalhes a respeito de casa. Com certeza, ela acreditava ter sido vencida pela proposta mais polpuda de outra pessoa. Se ela soubesse que eu simplesmente não queria que ela ficasse com a casa, ela tornaria a minha vida um inferno.

Por favor, Melanie, nada de falar sobre a casa.

Eu fiquei muito aliviada e um pouco sem fôlego quando ela me abraçou como se eu tivesse acabado de encontrar para ela a babá de seus sonhos.

– Helena, estou tão emocionada por causa da palestra do Dr. O'Neill. Você *precisa* me apresentar a ele.

Por que ela estava falando como se estivesse em cima do palco de uma grande produção teatral? E por que Jennifer estava dois passos atrás com uma prancheta e uma caneta a postos?

– Claro. Patrick O'Neill, esta é Melanie Martin. Patrick, Melanie é...

Todo mundo olhou para mim. O que a Melanie é? Um fenômeno da natureza? Uma vampira sugadora de sangue? Uma executiva de *marketing* frustrada que deveria voltar ao trabalho e deixar a educação de seu filho nas mãos de uma mulher adorável da Guatemala?

Eu estava generosa.

– Melanie é uma mulher influente aqui em Pasadena. Nada acontece sem o conhecimento dela. Patrick, tenho certeza de que ela ficaria encantada se soubesse a respeito de sua fundação.

Nem me incomodei em apresentar Jennifer. Era o meu troco passivo-agressivo por ela ter assumido o meu lugar no Comitê das Cinco Escolas.

Melanie entrou no meio da conversa, comandando a situação com a confiança de uma mulher que havia gerenciado uma enorme equipe de *marketing*.

– Dr. O'Neill, adoraria saber sobre a sua fundação. De verdade. Para ser sincera, tenho um pedido a fazer.

Patrick não titubeou.

– Já fui casado e acho que já cheguei ao meu limite. Mas desejo sorte a você.

Candy quase despencou de seus sapatos-plataforma indecentemente altos. E eu ri um pouco alto demais.

Melanie não se deixou abater.

– Por favor, Dr. O'Neill. Uma vez também é o meu limite. E o meu ainda está por perto, o que torna a situação muito mais complicada. Estou falando sobre um pedido relacionado a negócios.

– Deixe-me adivinhar. Máscaras de barro Helena de Troia feitas com terra de Troia de verdade? – sugeriu Candy. Nada como um relacionamento de amor/ódio para gerar gracinhas em grande escala.

– Oh, Candy, você é engraçada. E tenho certeza de que você já testou todos os produtos do mercado para parecer mais jovem, então sabe onde estão as falhas na categoria beleza. Mas não, não é isso – Melanie retrucou. – Estou falando sobre o Evento das Cinco Escolas. Será que o Dr. O'Neill não seria o condecorado perfeito? Pensem bem! O nosso tema é O Melhor e Mais Inteligente. Quem é melhor e mais inteligente do que o Dr. O'Neill?

Tina e Candy se mostraram surpresas, como se Melanie tivesse acabado de anunciar que mudaria o evento para beneficiar "artistas" grafiteiros e sua contribuição para a comunidade. O condecorado já tinha sido escolhido, um professor de química querido, da rede pública de ensino e técnico de corrida que estava se aposentando depois de 45 anos de trabalho. Melanie não ousaria deixar de lado o senhor Thurmond, não é?

Além disso, não se pode mudar o tema de um evento grandioso oito semanas antes da data. Graças à Tina, os convites estavam a caminho da gráfica. Candy já havia lançado a informação na imprensa. Um subcomitê de dez pessoas havia escolhido o cardápio. E a coitada da Leonora Dillard no comitê de decoração! A ideia dela para "O Melhor e Mais Inteligente" envolvia muitas luzes e algumas estrelas grandes metálicas. Ela teria um ataque se tivesse que recriar uma cidade antiga em apenas dois meses.

O mais importante é que os membros do comitê já tinham comprado os vestidos. Como eles interpretariam "A Glória de Troia" com vestido de festa apenas dois meses antes do evento? Patrick se voltou para mim à procura de apoio.

– Não sei se entendi – disse ele.

Tentei explicar.

– Temos um grande evento beneficente aqui na cidade para arrecadar dinheiro para as escolas públicas. Todos os anos, um educador, artista ou filantropo é homenageado pelo seu trabalho. A Melanie acha que você seria... Bem... Ótimo. É que... Melanie, eu sei que não faço mais parte do comitê, mas e o Técnico Thurmond? Ele não será o condecorado?

Melanie mostrou seu Blackberry para mim, como se tivesse as respostas para todas as perguntas do universo.

– Você não soube? Acabei de receber uma mensagem esta manhã. O Técnico Thurmond não estará disponível. Aconteceu alguma coisa relacionada ao uso de esteroide em suas corridas. Uma confusão. Mas isso explica todas as performances recordistas. Enfim, estamos procurando outra pessoa. E o senhor, Dr. O'Neill, seria o condecorado heroico. Entendeu? Heroico?

Ali estava A Marca. Eu já sabia, por experiência anterior com a Melanie (*não vejam isto como um parquinho. Este é o Caminho para um Futuro Brilhante!*) que ela havia repensado em todo o evento enquanto Patrick palestrava. Por isso ela não estava checando seu Blackberry. Estava fazendo um *brainstorm* com ela mesma!

– Podíamos usar Troia como o tema dos convites, da decoração, dos alimentos. Poderíamos criar um templo grego na Huntington. Muitos metros de tecido branco balançando ao sabor do vento. Detalhes dourados, pratos deliciosos do Mediterrâneo. E o Dr. O'Neill aceitando as honras de alunos de todas as partes por seu trabalho inspirador. E aqui está a parte dos negócios: é uma chance de o Dr. O'Neill conhecer doadores dispostos a ajudar sua fundação. Seria espetacular.

Eu tinha de concordar com a Melanie – tirando a parte de que os troianos não eram exatamente gregos, seria espetacular. Olhei para Candy e Tina e vi que elas estavam embasbacadas com a rapidez da mente de Melanie. Hoje de manhã? O ídolo da região Rex Thurmond. Na hora do almoço, Melanie estava montada em um cavalo de Troia.

E ela estava certa. Precisei apoiá-la daquela vez. Patrick precisava de exposição. E eu precisava de uma causa.

– Melanie, essa ideia é incrível.

Eu me virei para Patrick, que se mostrava em dúvida.

– O evento atrairá a todos. E gera muita participação da imprensa, até da imprensa nacional: *Town & Country* e *New York Times*. Ótima visibilidade para o seu trabalho e para a sua fundação. Seria bom que você fizesse. Quero dizer, seria bom se você *aceitasse a honra*.

Patrick olhou ao redor, para aquelas mulheres membros de comitê, ansiosas, esperando por uma resposta.

– Tenho duas perguntas: quando será?

– No fim de maio. Você tem tempo suficiente para preparar seu *smoking*. O senhor estará na cidade? – perguntou Melanie.

Patrick assentiu.

– Qual é a segunda pergunta?

– Helena, gostaria de me acompanhar?

*****

Nunca gostei de conversíveis por causa do vento, do barulho e da necessidade constante de passar protetor solar em minha pele de pessoa nascida em Oregon. Mas gostei de passear com Patrick por Laguna Beach, a bordo de seu Pontiac Solstice alugado. Foi a coisa mais espontânea que havia feito desde a época da administração Clinton. E envolveu depilação da virilha, que eu descobri ser muito dolorosa. Depois do susto na escola, Patrick declarou que tínhamos de "voltar para o trabalho imediatamente". Candy ficou desconfiada, percebi em seu olhar pungente. E pela mensagem de texto que ela me enviou assim que eu saí dali. Curta e grossa: QUE DIABOS FOI AQUILO?

Que diabos, isso mesmo. Que diabos eu estava fazendo em um conversível, passeando pela Pacific Coast Highway com o Blusa Marrom? Eu era a mãe de um menino, uma viúva. Um membro do Salve os Cedros Deodara. Aquilo não tinha nada a ver comigo.

Patrick havia conseguido o que queria no estacionamento, depois de comentar que minhas amigas eram "um pouco intensas" e que "precisávamos respirar um pouco" depois do sucesso da apresentação.

Ele me deu um boné preto com um grande "P" laranja na frente, a única referência que ele já tinha feito a seu passado acadêmico de prestígio e declarou:

– Coloque o boné. Vamos para a praia.

Peguei o boné e entrei no carro. Ele era o meu carona e o meu chefe. Eu não tinha escolha, certo?

– Por que Laguna? – gritei mais alto do que a música, Elvis Costello na época de 1985.

Laguna Beach era uma cidade abastada e artística na costa de Orange County. Seu charme era genuíno, e ela era protegida por um local isolado e por preços de propriedades realmente caros. Às vezes, os altos penhascos desabavam em deslizamentos de terra e incêndios, jogando casas de zilhões de dólares dentro do mar, mas quando o clima estava bom, era difícil encontrar lugar melhor. Como aquele dia.

– Este lugar me lembra a minha casa – respondeu Patrick. Ele ficava bonito até de boné surrado do Arsenal.

– Que casa? – ele havia vivido em diversos lugares: Atenas no inverno e em Troia no verão.

– Todas elas.

*****

– Uma garrafa de *pinot grigio* e tilápias de entrada, por favor. Depois, vamos querer mexilhões cozidos e espetinhos de camarão. E uma salada caprese, vamos dividir. Pode fazer uma um pouco maior do que o normal? Ah, e um pouco de água também – Patrick fez o pedido sem hesitar, e então pensou melhor e perguntou: – Você gosta de peixe?

Assenti, porque dizer "peixe é bom" seria tão infantil quanto eu me sentia, uma menininha de primeiro ano na formatura de alguém do último ano. O que estava acontecendo ali? Invasão de limite!

Estávamos sentados no pátio da Casa de Sol, um restaurante espetacular na encosta de um monte que ficava muito acima da praia principal de Laguna. A água abaixo era escura como vinho; a distância, os golfinhos brincavam nas ondas. Mais uma vez, fiquei feliz com a ajuda de Tina, que me ajudou com a Roupa De Trabalho Número 2: calça pantalona azul-marinho e uma blusa branca, decote canoa, perfeita para o ambiente e para a minha clavícula emergente.

Patrick soltou o cardápio e olhou para o mar.

– Adoro este lugar. Na infância, eu passei um verão aqui enquanto meu pai realizava um trabalho em Irvine, e nunca me esqueci.

Aquele detalhe não constava em sua página do Wikipédia.

– Estou surpresa. Vocês têm lindas praias do seu lado do mundo.

– Bem, era o lugar e a época. Eu tinha a idade de seu filho, mais ou menos. E eu descobri as garotas. E elas não são mais lindas do que as da Califórnia.

– Pensei que Homero tivesse sido a sua única companhia – eu disse, brincando, referindo-me à imagem de menino solitário e estudioso que ele havia pintado na apresentação.

– Menti. Eram Homero, as meninas californianas e The Clash.

O vinho chegou e enquanto o garçom alto e bronzeado fazia pose para abrir a garrafa, observei Patrick, que conversava com o garçom como se eles se conhecessem havia anos. Ele tinha uma qualidade que eu admirava: sentia-se em casa em qualquer lugar. Não há como fingir isso. Pelo menos, eu não conseguia, não tinha conseguido nos últimos quinze anos e não agora, com o meu estômago em agitação, como o Pacífico.

– Yamas! – disse Patrick, erguendo sua taça em minha direção. À nossa saúde. *Por favor, que a minha não inclua hiperventilação devido à minha falta de graça extrema.*

Ele se recostou na cadeira e bebeu o vinho, e então disse:

– Como você sabia o que eu ia dizer naquela apresentação? O Power-Point. Eu dei a você alguns *slides* e uma ideia. Foi como se você tivesse lido a minha mente – ele pousou a taça na mesa e se inclinou para a frente, como se quisesse analisar minha reação. – Parece que você faz muito disso. Como?

Perseguição cibernética. Mas não seria uma resposta muito boa.

– Não foi nada. Eu fiz uma pesquisinha. Usei um pouco de imaginação.

– Mas você acertou na mosca. Na minha história. Você levou as imagens certas, a música certa, sem saber exatamente o que eu ia dizer.

Perseguição cibernética de novo. E o fato de sua história ser a minha história: encontrar um lugar em outro tempo. Eu tinha o seu sonho, mas não tive a mesma coragem, então, pulei fora. Bem, eu pulei fora por amor, mas, basicamente, pulei fora. Mas eu não podia dizer tudo aquilo a ele. A exposição seria grande demais e o sol e o vinho já estavam deixando meu rosto corado.

– Ei, eu também assisti a *Indiana Jones e os Caçadores da Arca Perdida.* Toda criança quis ser o Indiana. Mas você conseguiu. É uma história simples de contar.

– Você também conseguia ler a mente de seu marido? Tinha esse tipo de ligação com ele?

Uau, não era bem o que eu esperava ouvir.

– Não, não era assim. Não era fácil saber o que Merritt estava pensando. A história dele não era familiar para mim. Mesmo depois de anos de casamento.

Agora, eu me *sentia* desconfortável e também *estava* desconfortável. Não fale sobre ele, senti vontade de gritar. Não quero pensar nele agora.

Obviamente, Patrick percebeu o meu desconforto.

– Sinto muito, não deveria ter perguntado. Você parece diferente das mulheres que conheci hoje. E fiquei imaginando como poderia ter chegado a Pasadena, de onde você é...

– Não sou tão diferente daquelas mulheres. Bem, tirando o fato de que nasci de um ovo gigante.

Patrick riu.

– Ah, eu gosto de Helena de Troia. E essa é uma das versões da mitologia grega: Helena teria nascido de um ovo. Boa referência. Eu não sabia que você tinha em comum com ela essa forma incomum de nascer.

– Bem, esse tipo de coisa ainda acontece na região central de Oregon. Meus pais foram muito compreensivos. Eles pareciam ser de outro planeta, por isso não se importavam com o ovo.

Patrick riu de novo.

– E daí surgiu seu nome?

– Na verdade, recebi meu nome por causa do Monte Santa Helena.

– O vulcão? Mentira.

– Verdade. Mas era apenas um monte quando nasci. A tampa ainda estava fechada.

– Você tem uma irmã chamada Vesúvio?

– Não, mas meu irmão recebeu o nome por causa de um rio. O Deschutes. Não Styx.

Ufa, mudança de assunto. E, felizmente, o garçom chegou com as tilápias, com pão e molho, para deixar Merritt totalmente de lado. Ele voltou a encher minha taça apesar de eu ter tentado recusar.

– Acho que estou percebendo algo nos diários – comecei a explicar, mas fui interrompida.

– Você é viciada em trabalho! Sabe, os arqueólogos gostam de falar de outras coisas que não sejam relacionadas à arqueologia.

– Eu sei. Não estou perguntando qual é a sua espátula preferida. Mas acho que o que tenho para contar é bem cabeludo – eu me inclinei para a frente para analisar a reação de Patrick, dessa vez. – Acho que nosso amigo Rudy está criando um lance com a jovem esposa de seu tio.

– É mesmo? Tem certeza?

– Pense bem. Faz sentido. Nosso Rudy só tem 23 anos, tem a idade muito mais próxima à de Sophia, que acabou de sair da adolescência, do que o tio dele. E ele está todo envolvido na aventura da escavação. Parece estar encantado por ela, antes mesmo de eles se conhecerem, oficialmente. Ele fica imaginando o que ela poderá estar vestindo, seu perfume. Depois, ele descreve o primeiro encontro com detalhes. Ele percebe tudo a respeito das roupas dela, de sua pele. Descreve seus olhos como "cor de âmbar, queimando a minha alma". Está na cara que ele está caidinho por ela.

– Ele não fez uma descrição bonita da carne seca de veado também? – perguntou Patrick, entrando no assunto, pegando um pedaço de *focaccia* que havia acabado de chegar com o restante da refeição. – Afinal, pelas suas anotações, o cara parece dizer sem parar um monte de coisas sobre tudo.

Concordei.

– Sim, ele gostou da carne seca. Mas ele se refere a ela como "adorável Sophia", e às vezes apenas como "S.".

– Pode acreditar, os homens fazem muitas coisas idiotas quando têm 23 anos.

Obviamente, uma referência ao casamento dele com a Esposa Artística, mas deixei passar.

– Bem, é muito romântico, se quer saber.

– Lá vem você de novo com essa história de romance. A categoria "romântico" combina muito bem em livros acadêmicos. É pesquisa persuasiva. Eu acho que se conseguisse provar que Rudy e Sophia estavam tendo um lance, então a história toda de minha teoria a respeito de Troia ser um grande centro de comércio no meio da Idade Média cairia por terra – Patrick estava se divertindo com aquele assunto, era evidente. – Você tem lido muitos romances? É essa a sua inspiração para isso?

– Sim, é isso o que assistentes de pesquisa solitárias fazem na calada da noite. Leem romances e reinterpretam a história com base em fantasias quentes – agora, eu estava me divertindo. Opa, vinho demais. – Isso *pode* ser importante.

– Como? Por quê? A vida pessoal do arqueólogo não deveria afetar a arqueologia.

– E aquela descoberta falsa do Tesouro de Príamo? O monte de artefatos, aqueles que incluíam o colar de ouro e os brincos que Schliemann afirmou ter encontrado em Troia e colocado no pescoço de Sophia. Foi uma atitude clássica de relações-públicas antes mesmo de existir isso. Poderia explicar por que Schliemann poderia inventar algo tão espetacular. Talvez ele tivesse de ganhar a esposa de volta, tirá-la dos encantos de Rudy. Ele plantou o colar, o desenterrou, colocou no pescoço da jovem esposa, tirou a foto que deixou Sophia famosa no mundo todo e ganhou a mulher de volta. Nunca se sabe.

– Nunca ficou provado que o colar foi uma mentira.

– Mas aposto que você vai passar a noite em claro pensando que pode ter sido – eu disse de modo triunfante, pegando mais um mexilhão.

– Helena, meu trabalho não é nem um pouco romântico. Ele se baseia em pesquisas que penetram o solo, escaneamento com laser 3-D, análise eletromagnética do solo.

– Então, Dr. Análise do Solo, como explica a tatuagem do escudo de Achilles? – eu apontei para o braço dele, um corpo celestial aparecendo por baixo da manga enrolado. E recitei um pouco de Homero: – *A terra, o céu, o mar, o sol incansável, a lua cheia*. Esse desenho aí é bem heroico.

Patrick ergueu as sobrancelhas, surpreso.

– Ouzo* em excesso.

Continuei.

– A história é repleta de casos de amor que alteraram o curso dos acontecimentos mundiais. Você não deve dispensar minha teoria. Vamos encarar a verdade, você não teria um emprego se Páris não tivesse se apaixonado tanto por Helena, a ponto de sequestrá-la e levá-la à Troia – eu me senti muito esperta com aquele comentário. – Não existiria Troia alguma. O que você estaria fazendo?

Naquele momento, o garçom apareceu, tirou os pratos e encheu as taças com o resto do vinho.

– Querem mais alguma coisa? Mais vinho?

Por favor, Deus, não. Eram 14h30. E eu já havia ultrapassado o meu limite.

Patrick pediu:

– Acho que vamos querer o suflê de chocolate para dois e um pouco de café forte.

– Só para que saibam, o suflê demorará cerca de meia hora – disse o garçom, em um tom que sugeria que seu horário de trabalho terminaria e que preferiria que cancelássemos o pedido para ele poder ir surfar.

– Perfeito. Assim, terei tempo de convencer a minha assistente de que a interpretação feminista da *pobre* Helena como vítima, sequestrada e arrastada para Troia, é desgastada e tediosa. Ela simplesmente se cansou do marido mal-humorado e sedento por poder e foi embora com o garotão. Então, sim para o café e sim para o suflê.

---

* ***Ouzo*** é uma bebida grega leitosa feita com anis. (N. T.)

E sim para passar o resto da tarde naquele local, falando sobre assuntos esotéricos com o Dr. Patrick O'Neill.

*****

Já passava muito das nove horas da noite quando chegamos a Huntington depois de nosso almoço de cinco horas e o longo trajeto de volta. Nós havíamos mantido a capota abaixada durante o percurso e não falamos muito. Já tínhamos falado bastante, no melhor sentido. Patrick estacionou ao lado do meu carro, que estava sozinho no amplo estacionamento.

Nós dois saímos do carro, com o corpo um pouco rígido pela viagem e pelo passeio pela praia depois do almoço para esperar o efeito do vinho passar. Eu me sentia cheia de areia e sal e com a pele levemente ardida, a mesma sensação satisfatória de quando eu era criança depois de brincar um dia todo na praia de Oregon. Acabada de praia, como minha mãe dizia.

Patrick estava com a mesma aparência e com o mesmo cheiro. Acabado de praia.

Entreguei o boné a ele e disse:

– Obrigada. Era tudo... O que eu precisava.

Ele tirou o boné e me olhou nos olhos por um momento. Aquele momento parecia lento e repleto de possibilidades. Mas eu estava paralisada com a estranheza da situação. Já fazia muito tempo que eu não sentia aquele tipo de ansiedade, aquela dor no peito de desejo. Mas parecia cedo, muito cedo. Eu não consegui tomar uma boa decisão e salvar a minha vida.

O que aconteceu em seguida partiu totalmente dele.

Ele se inclinou para a frente, com o ar salgado prendendo-se a sua camisa e a sua pele, e passou os lábios em meu rosto.

– Você tinha razão. Ficarei acordado a noite toda – disse ele suavemente, com os lábios a poucos centímetros de meu ouvido. – Pensando... Naqueles diários. E em outras coisas.

Em seguida, ele levou os lábios aos meus e me beijou com intensidade.

Foi suave e forte ao mesmo tempo. As mãos ásperas dele passaram de meu rosto a meu pescoço, descendo pelos ombros até a curva de minhas costas. E permaneceram ali enquanto eu retribuía o beijo.

Um primeiro beijo. Eu já tinha me esquecido daquela sensação.

Patrick me empurrou delicadamente contra a porta do carro, apoiando o peso de seu corpo todo no meu. Eu me esforcei para permanecer ali, sentindo a pressão das pernas esguias dele contra as minhas. Ele subiu as mãos à minha cintura. Os lábios deles nos meus.

Mas minha mente não parava. *Não pense em mais nada de sua vida. Fique aqui. Com esse homem.*

Mas falhei. Eu me afastei levemente e ele percebeu.

Ele deu um passo para trás para analisar a minha reação. Meu Deus, que homem. *Qual era o meu problema?*

Ele estava tranquilo. Só ele. Esticou o braço e acariciou meus cabelos.

– Obrigado por hoje, Helena.

Não, eu é que agradeço, senti vontade de gritar. *Você me fez ressuscitar.* Mas, em vez de dizer isso, eu suspirei:

– De nada.

E ele riu.

A risada me fez voltar à real. Certo, a paralisia já tinha desaparecido. Tudo funcionando! Agora, eu tinha os recursos para passar as mãos pelo peito dele e abatê-lo ali no estacionamento. Mas ele já estava se afastando, retirando-se.

Permiti que ele fosse. Abri a porta do meu carro e consegui falar:

– Até amanhã. Chegarei um pouco tarde.

Patrick assentiu.

– Tudo bem, Helena, sem pressa.

*****

Por que eu não deveria ter pressa? Droga, eu queria que aquele momento voltasse. Eu não pensava em fazer sexo desde a morte de Merritt. Eu pensava muito em *não* fazer sexo. Afinal, quem faria sexo comigo, uma mãe de 40 anos com calcinha pragmática e hábitos de cuidados pessoais inconstantes, sendo que existiam tantas outras mulheres mais jovens com barriga esculpida no pilates e horários definidos de depilação com cera com as quais transar?

Por favor, não me faça começar a procurar namorado na Internet. Não quero ter que enfrentar aqueles encontros horríveis para tomar café, como faz Candy, só para conhecer alguém que um dia possa me tocar com algo que não tenha pilha.

Eram esses os tipos de pensamento envolvendo sexo que eu mantinha há meses. Mas querer fazer sexo com alguém, de fato? Tal ideia não tinha me passado pela cabeça até aquele momento.

E agora, como eu sou eu, passei de uma sensação deliciosa de "não acredito que ele me beijou" para o pânico total. Deitada na cama, eu me deixei consumir pela logística de fazer sexo com meu chefe. Onde? Como? Seria inteligente? Ético de minha parte? E se fosse horrível e tivéssemos de voltar a trabalhar na suíte de lua de mel depois do sexo?

Ai, meu Deus, e se *eu* fosse péssima no sexo? Talvez fosse esse o motivo que levara Merritt a...

Não, não comece. Não. Comece. Eu já havia passado semanas acordada na cama repassando as fitas de sexo Merritt/Helena em minha mente. E, sinceramente, eu achava que havia feito a minha parte ao longo do casamento. Nossa atração era imediata e excitante. Eu não tinha problemas nesse departamento, e Merritt tinha alguns, então eu era a parceira ideal. O sexo foi a cola do começo de nosso relacionamento.

Mas continuávamos malucos como recém-casados depois de Aiden, dos tratamentos de fertilidade e dos meus quilos extras? Não. Eu acreditava que ninguém que eu conhecia mantinha aquele tipo de vida sexual sendo casado. Mas eu fazia com frequência. Merritt nunca reclamou formalmente a respeito da constância. Mesmo nos dias em que não tínhamos nada a dizer um ao outro, geralmente tínhamos algo a fazer um com o outro.

Então, concluí, em minhas autoanálises noturnas, que o caso com Shelly Safada tinha mais a ver com crise da meia-idade do que com sexo. Ele queria alguém mais jovem, mais viçosa e mais magra, mas não mais sensual. Era o que eu vinha dizendo a mim mesma há meses, e era nisso que eu estava acreditando. Se alguém como Patrick me considerava atraente, obviamente eu não era totalmente nada sensual no senso empírico. Os homens gostam de extroversão, certo? Eu ainda tinha isso da minha vida em Oregon, pelo menos um pouco. E de vez em quando, eu flagrava um dos pais na escola olhando para os meus peitos originais, maduros e inalterados. Isso contava algo, não? Então, droga... Por que eu hesitei com Patrick?

Talvez eu simplesmente não seja uma mulher de paquera.

O sono não aparecia. Eu acendi a luz e abri meu *laptop*. Abri as páginas recém-escaneadas do Volume XIV.

Talvez Rudy e Sophia estivessem com mais sorte sob a lua de Troia. Isso me faria parar de pensar no Blusa Marrom.

Talvez.

Capítulo 13

– Sim, eles estavam transando! – anunciei de modo triunfante ao passar pelas portas do Chalé número 7 com a Roupa De Trabalho Número 6. Uma consultoria logo cedo com Tina resultou no que ela chamou de "uma renovada no *look* safari". A memória fotográfica que Tina tinha para os guarda-roupas alheios dava a ela a habilidade de montar combinações pelo telefone. *"Sabe aquela jaqueta cáqui com um monte de bolsos que você usava depois que o Aiden nasceu? Ainda a tem?"* Eu gostava muito de vestir aquela jaqueta *cáqui* em 1997, além de uma saia de linho marrom-escura e botas. Meu cinto preto, um que Candy esqueceu em casa um ano antes, depois de muitas margaritas, tinha um pouco de estampa de zebra. Eu até tinha um colar de madeira grosso no qual se lia "viajante do mundo". Ou pelo menos achava que tinha.

Eu estava sentindo uma certa *joie de vivre* que não sentia havia anos, apesar de ter dormido apenas cinco horas. Os diários eram tão picantes quanto eu imaginara, e eu mal conseguia esperar para contar a novidade a Patrick, então, para enfatizar, eu completei: – Estão muito fazendo aquilo!

– Quem está muito fazendo aquilo? – respondeu uma mulher, uma voz repleta de cultura e com um sotaque pertencente a alguma região distante e há muito esquecida do Império Britânico.

Derrubei meus bolinhos.

– Oh, sinto muito. Pensei que... Eu estava falando isso para Patrick. Para o Dr. O'Neill. Para o Dr. Patrick O'Neill – resmunguei, surpresa com todos os detalhes daquela mulher.

Seus cabelos volumosos e escuros puxados para trás em um lenço estampado, o braço cheio de pulseiras prateadas, os ombros bronzeados e magros e grandes brincos de argola. Caramba, ela também estava usando uma jaqueta cáqui e uma saia de linho. A "renovada no *look* safari" dela era mais autêntica do que a minha. Ela era linda.

E levemente familiar, percebi, quando Patrick abriu a porta do carro carregando uma bandeja de café e mais bolinhos assados.

– Helena, você está aqui – disse Patrick, lançando um sorriso de vencedor do Oscar. – Ótimo, quero que você conheça uma pessoa.

– Helena Castor? Sabia que era você embaixo dessa jaqueta. Sou eu, Annabeth!

Uma lâmpada se acendeu e uma adaga brilhou em meu coração simultaneamente!

Meu Deus, aquele seria o momento perfeito para que aquele enorme terremoto que o pessoal da Caltech estava prevendo engulisse a Huntington comigo junto. Principalmente eu. Agora mesmo, para que eu não tivesse que enfrentar as perguntas de minha colega-oponente, Annabeth Sturges.

É claro, as pulseiras de prata, o cabelo, a pele maravilhosa. Ela não havia mudado nem um pouco, somente havia se tornado ainda mais bela e exótica.

Mas e aquele sotaque? Ela não o tinha na faculdade. Ela era de Cottage Grove, Oregon, não da Rhodesia!

– Annabeth? Sabia que conhecia você de algum lugar! Nossa, Annabeth! Caramba...

Annabeth Sturges era a única mulher no Willamette que conseguia fazer que eu me sentisse tola e inadequada sob todos os aspectos. Ela estava dois anos mais adiantada do que eu na escola, mas anos-luz à minha frente em sofisticação, habilidade e experiência de vida. Seus pais tinham sido missionários e viajavam o mundo todo, espalhando a Palavra e construindo escolas. Enquanto os pais cuidavam de seus seguidores, Annabeth se dedicou a idiomas, culturas, história da arte e mitologia regionais. Ela mais parecia uma esponja para reter informações, a perfeita aluna de arqueologia. Eu estudava arqueologia; ela absorvia. Seus pais a mandaram para o Willamette em razão da tradição religiosa; Annabeth ficou porque tinha metade da população masculina comendo em suas mãos. E provavelmente outras coisas.

Eu sentia uma inveja louca dela, que não tinha ideia disso. Ela podia ser a minha oponente, mas eu não era a dela.

Agora estávamos na mesma sala depois de quase duas décadas.

Ela mais parecia Catherine Zeta-Jones com doutorado.

Nada como a insegurança para me levar à minha época de faculdade.

Ela me abraçou e eu fiquei ansiosa.

Patrick, que estava preparando cafés para todos, interrompeu:

– Vocês duas se conhecem? Como?

Annabeth conseguiu agir antes para responder. Queridinha do professor.

– Helena e eu fizemos faculdade juntas. Ela era a minha ídola, dois anos mais velha no departamento Clássico do Willamette. Os professores adoravam Helena. Tão detalhista. Ela estudava com muito mais afinco do que eu. Claro, depois da formatura, ela conseguiu uma bolsa de estudos no Corinth. E depois fez mestrado na Berkeley, certo? E então perdemos contato. E agora você está aqui! No escritório de Patrick! Que inusitado!

Vocabulário forçado para combinar com o sotaque britânico forçado. Brilhante. Minha vez. Patrick estava boquiaberto, como se os detalhes secretos de meu currículo acadêmico pudessem ser contados por uma fonte tão improvável. Eu não tinha o que fazer para que aquilo terminasse bem.

– Com certeza faz muito tempo – eu disse.

Eu sabia que Annabeth estava louca para que eu perguntasse a ela sobre sua carreira meteórica. Mas não consegui ser tão bem-educada. Depois que me casei, eu tentei manter contato com meus ex-colegas de classe no mundo muito pequeno da arqueologia clássica. Mas, conforme a minha motivação para terminar a tese diminuía, diminuiu também a minha curiosidade a respeito dos outros. Eu já tinha decidido não jogar o nome de ninguém de minha antiga área no Google; não queria saber sobre o sucesso deles. Seria deprimente demais. Annabeth era uma das primeiras na lista "Não Jogar no Google". Então, ela tentou de novo:

– Está trabalhando com o Patrick?

– Helena é a minha assistente de pesquisa neste projeto. Ela estava na Huntington antes de eu chegar – respondeu Patrick de modo incisivo. Ele parecia muito surpreso. – Você trabalhou no Corinth com Guy Summers? O que você estudou na Berkeley?

Annabeth deu uma enorme gargalhada, como se Patrick fosse o maior brincalhão.

– Bem, eu não sei, Dr. Distraído, talvez arqueologia! Ela é sua assistente de pesquisa! Se você não sabia disso, como ela conseguiu o emprego? Da mesma maneira que eu consegui o meu em Troia? – ela, então, piscou para Patrick e riu mais uma vez.

Imaginei os dois nus em uma barraca.

As revelações não pararam.

– Você terminou sua tese? Acho que soube que não terminou. Você não saiu da Berkeley para se casar?

Pelo tom de voz dela, percebi que ela realmente não sabia a respeito de meu declínio acadêmico. Eu havia conseguido me esconder muito bem.

– Sim, eu me casei, e não, não terminei a minha tese. A vida, sabe como é... A vida acontece – não consegui olhar para Patrick. Eu me sentia como uma tola. Hora de mudar de assunto. – Como vocês dois se conheceram?

– Na Princeton, depois pós-doutorado na Oxford, depois, claro, o trabalho em Troia com Patrick. Agora, leciono na Universidade de Santa Barbara durante o ano letivo e na Grécia durante o verão – disse Annabeth, como se todo mundo pudesse ter um currículo daqueles com um pouco de esforço. Será que aquele sotaque ela havia adquirido na Oxford? Credo. – Patrick foi meu professor, depois meu consultor, depois meu colega. Temos mantido contato desde então. Certo, bonitão?

– Isso. Annabeth é a pessoa que fui visitar em Santa Barbara. A pesquisa dela é pioneira, muito importante.

Sim, aposto que a *pesquisa* dela é incrível, pensei. Mas, justiça seja feita, Patrick parecia tão desconfortável quanto eu. Nós dois queríamos que aquele encontro terminasse logo.

Annabeth parecia estar adorando o momento imensamente. Como se de fato estivesse pensando no que poderia ter acontecido comigo.

– Helena, da próxima vez que eu vier para cá, vamos nos reunir para conversar. Temos tanta fofoca para fazer sobre todos da escola. Infelizmente, preciso ir. Tenho uma aula à tarde, mas tinha muitas coisas interessantes para contar a Patrick pessoalmente, por isso vim vê-lo hoje. Tivemos uma manhã adorável, não foi?

Eles devem ter feito sexo no sofá dali. Pensei que fosse vomitar.

– Vamos! Seria ótimo colocar a conversa em dia.

– Patrick tem meus contatos. Obrigada por tudo, como sempre, querido – disse Annabeth de modo teatral, entrelaçando seu braço no de Patrick. – Acompanhe-me até o carro. Depois, você precisa voltar correndo, porque Helena tem umas notícias muito interessantes sobre pessoas transando. Certo, Helena?

*****

Quando voltou, Patrick não parecia muito a fim de falar sobre sexo, nem sobre a possibilidade de nós dois transarmos, nem na certeza de Rudy e Sophia terem se ocupado. Ocupados pra caramba, como fiquei sabendo na noite anterior.

O rosto dele estava sério, como se eu fosse uma criança travessa que o tivesse desapontado muito.

– Que mundo pequeno, não é? – minha tentativa de animar o ambiente não o agradou.

– Por que não me contou que já tinha estudado na Berkeley? Você trabalhou no Corinth com um de meus melhores amigos, Guy Summers. Conhece Annabeth. Você me deixou, por um mês, pensando que você era, que você era... – ele se esforçou para encontrar as palavras certas. As palavras certas claramente eram *uma esposa chata de Pasadena*, mas não conseguiu dizer isso. Então, disse: – você era... *Nova* nisso tudo. Mas não é. Você tem mais conhecimento do que a maioria de minhas assistentes de pesquisa em Atenas. Não é à toa que você alcançou o dobro em metade do tempo. Por que não me disse?

A confusão dele parecia tão sincera que uma resposta espertinha do tipo "Você não perguntou" parecia o caminho errado. Então, fiz o que faço de melhor: falei sem parar.

– Não pensei que fosse importante. Por favor, compreenda... Berkeley, Corinth, Annabeth... Tudo isso mais parece uma vida para mim, Patrick. Eu saí do mestrado por Merritt e vim para Pasadena. Você acha que me orgulho disso? Larguei um programa de prestígio para me casar, ter filhos e ser uma docente, pelo amor de Deus... quando, na verdade, queria ser mestre. Queria ser como você. Queria ser como Annabeth. Isso não é o tipo de coisa que você conta a seu novo chefe sabendo que ele tem um currículo de dar inveja e uma *fan page* no Facebook.

Percebi que ele estava ficando sensibilizado, então continuei falando:

– Patrick, eu era uma universitária há quinze anos. Agora, sou apenas uma mãe viúva que gosta de história. É quem sou e é a pessoa que você pensou estar contratando. E nós dois sabemos disso.

Patrick pareceu entender. E então eu vi tudo com mais clareza: eu era um projeto dele, assim como os diários de Schliemann. Ele queria me livrar da vida doméstica ensinando coisas sobre Troia, saturando meu intelecto. Eu não era um alvo fácil, como as lindas meninas que populavam o local de escavação dele todos os verões ou as alunas do primeiro ano da Escola Americana em Atenas. Eu era uma raça totalmente nova: a viúva solitária! Que épico! Que homérico! Que Penélope! Ele me salvaria de meu eu trágico.

Assim como Merritt havia me salvado de meu pobre eu acadêmico levando-me a Pasadena.

Patrick caminhou pela sala com determinação, gesticulando com seu café para dar mais ênfase.

– Agora eu sei como você identificou o escudo de Achilles em Laguna. Citando *Ilíada* para mim. Achei aquilo muito inteligente. Você me deixou falar sem parar a respeito de meu trabalho e de minha pesquisa. Os almoços, o jantar, as conversas sem fim a respeito de Homero, dos gregos, de Helena de Troia. Todas as informações que você já tinha. Eu me sinto um imbecil.

Eu estava ficando nervosa. Quem aquele cara pensava que era?

– Por que eu fiz você desperdiçar o seu tempo?

– Não – disse ele, olhando diretamente em meus olhos. – Porque fiz você desperdiçar o seu.

Agora, eu me sentia a idiota. Não conseguia dizer nada.

– Patrick, o último mês não foi desperdiçado. De verdade. – Desperdiçados foram os quinze anos anteriores a ele. Mas não o último mês.

Silêncio. Um silêncio grande, um silêncio desconfortável, um silêncio não-acredito-que-disse-isso.

E então, escutamos o chamado de Sarah White, Oficial de Imprensa que Chega Sempre nos Piores Momentos.

– Iu-hu. *C'est moi*!

Intuitivamente, passei a mão pela Roupa De Trabalho Número 6 e ajeitei os cabelos. Patrick se recuperou sem precisar se ajeitar.

– Entre!

Sarah entrou no recinto.

– Espero não estar interrompendo nenhuma pesquisa importante. Ou talvez eu espere, sim, porque foi isso o que vim pedir – ela riu da própria piada, principalmente por causa do nervosismo.

Patrick rapidamente entrou no clima, retomando sua atitude de antes, quase como se estivesse aliviado com a chegada de Sarah.

– Em que podemos ajudá-la, Sarah?

– Acabei de receber um telefonema de alguém de uma emissora de TV, do canal de história. Precisei vir correndo. Foi de um produtor de um novo programa, chamado *A Arqueóloga Suja*! Não é um título e tanto? Tão picante!

– E eles querem que eu apresente? – perguntou Patrick, assustado.

Eu ri, apesar do fato de querer estar brava com Patrick. Não que ele merecesse a minha raiva. Mas foi uma reação condicionada, de anos de tratamento frio e silencioso de Merritt. Mas eu não podia querer fazer isso, porque não tinha nada a ver com Patrick.

– Não, parece que eles queriam saber sobre sua pesquisa. Não é esquisito? Esse produtor sabia a respeito do projeto dos diários de Schliemann. Disse que havia boatos de que dentro deles podia haver informações incríveis. E eles adorariam divulgar a história no primeiro episódio de *A Arqueóloga Suja*!

Fiquei boquiaberta. Até onde eu sabia, as únicas conversas a respeito dos diários de Schliemann tinham ocorrido entre Patrick e eu. E ele não me pareceu nem um pouco interessado. Quem mais poderia ter conhecimento do caso? Talvez Patrick tivesse falado sobre a pesquisa com outras pessoas, mas parecia pouco provável. Ele estava muito concentrado em juntar dinheiro para a fundação. Que mistério. Sarah olhou para Patrick, esperando por uma resposta. Pensei que o logotipo do canal poderia saltar de sua mente, devido à ansiedade.

– E então? O que há nesses diários que tornariam *A Arqueóloga Suja* tão... tão... animado?

– Vou deixar a Helena contar – Patrick se recostou na cadeira. Será que aquele era seu troco? Ah, sim. Ele queria me colocar em evidência, como eu havia feito com ele diante de Annabeth. – Helena, você não entrou correndo aqui hoje para me contar algo a respeito dos diários?

Procurei não piorar as coisas.

– Está claro, pelos diários, que Rudolph Schliemann e sua *nova tia* muito jovem estavam tendo um caso tórrido. E quando eles começaram a dormir juntos, não se viu mais nenhuma informação a respeito da escavação nem da metodologia da arqueologia – eu estava tentando dizer aquilo de um modo suave, mais por mim do que por Sarah. Os diários de Rudy eram repletos de detalhes picantes. E isso, é claro, fez que eu pensasse em Annabeth e em Patrick em uma barraca de Troia. Qualquer sinal de confiança que eu havia sentido naquela manhã havia desaparecido totalmente. Puf! Foi substituído por uma consciência pungente de minha falta de ousadia sexual, apesar de meu cinto de estampa de zebra. Então, eu respirei e disse: – Posso dizer que nos diários há muito movimento de corpos e pouco movimento de areia.

Patrick balançou a cabeça.

– Caramba! Isso é estudo sério.

– É mesmo? – Sarah mostrou-se chocada. Seria o choque de que seu projeto de pesquisa de muito prestígio tivesse se transformado na velha diversão de adultos? Não exatamente o tipo de coisa que a atrairia a Huntington. Mas foi então que Sarah Pernas Compridas me surpreendeu: – Que fantástico! Que beleza essa história de arqueólogo sujo! Adorei. Estávamos comentando, na reunião do conselho da semana passada, que seria ótimo se tivéssemos alguns projetos que não fossem superpesados. Até mesmo o diretor disse que precisamos de algo sensual. Parece que conseguimos!

Acho que corei um pouco.

– Sua intuição estava certa, Helena – admitiu Patrick. – Mas sejamos claros, não vai exatamente mudar o curso da história de Troia. Assim, vale a pena irmos um pouco mais a fundo. Pode ser que algo apareça além de corpos se mexendo.

Eu corei com aquilo, com certeza. Certo, não tinha sido a descoberta acadêmica com a qual eu sonhava, mas era *algo*. E tinha chamado a atenção de Patrick.

– Posso avisar a eles que a entrevista pode ser marcada? Há relatos suficientes nos diários para tornar a história interessante? – perguntou Sarah, olhando diretamente para Patrick.

Claramente, eu não faria parte da equipe de organização. Ele era o mestre no assunto; eu era apenas a assistente de pesquisa com roupa cáqui.

– Você estará pronto para gravar com eles em seis semanas? Consegue organizar algo semiacadêmico até lá? É a data de que eles precisam para fazer a entrevista.

– Estaremos prontos até lá, Helena? – Patrick me desafiou.

– Vou precisar terminar de escanear os diários e transcrever todos eles, mas acho que posso organizar tudo de que precisa, Dr. O'Neill.

Acrescentei o "Dr." para dar um efeito. Não adiantou.

– Se Helena puder terminar de escanear os diários e reunir algumas coisas para mim, posso fazer isso dar certo. Pode ser que precisemos de um pouco de ajuda para o trabalho mais pesado, então posso pedir a Helena que realize mais pesquisas.

Sarah parecia muito satisfeita.

– O que você precisar. Isso *e* o evento beneficente. Você criou um burburinho a seu respeito, Patrick. Vou telefonar para o produtor. Prepare-se para a coisa suja. Oh, e marcamos a sua palestra como Acadêmico Exemplar aqui na Huntington em meados de maio, um pouco antes de você voltar para Atenas. Enviarei um *e-mail* com a data. Enviarei com cópia a Helena também. Que legal! – dizendo isso, ela praticamente saiu correndo porta afora.

O comportamento animado de Patrick desapareceu assim que Sarah se foi. É claro que o meu currículo escondido ainda estava em sua mente.

– Temos muito trabalho a fazer. É uma história quente, sim. Mas terei de me esforçar muito para tornar o fato de Heinrich Schliemann não passar de um marido corno ser relevante à minha pesquisa. Tenho certeza de que você compreende isso. Não podemos ter qualquer distração nas próximas semanas.

Com "distrações", Patrick claramente se referia aos almoços compridos com vinho, passeios até a praia e amassos no estacionamento. Torci para que também estivesse se referindo a "reuniões" logo cedo com Annabeth.

– Compreendo, claro. Entendi – eu disse com o que esperei que fosse uma atitude tranquila e despreocupada. O exato oposto do que eu estava sentindo. – Gostaria de saber quem será *A Arqueóloga Suja*? E como eles descobriram a respeito do conteúdo dos diários.

Patrick cruzou os braços, com cara de surpreso.

– Você não percebeu quem fez isso?

Neguei com um movimento de cabeça.

– A Arqueóloga será Annabeth. E foi você quem contou a ela.

Capítulo 14

– Você está encolhendo, dá para perceber só de olhar. Você está parecendo uma menininha apaixonada – disse Tina, enquanto caminhávamos no Rose Bowl com nossas calças pretas, capuzes brancos e bonés.

Eu corei e percebi. Não tinha comentado nadinha a respeito de meu beijo com Patrick para Candy e Tina. Eu continuava dizendo que Patrick era meu chefe e nada mais. Para dizer a verdade, eu não estava totalmente à vontade com a situação de Viúva Feliz. Qualquer sinal de indiscrição poderia ser compreendido de modo totalmente errado em uma cidade como Pasadena. Apesar de Candy e Tina saberem a respeito da traição de Merritt, o resto de meu círculo social, incluindo a família de Merritt, não sabia. E os radicais no assunto ainda consideravam ser necessário um ano de luto antes de qualquer flerte, principalmente no caso de uma mulher. Além disso, eu tinha Aiden, sempre o Aiden. Então, por que Tina dizia aquilo? *Será que ela sabia?*

Candy concordou.

– Sim, sinto muito por sua perda e tudo, mas olha só, você está fabulosa!

Ufa, um comentário a respeito da porcentagem de gordura de meu corpo, não da minha consciência pesada.

Candy continuou:

– Oh! Acabei de pensar em um ótimo *slide show* para o *site* candysdish! Fotos de Morte Dramática e Perda de Peso Pós-Divórcio! As pessoas iriam amar! Você viu a Suzy Ivers? Ela está um palito desde que Bill a trocou por seu sócio na firma de advocacia. A mesma coisa com Jamilla Hopkins depois da separação de Beau. Diminuiu cerca de quatro numerações. Eu a vi na seção PP da Nordy's, dia desses. *Olhe para mim*, ela gritou de dentro do provador. *Estou fazendo compras com todas as mulheres asiáticas! Estou igualzinha a Jada Pinkett Smith!* Você está do mesmo jeito que ela, Helena. Trouxe a minha câmera, está no carro. Você se importa?

– Você está de brincadeira, não é? – eu fiquei contente, mas não por ser comparada a Suzy Ivers. Sim, eu tinha visto a Jamilla no Whole Foods (*eu estava comprando os produtos com a marca do mercado!*), e ela estava ótima, mesmo.

Suspeitei que ela havia feito plástica nos olhos juntamente com a perda de peso, mas fiquei calada. Candy colocaria aquela informação no candysdish.com como uma nota sem dar nome aos bois na coluna "Cirurgias das quais suspeitamos". Além disso, Suzy havia se submetido a uma cirurgia de redução de estômago depois do divórcio e isso não parecia ser um método de Perda de Peso Sofrida.

– Este não é exatamente o meu melhor *look*!

Tina concordou.

– Tire umas fotos no evento beneficente. Você vai ficar surpresa. Já foi atrás de seu vestido, Helena?

Adoro as minhas amigas, pensei. Adoro mesmo. Mas elas não tinham ideia de como tinham sido as últimas três semanas da minha vida. Tinham sido uma montanha-russa de preparação para um trabalho acadêmico sério e de aprender a entrar em territórios emocionais incomuns. Tentar analisar os diários de Schliemann e preparar todo o material de apoio para os produtos do *A Arqueóloga Suja* enquanto fingia desinteresse por Patrick sempre que ele aparecia com outra blusa de lã (*quantas blusas um arqueólogo podia ter?*) foi exaustivo. Além disso, havia o estresse diário de encaixotar as coisas, mudar, cuidar dos pedidos de Rita, a armênia, lidar com telefonemas insistentes de Mitsy a respeito da Ignatius e aguentar um adolescente diante de um futuro acadêmico incerto, e o resultado era o estresse total e completo.

Um número a menos na vestimenta.

Eu era uma máquina sem tempo para pensar no que quisesse, exceto nos 45 minutos que eu liberava a mim mesma para "caminhar com vigor" nos jardins do trabalho, para não ter que encarar a hora do almoço com Patrick, aquela situação difícil. Eu estava determinada a aderir à política "sem distrações". Almoço é sinônimo de distração. Então, eu permiti que ele fosse ao In Vino Veritas sozinho enquanto eu tentava derrotar, na caminhada, minha sensação de fracasso iminente.

E se a teoria sensual acabar com a reputação de Patrick?

E se Annabeth descobrir falhas em minha pesquisa?

E se Patrick me flagrar rabiscando "HF coração PO" no meu caderno?

O fato de eu conseguir tempo para percorrer os cinco quilômetros ao redor do Rose Bowl era uma prova de amizade, não de equilíbrio vida/trabalho. Então, não, Tina. *Ainda não consegui reunir a energia para pensar em vestidos de festa.*

Mas estava claro que Tina conseguira.

– Olá!? Helena, você já foi atrás de seu vestido? – insistiu Tina, tirando-me de meus pensamentos. – Todos os vestidos bons serão comprados. Você *vai* ser convidada de honra. Será fotografada. Garantido. E não apenas por Candy. Pela imprensa de verdade.

– Ei, eu sou da imprensa de verdade! – rebateu Candy. – Pelo menos, tanto quanto a revista *Us*.

– Talvez o preto com os botões de *strass* possa ser o escolhido? – sugeri. Um vestido que eu havia usado nove milhões de vezes na última década. Ele tinha a mesma atemporalidade de um St. John's Knits, ou pelo menos eu achava.

E o tecido milagroso parecia se esticar e encolher com a minha cintura.

A resposta de Candy? O conjunto: rolar de olhos, resmungo e mãos erguidas.

Tina parou de repente, correndo o risco de fraturar o joelho em nome da moda.

– Não, não, não, não. Você não vai tirar aquela coisa de seu guarda-roupa. Não estando tão linda e com um encontro tão quente. Na verdade, quando você se mudar, vai deixar esse vestido ao casal *gay*. Tenho certeza de que a mãe de 65 anos de um deles vai adorar vestir aquela peça na estreia de algum filme. Eu mesma vou cuidar disso. Preciso de algo que tire a minha atenção do fato de que as cartas de admissão chegarão no sábado. Isso é perfeito. Serei a sua compradora pessoal. Deixa comigo.

Ah, sim, o sábado era o dia D em Pasadena. Dia da Decisão. As cartas de admissão das escolas particulares – desde a pré-escola ao ensino médio – chegariam às caixas de correio no sábado. Todas as escolas da região enviavam as cartas na sexta-feira, resultado de um coluio, ou, como os diretores de admissão preferiam chamar, "um acordo feito há muito tempo". Graças ao serviço postal mais eficiente dos Estados Unidos, no sábado, todo mundo saberia quais tinham sido os poucos escolhidos e os muitos não escolhidos.

Nunca me esquecerei do dia em que Aiden recebeu sua carta de aceitação para a Millington, nove anos antes. Merritt havia permitido que eu tentasse apenas uma escola, a Millington, sua *alma mater*. Eu achei aquilo muito arriscado, pois Aiden era um menininho inquieto e todo mundo *sabe* que as escolas gostam de garotos calmos e tolos. Até o meio da tarde, nada de carta. Eu estava tão nervosa que fui atrás do carteiro, duas ruas acima da nossa, exigindo pegar a minha correspondência. O envelope da Millington era grande e grosso. Eu senti um alívio enorme, e então um pouco de orgulho próprio quando absorvi a boa notícia. Eu estava com muito medo de que Aiden fosse rejeitado em razão de suas "habilidades motoras finas" comuns e seu modo ruim de "pular com um pé só" observados durante o teste para o jardim de infância.

Merritt me confortou com brincadeiras:

– Fala sério, Helena. Estamos em Pasadena. Não se trata de uma meritocracia. Ele é um Fairchild. Eles não estão nem aí se ele não sabe pular. Eles estão aí é para a possibilidade de doarmos muito dinheiro.

Mas aprendi, nos últimos meses, que ser um Fairchild não garante uma vida tranquila. E apesar do fato de eu ter feito de tudo depois da desastrosa entrevista de Aiden, como ligar para o ex-aluno da Ignatius, Billy Owens, *e* para o todo-poderoso monsenhor da Santa Perpátua, ainda assim fiquei ressabiada. E os telefonemas diários de Mitsy para me lembrar da grande tradição dos Fairchild também não ajudaram. Mas com que Tina estava preocupada?

– Tina, a Lilly vai entrar para a Martindale. Você sabe que vai. Ela é demais.

– Ela deveria, mas nunca se sabe. Só há 47 vagas...

Ai, lá vamos nós: Matemática da Admissão. Pais de todos os cantos da cidade faziam esse jogo, uma análise estatística de vagas disponíveis com base em boatos, imaginação e desinformação completa. A Matemática da Admissão mostrava um conjunto complexo de variáveis, incluindo, dentro delas: notas; gênero; raça; pontos nos testes; recomendações dos professores; cargos dos pais; disposição da mãe de organizar os leilões da escola; o fato de haver irmãos mais velhos na escola; minutos jogados no clube de futebol; anos de aulas de violino; CEPs atuais e antigos; grau de separação de qualquer celebridade de Hollywood; e/ou piscina grande no quintal para festas de natação da escola. Tina era doutora na Matemática da Admissão. Ela vinha fazendo as contas havia anos, com admirável competência. Mas as expectativas eram mais altas agora que estava analisando as chances de Lilly.

– ... E fiquei sabendo que neste ano eles receberam pedidos de 22 irmãos. Acredite ou não, alguns dos irmãos são espertos, menos os trigêmeos do prefeito, mas eles precisam entrar. Assim, restam 25 vagas em aberto, e pelo menos seis delas serão para as crianças com bolsa de estudo. E também fiquei sabendo que metade do elenco de *Desperate Housewives* vai candidatar suas filhas, então restam apenas quinze vagas. E todo mundo que eu conheço com uma filha mestiça de repente decidiu escolher a Martindale por causa do novo programa de imersão chinês, por isso Lilly Chau-Swenson é só uma das muitas mestiças – disse Tina, sem fôlego. – Para o restante das vagas, fiquei sabendo que a Martindale queria apenas jogadoras de lacrosse, hispânicas e filhas de lésbicas.

– Há algum campo no qual se possa marcar isso na ficha? Filha de lésbicas? Eu bem que queria ter tomado conhecimento disso antes, eu teria me tornado lésbica para que a Mariah pudesse entrar na Raleigh – riu Candy.

Ou talvez não fosse brincadeira, porque Candy é o tipo de pessoa que iria a extremos para conseguir a vaga certa para sua filha. Candy queria voltar às graças do Concurso das Flores. A admissão de Mariah na Raleigh era o primeiro passo no plano genial de fazer que a filha seguisse seus passos. Candy nunca admitiria, mas ela queria descer a Colorado Boulevard mais uma vez no dia de ano-novo. Mariah subindo ao trono seria quase tão bom.

Eu ri de Candy e acalmei Tina.

– Ela vai se dar bem. Lilly é uma menina esperta com ótimas notas nos testes, ótimas habilidades no piano e tem uma mãe ex-aluna. E ela está arrecadando fundos para construir escolas em Malawi para todas as crianças que Madonna não conseguiu adotar. O que mais a Martindale poderia querer? – Lilly era uma menina Martindale perfeita, sem tirar nem pôr. Sem dúvida ela publicaria um romance aos dezenove anos, mudaria o mundo aos 22 e se casaria e trocaria tudo por uma casa grande em Pasadena aos 35. – Eu acho que todo mundo que tem dinheiro para pagar a mensalidade toda tem uma boa chance de entrar, atualmente.

Tina e Candy olharam para mim. Será que eu havia infringido alguma lei ao dizer o óbvio e não me preocupar demais?

– Só estou dizendo...

Fez-se um silêncio desconfortável por cerca de um segundo.

– Bem... Todas saberemos em alguns dias – disse Tina. – Prometo telefonar para vocês se vocês prometerem me ligar quando receberem a carta.

Tina estava se referindo ao Código de Silêncio que envolvia Pasadena no dia D. As comunicações entre pais, escola e alunos, que eram tão agitadas dias antes do grande dia, ficavam discretas. As escolas se fechavam por um ou dois dias depois do envio das correspondências, afirmando estarem em dias de "trabalho interno", para que não tivessem de atender telefonemas ou conversar com pais assustados dos não aceitos. Os pais só dividiam informação com amigos de confiança, mas apenas quando as admissões e rejeições fossem absorvidas. Algumas crianças chegavam a parar de ir à escola se a notícia fosse ruim, esperando alguns dias para que a alegria de seus colegas de classe diminuísse, antes de voltarem à escola.

– Tenho certeza de que todas receberemos boas notícias, certo? – perguntou Candy. – Nossos filhos são perfeitos.

Todas rimos. Um momento de desconforto perdoado. Eu sabia que Tina e Candy ficariam sabendo do resultado de todos os formandos da oitava série da Millington antes do pôr do sol de sábado.

– Sabem quem mais vai chegar no sábado?

– A TPM? – perguntou Candy.

– Sapatos novos da Zappos? – chutou Tina.

– Minha mãe – respondi.

Capítulo 15

O correio ainda não havia chegado, mas Nell Castor, sim.

– Só vou para fazer companhia a você e a Aiden. Vocês devem estar meio solitários – disse minha mãe ao telefone, quando me deixou chocada avisando sobre seu itinerário e número do voo.

Geralmente, eu precisava arrastá-la de Oregon para visitar Pasadena. Ela tinha a galeria para gerenciar e o meu pai para cuidar. E sempre estava acontecendo algum simpósio do Conselho de Artes de Sisters ou séries de palestras para ela organizar. E, claro, havia as reuniões dela e o fato de ser conselheira de cerca da metade da população em recuperação da cidade. Antes, eu tomava todas as providências porque ela não dominava totalmente o conceito de passagem sem papel. Ou as viagens de avião em geral, preferindo viajar de ônibus. Mas, dessa vez, ela havia até feito reserva de voo sozinha.

– Para que serve o aquecimento global se os invernos parecem cada vez mais compridos?

Eu me preocupei, imaginando que, se minha mãe estava sentindo mais frio, significava que estava ficando mais velha. Mas vê-la em minha cozinha com a calça *jeans boyfriend*, as sapatilhas prateadas e o "quimono" artesanal de lã e penas me deixou mais tranquila e apaziguou as minhas preocupações.

– Bem, você é muito corajosa – disse ela, suspirando, analisando a cozinha meio embrulhada para a mudança e as paredes sem quadros da sala de estar, despidas dos quadros bonitos de pintura a óleo californianos que tinham sido mandados para o leilão. Eu sentia falta deles também. – Você é muito, muito corajosa. Por fazer tudo o que tem feito. Muito corajosa. A sua mãe não é corajosa, Aiden?

Apesar de seu desconforto, Aiden fez o melhor que pôde para reconhecer os sentimentos de minha mãe.

– Sim, Nell. A minha mãe é ótima.

Não era costume dos Fairchild chamar atenção para os sentimentos de uma pessoa e destacá-la dos outros por um bom trabalho realizado; as pessoas só costumavam dizer "bom trabalho". Um dos traços de Merritt que me atraíram era sua falta de costume de deixar tudo entrar no caminho, uma característica inexistente na minha família. Mas fiquei feliz por Aiden entrar no clima quando meus pais estavam na cidade, tentando mostrar suas emoções. Riríamos da maluca Nell Castor mais tarde.

– Vocês dois são corajosos. Tenho pensado muito em vocês durante a minha meditação. Vejo que estão superando, não estão se deixando vencer. Querem um pouco de chá de cogumelo Kamboucha?

– O que é isso? – perguntei, desconfiada. Sempre que eu via a minha mãe, ela estava experimentando um novo superalimento ou suplemento. Ela podia ter parado de fumar maconha, mas ainda acreditava em drogas milagrosas. Equinácea, ginkgo biloba, açaí... Se tinha as origens dúbias e nenhuma comprovação científica como base, minha mãe usava. E geralmente muito antes de se tornarem populares e acabarem sendo ingredientes de sucos no Jamba Juice.

– É um chá com culturas ativas feito de cogumelos orgânicos. É um tipo de desintoxicação líquida. As propriedades purificadoras são, uau, maravilhosas! – Disse ela, limpando o fogão, pegando migalhas e quase ateando fogo a suas penas. – Estou dizendo. Helena, isso vai renová-la por dentro e por fora. Veja a minha pele. E você não vai acreditar na maravilha que faz ao intestino. Precisei escondê-lo da segurança do aeroporto em frascos de xampu.

– É um chá ou um alucinógeno? – perguntei com nervosismo, principalmente querendo sair do assunto do intestino antes de Aiden começar a rolar de rir.

– Chá! Mas é *vivo*! Não seco, mas repleto de culturas ativas. Você deve cultivá-lo desde o começo, como fermento.

Aiden e eu nos entreolhamos.

– Não, obrigado! Vou de suco de laranja – disse Aiden do sofá, colocando o fone de ouvido e voltando ao que parecia ser *Romeu e Julieta* de Baz Lurhmann em seu *laptop*. Ótimo, qualquer coisa para passar na última prova de inglês, mesmo que fosse aprender sobre Shakespeare por intermédio do Leonardo DiCaprio.

Minha mãe balançou seu chá ilícito de modo sedutor, com o rosto repleto de esperança. Quem não precisava de uma certa desintoxicação de vez em quando?

– Claro! Por que não? Cultive uma xícara para mim – eu disse.

Talvez fosse bom ter a minha mãe por perto. Eu me sentia sozinha na casa, e ela sempre trazia certa alegria quando chegava.

Ela entregou a mim uma caneca de algo que cheirava a suco de chucrute fervente com um toque de lama.

– Inspire e depois beba. E então, por favor, diga-me qual é a importância de uma escola particular. Você estudou em escola pública, teve uma educação ótima e veja, agora você é arqueóloga.

Certo, talvez as coisas não seriam deliciosas com ela por perto. Uma semana parecia tempo suficiente.

Para ganhar alguns segundos para formular uma resposta que minha mãe fosse capaz de entender, eu tomei um gole grande de Chá de Ótimo Funcionamento Intestinal. Como era possível ter um gosto pior do que o cheiro?

– Devagar! Isso é uma bênção. Receba-o como tal – disse minha mãe, com o rosto sério e os movimentos exagerados das mãos, uma característica sua. – Agora quero saber: por que tanta confusão por causa dessa escola?

Olhei para Aiden para ter certeza de que ele estava envolvido no silencioso mundo eletrônico. Não queria que ele estivesse prestando atenção enquanto eu explicava a questão da escola particular. A verdade era que, se ele não entrasse na Ignatius, seria matriculado em uma escola pública. E por mais que eu detestasse admitir, a minha mãe tinha razão. Eu havia frequentado a escola pública comum e tudo havia dado certo, pelo menos academicamente falando. Como eu poderia explicar para ela a atitude em Pasadena – o fato de uma educação de escola pública não ser um risco que os pais que conseguiam juntar dinheiro queriam correr? Ou algo que as famílias mais tradicionais de Pasadena, como os Fairchild, nunca pensavam em adotar? Simplesmente não era uma opção.

Então, eu menti. Repeti o discurso preparado que eu havia dado ao diretor de admissões, ao monsenhor e a Billy Owens quando implorei por misericórdia depois da entrevista fracassada. "Significaria muito para Aiden, para mim e para toda a família de Merritt, se ele puder dar continuidade à tradição da Ignatius. Os valores que Merritt seguia eram os valores ensinados pela Ignatius. Estudar na *alma mater* de Merritt seria quase como ter o pai dele a seu lado".

Minha mãe, com a mente desintoxicada pelo chá, desconfiou de meu discursozinho.

– Bem, eu acho que ele é um garoto ótimo, que vai se dar bem em qualquer lugar. Por que ele precisaria de toda essa *frescura*?

Era isso o que incomodava a minha mãe, de fato: a *frescura*. Era a frase que ela usava ao se referir a todo o dinheiro, disputas sociais e mudança de CEP. Frescura. Uma das coisas que eu mais admirava em minha mãe era a sua incapacidade de distinguir classes, no bom sentido. Talvez fosse em decorrência do uso de drogas no passado. *Você tem? Pode vir.* Ela não entendia a ideia de que dinheiro comprava respeito. Tratava a todos com o mesmo calor e gentileza. Assim, ela havia conseguido dezenas de admiradores em Sisters, em Oregon. Em um mundo repleto de hipócritas, minha mãe era verdadeira.

Ironicamente, minha sogra, Mitsy, era totalmente o oposto. Mitsy acreditava piamente no sistema de classe, sabia exatamente o seu lugar (no topo) e tratava a todos como deviam ser tratados de acordo com sua posição. Nada de pedidos de desculpa, nada de sorrisos falsos. E ela tinha a própria legião de admiradores. Vai entender.

– É assim que as coisas são, mãe. Eu não criei as regras – eu disse, tentando acabar a conversa. Mas ela não se deu por satisfeita.

– Olha, você poderia voltar para Oregon. Seria tão divertido ter vocês por perto. Aiden poderia estudar na *sua alma mater*. Também existem valores lá.

Sim, como faltar às provas para subir o morro para buscar pó novo ou o começo da temporada de caça. E não podemos nos esquecer da produção de metanfetamina nos *trailers* suspeitos às margens da cidade. Mas fiquei calada. Até Aiden se remexer no sofá.

– É sério, Nell? Quer que nos mudemos para lá? Mãe, podemos fazer isso! Adoro Oregon. Muito mais divertido do que aqui.

Eu não havia visto aquele entusiasmo por nenhuma escola de ensino médio em Pasadena, muito menos pela Ignatius. Senti vontade de esganar a minha mãe. Eu havia me esforçado tanto para ajudar Aiden a passar por tudo: ia me mudar da casa onde ele havia nascido para um lugar menor, tentei conseguir uma vaga na escola apesar de seu desdém, claro, ia aos treinos de polo aquático com chuva ou com sol, reajustei a vida sem o pai dele. Como ela podia sugerir uma mudança gigantesca como quem sugere um fim de semana no acampamento?

Seria divertido?

Sim, divertido por cinco minutos, até ele perceber que não há shopping center, *cinema ou equipe de polo aquático. É uma cidade pequena no meio de um estado pequeno. Não como Pasadena, uma cidade pequena dentro de uma cidade cosmopolita. Ele acabaria se tornando amigo da menina de cabelos tingidos de preto e brinco no nariz e o namorado dela, um emo magricela. O que aconteceria depois?*

Olhei para a minha mãe com a expressão séria e as sobrancelhas erguidas, que ela ignorou, enquanto falava com Aiden com meu tom mais falso de simpatia.

– Aiden, vamos ver o que receberemos pelo correio, tudo bem? Essa é uma decisão enorme sobre a qual teremos de falar quando soubermos todos os fatos sobre o seu futuro.

Minha mãe fingiu não ter me escutado. Um de seus piores defeitos era seguir adiante com seus planos sem dar a mínima para as objeções das pessoas. Sua cara de *hippie* idosa conseguia esconder tamanha tenacidade.

– Adoraríamos ter vocês por perto, Aiden. E você poderia ter aquele cachorro que sempre quis. Todo mundo tem um cachorro em Sisters!

Agora, eu ia matá-la. Um cachorro era o Santo Graal para Aiden, proibido porque Merritt era alérgico.

Naquele instante, ouvimos o barulho metálico da antiga caixa de correspondência. Pelo som da tentativa, Tran, o carteiro, devia estar tentando enfiar um envelope gordo pela abertura feita em 1926, época em que os envelopes de tamanho comercial ainda não tinham sido inventados. Tran e eu havíamos nos tornado amigos quando eu pendurei um cartaz vermelho e dourado de Feliz-Ano Novo Lunar na porta da frente, muitos anos antes. Aiden o havia feito na aula, e Tran, nascido no Vietnã, gostou de nosso esforço intercultural. A partir daquela primeira conversa, falamos sobre bons restaurantes, empórios com massagens para pés por US$20 e a falta de transporte público para os novos imigrantes. Tran costumava falar até me cansar a respeito do futebol da Universidade da Califórnia, então às vezes eu me escondia na cozinha quando ele entregava as cartas para evitar uma discussão de meia hora a respeito dos méritos do sistema de pontuação dos jogos. Mas naquele dia ele estava com o futuro de Aiden nas mãos. Eu corri pelo corredor, abri a porta e me joguei em cima do carteiro.

– Pare. Entregue-me as cartas. Não dobre o envelope! Eu pego – eu gritei, assustando o coitado a ponto de deixá-lo paralisado. Ele segurou o monte de cartas e o envelope glorioso, grosso e branco com o selo da Ignatius na frente. Ele tinha sido aprovado. *Graças a Deus, aprovado! Obrigada, monsenhor. E obrigada, homem bacana das admissões.*

As escolas não enviavam o calendário oficial juntamente com uma rejeição, todo mundo sabia bem. Abracei o carteiro.

– Obrigada, Tran. Obrigada.

– É um grande dia, sim? – perguntou ele, com a bolsa de cartas no ombro, pesando o dobro de seu corpo. – Todo mundo está feliz por me ver hoje. Alguns nem tanto. Eu compreendo.

– Bem, é que algumas crianças estão esperando notícias das escolas... – tentei explicar, sentindo-me desconfortável, de repente, pelo meu comportamento grosseiro. Coitado do Tran. Frescura.

– Não, eu compreendo. Meu filho Bernie entrou na Raleigh. A escola é cara, mas ele conseguiu uma bolsa de estudos. Eu estava muito preocupado. Fui trabalhar, procurei e encontrei o envelope no correio ontem à noite!

Ai, meu Deus. Espere até eu contar para a Candy que o filho do carteiro entrou na Raleigh. Pensando bem, talvez eu não devesse contar a ela.

– Que ótimo, Tran. Parabéns para o Bernie. Você deve estar muito orgulhoso.

– Sim. É difícil uma criança asiática entrar na Raleigh porque há muitas crianças espertas asiáticas que se candidatam. Aquela escola podia ter só alunos asiáticos. As crianças brancas têm mais chances de entrar. Certo, vá abrir a sua carta. Vejo que vocês agora vão para a Ignatius. Boa escola. Boa sorte, senhora.

Fechei a porta de carvalho. Frescura, mesmo. E então, eu me concentrei na tarefa diante de mim, dizendo com animação:

– Aiden, tem uma coisa aqui pra você!

– Pode abrir – respondeu ele.

Mas não abri. Eu não ia tirar aquele momento dele. Voltei para a cozinha e entreguei o envelope a ele. Fiz sinal de positivo para a minha mãe.

Aiden pegou o envelope de modo casual, e voltou a se distrair com o filme.

– Abra agora. Ou eu mato você – ameacei.

– Está bem, mãe. Credo! – ele me torturou abrindo o selo da maneira mais lenta possível. E então olhou para as palavras da carta por muito tempo. Pelo menos pareceu muito tempo para mim.

– O que está dizendo? – minha voz ficava cada vez mais aguda.

– "Os Irmãos da Ignatius gostariam de dar a você as boas-vindas à classe de 2013" – anunciou Aiden com irritação na voz.

Eu tinha certeza de que aquilo era tipo. Não era?

– Entrei. Viu? Você não precisava ter se preocupado, mãe.

E então, de repente, eu chorei. Na verdade, chorei de soluçar, com o peso do futuro dele tirado de meus ombros. Eu consegui. Nós conseguimos. Dei um abraço apertado em Aiden, mas não consegui falar entre os soluços. Ele me abraçou também, o máximo que conseguiu, já que eu havia prendido os braços dele e a carta mágica com minha gratidão e entusiasmo.

Minha mãe envolveu nós dois com penas e lã. Esfregou as minhas costas enquanto elogiava Aiden.

– Eles têm sorte de ter você como aluno.

E então Aiden se afastou do abraço triplo. Seu limite de proximidade já tinha sido ultrapassado.

– Obrigado, Nell. Ainda assim, eu preferiria me mudar para Oregon e ter um cachorro.

*****

– Mariah entrou para a merda da lista de espera na Raleigh. Você acredita? Lista de espera!

A raiva de Candy ficou aparente no celular.

– Sabe quem entrou? Aquelas gêmeas medonhas, Layla e Madison St. Clair. *As duas* entraram, as Gêmeas Sem Graça. E Mariah, não! Lista de espera!

Não, definitivamente, aquele não era o momento de contar a Candy sobre o filho do carteiro. Nem de comentar que as Gêmeas Sem Graça eram esperanças do time de Mergulho do Centro Aquático de Rose Bowl e das Olimpíadas. Então, apesar de não terem pontuação ótima nos exames, o grau de dificuldade delas era maior do que o de Mariah. Assim, ela tinha razão. Mariah era uma máquina. Era um absurdo se uma escola não a quisesse.

Eu estava prestes a consolar Candy, mas ela foi mais rápida.

– Sou eu. São aquelas malditas fotos na *Playboy*. Se a Raleigh fosse uma escola no norte de Hollywood, eles aceitariam a Mariah *por causa* das fotos. Mas aqui em Pasadena, não. Vinte anos depois e eu ainda tenho que pedir desculpas. Agora, ela tem que pagar pelo meu erro... QUE EU COMETI AOS DEZENOVE ANOS! Odeio esse povo.

Com “esse povo”, acho que Candy estava se referindo aos funcionários responsáveis pelas admissões, os pais atuais, os novos pais, qualquer pessoa associada ao Concurso das Flores, quase todo mundo que já tinha ouvido falar da nacionalmente conhecida Raleigh, incluindo seus amigos, familiares e leitores. Eu não a julgava. Além disso, eu me senti muito triste por Mariah.

– Mas ela foi aceita em algum lugar, certo? A Ordem das Irmãs Sagradas é uma escola maravilhosa onde ela terá ótima educação. Eu sei que não tem a mesma... fama acadêmica da Raleigh. Contudo, as meninas da Ordem são excelentes. Mariah vai se dar bem em qualquer lugar. Desabafe comigo, não com a Mariah. Ela precisa de alguém positivo nesse momento – aconselhei.

– Você tem razão. Não consigo acreditar. Todo aquele dinheiro gasto na Millington e para quê? Ficar na lista de espera da Raleigh? E a Ordem é boa, mas não é... Não é a Raleigh. É uma rede de escolas.

– Candy, não é uma rede – eu a corrigi, um tanto irritada. – A Ordem das Irmãs Sagradas existe há mil anos. Sei que você não é católica, mas, por favor, não é uma escolinha. É uma instituição muito boa. E parece que as freiras não se importam com suas transgressões do passado. Isso mostra que elas conhecem o perdão. Você não terá isso na Raleigh.

– É que... Era certeza, entrar na Raleigh com boas notas da Millington. Agora, não sabemos o que vai ser – ela suspirou alto.

Pensei no filho de Tran, o candidato ideal para a Raleigh, independentemente de Candy e eu gostarmos desse fato. – A Lily entrou na Martindale, claro.

– Fiquei sabendo. A Tina enviou uma mensagem de texto.

– E acredito que o Aiden tenha entrado na Ignatius?

A opinião de Candy me surpreendeu. Pensei que todos vissem a minha situação da mesma forma que eu.

– Entrou.

– E ele está *muito animado* com a notícia?

– Está! – eu menti. Mas não sei por quê.

Aparentemente, Candy acreditou em meu falso entusiasmo, porque ela estava desanimada. Mal consegui entender os nomes das crianças que ela me disse, das listas dos aceitos e dos rejeitados. Meryl (*malvada como a mãe!*) na Martindale. Donovan (*chato!*) na Ignatius. Aiyala (*parece a Vanessa Williams e fala como a Michelle Obama! Tem potencial para o Concurso das Flores!*) na Raleigh. Brandon (*lerdo. Como conseguiu entrar?*) na Andover. Carter (*superesperto, mas sem personalidade*) na Hotchkiss. Kennedi (*eu iria para um colégio interno também, com aquele divórcio complicado em andamento*) na Cate. Cade (*boa menina*) na Raleigh-Morgan na Harvard-Westlake (*Ashton Kutcher treina a equipe juvenil de lá*). Natalie na Crossroads (*que pretensiosa. Para que ir para a região oeste todos os dias se há escolas ótimas onde ela mora? É mais ou menos como mandá-la para um colégio interno, pois ficará presa no trânsito a tarde toda!*). E os comentários não tinham fim. Ela tinha fontes em todos os cantos, enviando mensagens, entrando em contato pelo Facebook, telefonando. Eu escutei tudo.

Quando eu havia deixado de me preocupar com os filhos dos outros?

E então tive um pensamento urgente:

– Você não vai escrever sobre isso no candysdish, certo? Isso seria matar a lista de espera da Raleigh.

– Não sei. Vou morrer se não fizer minha publicação anual de crianças e admissões. É sempre um dia com muitos acessos. O povo adora. Ano passado, quando lancei aquela nota sem nomes a respeito de Katie Entwhistle, da Perfect Entwhistles, não ter entrado em nenhum jardim de infância, o *site* quase parou.

Candy claramente estava em conflito com a questão do bom para os negócios/ruim para a família.

Eu disse:

– A situação de Mariah não é definitiva. Não diga algo de que possa se arrepender. Você sabe que as pessoas da Raleigh tomarão conhecimento. Com certeza eles monitoram o candysdish.

– Se eles estivessem tão preocupados com os meus comentários, podiam ter aceitado Mariah. Além disso, detesto desapontar meus leitores.

Candy estava escolhendo perder, mas humilhar os outros para não perder sozinha.

– Mais do que detesta desapontar Mariah? Você precisa se agarrar a essa lista de espera com todas as forças. Você se lembra de como entrou naquela festa do Oscar da *Vanity Fair*? Você conhecia todo mundo. Você vai conseguir matriculá-la. Mas não pise na escola agora.

– Você tem razão. Bem, preciso ir. Ligação na outra linha. Parabéns, Aiden!

E assim, ela se foi.

*****

Bati na porta do quarto de Aiden. Mais uma vez, a troca rápida de páginas quando entrei no quarto. Quando Merritt era vivo, eu tinha uma regra estrita de "nada de computador no quarto", graças ao que via no *Good Morning America* a respeito dos perigos dos predadores na Internet. *Um dia, eles estão assistindo a vídeos engraçados de animais no YouTube, e no seguinte, estão tirando a roupa para desconhecidos e divulgando pela câmera!* Como mãe solteira, não tinha energia para bater de frente todas as noites quando Aiden pedia para levar o *laptop* para o quarto.

Agora, em vez de ficar comigo, ele podia se isolar no quarto. Eu sabia que ele estava procurando saber para onde seus amigos tinham ido.

– Oi, mãe – Aiden estava em sua cama, de moletom e camiseta do Dodgers, com o *laptop* no colo, como eu esperava. – Will Gamble entrou na Raleigh. Dex e Connal vão para a Ignatius. Connal também entrou na Raleigh, mas ele quer ir para a Ignatius. Mariah vai para a Ordem das Irmãs Sagradas. Que esquisito.

– Por que esquisito? – perguntei, colocando a xícara de chocolate quente que eu havia levado como suborno para o caso de Aiden não querer abrir a porta. Mas ele me recebeu, falante e tudo. Talvez aquela atitude na cozinha tivesse sido apenas teatro.

– Porque na semana passada ela só falava da Raleigh. Agora, está dizendo que a Ordem é bem mais legal. Sei lá.

Estava na cara que Mariah havia encontrado uma maneira de lidar com sua situação. Será que Candy faria a mesma coisa? Fiquei calada a respeito da lista de espera. Tudo fazia parte do jogo.

– Fiquei feliz por Dex e Connal. Vocês ficarão juntos na Ignatius.

– Por que não podemos viver em Oregon?

A pergunta direta de Aiden me pegou de surpresa.

– Aiden, temos amigos aqui, sua equipe de polo, o meu emprego. A família de seu pai. Sei que você adora Oregon, mas moramos aqui.

– Por que não podemos morar lá?

Por quê? Porque ali era a minha casa, com os ricos de antes, os novos e os tacos ótimos. Eu adorava as livrarias, a cultura e a arquitetura; adorava ver toda a *frescura*, ainda que não pudéssemos mais fazer parte dela. Mas Aiden queria se mudar. E queria um cachorro. Talvez porque pensasse que isso deixaria tudo bem de novo.

– Vamos devagar. Vamos ver o que acontece. Não posso tomar essa decisão agora, com todas as coisas do trabalho e tentando sair desta casa. Acabamos de receber uma notícia ótima, não vamos complicar as coisas – eu disse, e entreguei a ele uma sacola da Nordstrom que levava o motivo real por eu ter entrado no quarto. – Tome. Isto é para você.

– É uma blusa de lã como a que os meninos da Ignatius usam? – Aiden brincou, pegando a sacola.

– Não, e eles não usam blusas de lã – eu ri.

E então, a leveza saiu do quarto quando Aiden pegou a jaqueta da Ignatius, de 25 anos, que tinha sido de Merritt. Era de couro azul com as mangas branquinhas. O nome de Merritt estava bordado do lado esquerdo, abaixo do brasão da escola. Estava desgastada em todos os pontos esperados, como se Merritt tivesse cuidado muito bem daquela jaqueta. Eu nunca a vira antes, apenas em fotos antigas. Quando Mimi e Mikki esvaziaram os armários de Merritt antes do *open house*, elas a encontraram pendurada no fundo, dentro de uma sacola com cabide. Deixaram uma mensagem pendurada: "Para Aiden, o próximo Fairchild na Ignatius".

Quando vi, fiquei emocionada, assim como estava naquele momento.

– Era do seu pai. Ele ficaria muito orgulhoso de você agora.

Independentemente das falhas de Merritt, ele teria adorado aquele momento. Aiden assentiu, incapaz de falar sem colocar sob ameaça sua pose de *macho* adolescente.

– Obrigado – ele conseguiu dizer por último, passando a mão no couro, o dedo sobre o emblema e o bordado.

– Experimente. Veja se serve.

Aiden olhou para mim. Ele remexeu os pés, de modo desconfortável, como se quisesse evitar a minha análise.

– Acho que vou fazer isso depois. Tudo bem?

Eu assenti.

– Claro. É sua agora. Tome conta dela.

Capítulo 16

— Tenho pensado a respeito do que você disse naquele dia do almoço, e acho que será o meu ângulo para a entrevista – Patrick disse casualmente enquanto trabalhávamos juntos no quarto da lua de mel. Ele estava fazendo anotações em um bloco amarelo a manhã toda, enquanto bebia seu café de sempre e passava as mãos pelos cabelos. Não que eu estivesse de olho.

Patrick e eu havíamos assumido uma rotina de trabalho confortável, com uma reunião de manhã a respeito do que precisávamos fazer naquele dia, conversando muito pouco até a hora do almoço, quando ele saía e eu ia caminhar, e voltávamos ao computador à tarde, e então fazíamos uma breve recapitulação ao final do dia. Às vezes, eu contava a ele uma história engraçada sobre Aiden e ele contava uma de Cassandra ou de seus alunos em Atenas.

Nós conversávamos a respeito das notícias ou dos filmes que tínhamos visto. Patrick podia fazer uma referência à sua esposa e eu podia mencionar Merritt. Mas nunca conversamos a respeito *daquela noite.*

Ainda que eu pensasse nela o tempo todo.

Mas eu não tinha ideia do que ele estava falando naquele momento. Estava tão perdida na pesquisa para a parte visual, nos arquivos digitais de diversos museus e universidades, que precisei de um tempo para reconcentrar-me na conversa. Quando desviei os olhos da tela, Patrick e eu nos olhamos. Era a primeira vez que nossos olhos se encontravam em três semanas. *Mantenha o profissionalismo.*

– No almoço?

– Em Laguna.

Oh, aquele almoço! Nossa, nós bebemos muito vinho aquele dia. Espero não ter dito algo do tipo "você é muito atraente. Se você deixasse seu cabelo um pouco mais comprido, o Gerard Butler sentiria inveja de você". Porque sei que era isso que eu estava pensando naquele dia.

Será que eu tinha dito isso em voz alta enquanto observávamos o mar?

– Agora me deu um branco. O que eu disse? – perguntei, torcendo para a resposta não ser muito ruim.

– Você disse que a história tem sido moldada por grandes triângulos amorosos. E que, se não tivesse existido o relacionamento entre Helena, Páris e Menelau, eu não teria um emprego. Sem eles, Troia não teria qualquer importância histórica, sem o mito da grande história de amor deles e a guerra que se seguiu. Usarei esse conceito quando for falar sobre Schliemann, Rudy e Sophia. Acho que você achou o segredo da coisa.

Eu devia ter bebido mais vinho do que imaginava para ter sugerido que Patrick O'Neill estaria desempregado se não fosse por Helena de Troia. Foi meio presunçoso da minha parte.

– Olha, Patrick, eu acho que uma pessoa talentosa como você teria encontrado trabalho em outra área da Arqueologia ou em outro campo de estudo. Não quis dizer que você ficaria desempregado para sempre.

Ele começou a rir. Oh, não, o que eu havia dito? Ele se recostou na cadeira de couro, esticando as pernas e arqueando as costas. A parte de baixo de sua camiseta preta se separou levemente da parte de cima de sua calça cargo, revelando um pedaço de barriga bronzeada e enxuta. Também não estava de olho naquilo. E então, ele relaxou o corpo para a frente, pondo as mãos nos joelhos, sorrindo para mim.

– Não estou falando da parte sobre eu não ter um emprego! Mas obrigado pelo voto de confiança. Usarei você como referência. Estou falando a respeito de o triângulo amoroso ter moldado a história.

Ah, sim. Eu também havia dito isso.

– Existem certas semelhanças entre a história de Helena/Páris/Menelau e a história de Sophia/Schliemann/Rudy. Posso estabelecer certos paralelos, fazer conexões. Sabe, homem mais velho e mais poderoso perde esposa jovem e sensual para rival mais jovem e não tão poderoso. Depois, a esposa volta para o homem mais velho quando percebe o que está deixando para trás: dinheiro, prestígio e joias lindas. Eu acho que você chegou ao X da questão ao sugerir que a descoberta do Tesouro de Príamo pode ter sido uma maneira de o homem mais velho reconquistar a esposa. Já fiz uma pesquisa. A linha do tempo se encaixa, pelo que posso ver, com as anotações de Rudy. Foi durante o caso de Rudy, na primavera de 1973, que Schliemann milagrosamente encontrou o tesouro. Nunca tivemos uma data exata dessa descoberta, porque Schliemann não divulgou informações nem fotos antes de tirar o tesouro da Turquia. Mas, graças aos diários de Rudy, eu sei que a data da descoberta foi 13 de maio de 1893. Isso é algo novo e relevante.

– E você achou que não haveria algo útil nesses diários – eu brinquei.

Patrick ficou em pé, caminhou até a minha mesa e analisou as páginas transcritas. Ele apontou para o trecho relevante:

– Nosso amigo Rudy não diz nada a respeito do momento em que eles descobriram as peças de ouro, porque quando Schliemann desenterrou o colar e os brincos da terra, apenas seu tio e Sophia estavam no local. Rudy e o restante do grupo foram instruídos por Heinrich Schliemann a fazer um intervalo. Foi uma descoberta muito conveniente, ocorrida bem quando Schliemann parecia precisar de apoio público e longe da vista de curiosos. Mas agora, com a revelação de que sua esposa estava tendo um caso tórrido com o sobrinho, concordo com você. Uma correlação muito suspeita. Você já leu essa parte do diário?

– Não, ainda não.

Desde que marcara a entrevista na TV e a palestra, Sarah havia convencido a Huntington a ajudar para que o diário fosse escaneado e transcrito.

Karen da Biblioteca e seu grupo de universitários tinham entrado em ação. Eu havia sido liberada para organizar a pesquisa de apoio que seria necessária para a entrevista e a palestra na Huntington. E a revista *Archaeology* havia solicitado a Patrick que escrevesse uma matéria a respeito dos Diários de Schliemann para a edição de setembro. Eu passava metade de meus dias ao telefone com os produtores de *A Arqueóloga Suja*, e todos eles pareciam ter doze anos e não entender nada de história. Durante o resto do dia, fazia pesquisas para a leitura e para a matéria da revista. Adorava aquilo. Era excitante e gratificante, mas eu sentia falta de ler os diários quentes de Rudy para poder contar a Patrick.

Agora, ele estava um passo à minha frente, e não atrás.

– Bem, o comentário mais relevante dele a respeito do Tesouro de Príamo foi que Sophia não foi a sua tenda naquela noite, para o encontro deles. Ele conta muito pouco a respeito da descoberta, mas não para de falar sobre sua vida sexual. E acha que pode estar perdendo Sophia para o marido dela. Ele faz a mesma pergunta que você fez: será que Schliemann pode ter plantado o Tesouro de Príamo apenas para reconquistar a esposa? Sua teoria me parece muito plausível, Dra. Fairchild – reconheceu Patrick.

Eu fiquei me sentindo a poderosa, mas tentei manter o controle. Reorganizei alguns papéis em minha mesa, uma autorização para Aiden ir a uma excursão para a Disneylândia e um pedido de marmita, com o cuidado e a atenção que alguém teria ao lidar com a Magna Carta.

Patrick continuou:

– Você acha que Annabeth e Sarah considerarão essa história sensual o suficiente para o que precisam?

Caramba, por que ele tinha que arruinar o meu momento mencionando aquelas duas? Mas respondi:

– Isso poderia ser a coisa mais escandalosa revelada em Pasadena nas últimas décadas: sexo, segredos, objetos antigos. Parece a vida de minha sogra. Ainda que você não consiga provar que o Tesouro de Príamo é uma farsa, a ideia do caso extraconjugal certamente vai animar as mulheres de terninhos Chanel que forem assistir à sua palestra final na Huntington. Mostre um pouquinho do corpo, Doutor, e aquelas senhoras ricas lançarão dinheiro em sua fundação para a pesquisa importante que precisa ser feita.

– E eu aqui só pensando na TV. Não tinha nem sequer pensado nas mulheres ricas. Talvez você possa encontrar algumas imagens ousadas para a parte visual, e isso causará uma chuva de dinheiro.

Há semanas eu não me sentia tão relaxada com Patrick. Não queria que a conversa terminasse.

– Olha, eu já tinha pensado na possibilidade de Schliemann ter plantado o colar e a coroa para Sophia, antes mesmo de saber a respeito do caso entre Rudy e Sophia.

– Você deve ter bom conhecimento a respeito dos relacionamentos entre homens e mulheres.

Eu ri sem querer, pensando que eu havia assistido a Shelly Safada no noticiário todas as noites, até o dia da morte de Merritt, sem saber que ela vinha dormindo com ele há quase um ano.

– Bem, não é assim.

– Então você tem muito conhecimento de história. Ela foi, afinal, criada por seres humanos comuns e imperfeitos. Que fazem coisas egoístas e tolas e então fazem os outros pagarem por sua indiscrição. E, geralmente, é assim que a melhor pesquisa ocorre: uma ideia maluca que se torna realidade.

Os joelhos de Patrick resvalaram nos meus sem querer.

De repente, o almoço em Laguna começou a ser relembrado por mim. Assim como a sensação boa, o frio na barriga.

– Achei que você tivesse visto que não havia espaço para romantismo em sua pesquisa. Queria os fatos crus.

Ele se sentou sobre a minha mesa, de frente para mim.

– Vou deixar bem claro como me sinto: não há nada de romântico em um parceiro trair o outro. Nesses dois casos, Helena e Sophia são as mulheres mais jovens traindo os homens mais velhos. E então, os homens mais velhos reconquistaram as esposas, mas qual foi o preço disso? Guerra, vidas perdidas, cidades destruídas, famílias desfeitas, evidências forjadas, governos abalados. A história mudou por conta de algumas laranjas podres – a voz de Patrick ficou mais séria.

Nós nos olhamos de novo, como se dividíssemos um segredo:

– A traição muda tudo, Helena.

Ele estava falando sobre eu e meu currículo? Ou será que Patrick sabia, de alguma forma, a respeito de Merritt e de Shelly Safada? Melhor ainda, será que a Esposa Artística o havia traído e ele ainda amargava esse fato? Fiquei um tanto abalada pela última frase dele, sem saber bem o que ele queria de mim.

– Quando você diz isso, Patrick, não se trata de uma teoria sensual, nem um pouco. É trágico, épico, muito grego. E um pouco deprimente.

Analisei a reação dele para saber se ele queria que eu continuasse. Ele continuou olhando em meus olhos, intensamente. E então, em uma tentativa de deixar as coisas mais leves, porque o clima estava muito carregado, eu disse:

– Mas foi muito drástica a maneira com que disse isso.

Patrick abriu um sorrisão, e deu um tapa no próprio joelho.

– Você acreditou! Uau! Sou bom.

– Como assim 'eu acreditei'? Acreditei em quê? – eu estava confusa.

– Na minha pose falsa de acadêmico sério. Eu estava ensaiando para a minha entrevista na TV. Acredito que a teoria tenha seu mérito, mas não estou nem aí se a Sophia estava dormindo com o sobrinho magricela de Schliemann. É só uma boa história. Algo com que as pessoas podem se identificar porque não têm interesse na data certa do colar e dos brincos. Saber que o Tesouro de Príamo era falso seria importante. Mas ninguém se importa em saber o motivo disso tudo – Patrick ficou em pé, sentindo-se vitorioso. – Quer café?

Eu me senti desanimada. Estava pensando que algo significativo estava rolando entre nós, mas ele *estava interpretando*!

– Só me avise da próxima vez que quiser que eu banque a Uta Hagen para o seu Marlon Brando.

– Quem é Uta Hagen?

– Uma professora de interpretação muito famosa! – respondi, acrescentando, mas só em pensamento: "Dr. Não-estou-nem-aí". Voltei a olhar para o meu computador com uma grande vontade de encerrar a conversa antes de ser grosseira com Patrick. Mas eu disse: – A traição muda tudo, *sim*.

Por que eu estava tão irritada? Que tola, Helena!

– Helena, sinto muito – respondeu Patrick, deixando muita coisa subentendida.

Fiquei aliviada por ele não fazer mais perguntas a respeito de meu comentário.

– Da próxima vez que quiser testar seu talento de ator, avise-me. Fico feliz em poder ajudá-lo em uma entrevista falsa. Já fiz isso várias vezes com Aiden, preparando-o para provas orais e coisas do tipo.

– Helena... – disse ele, sem saber o que dizer diante da minha raiva.

– Já cansei de não saber das coisas.

*****

Eu não deveria ter perdido as estribeiras com Patrick, mas havia algo muito familiar naquela situação. Éramos Merritt e eu de novo, as partes ruins. As partes nas quais Merritt ria de meu passado diante de seus amigos. As partes em que Merritt esperava até o último minuto para me avisar a respeito de uma obrigação social ou evento social sem se preocupar com os meus planos. E principalmente a parte na qual Merritt me informou que sua alma-gêmea era uma âncora de fim de semana e não a mãe de seu filho e esposa de quinze anos. Mas, obviamente, Patrick não sabia de minha história com Merritt. Patrick estava apenas criando seu papel para a TV.

Então, por que eu havia reagido daquele jeito?

Felizmente, eu tinha um motivo muito legítimo para deixar o escritório depois de meu acesso de raiva. Às 11h30, fiquei contente em vestir meu *blazer* azul da Banana Republic, pegar minha bolsa e sair.

Eu me recompus o suficiente para dizer:

– Só volto às 14h. Tenho... Um compromisso.

Patrick resmungou em resposta:

– Não tenha pressa.

O “compromisso” era o almoço anual das mães da oitava série da Millington, para saudar as mães que tinham servido a escola por nove anos, desde o ingresso de seus filhos ao jardim de infância. Mas, na verdade, era uma oportunidade de saber quem tinha sido aprovado onde e também de fofocar. Tradicionalmente, as mães de crianças aceitas em escolas mais importantes chegavam primeiro. As mães cujos filhos tinham sido rejeitados chegavam mais tarde para evitar o burburinho antes do almoço e saíam mais cedo para evitar as conversas de estacionamento. E as mães cujos filhos estavam na lista de espera ficavam caladas e não diziam muita coisa. Todas nós tínhamos de beber chá gelado e nos comportar como se tudo estivesse lindo.

Para dizer a verdade, o almoço era um tipo de experiência estranha para mim. Por conta de minha agenda de trabalho e de minha queda do quadro de diretores, havia meses que eu não ia ao campus. Um lugar que antes parecia a minha segunda casa, agora já tinha se tornado desconfortável. Se eu não tivesse prometido a Candy que a ajudaria em sua situação, por estar no limbo das admissões, eu teria cancelado o almoço e escolhido comer um *frozen yogurt* de chocolate holandês gigante com barras de Heath. E Tina havia enviado uma mensagem de texto dizendo que tinha novidades a respeito do vestido que queria me dar pessoalmente, então aquela culpa estava me motivando. Fiquei mais animada quando vi o arco de balões azuis e brancos, a faixa "Bem-vindas, mães da oitava série" e os rostos familiares na mesa de recepção e de entrega de identificação.

– Helena! Temos sentido sua falta, agora que você tem um emprego importante. Estamos felizes por você ter vindo! – a representante de sala e *scrapbooker* compulsiva DeeDee Nicholas me abraçou e prendeu a minha identificação ao mesmo tempo. – Fiquei sabendo de Aiden, que ótimo. A Lauren vai para a Ordem. Eles farão bailes. Que divertido! Ei, pessoal, a Helena está aqui!

Todos olharam. Em seguida, ouviram-se aplausos e conversas. Mães com terninhos e vestidos. As mães jovens com corpos ótimos e as mães cansadas em seu último dever com a Millington. Aquelas pessoas, conhecidas minhas, estavam muito felizes por me ver. Não apenas Candy e Tina, que correram para o meu lado, mas as dezenas de mães que passaram por nove anos de muita lição de casa, notas ruins em provas, jogos de futebol depois da aula, eventos beneficentes, professores ruins, drama social em relação ao ensino médio e os exames finais impossíveis. Era ótimo ver todas elas.

As mães me encheram de carinho. *Você é maravilhosa, você conseguiu! Está linda e a novidade a respeito de Aiden é incrível. Você merece algo positivo. Soube de coisas muito boas sobre você e Aiden. Você tem superado tudo isso muito bem.* Tantos comentários gentis, que comecei a pensar que havia cometido um erro ao retirar o meu nome de meus compromissos na Millington. Talvez a sensação de que eu estava sendo "deixada de lado" estivesse errada.

Eu tinha um espaço ali.

Nem mesmo ver a diretora Adele Arnett, vestindo um terno de *bouclé* indestrutível me deixou desanimada.

– Aí vem a Cruella de Millington – avisou Candy, entre as mordidas que dava em sua quiche. – Estou aqui para ajudar você.

Adele se aproximou de mim, segurou o meu braço e disse:

– Estamos muito orgulhosos de Aiden. Ele conseguiu, certo? Foi uma situação delicada. Ele se sairá muito bem na Ignatius, e eles foram adoráveis dando uma chance a ele.

Três meses antes, eu teria respondido aos berros: "*Situação delicada? Dar uma chance? O pai dele morreu! Não foi delicado. Foi trágico e terrível, sua vaca de* bouclé!". Mas eu me controlei e tomei um gole grande de meu chá gelado de manga. E então me dei conta: eu não me preocupava com o que Adele Arnett pensava de meu filho. As aulas terminariam em poucas semanas. Assim, simplesmente assenti e disse:

– Nós conseguimos, Adele. Conseguimos.

E com "nós", eu queria dizer Aiden e eu.

*****

Voltando para o carro, Tina deu a notícia do vestido.

– É maravilhoso. *Vintage*. Fabuloso. Mas está alugado. Conversei com uma amiga minha da área têxtil. Vou fazer um contrato; ela vai dar o vestido para você usar uma noite. Mas você já fez a sua última refeição, entendeu?

Eu ri, mas Tina não.

– É sério. Pare de comer. É um tamanho 38 apertado – aconselhou Tina. – Oh, e eu marquei um horário para nós no Korean Day Spa na sexta antes do evento. Você vai precisar de uns tratamentos fortes antes de ir.

Tina era frequentadora assídua do Korean Day Spa, em Koreatown, de Los Angeles; era tão autêntico quanto as coisas encontradas em Seul.

O local era uma terra subterrânea de pequenas salas, enormes banheiras de líquidos viscosos, banhos esfumaçantes e um restaurante de muito bom gosto. As atendentes do *spa*, enormes como lutadoras e inexplicavelmente vestidas com sutiãs e calcinhas pretas, subiam nas clientes e começavam a esfregar *todas as partes* de seu corpo, até doer e passar. Depois, elas mergulhavam as clientes em enormes banheiras de chá verde, lavavam seus cabelos como se elas fossem bebês e secavam com a toalha. Por fim, o grupo com roupas de baixo enchia as clientes de óleo e toalhas quentes, deixando-as assando em um andar aquecido. As pessoas saíam do Korean Day Spa com a pele totalmente nova e feliz com o compromisso coreano de cuidados pessoais, tudo por menos de cem dólares. Era o paraíso – e o inferno – na Terra.

– Você tem razão. Tenho fugido da esfoliação desde a morte repentina de meu marido – respondi.

E então, nós duas caímos na risada.

Quando nos recuperamos, eu perguntei:

– Você não vai me contar como é o vestido?

Tina sorriu.

– Ele se parece com você.

*****

Quando voltei ao escritório, estava pronta para enfrentar Patrick: arrependida, reenergizada e livre de lembrança de Merritt. *Patrick não é o Merritt. Patrick não é o Merritt. Patrick não é o Merritt.*

Mas Patrick se adiantou, assim que eu passei pela porta.

– Fiquei preocupado, pensando que você não voltaria. Olha, sinto muito pelo que aconteceu mais cedo. Serei sincero daqui para a frente. Não posso perder você.

– Eu exagerei na reação – respondi rapidamente, mas não tão rapidamente a ponto de não escutar a frase "não posso perder você". – É que tem muitas coisas acontecendo comigo agora... Com a minha vida e com Aiden e tal. Deixei que essas coisas me afetassem.

– Não, eu passei do limite. Susanna, a mãe de Cassandra, minha ex-mulher, até hoje me acusa de ser tão focado em meu trabalho a ponto de não perceber se as paredes ruírem ao meu redor.

– É por isso que ela é sua ex? As paredes estavam ruindo ao seu redor e você não percebeu?

Patrick sorriu e respondeu:

– Exatamente. Literal e figurativamente. A aventura de ser casada com um cara que gostava de viver em uma barraca e passava horas na terra passou bem depressa. Ela queria quatro paredes bem firmes e um pouco de atenção. Não percebi isso na época.

Por um momento, pensei que ele fosse mais fundo, mas ele logo se retraiu.

– Mas estou cuidando da parte da atenção. E então, tudo bem?

Eu estava levemente decepcionada.

– Tudo bem.

– Ótimo. Vou voltar ao trabalho – disse ele, apontando para uma tela repleta de dados.

Aparentemente, a conversa estava finalizada. Tirei meu *blazer* azul e enrolei as mangas.

*****

O restante do dia me surpreendeu. Eu havia me envolvido em uma pesquisa a respeito de Helena e de Sophia, tentando encontrar uma ligação cósmica entre as duas mulheres que eram separadas por milhares de anos. Pensei que isso seria uma visão interessante na matéria da *Archaeology*. Era mais um lado que eu estava explorando, mas não queria dar nenhum detalhe a Patrick antes de conseguir informações úteis. Eu estava envolvida em uma tese de doutorado escrita por uma mulher britânica que adorava

Helena como se ela fosse uma semideusa, quando Patrick espiou por cima de meu ombro e me assustou.

Ele apoiou as mãos em meus ombros. Fiquei chateada por ter vestido uma blusa de caxemira preta, de gola alta, para trabalhar. Uma blusa com decote V teria sido uma escolha mais certa naquele momento específico.

– O que é isso? Mais história revista sobre Helena de um ponto de vista feminista?

Parecia que ele queria tirar do ar qualquer tensão causada de manhã. Um toque no ombro e uma paquera podiam ser uma boa maneira de começar.

Eu fiz um esforço.

– Alguma mulher de sua área respeita você? – perguntei, não era totalmente uma brincadeira e me recostei um pouco na cadeira.

– Annabeth!

Annabeth. Claro. Fiquei tensa.

– Você tem compromisso hoje à noite? – perguntou Patrick, para meu choque e alegria, ao tirar as mãos de meus ombros. O que estava acontecendo?

– Preciso levar Aiden à aula de polo aquático – respondi, um pouco arrependida por dizer a verdade. Eu realmente tinha que levá-lo, uma obrigação da noite de sexta. E eu já tinha me aproveitado demais de Emilia em relação ao trabalho e à mudança. Ela precisava de uma noite de folga; as coisas estavam ficando sérias entre Juan e ela.

– Vamos trocar. Vou ao treino de polo aquático e você sai para jantar com sua amiga maluca Melanie Martin – sugeriu ele, e não estava brincando totalmente.

Quase morri de rir. Que Deus abençoe Mel Nêutron. Manter um condecorado refém com convites para jantar para melhorar sua situação social era brilhante. Talvez tivesse sido bom o fato de eu ter sido tirada do comitê das Cinco Escolas; não tinha tempo para todos aqueles compromissos.

– Por que você vai jantar com a Melanie?

– Ela telefonou e disse ter "algo muito especial para o leilão" que ela queria me pedir. Você fala a língua dela. O que isso quer dizer?

O histórico acadêmico dele não era páreo para a linguagem especializada dos eventos de caridade. O leilão ao vivo deveria trazer milhares de dólares, não poucas centenas, como um leilão comum. O leilão ao vivo era o grande *show* no Evento das Cinco Escolas, quando os presentes estavam embriagados o suficiente para erguer suas plaquinhas, mas não travados o bastante para não assinarem o cheque. Ingressos para as finais do *American Idol*, filhotinhos de *Golden retriever*, assentos no camarote e visita aos bastidores do *show* dos Rolling Stones no Hollywood Bowl – essas eram as únicas coisas que acabavam indo parar em um leilão ao vivo. O que a Mel Nêutron poderia estar guardando para Patrick? Conhecendo Melanie, provavelmente era algo bem ousado.

Eu queria dizer ao Patrick que ele havia se tornado o condecorado-troféu de Melanie e que deveria tomar cuidado, mas fiquei calada. Ele já era bem grandinho.

– Quer dizer que ela quer que você doe algo à causa. Algo importante o suficiente para merecer um jantar, então tem que ser especial. Só a sua presença no evento não basta. Há um *quid pro quo*, e você vai descobrir hoje à noite.

– Pensei que já estava fazendo um favor a ela sendo o condecorado.

– Era o que ela queria que você pensasse, para poder concordar. E aí, ela se revela. Ela é boa. Onde vocês vão jantar?

– Acho que se chama Bistro 47.

Bistro 47 era o local de Pasadena com comida fina, vinho caro, atendimento muito bom e serviço de *valet top* de linha, o que era essencial para o pessoal que chegava de Mercedes e mantinha o local havia duas décadas. Melanie provavelmente havia feito uma reserva fixa ali para as noites de sexta-feira, como muitos casais faziam. Merritt e eu já tínhamos sido clientes regulares, no passado.

– É um lugar ótimo. Peça um vinho bem caro. Melanie tem dinheiro. E o marido dela tem personalidade zero, por isso você vai precisar ter personalidade.

Patrick riu.

– Ótimo conselho. Tem certeza de que não quer ser minha companhia esta noite? Acho que preciso de ajuda.

Corei.

– Polo aquático, lembra?

– Mas você vai ao evento beneficente comigo, certo? – Patrick parecia realmente estar em dúvida, sem saber o que eu pensava. – Não me faça encarar a Melanie sozinho no evento!

Está brincando?, quis gritar. *Não perderei a oportunidade de ver você vestindo um* smoking! Mas eu me recompus o suficiente para responder:

– Claro. Você é o chefe.

Patrick respondeu:

– Ótimo. Estarei em Santa Barbara este fim de semana, se precisar de mim. Até segunda-feira.

Eu ainda não havia me recuperado daquele beijo.

Capítulo 17

— Perdoe o meu francês, mas isso é uma merda! – proclamou Rita, a armênia, enquanto estávamos na cozinha de uma casa de campo dos anos 1970, mas com preços acima dos 600 mil dólares. – Alguém precisa dizer a esse povo que não estamos em janeiro de 2007. Esta casa não vale nada. Vamos sair daqui antes que peguemos salmonela.

Minha mãe e eu passamos a tarde com Rita, analisando a fase seguinte de minha vida: a fase de procurar uma casa de dois dormitórios e um banheiro em um bairro decente. Sem adega, sem pórtico, sem paisagismo maravilhoso. Com o acordo de espera longa com o qual Greg e Tony haviam concordado, eu havia deixado de procurar casas até ter certeza de meu futuro financeiro. Aparentemente, seria: uma casa de campo velha com arbustos mal podados na frente, com ripas de madeira em tudo e diversas décadas de pelos de gato acumulados nos carpetes.

Depois de minha última reunião com o advogado da família, Billy Owens, o contador Bruno e minha advogada/compradora pessoal, Tina, tive uma clara compreensão de minha situação financeira: ruim, mas não péssima. Se o acordo da casa corresse como o esperado, em um mês, e nenhum dos acionistas da Fairchild Capital me responsabilizasse por suas perdas, então eu poderia quitar quase todas as dívidas de Merritt com o dinheiro da casa e a venda dos móveis, quadros e os vinhos caros que Merritt havia comprado em leilões. Assim, eu teria dinheiro suficiente para uma casa modesta – para os padrões de Pasadena – e para as mensalidades da escola de Aiden. Desde que eu, claro, conseguisse encontrar um emprego em período integral quando meu serviço na Huntington terminasse, uma necessidade que eu ainda não tivera a energia de planejar.

As coisas para as quais eu não teria dinheiro: minhas mechas e luzes loiras; férias em qualquer lugar que envolvessem estadia em hotel e passagem aérea; um carro novo nos próximos dez anos; qualquer reforma que fosse além da pintura e alguns tapetes da Ikea; e uma boa educação superior a Aiden se por acaso ele saísse do ensino médio com notas boas.

Ingênua, eu acreditava que seria capaz de encontrar uma casa charmosa, como de cinema, em um bom bairro, dentro de meu poder aquisitivo. Imaginava uma casa confortável para duas pessoas, como os bangalôs Craftsman que eu tinha visto na capa da revista *Sunset*, mês passado. Paredes verdes--claras com gesso branco, sofás marrom-chocolate e almofadas laranjas, candelabros sobre a pátina do mantel e rosas compridas e rosadas podendo ser vistas pela janela. O Sonho de Quem Está Apertando o Cinto, era o título. Exatamente o que eu queria: O Sonho de Quem Está Apertando o Cinto! Mas onde estava o "mercado de compradores" que Roshelle Slusky havia sofrido para explicar no jornal da último semana? (Ela chegou a usar a palavra "escarola" para descrever o processo de contrato de depósito. De fato, a alma gêmea de meu falecido marido, afundado em dívidas). Sim, os preços tinham caído, mas nem perto do que seria suficiente para mim.

Aquela casa não era o Sonho de Quem Estava Apertando o Cinto. Era apenas um aperto no cinto. Em pé no meio da cozinha cor de abacate e vômito, pensei que começaria a chorar pela milionésima vez desde a morte de Merritt. Eu já sentia saudade de meus fornos duplos.

Minha mãe se virou para olhar para mim. Seu olhar disse tudo: você poderia comprar uma casa linda de madeira com terreno enorme em Oregon, por esse preço. Mas ela se controlou, como eu pedi, lembrando que havia pouca oportunidade de emprego na região central de Oregon, e que estar empregada era uma parte importante na minha questão financeira. Então, ela apenas repetiu a frase que tinha usado seis casas antes:

– Não entendo. Simplesmente não entendo.

– Essas pessoas estão malucas! – disse Rita, remexendo sua juba de cabelos pretos e erguendo o braço cheio de pulseiras douradas como se fosse a heroína do setor imobiliário. – Vamos, tenho mais uma em minha lista. Não está à venda oficialmente ainda, mas tenho uma sensação boa em relação a ela. Fica na Sunshine Street! Deve ser feliz, não é? E você precisa de uma casa feliz, e não de tristeza. Vamos!

Precisei cancelar a visita à Sunshine Street. Tínhamos um compromisso obrigatório dos Fairchild naquela noite e eu precisava fortalecer as minhas emoções. Primeiro, um banho, depois uma xícara grande de café antes de enfrentar os Fairchild em massa. A última coisa que eu queria era dar uma de coitada na frente da família do Merritt.

*****

Estávamos comemorando o aniversário de Merritt. A ideia tinha sido de Mitsy, e devo admitir que foi boa. De acordo com as três sessões da curta terapia com a terapeuta recomendada por Candy, as "primeiras vezes" eram as piores depois da morte de um membro da família: o primeiro Natal; o primeiro dia dos pais; a primeira formatura; o primeiro aniversário. De acordo com a minha terapeuta, teríamos um ano de eventos familiares completamente tristes até podermos passar para a segunda fase de recuperação. Cada uma delas foi difícil à sua própria maneira, dependendo das tradições da família. Para os Fairchild, os aniversários sempre foram eventos discretos. Eles não costumavam paparicar cada um dos membros da família, por isso, costumavam fazer grandes comemorações nas festas mais importantes do ano. Como resultado da falta de tradição familiar para aniversários, minha vontade era passar o aniversário de Merritt sozinha com Aiden no cinema. Mas agora que estava na varanda do Clube de Pasadena com uma taça de vinho branco. Fiquei feliz por Mitsy ter tomado a iniciativa.

Minha sogra havia organizado uma Missa em família na Santa Perpétua. Aiden e eu chegamos cedo, juntamente com o Casal Estranho: Mitsy, com um vestido preto simples, diversos colares e lenço Hermès, e a minha mãe, resplandecente com o que ela chamava de Manto do Pavão e uma saia comprida xadrez roxa. Minhas cunhadas, Mimi e Mikki, estavam usando ternos cinza-carvão quase idênticos, blusas de seda cinzas e sapatos de salto baixo. Os olhos delas ficaram marejados quando se aproximaram de mim e de Aiden, já sentado na fileira da frente.

Meus cunhados, o advogado Bart e o corretor Ben, usando ternos azul--escuro com gravatas listradas, me abraçaram e apertaram a minha mão quando se sentaram na fileira atrás da nossa. Os dois homens apertaram a mão e abraçaram Aiden, o que eu gostei, e abraçaram a minha mãe educadamente, que assentia com simpatia e intensidade a cada pessoa que chegava. Diferentemente de outros pais com crianças menores, Mimi e Mikki tomaram a sábia decisão de deixar seus filhos, cinco primos com menos de oito anos, em casa.

Mitsy incluiu Billy Owens e sua esposa, Lacey, como parte da família aquela noite. Eles chegaram na hora, com os três adolescentes loiros e despenteados. Ao ver Lacey – mais em forma do que nunca, bronzeada e com cabelos loiros e curtos – e seu belo marido Billy, eu me lembrei das milhares de horas que passamos, Merritt e eu, com eles. Tentei imaginar o que eles andavam fazendo nos fins de semana agora. Certamente, eu não estava na lista deles. Apesar de eu estar feliz por Aiden estar com alguns amigos de sua idade naquela noite, eu ainda me sentia desconfortável com Billy, socialmente falando. Ele se sentiria culpado por Roshelle pelo resto da vida. E eu passaria o resto da vida envergonhada por saber que Billy sabia que meu marido havia me traído. Provavelmente, nunca recuperaríamos a intimidade que tínhamos um com o outro.

A missa foi tranquila e silenciosa, pontuada apenas por soluços das irmãs sempre que monsenhor Flaherty mencionava o nome de Merritt no sermão.

– Vamos nos lembrar de Merritt Fairchild, no dia do aniversário de seu nascimento, como um homem que era modesto diante de Deus. Que vivia de acordo com as palavras de Deus com suas atitudes e seus atos. E que deixou para trás um legado de bons trabalhos.

– Namastê – disse a minha mãe, para horror da família de Merritt e do monsenhor. Eu fiquei contente com o momento cômico. Mordi o lábio em um esforço para controlar o riso e eu e Mitsy nos entreolhamos. Vi um brilho de compreensão em seus olhos?

O jantar foi realizado no Clube de Pasadena na mesma sala em que o velório de Merritt havia sido realizado. O ciclo de vida com gim e tônica era repassado diversas vezes no CP: batismos, formaturas, festas de noivado, casamentos, aniversários, jantares de aposentadoria e, por último, velórios. Garantidos, como se fossem direitos inerentes à associação. A sala de jantar verde e branca estava sempre cheia nas noites de sábado, com frequentadores e relíquias. Para os moradores de Pasadena que não queriam enfrentar o estacionamento nem o anonimato de comer em um restaurante de verdade, a sala de estar principal do CP era um porto bem-vindo de familiaridade e batatas exageradamente cozidas. Havia pessoas conhecidas em quase todas as mesas, dos Gamble aos Montague.

Não existe nada mais forte do que pertencer a algum lugar, Merritt costumava dizer sempre que me contava sobre uma nova ideia de negócios. Se você consegue abordar a necessidade que uma pessoa tem de pertencer a algum lugar, você ganha a lealdade dela.

O jantar que aconteceu depois foi divertido, tanto quanto os Fairchild se divertiam. Billy Owens assumiu o papel de anfitrião e mestre de cerimônia, sem permitir que a conversa ficasse piegas. Foram feitos brindes a Merritt, mas logo o foco se voltou a Aiden e sua admissão na Ignatius. Billy roubou o *show* com muitas histórias a respeito da época de ensino médio de Merritt na Ignatius, falando sobre quando ele matava aulas, fazia brincadeira e vencia competições de natação.

Mimi e Mikki comentaram sobre as dezenas de meninas que Merritt havia namorado no ensino médio, de Princesas das Flores a jogadoras de *softball*. Até mesmo Mitsy contou algumas travessuras de seu filho, sobre quando encontrou uma pilha de revistas *Playboy* embaixo do travesseiro de Merritt e uma garrafa de uísque no porta-luvas de seu Toyota Celica. Eu duvidava da veracidade de algumas das histórias, mas não questionei Billy, Mitsy nem as irmãs.

Eles tinham as lembranças deles e eu, as minhas; as deles eram mais doces e intactas. E era ali que eu queria estar depois de passar um dia vendo ruínas no mercado imobiliário: na Terra da Negação. Eu já havia escutado todas as histórias, mas ver o rosto de Aiden iluminado ao escutá-las pela primeira vez me deu esperança.

– Que *bon vivant*! – dizia a minha mãe depois de cada revelação a respeito das aventuras de Merritt no ensino médio e na faculdade. Eu sabia que ela considerava as histórias bem pacatas, se comparadas ao passado *hippie* dela, mas estava de bom humor, então eu não fiz nada para que ela mudasse.

Pessoas se aproximaram da mesa animada com votos de felicidade durante toda a noite, para cumprimentar Mitsy e fazer um brinde a Merritt. Ver os Fairchild tão à vontade naquele salão com todas aquelas pessoas, mesmo sendo um acontecimento daquele tipo, fez que eu valorizasse o modo de viver deles. Sim, a tragédia havia abalado todos eles, com a morte do pai muito cedo, e então a de Merritt, mas a família continuava firme. Como eu, sempre. Aquele tinha sido o motivo pelo qual eu quis me casar com Merritt e pelo qual não conseguia pensar em tirar Aiden dali.

As pessoas daquele salão sentiam-se satisfeitas com suas vidas. O que havia de errado nisso?

Estávamos terminando o jantar quando Aiden anunciou, inesperadamente:

– Obrigado por encontrarem a jaqueta de meu pai, tia Mimi e tia Mikki. Minha mãe me deu. Está um pouco grande, mas acho que vou crescer logo.

Mais lágrimas e agradecimentos embargados. Billy e Lacey abraçaram e beijaram todos os Fairchild, inclusive eu. E então, ficou claro que estava na hora de irmos. Mas Mitsy fez um último pedido:

– Helena, posso conversar com você por um momento na varanda? Tome esse restinho de vinho.

*****

– Você vai ficar bem?

A pergunta foi vaga, mas eu sabia que Mitsy estava à procura de uma informação específica. Depois das notícias dadas por Billy Owens a respeito da crise financeira de Merritt, eu havia pedido a ele para não revelar nenhuma informação confidencial à minha sogra. Mitsy Fairchild podia ser uma cliente de prestígio, uma mãe para ele, mas ela não tinha o direito de saber sobre as minhas coisas. Billy pediu desculpas e prometeu não contar mais nada. Estava claro que ele havia contado, sim. Naquela noite, ele era Billy, o melhor amigo fanfarrão, não Billy, o conselheiro.

– Sim, ficarei bem – respondi, balançando a cabeça para enfatizar. – Aiden e eu ficaremos bem quando a casa for vendida.

– Vocês ficarão na região – disse ela, não na forma de pergunta.

– Sim. Nossa vida é aqui.

– E as mensalidades da escola?

– Tudo certo. Faremos todos os ajustes que precisamos fazer. Obrigada por perguntar, Mitsy – conseguimos conversar sobre muitas coisas com poucas palavras ditas. Claramente, ela entendia a situação toda, mas não queria saber detalhes. E eu não queria contá-los a ela. – E obrigada por ter planejado o evento de hoje. Foi adorável e o mais certo a se fazer.

– Claro – respondeu Mitsy, ainda que eu não tenha certeza se ela quis dizer "é claro que foi adorável" ou "é claro que foi a coisa certa a se fazer". Ou os dois.

Provavelmente os dois.

– Helena... – disse ela, pausando. – Você precisa de alguma coisa?

Analisei cuidadosamente o rosto trabalhado de minha sogra. Acho que ela estava mesmo me perguntando se eu precisava de alguma coisa, *qualquer coisa*. Como cem mil dólares, um homem ou uma receita para comprar Xanax. Naquele momento, acreditei que ela pudesse conseguir qualquer um daqueles itens da lista de desejos e mais. Mas apesar do fato de que logo não teria casa nem emprego, eu não precisava de nada.

– Não preciso de nada, Mitsy. De nada.

– Eu sei que seu empreguinho na Huntington terminará logo – Mitsy continuou, sem perceber a raiva que senti ao escutar "empreguinho". – Mas eles consideram você muito esforçada. E o profissional que você ajuda, ele é bem importante, não é?

Será que ela estava buscando informações? Teria escutado apenas fofocas? Bem, eu não estava acreditando naquela história.

– O Dr. O'Neill é muito bem-sucedido. Tem sido uma ótima experiência trabalhar com ele.

– O que você fará quando ele for embora?

Arrepender-me de não termos ido além de um beijo. Tomar muito sorvete, repor todo o peso que perdi e mais um pouco. Salvar a página do Facebook dele nos meus favoritos e acessá-la cem vezes por dia. O que você acha, velhota? Vou sentir falta dele de todas as maneiras que não sinto de seu filho.

– Tenho certeza de que o Dr. O'Neill vai me dar boas referências. Vou encontrar algo a fazer. Preciso disso, então é o que farei.

Agora foi a vez de Mitsy analisar o meu rosto.

– Muito bem.

*****

A manhã de domingo, no Aeroporto Bob Hope, em Burbank, estava tão tranquila que nem mesmo o fato de estarmos "muito atrasados" para os meus padrões me estressou muito. Minha mãe havia demorado muito para guardar suas poções, tônicos, badulaques, peças de couro e pena.

– Como você vivia em uma *van* com tudo isso? – perguntei enquanto Aiden e eu levávamos com dificuldade, até a calçada diante do terminal da Alaska Airlines, a mala azul-escura de rodinhas com laços amarrados.

– É algo sobre o qual penso o tempo todo: onde consegui toda essa bagagem? – minha mãe riu com a piadinha de duplo sentido. – Podem ir. Não precisam entrar. Consigo passar sozinha pela segurança. Aproveite o belo sábado com seu lindo filho! Venha aqui, Aiden, meu querido.

Aiden se entregou a um abraço apertado com carinho sincero.

– Tchau, Nell. Até o verão! – e ao dizer isso, ele piscou de modo teatral.

Minha mãe retribuiu a piscadela.

– Boa sorte, menino.

– O que foi isso? – perguntei, percebendo que eu era a única de fora da piada.

– Temos um plano, mas não podemos contar. Precisamos de mais informações, certo, Aiden?

– Certo – gritou Aiden, já se acomodando no assento da frente do Audi.

– Mãe...

– Não se preocupe. Nada subversivo. Vamos contar a você quando tudo estiver resolvido.

Eu não gostava de ficar de fora dos acontecimentos, mas deixei passar.

– Obrigada por ter vindo. Foi divertido. Eu precisava de um pouco de companhia.

Minha mãe lançou a mim um olhar de "carneirinho perdido" e fez mais uma referência a Joni Mitchel.

– Sabe o que você é, Helena? Pó de estrela.

Eu soube como Aiden se sentia quando eu elogiava Aiden em público: tímido e desconfortável.

– Eu sei, mãe. Demora um pouco pra se acostumar.

– Eu entendi – ela me abraçou e rapidamente virou, puxando a enorme mala de rodinhas. – Deixei culturas do chá. Não pare de cultivar. E agradeça. Pó de estrela, Helena! Pó de estrela!

Parece mais serragem, eu pensei, ao entrar no carro com Aiden.

– Quer ir ao Ikea e comer umas almôndegas?

– São dez da manhã – respondeu Aiden.

– Você conhece o meu lema: nunca é cedo demais para comer almôndegas.

Capítulo 18

Manter o ritmo de Sarah Pernas Compridas, passo a passo, fez com que eu percebesse como o meu programa de condicionamento físico na hora do almoço tinha sido bem-sucedido. Eu não estava, nem de longe, tão ofegante quanto ficava quatro meses antes, quando falei à diretora de Relações Públicas que estava procurando um emprego. Agora, enquanto andávamos pelos caminhos da Huntington, passando pelos gramados bem cuidados, fontes de água e camélias em flor, eu conseguia falar e caminhar ao mesmo tempo, usando sapatos europeus confortáveis e segurando uma prancheta.

– Certo, veja a programação da próxima semana, Sarah. Na manhã de quarta-feira, enviaremos a matéria e os auxílios visuais para a revista *Archaeology*. Na tarde de quarta, vamos nos reunir com os produtores do *A Arqueóloga Suja* para uma pré-pro...

– Oh, veja só. De mãe a pré-pro... Você com certeza fez muito progresso em pouco tempo – disse Sarah, um pouco alto demais. Ela diminuiu o passo até parar na frente da casa de chá japonesa e esperou para ver a minha reação.

Escute, Pernas Compridas, até onde eu sei, organizar o Palavra-Escrita envolve muito mais criatividade, planejamento e política do que produzir um programa de televisão, senti vontade de rebater. *Os programas de televisão têm equipes de produtores remunerados e recursos para queimar. Os voluntários em escolas precisam criar algo do nada, sozinhos. Isso é brincadeira de criança comparado àquilo.*

Mas eu me controlei. Precisava manter um bom relacionamento com Sarah para conseguir boas referências para empregos no futuro, então fingi que ela havia dito algo deliciosamente ousado.

– Você me pegou. Usei o termo técnico antes de ter os títulos. Vou mudar a frase. Na tarde de quarta-feira, teremos uma reunião de *pré-produção* para analisarmos todos os detalhes da gravação do dia seguinte. Seria bom que você estivesse presente. E então, claro, na quinta será a grande gravação. Os produtores querem começar no Chalé dos Pesquisadores, de manhã, depois querem fazer cenas externas no gramado da Vista Norte e pelo Caminho das Camélias, com o jardim de esculturas ao fundo. Sei que você recebeu cópia daquele *e-mail*. Eles esperam terminar em um dia. Um longo dia. Está marcado para as sete da manhã, por isso cuidei com a segurança para que eles abram os portões bem cedo. E então, na sexta-feira, haverá a palestra aberta ao público no Hall dos Fundadores. Vou preparar o PowerPoint. E no sábado, o evento.

Sarah estava sentada graciosamente em um banco perto dali, cruzando as pernas e revelando as meias sociais cinza dentro dos sapatos JP Tod. Como era possível que as texturas dela se misturassem tão bem? Eu não sabia combinar texturas. Ela deu um tapinha no espaço a seu lado, convidando-me a me sentar. Eu me sentei, com muito menos graciosidade do que ela.

– Helena, quando indiquei você para este trabalho, eu não tinha certeza de que você estava preparada para a tarefa. Mas pensei que merecia uma chance. Veja você agora. Não sei como o Patrick ficou tanto tempo sem você. Aquele homem precisa de uma Helena em tempo integral para deixar sua vida nos trilhos. Ele vai ficar perdido sem você quando voltar a Atenas daqui a algumas semanas.

– Obrigada, Sarah – as palavras dela me retraíram um pouco. Da maneira que falava, ela fazia que eu parecesse uma mistura de secretária deselegante e esposa prendada. Imaginei os braços firmes e as pernas bronzeadas de muitas alunas que Patrick devia ter a sua disposição em Atenas e em Troia.

Sem falar da presença confortante de Annabeth, que, de acordo com seus produtores, estava planejando uma viagem a Troia para filmar, no verão. Eu não achava que "perdido" era o adjetivo certo que eu usaria para descrevê-lo. Patrick ia se virar muito bem.

– Você tem sido muito importante nesse projeto. Conseguiu organizar as coisas. Vou ficar de olho em novas oportunidades para que você fique conosco, aqui na Huntington – Sarah olhou para mim com firmeza.

Nossa, agora eu estava surpresa.

– Eu adoraria. Seria maravilhoso continuar aqui.

– Estou saindo para encontrar o diretor – disse Sarah ao ficar em pé, preparando-se para partir em outra direção. – A propósito, você sabe quem é Olympia Sutton-Majors?

Claro, qual frequentador de teatro nos Estados Unidos não sabia quem era Olympia Sutton-Majors? Era uma atriz britânica adorável e pálida, cujo nome era sinônimo de dramas produzidos com muito bom gosto. Ela havia feito o papel de todas as heroínas em todas as séries de TV do século XIX na Inglaterra, na última década. Ninguém ficava melhor em um vestido de época do que Olympia. Mas, recentemente, ela havia gerado muito falatório ao interpretar uma agente sensual e inteligente do MI6, contracenando com Daniel Craig no último filme de James Bond. Ela se recusava a aumentar os seios e, com isso, tornou-se um ícone para as mulheres menos avantajadas. Além disso, ela sempre virava notícia por estar se envolvendo com algum ator atraente. Que pergunta esquisita de Sarah.

– Claro que sei. É a atriz. Ativista, BBC, Bond, seios pequenos. Por quê?

– Bem, Melanie telefonou e disse que Patrick vai trazê-la ao Evento das Cinco Escolas. Queria um ingresso para ela e um lugar na mesa principal. Acho que eles são namorados. Ele disse alguma coisa sobre ela a você? – perguntou Sarah, sem perceber a minha cara chocada. Então não parecia saber que eu seria a acompanhante dele. Ai, meu Deus, Sarah devia estar esperando por um convite de última hora! E, claramente, não suspeitava de Annabeth como sendo uma das candidatas.

– Não, ele nunca falou nada sobre ela – foi tudo o que consegui dizer.

– Bem, as coisas não dariam certo entre Patrick e eu, mesmo. Moro aqui; ele vai embora em poucas semanas. É melhor que seja assim – disse Sarah, mantendo a cabeça erguida e analisando de modo totalmente errado o seu relacionamento. Não havia nada a "dar certo", exceto os almoços ocasionais e as ilusões unilaterais. – Uma atriz seria o par perfeito para ele, todo aquele drama. Você sabe, homens como Patrick querem drama na vida. Mulheres trabalhadoras como nós não são suficientemente excitantes, claro. Droga, estou atrasada.

Sarah se apressou enquanto eu fiquei grudada no banco.

*****

Antes da morte de Merritt, eu costumava achar que sempre havia dois caminhos que podíamos escolher em uma situação: a estrada principal ou o caminho menos percorrido. Mas, desde então, eu havia aprendido que os dois únicos caminhos que podiam ser tomados eram a estrada lenta e a rápida. Na estrada lenta, eu podia passar de modo passivo, imaginando coisas sobre a situação, esperando que alguém me salvasse. Ou eu poderia ir para a estrada rápida, suspirando profundamente, reunindo informações e tomando decisões bem pensadas. *Viu? Eu havia aprendido algo em minhas três sessões de sobrevivência ao luto!*

Escolhi a estrada rápida.

Comecei enviando uma mensagem de texto a Candy: O QUE VOCÊ SABE A RESPEITO DE OLYMPIA SUTTON-MAJORS?

E então, enviei uma mensagem de texto a Tina: POR FAVOR, VEJA A DISPOSIÇÃO DOS ASSENTOS NO EVENTO. ESTAREI NA MESA PRINCIPAL?

Por fim, eu dei a mim mesma um sermão a respeito de minhas expectativas irreais e levemente imaturas, esperando que com isso eu ficaria menos ansiosa e em uma posição melhor para conversar com Patrick, sem a histeria. *Ele é um arqueólogo mundialmente conhecido. Você é apenas uma assistente de pesquisa com estrias e uma testa que precisa de Botox. Ele poderia ter qualquer pessoa; por que escolheria você? Aquele lance no estacionamento, a discussão íntima... É apenas o estilo dele. Falando sério... Você ou Olympia Sutton-Majors? Você acha que tem condições de competir?*

Quanto pior eu me sentia comigo mesma, melhor eu me sentia em relação à situação, no sentido de que eu poderia lidar com o inevitável: eu iria sozinha ao evento e Patrick iria para a Grécia com a *Bond girl*. Mas, se fosse mesmo verdade, era melhor que eu descobrisse logo, mesmo.

Quando você não tem o que perder, não tem nada a perder e pronto.

Eu saí do banco e voltei para o chalé para fazer uma pergunta a Patrick: que diabos estava acontecendo?

*****

Pode acreditar, nada tira mais o fôlego do que ver uma bela atriz britânica em um envolvimento apaixonado com um arqueólogo lindo e brilhante. Principalmente quando a atriz é Olympia Sutton-Majors e o arqueólogo é... *Annabeth*?

Caramba!

– Oops – eu disse como uma tola, em pé na porta do chalé de número 7, surpresa com a cena com a qual dei de cara. Se eu estivesse com menos pressa de encarar Patrick, teria sido capaz de me afastar disfarçadamente ao ver as amantes secretas. Mas, com a minha costumeira falta de graciosidade, entrei com tudo. Annabeth e a mulher mais pálida que eu já tinha visto pessoalmente se separaram muito lentamente. As duas estavam apaixonadas. Claramente, das três pessoas no escritório, eu era a mais envergonhada. *De longe.*

– Helena! Você nos flagrou! – riu Annabeth.

– Annabeth, sinto muito, eu não... – comecei a me desculpar, mas ela não me deixou terminar.

– Não quis dizer você nos "flagrou". Quis dizer, opa, você nos flagrou, ha, ha! Não há nada a esconder aqui! – Annabeth riu, empurrando Olympia, pálida como um fantasma, na minha direção. – Olympia, esta é Helena, aquela sobre a qual eu estava falando. Helena, este é o amor da minha vida, Olympia Sutton-Majors.

Olympia, vestindo caxemira da cabeça aos pés, me abraçou como se eu fosse uma amiga de longa data e me deu dois beijos no rosto, ao estilo europeu.

– Helena! – Olympia disse. – Magnífico!

Oh, ela era tão macia e cheirava a pinheiros.

– Bem-vinda a Pasadena! – eu estava tão aliviada que comecei a dizer frases desconexas sem qualquer razão. – Vocês são lésbicas. Que fantástico! – Olympia era a acompanhante de Annabeth, não de Patrick. Que notícia boa! Patrick não ia ao evento com uma bela atriz; ele ia comigo. Continuei sorrindo como uma idiota. Annabeth e Olympia pareciam um pouco surpresas com o meu entusiasmo. Tentei explicar com o melhor tom de voz de mãe, do tipo "não tenho nada contra lésbicas". – Que ótimo que você encontrou alguém para amar. Para ter em sua vida. Alguém tão... especial. Vocês duas parecem muito felizes. E isso me deixa... muito feliz.

– Não levamos isso a público. É complicado – Annabeth explicou enquanto dava um tapinha delicado no braço de Olympia, que terminou a frase:

– Estamos apenas esperando o momento certo de contar às pessoas. Você compreende.

– Sim, eu compreendo. A vida é complicada. Não precisam me dizer. E você é... – eu mal conseguia levar uma conversa com a espetacular senhora Sutton-Majors. Graças a Deus ela era lésbica. Eu não teria chance com Patrick se ela estivesse na jogada. – Você é... A minha atriz britânica favorita – que esquisito. E então, eu me dei conta. *A Arqueóloga Suja* estava sendo produzido pela Produtora Aphrodite em associação com a BBC, de acordo com todas as propagandas que eu tinha visto. Caramba! Aphrodite devia ser Olympia! – Espere! Aphrodite é a sua empresa de produção?

– Sim! Bem, nós duas somos as donas. O programa de Annabeth será nossa primeira produção. É muito legal e Annabeth disse que o primeiro episódio seria um lixo sem você. Ela diz que você é maravilhosa.

Agora eu entendi, o sotaque britânico falso de Annabeth. Não era dos anos pós-doutorado na Oxford; era de seus anos com Olympia. Que lindo.

E, apesar de gostar da novidade, ainda estava tentando entender a situação entre as duas. Onde Patrick entrava naquela história? Estaria ele envolvido com elas, seria uma relação a três? Ou apenas um "amigo"?

– Eu gostei de ter ajudado – eu disse, deixando de lado o elogio de Olympia por enquanto, voltando para as coisas realmente importantes. Olhei para Annabeth. – E eu achando que você e Patrick tinham um lance!

– Oh, não. Já tivemos algo há um milhão de anos, mas agora já passou – confessou Annabeth, e as duas se entreolharam, rindo. – Já passou há bastante tempo, milhões de anos. Além disso, Patrick só pensa em trabalho atualmente. Na última década, na verdade. O fato de ele ainda ser solteiro é um dos maiores mistérios arqueológicos para mim. Acho que ele está esperando por alguém com quem ele possa dividir seu trabalho. Ele só me usa pela minha pesquisa.

Eu adorei a parte do "milhões de anos".

Olympia disse:

– Quando ele vai para Santa Barbara, ele fica no quarto de hóspedes com o *laptop* ou vai para a praia com seus livros e só volta para a hora da refeição.

Então Olympia estava se escondendo em Santa Barbara por todo aquele tempo e Patrick nunca dissera nada?

E então a atriz e a arqueóloga me contaram a respeito de todo o romance. onde elas se encontraram e como (em Creta, quase dois anos antes, enquanto olympia atuava como exploradora do século XIX e Annabeth a ajudou), como elas conseguiram estabelecer a relação bicontinental ("o sol de Santa Barbara é o antídoto perfeito para a névoa de Londres!") e quais eram os planos para o futuro (*A Arqueóloga Suja*, uma minissérie a respeito de Marie Curie e dois filhos até 2014). As duas falavam sem parar, animadas por contarem a história a alguém.

Perdi a noção do tempo, até Patrick entrar no fim da tarde. Se ficou surpreso ao nos ver sentadas de modo confortável no sofá, bebendo chá e trocando histórias, não demonstrou.

– Puxa, que trio interessante. Eu perdi alguma coisa?

*****

O *happy hour* se tornou três horas felizes. Deixamos Patrick na Huntington e fomos, as três mulheres, ao Mujares Mexican Cantina, porque

Olympia disse que ali não havia *guacamole* em excesso. Pelo tamanho de suas coxas, eu diria que sua definição de "*guacamole* em excesso" era diferente da minha. Mas a mudança de ambiente me deu uma chance de enviar uma mensagem de texto a Candy de dentro do carro: ENCONTRO COM UMA ESTRELA. ENCONTRE-ME NO MUJARES. SEJA DISCRETA.

Candy respondeu: PELO QUE DEVO PROCURAR?

Respondi: ARQUEÓLOGA SUJA COM OLYMPIA SUTTON-MAJOR. EM OFF.

Em Candylândia, manter a discrição significava sair do bar ou da mesa ao lado quando algo estivesse acontecendo. E "em off" significava deixar a notícia de fora do candydish. Ela precisava de uma ajuda depois do problema com a lista de espera de Raleigh, e era exatamente daquilo que ela precisava: interagir com os famosos, não fofocar sobre eles.

A princípio, ela manteve distância, conversando com Raul no bar por muito tempo e bebendo um *club soda*, enquanto Annabeth e Olympia bebiam margaritas. Quando senti que o momento era o mais certo, eu acenei para ela vir encontrar-se com Annabeth e Olympia. Quando as enchiladas chegaram, nós estávamos rindo como se fôssemos velhas amigas de escola. Candy divertiu as duas contando sobre os problemas que teve por ser Rainha das Flores, uma história que eu já tinha escutado um milhão de vezes. Mas ela estava *animada*; foi como assistir a um espetáculo. A recepção por parte de Annabeth e de Olympia tinha sido tão incentivadora, que ela continuou contando a história toda de sua vida. Terminou explicando o candydish.com, sua maneira de revelar que era uma jornalista de fofocas de celebridades.

Annabeth e Olympia gritaram, animadas, apesar de aquela reação poder ser apenas por causa das margaritas. Quando os cafés foram servidos, Olympia telefonou para seu agente – a Produtora Aphrodite queria comprar os direitos da história de vida de Candy. Ela brilhava.

– Quando isso chegar à *Variety*, Mariah sairá da lista de espera da Raleigh, com certeza – sussurrou Candy para mim. – Além disso, elas estão falando sobre uma série da HBO. Então, não se preocupe, não vou dizer nada. Vou ter calma aqui. E eu gostei delas. Quero ser convidada para passar um fim de semana em Santa Barbara. Você não quer?

Candy concordou em levar a Arqueóloga Suja levemente embriagada e sua querida Branca de Neve de volta ao hotel. Ela tinha um acordo para fechar, e eu precisava voltar para casa para ficar com Aiden. O *valet* trouxe seu Jaguar impecável.

– Isso foi muito divertido – disse Annabeth. – Adoro vocês. Você sempre foi assim tão divertida na faculdade, Helena? Mal posso esperar pela gravação na quinta. Candy, você precisa ir. Queremos que você também esteja lá.

– Eu não perderia. Posso levar o meu fotógrafo? Seria uma ótima propaganda para o programa.

– Puxa! Que ideia ótima! – disse Annabeth, a Ingênua.

– Mas tenho um conselho: corte o sal e as batatas amanhã. Tomem só muita água – Candy disse a Annabeth quando as três entraram no carro. – Ou ficará inchada e com cara de gorda na câmera! Certo, Olympia?

Olympia, que nunca na vida tivera um dia com cara de gorda, concordou totalmente.

Enquanto eu esperava pelo meu carro, pensei em Patrick. Agora que eu sabia que não existia nada entre ele e Annabeth, eu estava ainda mais ansiosa a respeito do evento.

Será que havia algo entre nós dois?

Capítulo 19

– Você está pronto? – perguntei a Patrick dois dias depois, enquanto observava o estilista acertar a gola de sua camisa de linho turco.

Estávamos em pé em um camarim improvisado na Huntington no Salão dos Amigos. O chalé de número 7, no qual eu havia ficado até tarde na noite anterior, para limpar e decorar com flores frescas e livros que pareciam importantes, estava sendo iluminado para a entrevista. Tudo aquilo tinha sido bom para alguma coisa. Patrick, asseado e com gel nos cabelos, parecia impaciente. E *lindo*.

– Helena, relaxe. Já fiz entrevistas. E a pesquisa está boa. Será ótimo. E então poderemos sair e beber uma cerveja. É apenas a televisão.

– O senhor está ótimo, Dr. O'Neill. Estarei pronta para ajudá-lo entre as gravações. Se precisar de manteiga de cacau, é só dizer – disse Mona, a moça de vinte e poucos anos, muito magra e adorável, com o avental repleto de maquiagem, pincéis, chumaços de algodão e alfinetes. Ela se virou para mim: – Você precisa fazer o cabelo e a maquiagem?

Será que eu estava tão feia? Eu estava prestes a concordar quando Olympia se aproximou. Estava usando uma calça *jeans* branca linda e uma camisa amarela de camurça, destacada por um cinto prateado e turquesa. Mona ficou boquiaberta. *Havia uma* Bond girl *em seu estúdio!*

– É claro que Helena não precisa de nada. Ela é linda do jeito que é. E não será filmada. Mas você, sim, Patrick. Então, vá para o estúdio. Seja brilhante – disse Olympia.

Patrick partiu enquanto Olympia ficou fazendo o papel de produtora, empurrando Mona porta afora também.

– Querida moça da maquiagem, vá dar uma última olhada em Annabeth. Diga que ela está linda, porque ela está começando a duvidar de si mesma. Vá!

Mona foi. Olympia era uma estrela de cinema, mesmo.

– Candy está aqui? Quero conversar com ela a respeito de algo.

– Ela chegará a qualquer minuto. Com a equipe de gravação. Ela disse que você concordou – não sei por que eu estava desempenhando o papel de produtora de Candy. Eu só queria que as coisas dessem certo para Patrick. E para Annabeth. Uma equipe de gravação inesperada poderia atrapalhar as coisas.

– Eu disse sim a ela! – Olympia bateu palmas, com as pulseiras de contas brilhando em seus braços. Ela passou o braço ao redor de meu pescoço e ombros de modo conspirador. – Vamos sair e fazer algo sujo!

*****

Os jardins, a biblioteca, as galerias de arte e os lagos da Huntington já foram usados, literalmente, em centenas de filmes e programas de TV. Leo, J-Lo, DeNiro – qualquer pessoa de que se lembre, todos eles já gravaram ali. Seria de se esperar que os funcionários da Huntington nem se importassem com a presença de mais uma equipe de gravação no estacionamento, bagunçando sua agenda. Essa era a atitude comum dos cidadãos de Pasadena quando os caminhões de luzes e equipamentos chegavam à cidade. Mas havia algo de elétrico na atmosfera que cercava o *A Arqueóloga Suja*. Talvez porque muitos dos cidadãos de Pasadena tinham algo pessoal em jogo.

Sarah White estava procurando atenção profissional do diretor da Huntington, pontos com os membros do quadro de direção e atenção pessoal de Patrick. Ela estava entretendo diversos jornalistas que estavam cobrindo as filmagens. Karen da Biblioteca, a "diretora de manuscritos" autoindicada no estúdio, não permitia que ninguém além dela virasse as páginas dos diários de Schliemann durante os *closes*. Annie, a menina do café, estava animada por participar de algo daquele tipo, sua estreia servindo gente famosa. (Usaram a prata da casa.) Os alunos formandos bem dispostos que tinham oferecido ajuda para escanear e transcrever os diários no fim do projeto estavam por ali com *lattes*, sussurrando a respeito da glamourosa Olympia. Até mesmo Arlene, a coordenadora voluntária, estava tirando fotos de tudo para sua apresentação de *slides* para o Almoço das Senhoras, em junho.

Como era esperado, Mel Nêutron, que tecnicamente não era funcionária, mas que vinha passando muitas horas por ali ultimamente por causa do evento, ficou a um canto com sua escudeira Jennifer Braham, que parecia ter envelhecido dez anos desde que ganhara a minha posição.

Ser a Mel Nêutron Número 2 não fazia bem à pele.

Melanie teclava furiosamente em seu Blackberry, olhando para a frente de tempos em tempos para analisar a cena e conferir seu relógio. O rosto de Jennifer estava sério enquanto ela analisava o horizonte, procurando por algo.

É claro... Aquele era o dia em que a enorme tenda branca seria montada para o evento da noite de sábado. Uma maluca por controle como Mel Nêutron desejaria supervisionar todos os aspectos do evento, até mesmo os paus das tendas.

E então, claro, ali estava eu, com tudo nos trilhos. Foi por isso que fiquei animada quando Olympia me chamou para o círculo interno: as duas produtoras jovens e de calça *jeans* azul, o diretor com a barba por fazer, protótipo, usando um boné e camiseta dos Yankees, Patrick e a Equipe Aphrodite. O produtor executivo/astro de cinema disse com a voz alterada:

– Helena, por gentileza, pode explicar o que vimos ontem? Os produtores parecem ter esquecido das coisas. O que exatamente Annabeth e Patrick cobrirão enquanto estiverem no chalé, e o que cobrirão enquanto estiverem caminhando pelo jardim de esculturas? Sei que você vai se lembrar.

– Sem problemas. Fiz anotações – procurei na pilha de papéis em cima de minha prancheta. – Aqui está, digitei isso na noite anterior para Patrick

– então, eu abordei a equipe de produção e Annabeth, tentando não pisar no pé de ninguém. – E aqui está uma lista de possíveis perguntas. Sei que você têm as suas, porque, afinal, é o seu trabalho. Mas dei estas a Patrick como exemplos. Tenho certeza de que ele não as analisou – Patrick riu. – Mas fiz cópias para vocês todos, para garantir.

Entreguei os papéis e as perguntas a Olympia, Annabeth, Jonas, o diretor, e toda a equipe. E então entreguei um a Patrick.

– Isso lembra alguma coisa?

Juro que ele piscou.

*****

Annabeth agia com muita naturalidade diante da câmera. Qualquer ansiedade que ela pudesse ter nos bastidores desaparecia no momento em que as câmeras eram ligadas. Ela ficava à vontade, curiosa e totalmente à vontade no papel de apresentadora e especialista.

Patrick, por outro lado, não agia com naturalidade. Ele era certinho, sério e não se divertia nem um pouco. O que estava acontecendo? Por ser um cara tão dinâmico pessoalmente, ele parecia se arrastar! Sua descrição a respeito do triângulo amoroso, das descobertas do diário e da revelação de que os jovens Rudy e Sophia haviam tido um caso mais pareciam um discurso de um senador. Olympia, Jonas e os produtores se reuniram ao redor do vídeo, cochichando a respeito de Patrick, citando sua "falta de energia" e "tom de acadêmico chato". Jonas não parava de fazer perguntas:

– Cadê a sensualidade?

Eu percebi que ele estava percebendo seus problemas, porque o diretor não parava de gritar:

– Vamos tentar de novo.

Eu me senti muito mal por ele.

Olympia me chamou.

– Parece que o Patrick está tenso. O que devemos fazer? Você o conhece melhor do que nós.

Até parece. Mas, tecnicamente, eu havia passado mais tempo com ele nos últimos meses. O que eu poderia dizer para que ele saísse do modo acadêmico? Eu me lembrei do dia no chalé. *Isso!*

Eu disse a Olympia:

– Deixe-me conversar com ele. Acho que ele só está nervoso. Por que não dá um tempo para o intervalo? Ou o que quer que costumam dizer na TV.

– Faça a sua mágica, Helena.

Com isso, eu poderia acrescentar "diretora" em meu currículo?

*****

– Eu sou o problema, não sou? – perguntou Patrick entre goles de café (com o canudinho, para não estragar seus lábios cobertos de manteiga de cacau). Mona caminhou por ali com o pó, avaliando o brilho na testa de Patrick. – Estou péssimo.

– Não, não está. Não está terrível, só está sério demais. Tem a ver com o tom. O programa é *A Arqueóloga Suja*... As pessoas esperam que seja algo quente e íntimo. Você não parece estar se divertindo. Você precisa mostrar sua personalidade aos espectadores. Sabe como é, a parte de sua personalidade que não é tão técnica e... Analítica.

Patrick afastou Mona.

– Certo, certo. Você tem razão. É que, quanto mais o diretor diz "relaxe", mais irritado eu fico. Diga-me o que quer que eu faça.

– Você precisa parar de dizer datas, estatísticas e de fazer a análise do solo. Encontre o centro da história. As coisas boas.

O olhar perdido de Patrick me mostrou que eu tinha que ir adiante. *Certo, aqui vai.*

– Você se lembra daquele dia em que estávamos falando sobre história e triângulos amorosos e você me enganou? Eu fiquei muito irritada. E eu... Briguei com você.

– Sim – respondeu Patrick com cuidado, sem querer voltar àquele problema. – O que tem aquele dia?

– Você me contou a história com intensidade, vontade. Como se estivesse falando comigo diretamente a respeito de algo que sentia de fato. E eu também senti. Pensei que você soubesse algo sobre mim que eu vinha mantendo em segredo – Patrick ficou muito calado. Eu me aproximei e continuei: – Foi por isso que me assustei quando descobri que você estava me usando para cuidar de seu material. Pensei que fosse de verdade – ele assentiu lentamente. – Você precisa encontrar aquela intimidade com Annabeth. É uma história sobre amor, paixão e traição de importância histórica. Conte a Annabeth como contou para mim. Faça Annabeth senti-la como eu senti.

O rosto de Patrick ficou iluminado.

– Você tem razão. Tem razão. Está totalmente certa. Entendi – e ele me deu um beijo no rosto, para surpresa de Mona, que estava cuidando do hidratante labial. – Obrigado, Helena.

– De nada – eu disse, e em seguida falei mais baixo – e se isso não der certo, imagine Annabeth e Olympia nuas. Também deve ajudar.

Pela maneira com que Patrick sorriu, percebi que ele já havia imaginado aquilo.

*****

– Não sei o que você disse, mas funcionou – sussurrou Olympia, enquanto Patrick e Annabeth continuavam gravando. As histórias contadas por Patrick e as perguntas feitas por Annabeth eram interessantes e a interação entre eles, muito... excitante! Era exatamente o que o diretor estava procurando. Eu observei o pequeno monitor e sorri ao ouvir o elogio de Olympia.

– O que vem em seguida? Vamos saber se, de fato, o Tesouro do Príamo era de verdade? Ou será que foi apenas o gesto desesperado de um marido abandonado? – perguntou Annabeth, balançando a cabeleira morena, sem fôlego enquanto esperava a resposta.

– Espero saber em breve. Acabei de receber permissão do Museu Pushkin, em Moscou, para examinar o tesouro na próxima semana. É algo que quero fazer há anos, e o convite finalmente foi feito. Se tudo der certo, terei a resposta no fim de maio.

O quê? Eu quase gritei. Próxima semana? Ele vai embora na próxima semana?

– Corta! Isso foi muito bom! Muito bom! – disse Jonas. – Certo, Patrick, precisamos que você recomece da última frase, em que diz que vai ao Pushkin. Isso precisa ser duradouro. Só será transmitido dentro de alguns meses. Então, pode falar sobre a viagem a Moscou sem usar referências específicas de tempo ou datas? Sabe como é, algo do tipo "vou em breve" ou "terei as respostas em alguns meses"... algo assim – Annabeth e Patrick pensaram por um momento, analisando as opções.

O que ocorreu depois foi uma longa discussão a respeito de como Patrick moldaria sua viagem a Moscou no programa de televisão. Mas eu queria saber como Patrick moldaria sua viagem para mim. Será que ele estava partindo para sempre? Será que ele voltaria para Pasadena depois de Moscou? Ou não?

– Tudo bem – disse Annabeth. – Acho que conseguimos. Vamos arrumar.

Dessa vez, a resposta de Patrick foi vaga em termos de datas específicas, mas não em informação.

– Na próxima semana, vou para Moscou para, finalmente, pôr as mãos no Tesouro do Príamo. E então, vou direto para o local da escavação em Troia para comparar todos os dados. Espero ter uma resposta para sua pergunta muito em breve.

Não houve menção acerca de Pasadena, do Huntington ou de mim.

*****

Eu estava ao lado da mesa de alimentos, repleta de barrinhas de cereal, salgadinhos e tigelas de pirulito, M&Ms e castanhas cobertas com chocolate. Pensando no alerta feito por Tina, para que eu não comesse nada antes do evento, eu estava bebendo café preto. Minha dieta do Estresse e do Luto havia dado espaço a uma Dieta da Inanição. Eu me sentia nervosa, mas não magra. Eu não sabia se a dor em meu estômago se devia ao excesso de consumo de café ou à possibilidade de Patrick ir embora. Eu saberia em breve, pois ele se aproximou da mesa para comer amêndoas. Estava muito satisfeito consigo mesmo.

– Eu arrebentei, não? – disse ele, muito confiante na resposta.

Tinha como ser mais fofo?

– Arrebentou.

– Obrigado. Você ajudou muito – agora, Patrick estava menos confiante. – Então, aquela história sobre ir ao Pushkin, ficou sabendo?

Confirmado: a dor era pela possibilidade de ele ir embora, não pelo café.

– Sim, fiquei surpresa. Que maravilha! E num momento bom – eu disse, aumentando o ritmo e o entusiasmo de minha resposta para encobrir minha decepção. – O fato de sua pesquisa estar se desenvolvendo de uma vez só, assim, é incrível. Que sorte! – mais bobagens. – E conseguir trabalhar na Huntington? Maravilhoso. Você deve estar superanimado. É uma oportunidade única. Pode ser o caminho para uma grande descoberta. Parabéns.

Apesar de meus altos níveis de cafeína, eu me senti relaxada depois de meu discurso.

– Estava tentando encontrar uma chance de contar a você. Temos estado muito ocupados, fazendo tudo nas últimas semanas. Simplesmente me esqueci de dizer – Patrick pegou uma garrafa de água e brincou com a tampa de modo nervoso, virando-a de um lado a outro.

– Entendo totalmente. Eu ficarei aqui por mais um mês, de acordo com meu contrato. Então, posso terminar o que você quiser: posso arrumar as coisas, despachar tudo para onde você quiser: Troia, Atenas, Moscou. Estou aqui – essa sou eu. Helena Tempo-Integral.

– Ótimo. Vou embora na terça-feira.

Terça-feira? Apenas cinco dias a partir de hoje. E, nesse meio-tempo, haverá a palestra e o evento. Na terça, caramba?

– Então podemos repassar tudo na segunda, creio eu. Estarei aqui – eu disse de novo, para o caso de haver alguma confusão a respeito de meus planos para o futuro.

– O que você vai fazer depois? Quando seu contrato terminar?

– Já conversei com algumas pessoas para conseguir um novo emprego – menti de modo entusiasmado. – Agora que eu sei que as coisas terminarão aqui, vou sair à procura. Tudo bem – A Helena Feliz de Doer fazendo uma participação rara.

– Você já pensou em voltar a estudar? – perguntou Patrick, pegando alguns M&Ms. Acho que o problema em relação às Informações Erradas a Respeito de meus Títulos Acadêmicos não existia mais. Eu estava perdoada por não ter mencionado meu mestrado meio feito. – Posso fazer alguns telefonemas para a Berkeley, Princeton, qualquer lugar que você queira. Não é tarde demais para voltar à escola.

Mas era.

– Obrigada. Isso é muito generoso. Mas não posso pagar um mestrado agora. Isso vai ter de esperar. Tenho Aiden e tudo. Preciso de mais renda e menos dívida. Então, um mestrado agora é financeiramente inviável para mim.

– Há dinheiro por aí para alguém como você, Helena.

Eu ri.

– O dinheiro teria de ser para mim *e* para Aiden! A Princeton dá bolsa de estudo dupla para mães de meia-idade e seus filhos adolescentes com o talento não aproveitado?

Patrick pareceu compreender, mas não comentou a piadinha sobre a meia-idade.

Naquele instante, a produtora de vinte e poucos anos, que usava um fone de ouvido, apareceu.

– Dr. O'Neill. Estão chamando o senhor no Caminho das Camélias. É onde faremos a próxima gravação. Precisamos do senhor em cinco.

E então ela partiu como um coelho nervoso. Eu peguei as minhas coisas, pretendendo voltar para o escritório para chorar sozinha.

Patrick atacou as castanhas pela última vez.

– Você não vem para assistir?

– Pensei em voltar para a sala para cuidar do PowerPoint da palestra de amanhã.

– Por favor, não faça isso. Gosto de tê-la por perto.

Por apenas mais cinco dias.

– Claro. Tudo bem.

*****

O champanhe estava fluindo e o volume aumentando na tranquila sala da Huntington. Sarah White havia marcado uma comemoração pós-filmagem para o elenco, os funcionários e amigos especiais, o que foi um gesto adorável. O grupo encheu o salão e se espalhou pela área do Jardim das Rosas, iluminado por luzes brancas e velas votivas. Annabeth e Olympia não estavam em nenhum lugar, mas o restante das pessoas pareciam bem alegres, tomando champanhe e comendo sanduíches naturais, como se nunca tivessem sido convidadas para algo daquele tipo antes. Será que a Karen da Biblioteca estava paquerando o técnico de luz? E a Annie, do carrinho de café, estava trocando números com os produtores?

No meio de tudo aquilo, Sarah estava conversando e rindo alto. Sem dúvida, ela estava um pouco alterada.

Mas, para ser sincera, eu estava cansada demais para participar. E com medo de beber mais do que uma taça de champanhe por causa de minha ingestão mínima de calorias. Precisava manter o controle para dirigir até a minha casa, dar comida a Aiden e ajudá-lo a estudar para uma prova de Ciências. E então, planejava cair na cama. Procurei por Patrick entre as pessoas, esperando pelo menos poder dizer tchau antes de ir para casa. Eu o vi em um canto conversando com um diretor da Huntington e diversos membros da diretoria. Os cabeças, claro. Eu estava me virando para partir quando Candy me abordou.

– Oh. Meu Deus.

– O que foi? O que há de errado? – eu temia que algo tivesse acontecido a alguém em algum lugar. Era minha tarefa exagerar na reação.

– Olympia e Annabeth querem anunciar o relacionamento delas ao mundo. E elas querem me conceder uma entrevista exclusiva. Uma entrevista sentada, com fotos pessoais, essas coisas. Uma coisa sem tamanho. Assim, o candydish vai ser mais conhecido. – Candy começou a pular como uma menininha animada. Então, percebeu o tamanho da tarefa – que era como se Olympia estivesse deixando sua carreira nas mãos de Candy – e ficou paralisada. – Você me acha capaz de fazer isso?

O leve sentimento de culpa que eu havia sentido em colocar Candy em contato com a Equipe Aphrodite desapareceu. Unir as pessoas era algo natural a mim.

– Sim, claro. Elas confiam em você por um motivo. Você passou pela pressão da imprensa e venceu. Você é a pessoa perfeita. Nossa, Candy, que maravilha! Quando?

– Amanhã. Elas querem que eu vá ao quarto do hotel onde elas estão hospedadas, no Langham, com uma equipe pequena. Vou postar tudo isso na sexta-feira! – Candy pegou uma taça de champanhe que o garçom serviu e virou. – Tenho esperado por algo desse tipo para sair do gueto da fofoca de Pasadena. É uma história internacional.

– Você está pronta? Precisa de alguma coisa? – perguntei, sem saber bem quais habilidades eu devia oferecer em uma entrevista. Mas talvez ela quisesse as flores frescas de nosso estúdio?

– Estou pronta. A equipe está organizada. Minha estagiária pegou meu vestido cinza brilhante Blumarine na lavanderia; ele fica lindo no vídeo. E eu marquei uma comemoração de emergência com o senhor Stephen – disse Candy. – Acabei de fazer um telefonema do tipo S.O.S. para o meu *webmaster*. Precisamos de banda larga! Não quero que o *site* caia quando o *post* for feito. Tchau, boneca! – um beijinho no rosto e ela se foi.

*****

– Helena, espere! – Patrick estava correndo pelo estacionamento tentando me alcançar. Eu estava abrindo a porta de meu carro. Assustada, eu derrubei algumas coisas que carregava. Droga.

– Desculpe, não queria assustar você. Vi que saiu da festa e eu... Hum... Eu...

– Precisa de alguma coisa? – perguntei, mais rapidamente do que pretendia, inclinando-me para pegar minha prancheta, alguns materiais de pesquisa, uma garrafa de água e a sacola da Starbucks repleta de minissanduíches, *brownies* e bolinhos de queijo que havia pegado na festa para levar a Aiden. Patrick se ajoelhou para me ajudar. Eu me senti uma mendiga roubando comida. Envergonhada, eu me recompus e suavizei o tom.

– Você precisa de algo para a palestra de amanhã? – eu evitei olhar para ele ao colocar as coisas dentro da sacola.

– Não, não. Você fez o suficiente hoje. Aqui, pegue – ele me entregou um guardanapo de papel cheio de *cookies* de chocolate ao ficar em pé. – Só queria agradecer. Por tudo.

– Esses *cookies* são para Aiden – expliquei, ainda preocupada com a comida roubada. – Ele come muito. E adora comida em miniatura.

Patrick riu.

– Vou voltar e pegar aquela bandeja inteira de sanduíches de patê de frango, se você quiser. Devo isso a você.

– Não, vou passar pelo evento do PETA a caminho de casa e pegar um pouco de carne de soja.

Nós dois rimos. E então percebemos a familiaridade da situação. Há pausas longas, mas há pausas mais longas do que as longas "normais". E fizemos uma das pausas mais longas: comprida, intensa e levemente dolorosa.

Naquele momento, eu soube o que tinha de fazer.

– Preciso ir. O dia foi longo. Até amanhã, Patrick – quando em dúvida, amenidades podem ajudar muito. Depois de me fechar em meu carro, eu me senti segura o suficiente para abrir a janela um pouco e dizer: – boa noite.

– Pra você também – respondeu Patrick.

Capítulo 20

Na manhã de sábado do Evento das Cinco Escolas, mulheres de todos os lugares de Pasadena estavam começando seus regimes de beleza pré-festa, de acordo com idade, experiência e orçamento. Mães, matronas e solteiras estavam sendo arrumadas, depiladas e bronzeadas para ficarem perfeitas, ou pelo menos o mais próximo que conseguiam chegar da perfeição em sua Escala da Perfeição Pessoal. Naquela noite, elas estariam entre as Melhores e Mais Inteligentes, mas, naquele momento, estavam no estado mais nu. E ninguém fica em seu melhor estado – ou no mais inteligente – descolorindo o bigode pré-menopausa. Nem mesmo as clientes do Stephen Stephens Salon, o mais próximo que Pasadena chegava de um salão chique de Beverly Hills em preço, *design* e atitude.

Todas as cadeiras estavam ocupadas quando cheguei para o meu horário das dez da manhã. Eu havia agendado corte, mechas e penteado quase nove meses antes, literalmente no dia em que a data do evento foi confirmada. À epoca, eu ainda participava do comitê. E ainda tinha um marido. Sentada ali dentro, naquele momento, eu não conseguia acreditar que tinha tão pouco a fazer na vida a ponto de agendar um horário no cabeleireiro quase um ano antes. Mas fiquei feliz por ter feito aquilo. Sabia que aquele seria o meu último penteado com a Sammi. Por US$300 a visita, ela estava além do que eu podia arcar. Eu teria cancelado se Annabeth e Olympia não tivessem me dado um cartão-presente (sugestão da Candy!) como forma de agradecer por todo o trabalho extra que eu havia feito nas gravações. Cheguei cedo, determinada a aproveitar meu chá de ervas, toalhas quentes no pescoço e roupão com cheiro de lavanda ao máximo.

Na próxima vez, eu iria ao Supercuts.

Mas hoje, no Stephen Stephens, um salão considerado muito suntuoso, quase todas as mulheres em todas as cadeiras pareciam familiares. O local estava repleto de membros do comitê das Cinco Escolas. A Máfia Cloverfield – Leila Kennedy, Mary Claire Meyers e Taffy Hart – estava com a cabeça forrada por papel alumínio, sentada embaixo dos secadores. Elas lideravam o comitê todo-poderoso, usando suas habilidades afiadas como organizadoras de cotilhão para definir as mesas para a noite, elevando algumas mesas em relação a outras e deixando algumas perto da saída para os banheiros.

Aparentemente, o trabalho delas não estava finalizado, pois elas continuavam analisando o quadro de disposição enquanto os secadores funcionavam. Na cadeira de Begonia, ficava Sonia Michelson, uma mãe *hippie-chic* de Redwood e filha de um dos "dogs" do Three Dog Night. Sonia era responsável por contratar uma banda de dança decente. (No ano passado, a banda só tocava *reggae*, o que confundiu a pequena, porém influente plateia de pessoas de 65 anos. Esse ano, uma lei de Nada de Música Engraçada havia sido promulgada). Sonia estava alisando seu cabelo loiro-avermelhado volumoso. Sem dúvida ela usaria um vestidão estampado inspirado em Kate Hudson e estaria dançando descalça às dez da noite. E todo mundo ficaria animado porque todo mundo adora uma *hippie* rica.

Nancy e Neicy, duas irmãs quase tão grudadas quanto Mikki e Mimi, estavam sentadas lado a lado na sala de manicure. Elas eram responsáveis pela comida, uma tarefa ingrata, pois alguém poderoso sempre detestava fazer isso, geralmente a minha sogra. Era um comitê que nunca terminava seu serviço, e elas eram corajosas por assumir a tarefa. Nancy e Neicy foram criadas em uma das primeiras famílias *gourmet*, se é que ser dono de uma rede nacional de supermercados pode ser considerado "ser *gourmet*". Eu considerava, mas outras pessoas da cidade não eram tão generosas quando as irmãs pediam lugar de destaque. (*As lojas deles vendem barris de* catchup*! Barris! Eles não são* gourmet *coisa nenhuma*, dissera um membro do comitê.)

O salão estava repleto de pessoas animadas. Quando a assistente de Sammi (*Rinda? Renda? Randa? Por que nunca consigo me lembrar do nome dela?*) me levou a minha cadeira, eu troquei acenos, meneios de cabeça e sorriso. *Que bom ver você, Helena. Estou animada para hoje à noite. Será muito especial!*

Talvez.

Ao passar por Stephen, eu o toquei no ombro.

– A Candy me pediu para agradecer. Mais uma vez. E de novo. O cabelo dela ficou lindo no vídeo!

– Ela é a minha estrela! – exclamou Stephen, enquanto enchia o penteado de Blair Becksley de laquê. – Você a viu em ET? Ela estava maravilhosa. Acho melhor a Mary Hart ficar esperta!

Sim, a história de Olympia/Annabeth havia vazado e, como previsto, criara uma tempestade pelo mundo e um tráfego nunca antes visto no candysdish.com. Candy foi convidada a participar de todos os *talk shows*, desde o *Entertainment Tonight* ao *Larry King* para falar sobre sua entrevista.

Ela havia assumido o papel de porta-voz não oficial do casal, com a permissão delas. Agora que as notícias tinham se espalhado, Olympia e Annabeth pretendiam manter a distração por muitos meses.

Quando a comoção inicial passasse, elas dariam uma entrevista a Oprah, um pouco antes do lançamento de *A Arqueóloga Suja*, em setembro.

– Isso é um bom planejamento de imprensa – Candy havia dito quando entrou no carro na sexta, no dia de nosso passeio ao Korean Day Spa. Não havia como se enfiar entre Ryan Seacrest e Billy Bush. – Posso aprender muitas coisas com Olympia. Ela compreende o conceito de ter o seu momento.

Sem dúvida... Candy prolongaria seu momento pelo máximo que conseguisse.

Cheguei à sala de Sammi e me joguei na cadeira. O principal motivo pelo qual eu gostava de ser atendida por ela era o fato de ela não falar muito. Gostava de ouvir. Se eu quisesse tagarelar, ela escutaria. Mas se eu quisesse curtir edições velhas da *Cosmopolitan* e da *Martha Stewart Living*, ela fazia seu trabalho em silêncio, um silêncio confortável entre nós duas. Naquele dia, eu queria silêncio. Precisava de foco, não de conselho.

Além disso, eu estava um pouco triste, sabendo que teria de parar de frequentar o salão. Achei que não poderia contar isso naquele dia. Acreditava que um bilhete gentil e um presentinho na próxima semana bastariam.

Mais fácil e prático. E eu não podia chorar, porque Tina havia me alertado para não deixar meus olhos incharem, de jeito nenhum.

– Sammi! – eu a cumprimentei com um abraço.

– Helena! Tenho pensado em você.

O cabelo dela estava roxo com mechas loiras. E ainda assim ela estava usando um macacão chique todo preto e maquiagem neutra. Ela mergulhou no meu couro cabeludo, analisando a situação. Desde o dia do velório eu não a via. Há muitos dias eu vinha disfarçando a minha necessidade de retocar a raiz com uma faixa de cabelos. Sammi não pestanejou:

– A mesma cor.

Assenti. Por que não? A última vez.

E então Sammi pediu a Rinda/Randa/Renda que misturasse um loiro 27 com um loiro 449 para as mechas, uma mistura chamada Loiro Pasadena na maioria dos salões. Era a cor que eu e muitas amigas usávamos.

– E então... Como você está?

Como estou? Aquela era uma das perguntas que eu não queria responder. Então, dei minha resposta padrão:

– Vou dizer como estou daqui a um ano. No momento, não sei – achava que aquela resposta tinha o toque certo de consciência com cansaço e pesar misturados. Tirei de um livro. Para mim, ela sinalizava: por favor, não pergunte. Eu não quero falar sobre todos os detalhes terríveis.

Sammi entendeu.

– Certo. Então, relaxe. Você merece. Quer mais chá?

Sim, por favor. Eu merecia, mesmo. Recostei a cabeça, fechei os olhos e analisei os acontecimentos dos últimos dias. A semana tinha sido inacreditavelmente exaustiva. Como se a gravação e a revelação da partida de Patrick não bastassem, o dia anterior tinha sido marcado pela palestra. Patrick apresentou sua pesquisa a uma plateia animada repleta de conhecidos. Eu ofereci o apoio visual e algumas orientações de apresentação, o mínimo. Ainda que as expectativas profissionais não fossem tão altas quanto eram para a entrevista dele na televisão, as expectativas pessoais eram enormes.

A ligação de Patrick com o evento, a imprensa local falando da gravação e as críticas da palestra do Palavra-Escrita, na Millington, tinham aumentado a curiosidade das pessoas sobre a palestra da tarde. Aquela plateia havia trocado as aulas de pintura e as sessões particulares de pilates para ver o que estava rolando. Patrick havia se recuperado do nervosismo com a apresentação do programa para informar e agradar à plateia, que incluía a maioria das mulheres que estavam no salão naquele momento e, claro, minha sogra e suas acompanhantes. A apresentação havia sido um enorme sucesso, com uma dose perfeita do material da entrevista do *A Arqueóloga Suja* para fazer a mulherada comentar.

A maior surpresa do dia anterior? Ver Cissy Montague, aquela da casa "para sempre" e da piscina que mudou de lugar, cuidando dos biscoitos e da limonada. Minha antiga função. Usando um *twin set* e pérolas, ela cuidava da mesa de refrescos com animação e nervosismo.

Apertei seu braço ao cumprimentá-la, cheia de boa vontade.

– Muito bom ver você, Cissy, tudo parece estar indo muito bem. Você fez um trabalho ótimo!

– Espero que tenhamos o suficiente. Essa é a minha primeira vez como voluntária. Eu não imaginava que essas palestras eram tão cheias. Pensei que encontraria uma dúzia de senhoras e alguns turistas. Mas, veja, está todo mundo aqui!

Ela tinha razão: havia muita gente ali.

– Não se preocupe. Essas mulheres não comem, pelo menos não em público. A maior parte dos biscoitos voltará para os funcionários. E você pode colocar água na limonada se começar a acabar. A cozinha faz o suco muito forte.

Ela assentiu de modo agradecido.

– Você vai gostar da Huntington. É inspiradora.

Ela acertou os guardanapos grandes pela décima vez.

– Espero que sim. Eu senti que precisava sair de casa. Fazer algo diferente, fazer algo por mim. – Seu enorme diamante brilhou à luz do sol, e, mais uma vez, sua bondade ficou aparente.

– Talvez, um dia, você acabe voltando a estudar, para fazer seu doutorado! Nunca se sabe!

– É isso o que você está fazendo? – perguntou ela, claramente assustada com a ideia de fazer mais lição de casa do que McMurphy, seu filho da sétima série.

– Ainda não. Sou apenas uma assistente de pesquisa.

Naquele momento, Patrick acenou para mim. Sarah White estava ao lado dele. Com certeza ela não permitiria que uma estreante como Cissy apresentasse um Pesquisador Importante como Patrick. Sarah faria a apresentação independentemente do que custasse.

– Estão me chamando. Até sábado à noite, Cissy.

Depois da palestra, Mitsy insistiu em conhecer o Dr. O'Neill, como ela o chamava sem parar, e então passou a agir como se estivesse dando uma plateia a ele. Foi uma ótima performance. Eu acho que até Patrick se sentiu intimidado. Ela interrompeu a interação repentinamente, pegando um molho grande de chaves de sua bolsa Chanel, dizendo:

– Boa sorte, Dr. O'Neill. Mantenha-nos informados.

Mantenha-nos informados? Quem ela pensava que era... A Rainha Elizabeth? A CIA?

A voz de Sammi interrompeu meus pensamentos. Enquanto analisava a minha semana, ela se aproximou como um inimigo. Eu estava pronta para o secador, depois o corte e o penteado. Sammi fez uma pergunta óbvia, para a qual eu não tinha resposta.

– O que você vai vestir esta noite?

Voltei a prestar atenção:

– Não sei, minha amiga Tina escolheu. É *vintage* e ainda não vi. Ela me disse para dizer a você para pensar "esvoaçante, lindo e sensual", foram essas as palavras dela – obviamente, porque esvoaçante, lindo e sensual não eram palavras que eu associava a mim mesma.

– Esvoaçante, lindo e sensual? Entendi. Vou precisar de mais cabelos. Com licença. – e Sammi foi pelos fundos para encontrar mais cabelos, enquanto eu mantive os olhos fechados.

*****

Ao sair do Stephen Stephens Salon pela última vez, eu encontrei Jennifer Barham, braço-direito de Melanie e a mulher que havia tomado o meu lugar no comitê.

Ela conseguiu fazer um salvamento incrível quando seu Blackberry voou em direção ao chão depois do impacto com meu ombro. Que mergulho!

– Ai, meu Deus! Se isso quebrasse, eu seria uma mulher morta – Jennifer disse, o estresse do acontecimento claro em sua linguagem corporal. E sua calça de ioga parecia prestes a cair. Que coisa boa! Estresse seca o Traseiro de Mãe! – Esta coisa não para de tocar!

Eu fiquei muito feliz por não ser ela.

– Vai acabar amanhã. Depois, você poderá voltar para a sua vida de sempre. Fiquei sabendo que você tem feito um trabalho maravilhoso. Mesmo nesta situação da economia, você colocou grandes nomes na roda.

– Bem, você me deixou ótimas orientações e ótimos contatos. E conseguir a passagem e o hotel para o item importante do leilão... foi difícil. Depois disso, eu senti que poderia voltar a respirar.

Na verdade, não parecia que Jennifer havia respirado desde fevereiro, mas não disse isso.

– Que item?

– O item do Dr. O'Neill. Ele não contou?

– Não – ele não havia contado. Será que ele leiloaria algumas relíquias?

– Ele doou uma experiência arqueológica fantástica! Duas semanas trabalhando com a equipe dele em Troia, no verão. Como um arqueólogo de verdade. Mas com acomodação chique, claro. Além disso, ele concordou em fazer passeios particulares para alguns dos melhores lugares da Grécia nos fins de semana. Santorini e outros lugares relacionados a Troia...

– Micenas – é claro que ele ia querer ir para lá. Era a grande descoberta de Schliemann, casa de Agamemnon, que liderou os gregos na batalha em Troia. – É a outra parte do quebra-cabeça histórico da guerra de Troia.

– Sim, é isso. Bem, foi uma tarefa difícil. Precisei conseguir doação de hotéis e de companhias aéreas, e eu não teria conseguido isso sem os grandes contatos que você tinha no Marriot e na British Airways. Impressionante, Helena, impressionante! – o Blackberry de Jennifer tocou de novo, mas ela o ignorou. – É uma viagem incrível para duas pessoas. Tudo da melhor qualidade, com parada em Londres para ver algumas estátuas no British Museum. Melanie acha que esse item será levado por muito dinheiro. Como dinheiro de Hollywood, não de Pasadena. Depois de ver todas aquelas mulheres na palestra de ontem sorvendo cada palavra do Dr. O'Neill, acho que ela tem razão. Aposto até que Melanie vai se esforçar!

– Ele não me contou, mas talvez tenha se esquecido.

A Mel Nêutron deve ter servido a ele um bom jantar regado a muito vinho no Bistro 47 para fazer com que ele concordasse em pastorear alguns moradores abastados de Pasadena no meio de uma escavação. O Blackberry tocou de novo. Jennifer olhou para a tela.

– É a Melanie. Preciso atender. Seu cabelo está lindo! Impressionante, impressionante!

Pelo menos, um elogio. Ao sair do Stephen Stephens Salon, pensei que aquilo realmente parecia a viagem dos sonhos. A minha viagem dos sonhos.

*****

– Aqui está, senhora. Oh, a senhora está muito bonita – disse Tran, o carteiro, ao entregar as correspondências e apontar o meu novo penteado. – A senhora está bonita. Vai àquela festa grande desta noite?

– Sim, na Huntington. Um evento beneficente para as escolas – respondi, achando graça do interesse dele e analisando a pilha de contas, até encontrar um envelope grande de papel pardo.

– Eu sei. Nós também vamos. Fora da festa, na verdade. Meu filho Bernard vai tocar o violino na orquestra especial. Ele vai fazer um solo.

No evento, os alunos da Orquestra de Pasadena se alinhavam no tapete vermelho e tocavam para receber os convidados da festa. Era uma tradição encantadora. É claro, o filho de Tran, Bernard, era um violinista de concertos e também um aluno nota dez.

– Que ótimo, Tran. Vou ficar de olho nele. No mínimo, um ouvido!

Tran apontou para o envelope.

– Boa sorte com isso. Meu filho também se candidatou, para tocar violino. Não conseguiu. Que bom que ele está indo estudar na Raleigh.

Eu não fazia ideia do que Tran estava falando. Candidatar-se para onde? Eu devo ter demonstrado a minha confusão, porque Tran resolveu explicar.

– A Escola de Artes. O envelope. O grande. O que seu filho toca?

– Ele joga polo aquático – respondi como uma tola. Olhei para o endereço do remetente do grande envelope. O Colégio de Artes Performáticas de Los Angeles. Algum lugar no centro de Los Angeles. Estava escrito: *A Aiden Fairchild*. Que diabos era aquilo? Não queria abri-lo na frente de Tran, e eu acho que minha expressão mostrou isso a ele.

– Não acho que eles têm uma equipe de polo aquático! Ha, ha. Tchau, senhora.

Tran riu enquanto se dirigia para a rua.

– Talvez nos vejamos à noite.

– Sim. Até de noite.

*****

Aiden, ainda de pijama, rasgou o envelope, enquanto eu fiquei ali, como uma estranha na vida de meu filho.

– *Yesss*! – gritou ele. – Oba, eu entrei! Consegui! – e então ele abriu o maior sorriso de toda a sua vida, acompanhado por um soco no ar. – Oba!! Uhuuuu!

Fiquei boquiaberta. É sério, fiquei boquiaberta. Foi como no dia em que a polícia chegou para contar a mim a respeito de Merritt e o panda.

– Como?

– Obrigado pelo voto de confiança, mamãe – disse Aiden, fazendo uma dancinha em cima do sofá.

– Não quis dizer isso, Aiden. Por favor, pare com isso! – ele parou. Pelo menos por um segundo. – Só quero saber como isso aconteceu.

– Eu me candidatei e entrei.

Eu estava prestes a enlouquecer.

– Certo, estou tentando entender isso. Mas você precisa me explicar. Você se candidatou a uma escola de artes sem me dizer? E, sinceramente, sem que eu soubesse que você tem talento para artes performáticas... Não me entenda mal, mas você nunca participou nem de uma peça na Millington. E agora você entrou e está feliz. Aiden, o que está acontecendo?

Então, ele me contou o que estava acontecendo enquanto eu trabalhava ou enquanto procurava casas, ou enquanto estava no escritório do contador tentando consertar a bagunça nas finanças. Em outras palavras, enquanto eu estava ocupada estabilizando as nossas vidas, ele estava pensando no nosso futuro. Tomara conhecimento da escola através de Lydia, a menina do acampamento de verão do ano anterior que estudava no Colégio de Artes Performáticas de Los Angeles *(CAPLA – é como todo mundo chama, mãe!)*. Os dois mantiveram contato o ano todo (*ah, sim... Aquela que sorria em nossa sala de estar todas as noites, no iChat*). Ela era uma grande dançarina, e achava que ele podia ser um excelente ator. Ou até diretor! (*Como o Dr. O'Neill disse!*). Então, depois de estragar a entrevista na Ignatius (*sinto muito por ter sido um idiota, mas odeio aqueles uniformes*), ele preencheu um formulário (*uma transcrição, três redações e uma gravação*) e pediu a minha mãe que assinasse toda a papelada (*quando eu colocar as mãos nela...*). Então, ele ensaiou com Lydia pelo computador (*sim, Romeu e Julieta, a mesma peça que ele disse não entender, na Ignatius*) e Emilia o levou ao teste uma noite em que eu trabalhei até tarde (*vou matá-la também!).*

Meu filho, aquele que mal consegue se lembrar de fechar a torneira após escovar os dentes, havia decidido que queria ser um ator e conseguiu entrar em uma escola muito seletiva de artes cênicas – na qual nem mesmo o filho perfeito do carteiro conseguira entrar – sozinho.

Se eu mesma não estivesse segurando a carta de admissão, nunca teria acreditado.

– Mãe?

– Nem sei o que dizer.

– Quero muito estudar lá. E é de graça! É uma escola pública, por isso não precisamos pagar nada.

Agora, a pergunta de US$25 mil, pelo menos até onde eu sabia.

– Por que você simplesmente não me disse que queria estudar em uma escola assim? Por que você fez isso escondido?

– Você queria tanto que eu estudasse na Ignatius. Parecia muito importante para você. Eu não queria decepcionar você. E também tinha o lance do papai. Sei que a vovó e todo mundo quer que eu estude lá. E quando você me deu a jaqueta da Ignatius, que era do papai, eu me senti muito mal – disse Aiden, com os olhos marejados. – Foi quando eu disse a Nell e ela disse que me ajudaria. Não queria que você ficasse brava. E pensei que poderia não passar. Mas eu *entrei*.

Agora, eu estava com os olhos marejados, sabendo que Tina havia me dito que eu não deveria chorar para não inchar tudo. Ele não me disse porque não queria me decepcionar. Eu senti vontade de estrangulá-lo e abraçá-lo ao mesmo tempo. Mas não podia estragar o meu penteado-cascata com tanto contato.

Olhei para a carta. Tínhamos uma semana para dar a resposta. Eu havia feito um pequeno depósito na Ignatius, e a mensalidade demoraria a ser cobrada. Eu tinha duas maneiras de fazer isso: lutar ou aceitar. A cara de alegria de Aiden mostrou a resposta certa:

– Certo, olha só. Eu não sei nada sobre essa escola, não sei nem se eles ensinam matemática e tal...

– Ensinam e todas as outras aulas normais que eu sei que você vai querer que eu faça – interrompeu Aiden.

Eu ergui a mão, fazendo um sinal para mostrar que era a minha vez de falar. Ele se calou, sabiamente.

– Não sei nada sobre essa escola. Não sei como você vai chegar ao centro de Los Angeles todos os dias sem se ferir. Mas vamos ver o *site*. Quero ver o que tem para oferecer. E então, na próxima quarta-feira, posso tirar o dia de folga e vamos visitar o lugar *juntos*. Preciso conhecer a escola e ver se vai dar certo antes de concordar. Tudo bem?

– Tudo bem.

– E mais uma coisa. Você precisa me mostrar a cena de *Romeu e Julieta*. Quero ver essa atuação – eu abracei Aiden, o meu bebê.

– Tudo bem – disse ele, abraçando-me e enterrando o rosto em meu ombro, para desespero de meu cabelo. – Amo você, mãe.

– Eu também amo você, Aiden – eu disse, apertando mais, que se danasse o cabelo. Então, apontei a escada para ele. – Agora, vá pegar umas roupas, por favor. Guarde as suas coisas e escove os dentes. A senhora Gamble está vindo pegar você. Você vai dormir lá porque vou à festa com o Dr. O'Neill.

Aiden subiu a escada correndo e então se virou:

– Divirta-se hoje, mãe.

*****

Quando Tina chegou com meu vestido misterioso, eu já estava tão nervosa que nada além de uma baguete, um quilo de queijo *cheddar* e um *milk-shake* de chocolate conseguiria me acalmar. É sério, com horas pela frente ainda, era tarde demais para perder mais peso, ou pelo menos foi o que pensei ao atacar a comida. Eu me senti uma intrusa em minha própria casa quando escutei a voz de Tina no corredor.

– Cheguei. Com seu vestido! – Tina conseguiu dar cerca de cinco sílabas à palavra "vestido".

Corri para esconder os restos incriminatórios de *milk-shake,* mas era tarde demais. Tina demonstrou reprovação ao entrar na cozinha segurando um saco comprido, cinza-prateado.

– Espero que a costura não estoure com tanto carboidrato! – Ela abriu o zíper do saco com movimentos fortes. – Feche os olhos! – Escutei mais barulho, e então ela disse: – pode abrir!

Eu me assustei, um susto de quem não acredita no que vê. Ali, na minha frente, estava o vestido mais lindo que eu já tinha visto. Melhor do que qualquer vestido de noiva! Tina segurava um vestido branco leitoso, de um ombro só, plissado, de seda com uma faixa dourada e bordada. Era lindo de morrer. Clássico e moderno ao mesmo tempo.

– Tina...

– Não é lindo? É um Mary McFadden. Da coleção de 1976 chamada algo como Deusas Gregas. Não é perfeito? É quase o mesmo vestido que

Jackie Kennedy usou no Baile de Gala do Met naquele ano. Só o tecido da frente é diferente. Não é de enlouquecer?

Era de enlouquecer de todas as maneiras. Meu Deus, permita que sirva.

– Vamos experimentar esta belezinha para ter certeza de que você cabe nele. Eu tenho um outro reserva, mas não quero que você use ele. Este é o vestido dos sonhos! – Tina estava apressada.

– A propósito, o que decidiu? Você vai dormir com o Dr. Escavação hoje, sim ou o quê?

Como ela sabia que eu havia passado o dia todo pensando naquilo? Certo, a semana toda. Tudo bem, o mês todo.

– Tire esse peso de suas costas. Ele é gostoso e vive em outro país. Que pessoa seria melhor do que ele para a sua volta à ação?

– Você parece a Candy falando! – respondi, esperando redirecionar a conversa, enquanto seguia Tina e o vestido escada acima.

– Oh, não. Eu não pareço a Candy, não. Porque ela acha que você está dormindo com ele há meses e escondendo de nós. Eu, por outro lado, acredito que você *quer* dormir com ele há meses, mas estava nervosa demais para agir. Estou certa? Ou a Candy está certa?

Chegamos ao quarto. Ela segurou o vestido diante de si, indicando que só o mostraria quando escutasse a verdade.

Como eu poderia explicar que dormir com Patrick não seria "tirar um peso das costas"? Era mais do que isso. Era fazer sexo com alguém que não era o meu marido. Era fazer sexo pela primeira vez com um homem diferente depois de quase duas décadas! Eu era a última mulher da face da Terra que imaginaria ver-se numa situação como aquela tão pouco tempo depois da morte do marido. Juntamente com todos os pensamentos, eu ainda via a minha sogra e as irmãs de Merritt me assombrando com desaprovação. Elas estariam no evento, analisando todos os meus passos. Para coroar, eu era *a mãe de uma pessoa!* Para mim, era novidade dormir com alguém. Na última vez em que seduzira um homem, eu era uma universitária e trabalhava no refeitório, não era a mãe de um jogador de polo aquático. A realidade era pesada demais para contar à minha amiga, que havia acabado de chegar com o vestido mais lindo do mundo. Então, economizei palavras.

– Você tem razão, não fiz, mas quis.

– *Yes*!! Eu ganhei o almoço grátis no Vivienne's – Tina festejou e então me alertou: – Helena, não apresse nada que não queira.

Mas eu *queria*, por isso me sentia tão dividida. Só não conseguia admitir a Tina.

– Bom conselho. Obrigada.

– Certo, vamos experimentar este vestido! Encolha a barriga, Helena!

Capítulo 21

Riso, música e uma luz dourada intensa saíam do In Vino Veritas. Era uma bela noite de maio, quente o suficiente para sair sem a echarpe de seda cor de lavanda, que eu havia pegado emprestado com Tina, e deixado cuidadosamente dobrada dentro da bolsa para usar depois. Os Gamble tinham convidado cerca de doze casais para que se encontrassem no bar antes de seguirem para a Huntington. Eu havia ficado muito aliviada ao receber o convite. Era o lugar perfeito para encontrar Patrick. A última coisa que eu queria era que ele me buscasse em minha casa. Havia coisas demais de minha antiga vida ali. Faltando apenas quatro dias para ele ir embora de Pasadena, não queria que ele cruzasse com Merritt de nenhuma forma.

Saí do Lexus de Tina e Anders e organizei meus pensamentos. Depois de nossa conversa sobre sexo enquanto eu experimentava o vestido, Tina foi para casa para se aprontar. Voltou algumas horas depois para ser a minha motorista, e estava linda em um vestido turquesa e sandálias douradas de salto altíssimo, de alguém importante. Ela me enfiou no McFadden e puxou o zíper para que eu passasse a noite ali.

– Precisamos colocar esses meninos para dentro – resmungou Tina enquanto mexia em meus seios 44 que precisavam caber em um busto 42. – Você, oficialmente, veste número 38, menos nos peitos. Sortuda! Vire-se.

Olhei para o meu reflexo no espelho e corei. Já fazia muito tempo que eu não me sentia à vontade olhando para o meu corpo. Mas, naquela noite, havia algo de diferente. Claro, o cabelo, o vestido e uma camada fresca de "Port", de Bobbi Brown faziam muita diferença. Mas era algo além disso.

Era a confiança.

– Obrigada, Tina.

– É tudo mérito seu, Helena.

Até mesmo Anders, o marido sueco e sério de Tina, deu seu sinal de aprovação enquanto me guiava para o banco de trás.

– Você está linda, Helena.

Na porta do In Vino Veritas, parei.

– Você está pronta? – perguntou Tina, ajeitando meu cabelo solto, mas meio rebelde, e me levando para dentro do bar para encontrar Patrick.

– Esqueça isso, é claro que está pronta. Ajeite as costas. Relaxe os ombros. Vamos.

E entramos.

*****

Patrick estava sozinho, sentado em um banquinho de carvalho a uma mesa do outro lado do salão, vestindo um *smoking* preto com uma camisa branca e gravata-borboleta. Estava bebericando champanhe e olhando para a porta. Quando nos entreolhamos, uma onda de calor e excitação percorreu o meu corpo topo. *Por favor, não permita que as costuras estourem*, eu pensei. Respirei profundamente, até onde o vestido permitia, sentindo o cheiro de jasmim abrindo-se à noite do jardim lá fora, misturado com o aroma do vinho tinto. *Aqui vamos nós.*

Precisei passar por muitas pessoas que me cumprimentavam e trocavam beijos no rosto, tentando manter Patrick em vista o tempo todo, como uma dançarina na pista. Torci para conseguir atravessar o salão sem que minhas pernas falhassem, principalmente por causa do salto alto. Felizmente, ele ficou em pé e me encontrou no meio do caminho. Segurou a minha mão, encostou os lábios em minha têmpora esquerda e disse delicadamente:

– Encontrei a minha Helena. Helena de Pasadena.

Muito legal. As mesmas palavras de Heinrich Schliemann, quando usou seus diários para descrever a jovem noiva. Mas com um toque diferente, claro. Contudo, eu precisava trazer aquele comentário para a nossa realidade.

– Qual versão? A de vítima ou de meretriz? – perguntei.

– Sem dúvida a Helena que "lançou mil navios".

– Obrigada.

Se a noite tivesse terminado ali, eu já estaria perfeitamente satisfeita. A dieta, o penteado, a depilação... Tudo teria valido a pena por aquele momento. Mas ficou melhor.

– Venha comigo. Tenho algo para você – ele segurou a minha mão com firmeza e me levou pelo salão cheio.

Depois da surpresa, finalmente consegui dizer:

– Você trouxe o meu *corsage**, parceiro de formatura?

Patrick riu.

– Mais ou menos. É um presente. E acredito que vai complementar seu vestido, ainda que não exatamente da mesma maneira que os cravos cor-de-rosa que dei à minha parceira de formatura em 1982.

Naquele momento ainda estávamos sentados na mesa do canto, e ele me entregou um elegante saco prateado com papel fino saindo da parte de cima.

– Para você, Helena.

Ele serviu uma segunda taça de champanhe enquanto me observava abrindo o embrulho. Ali dentro, encontrei uma pulseira de ouro, encrustada de joias. Linda! Fiquei sem saber o que dizer. Era uma pulseira moderna com *design* antigo, brilhante com pedras semipreciosas verdes, azuis e roxas, entrelaçadas como serpentes e destacadas pelo ouro cuidadosamente polido. Eu sabia exatamente o que era e o que significava.

– Oh, Patrick, é como o bracelete do Tesouro do Príamo. É... Lindo. Você mandou fazer?

---

* ***Corsage*** é um arranjo de flores que pode ser colocado na cintura ou no pulso de uma mulher. É um costume norte-americano que, em ocasiões como formaturas e festas sociais, o homem presenteie sua acompanhante com um *corsage*. (N. E.)

– Sim. Queria agradecer a você por tudo – Patrick parecia estar tendo dificuldades para dizer aquilo. – Você tornou os últimos meses muito... bem--sucedidos para mim. Em termos de pesquisa e, bem, em tudo. Obrigado.

Aquela era a frase menos articulada que ele já tinha feito na minha presença. Escorreguei a pulseira em meu braço, que ergui para mostrar, no melhor estilo Mulher Maravilha, para ele.

– Agora, estou me sentindo toda-poderosa.

– Você é mais poderosa do que pensa, Helena – disse Patrick em voz baixa. A onda de calor voltou. Corei, sabendo que estava enviando um sinal forte de "me pegue agora". Aquele momento terminou repentinamente com a chegada de Ted Gamble, segurando uma garrafa aberta de Argyle Sparkling Brut.

– Alguém precisa esquentar um pouco? Precisamos ir para a Huntington logo. Jan já está lá, e ela disse que se o grupo chegar atrasado e bêbado, vai me matar! – Disse Ted, enchendo o copo de Patrick e o meu. Os outros convidados caminhavam lentamente para a porta, relutantes em sair do calor do Veritas para irem ao evento. Ted perguntou a mim:

– O Patrick contou a você a respeito de nossa aliança?

– Não. Vocês formaram um time de futebol? Um clube de bebida?

– Duas boas ideias, mas não. Participarei do quadro de diretores da fundação dele, ajudando a financiar o trabalho dele e a encontrar recursos! Conheço pessoas que conhecem pessoas, Helena.

Ted parecia totalmente animado.

– E espero poder entrar lá e escavar um pouco.

Ficou óbvio que a interação iniciada naquele dia no almoço, meses antes, havia se transformado em respeito e amizade verdadeiros.

– Agora preciso cuidar para que as pessoas saiam para ir ao evento. Tenho certeza de que Jan quer saber onde estão as pessoas esbanjadoras!

Enquanto Ted se afastava com as pessoas, eu estava boquiaberta e disse a Patrick:

– Que maravilha! No seu quadro de diretores e financiando a sua pesquisa! Como isso aconteceu?

– Vou contar no carro – respondeu Patrick, bebendo todo o vinho de sua taça.

– Mas você deveria ter me avisado. Quase estraguei tudo.

– Avisado sobre o quê?

– Pensei que o cara fosse um garçom, Helena. Um garçom muito educado e culto. Horas de conversa no almoço e ele não me disse ser Ted Gamble, empresário com muito dinheiro. Quase comecei a rir quando ele se ofereceu para financiar os próximos três anos de pesquisa.

– Teria sido esquisito.

– Bem, ainda bem que não aconteceu nada grave – ele riu.

– Olha, você aprendeu uma lição bem importante a respeito de Pasadena. Ninguém aqui é o que parece, à primeira vista. E você só precisou de meses para aprender. Eu demorei anos.

– Aprendo rápido – Patrick ofereceu-me o braço. – Vamos?

*****

A Huntington estava de arrasar. Por mais lindas que fossem as instalações durante o dia, à noite, principalmente naquela noite, era como fazer parte de outro mundo de riqueza, privilégio e ótimo *design*. O trabalho de mil operários temporários com escadas havia transformado os jardins na Troia Antiga: uma lua cheia, milhares de luzes e diversas oliveiras levavam a uma linda tenda branca inspirada nas construções de Gehry. O toque especial foi um enorme Cavalo de Troia de guarda na entrada do salão, um cenário gentilmente doado pela Warner Brothers, sustentado pela brilhante e exausta Leonora Dillard, presidente do comitê de decoração.

– Nossa! Estou impressionada. Eu não tinha ideia de que as coisas seriam assim... Glamorosas. É sempre assim? – perguntou Patrick, ajeitando o *smoking* pela primeira vez. Ele me guiou segurando meu cotovelo pelo caminho até as luzes da banda na tenda. Fiquei feliz por ele não ter segurado a minha mão. Alguém poderia ter nos visto.

– Sim... E não. Geralmente, há a imprensa e tudo, mas não é assim. Ali está *Entertainment Tonight*! – perdi o controle, mas logo o retomei. – Mas acho que eles estão aqui por causa de Olympia e de Annabeth, não por sua causa – tentei aliviar o baque.

Patrick gemeu.

– Helena, você realmente acha que eu tenho um ego desse tamanho?

– Não, de jeito nenhum. Pelo que eu conheço sobre os arqueólogos astros de TV, acho que o seu está bem sob controle. Só não queria que você ficasse *desapontado* se ninguém tirar a nossa foto. Acho que o único arqueólogo de que a *ET* gosta é do Harrison Ford.

– Então, que bom que eu trouxe o meu chicote!

– Não acredito!

Mais risadas.

– Não, não trouxe.

A caminhada longa até a tenda foi pontuada por músicos jovens que tocavam o tema de *Ben Hur*. Quase. Eu acenei para Tran e a esposa dele, que estavam em um canto atrás do filho, Bernard. Tran fez sinal de positivo e a senhora Tran sorriu e acenou. Acenei de volta quando Sarah, vestindo um Armani e usando fones de ouvido, apareceu do nada.

– Finalmente. Pensamos que você nunca chegaria – disse ela, olhando para mim de cima a baixo, e então se virou para o homem do momento, o Dr. Patrick O'Neill. – Eu o trouxe, Melanie. Ele está aqui. Vamos conversar com a imprensa, depois, eu o enviarei – Sarah resmungou no microfone de seu fone de ouvido, obviamente enviando a comunicação telepática que ela e Mel Nêutron vinham dividindo. Fiquei surpresa por ver que Sarah estava muito envolvida, mas então percebi que no meio de toda a atenção da imprensa em Olympia e em Annabeth, Sarah, sempre a dama das relações-públicas, não queria que a mensagem da Huntington deixasse de ser passada. Ela se colocou entre Patrick e eu, deixando-me de lado. – Certo, Patrick, vou levá-lo até a imprensa, apresentá-lo e você faz o seu trabalho. Seja simpático e mencione a Huntington sempre que puder, tudo bem? O *L.A. Times*, o *New York Times*, *Town & Country*, diversas organizações de notícias da região e a *ET*, a TMZ e a tal da Candy. Até mesmo a revista *Archaeology* enviou um fotógrafo. Está pronto?

Patrick olhou para mim à procura de orientação.

– Aposto que você adoraria ter aquele chicote agora! – Sarah olhou para mim com uma cara esquisita.

Eu entendi o recado.

– Vejo você na tenda.

E lá foi Patrick para o seu momento de fama, enquanto eu caminhei pelo tapete cor-de-rosa sozinha, esperando que a minha entrada solitária não tivesse um toque de desespero à la Sarah-Kellerman-no-Oscar. Felizmente Candy estava ali, brilhando com um vestido de decote profundo nas costas que a deixava parecida com Angelina em *Alexandre, o Grande*. Ela estava me chamando para que eu me aproximasse do espaço do candysdish.com, na frente da tenda de entrada. Eu sorri e me concentrei nela, ignorando a imprensa que me ignorava. Candy fez uma cena:

– Helena Fairchild! Helena Fairchild! Aqui, por favor. Esse vestido é um *McFadden*?

Percebi quando algumas lentes se viraram na minha direção, não que eu estivesse me importando.

Por fim, cheguei perto de Candy.

– Você está linda! Cadê o Dr. Escavação? Ah, a Demônia está com ele. Bem, não importa, você vai ganhar destaque em minha página. Logo abaixo das lésbicas, claro, que acabaram de ligar para dizer que estarão aqui a qualquer momento. E vamos admitir, esta cidade teria um ataque se você aparecesse de mãos dadas com um cara tão atraente. Por que desejaria todos os boatos? Mas veja você! Meu Deus, o que é essa pulseira?

Expliquei que tinha sido um presente de Patrick. Candy disse:

– Impressionante, esse gesto. Que bom. Tenha a melhor noite de sua vida, por mim, por favor? Divirta-se e, só uma vez que seja, não pense demais nas coisas. Hoje, pense de menos. Mas não beba demais. Se alguma coisa acontecer, quero que você se lembre de todos os detalhes. Sabe como é, para poder me contar! – O telefone de Candy apitou e ela checou a mensagem. – Oh, Annabeth e Olympia chegaram! Preciso me concentrar. Encontre-me mais tarde, boneca – e, dizendo isso, minha querida amiga de praticamente quatorze anos me enfiou na tenda. Aproveitei a oportunidade para retocar o meu batom e pensar demais pela última vez.

Candy estava certa. A última coisa que eu queria era que Aiden e todas as pessoas vissem "fotos de casal" de mim e Patrick e começassem a fofocar.

Para ser sincera, não havia nada a se comentar. Eu não merecia ser julgada sem parar por um beijo e diversos encontros quase próximos. Assim, ela também estava certa quando disse que eu não deveria pensar demais. Precisava esquecer a preocupação por uma noite. Será que conseguiria fazer isso?

Pronto, Sarah colocou Patrick ao meu lado. Ele parecia chocado e aliviado. Sarah apontou para mim e começou a falar como se Patrick não estivesse ali. Ele ficou atrás dela, fazendo caretas como um menino de doze anos.

– Ele precisa dar um discurso de agradecimento às nove e trinta e sete. Depois, ele vai ficar no palco para acompanhar o leilão da Viagem a Troia ou qualquer nome bonitinho que eles inventaram ao prêmio. Jennifer, a menina de vestido prateado, virá encontrá-lo às nove e oito para irem aos bastidores. Os comentários não devem ultrapassar seis minutos, e serão sobre educação, sobre a importância de tudo isso. Melanie quer que tudo termine antes das dez horas: discurso, leilão, lances. Assim, todo mundo pode dançar e se divertir. Tenho certeza de que você tem algo preparado, não tem? Por favor, não deixe de mencionar a Huntington. Helena, você entendeu?

– Sim, Sarah. Nove e oito. Seis minutos. Huntington. Entendi – só consegui pegar aquilo. Patrick estava me matando com sua imaturidade.

– Divirta-se, Patrick. Reserve uma dança comigo, está bem? – ele se recompôs. Sarah conferiu seu Blackberry.

– Ufa. Ali estão Annabeth e Olympia... Porque elas não tiveram muito atenção ultimamente. Preciso correr. Seis minutos! Só isso!

Quando Sarah desapareceu no meio da confusão, eu disse:

– Por favor, diga que não sou tão rígida assim.

– Nem de longe. Bem, não tão frequentemente – respondeu Patrick. E então, aparentando um pouco de preocupação, ele perguntou: – eu não sabia que precisava preparar comentários. Você, por acaso, não preparou nada para mim, não é?

Eu tirei de dentro da bolsa um pedaço de cartolina dobrado.

– Se você retirar o comentário de que sou rígida, entregarei este cartão a você.

– Detalhista é diferente de rígida?

– Continue tentando – eu disse olhando para trás, chacoalhando o papel com todos os nomes das pessoas importantes a quem ele deveria agradecer. Enfrentei a fera de frente, fui para a Mesa 1. Escutei Patrick me chamando:

– Superpreparada? Hipereficiente? Qual é o contrário de espontânea?

*****

Por que cheguei a pensar que aquilo seria divertido? As duas horas seguintes foram uma tortura, ao estilo alta sociedade. Eu me sentia em câmera lenta. As pessoas de minha vida anterior me viam como a senhora Merritt Fairchild – as mães da Millington, os membros do comitê do evento, os ex-clientes de Merritt, Mitsy e seu Pashmina Posse, Billy Owen e as pessoas da Ignatius, os pais do polo aquático, Mikki e Mimi e suas clones de Pasadena –, se misturando em uma sopa assustadora de pessoas de minha nova vida como Helena Fairchild, Assistente de Pesquisa – Patrick, a Equipe Aphrodite e o diretor da Huntington. Eu estava presa entre os dois grupos. Assenti, sorri e aceitei os cumprimentos e pêsames ao mesmo tempo.

Levar o evento adiante acabou sendo mais difícil do que ficar parada no velório.

A parte mais difícil da noite foi fingir não ser paranoica com os milhões de perguntas que os membros do círculo da senhora Merritt Fairchild podiam fazer sobre Patrick. *Conte-me a respeito de seu acompanhante*, o grupo desejaria saber. *Estou vendo que tem um novo homem em sua vida?*, os membros do comitê perguntaram. *É o seu irmão?*, especularam os amigos de faculdade de Merritt. Não, não, não, respondi. Ele é meu chefe, meu colega, uma pessoa que eu conheço do trabalho. Eu o convenci a fazer isso pelo bem das escolas, eu disse brincando. Oh, ele? Ele vai embora na terça-feira. As perguntas não pararam até nos sentarmos à Mesa 1, cercados pelas pessoas do Novo Eu: Annabeth, Olympia, Sarah e a maioria dos membros da diretoria da Huntington, que não sabiam quem eu era.

Quando o jantar foi servido, eu estava me sentindo arrasada, acabada e atrapalhada. E o corpete apertado de meu vestido também não estava ajudando muito. Eu mal conseguia respirar.

Foi quando Jennifer Barham me deu um tapinha no ombro.

– São nove e oito. Você precisa levá-lo para os bastidores. Vamos começar o programa!

Apesar de seu tom desconfortável e totalmente desnecessário, eu fiquei feliz por ter uma desculpa para me esconder em um canto escuro e me recompôr. Além disso, eu podia entrar na discussão culta sobre a aquisição de objetos antigos, que estava sendo liderada por Annabeth e o diretor da coleção de manuscritos medievais da Huntington. Eu não havia dito nada nos últimos minutos além de "passe a manteiga". Peguei minha echarpe, a bolsa e a taça de vinho e dei um tapinha no ombro de Patrick.

– Precisamos ir. Vamos repassar os comentários dos bastidores.

Patrick, totalmente envolvido na conversa, levantou-se com relutância e se desculpou.

– Hora do *show*. Tenho uma homenagem a receber.

– E então ele apresentará o item mais importante do leilão, certo, Dr. O'Neill? – perguntou Annabeth. Olympia comemorou, dando o apoio que sabia dar muito bem.

– Sim, estou torcendo para que uma senhora rica me compre e me mantenha pelo resto da vida – brincou Patrick.

Cuidado com as coisas que deseja, eu pensei.

*****

Os bastidores não foram exatamente o *sanctum pacem* que eu imaginara. Melanie estava no modo Nêutron, dando ordens ao diretor de palco e ao leiloeiro profissional. O superintendente das escolas estava encolhido ali perto, sem dúvida esperando por sua vez de falar e poder sair correndo. Em um grupo de homens, a voz de Melanie se destacava como uma sirene, mas não no bom sentido.

– Nunca mais contratarei um meteorologista. Inacreditável. Como ele ousa não aparecer? Você não acha que a desculpa do pai doente já deu o que tinha que dar? Graças a Deus temos Roshelle para substituí-lo. Jennifer, quanto tempo ela vai demorar para ficar pronta?

Por favor, diga que não. Por favor, diga que o meteorologista bonito e responsável Jackson Snowe – o nome dele de verdade – não cancelou. Ele apresenta quase todos os eventos da cidade com graça e simpatia. Eu estava ansiosa para escutar suas piadas sobre o tempo! Nããããooo! Por favor, diga que a Shelly Safada não vai tomar o lugar dele.

– Ela está passando batom agora. Começamos no três.

E então, a amante de meu marido surgiu do camarim improvisado, usando o mesmo vestido Loehmann que vestia na fatídica noite do evento Salvem os Cedros Deodara. Talvez ela estivesse tentando pegar o marido de mais alguém. Aquela era, oficialmente, a pior noite da minha vida. Eu me surpreendi e não consegui segurar a reação. Patrick escutou.

– Certo, você não é rígida, eficiente nem nada do que eu disse que é. Você é a maior profissional do mundo. O que acha? Pode me dar aquele papel agora?

Desviando o olhar da bela e muito bem maquiada Roshelle Simms, eu me concentrei em Patrick.

– Tome, todas as pessoas a quem precisa agradecer estão aqui. Leia os nomes em voz alta e deixe-me ver como os pronuncia. Corrigirei qualquer erro.

A Mel Nêutron estava ao nosso lado, com Shelly.

– Patrick, querido, eu gostaria de apresentar você à nossa Mestre de Cerimônias antes de subirmos ao palco. Esta é Roshelle Simms. Ela teve a simpatia de se oferecer para substituir o maldito meteorologista que cancelou em cima da hora. Roshelle, nosso condecorado, o Dr. Patrick O'Neill. Oh, e acho que você conhece Helena certo?

Roshelle endireitou os ombros e estendeu a mão para cumprimentar Patrick.

– Dr. O'Neill, tenho ouvido muito sobre o senhor.

Mentirosa. Não acho que o Patrick tem sido mencionado na US Magazine, *sua única fonte de notícias, além de seu teleprompter.*

– E Helena? – Roshelle virou a cabeça como fazem os cachorros, fingindo não me reconhecer. Ela ficou tão ridícula naquela atitude, que quase senti pena dela. Quase.

Peguei um pouco de inspiração de uma fonte improvável: Mitsy.

– Nós já nos conhecemos, Roshelle. Você foi mestre de cerimônias do evento dos cedros para mim ano passado. Acho que você estava vestindo esse mesmo vestido. E então eu a vi de novo com a *van* de seu programa no velório de meu falecido marido, Merritt. Você se lembra de mim agora? – Meu tom de voz estava normal, constante e mortal. Nem um sinalzinho da Helena Agressiva.

Melanie e Patrick ficaram boquiabertos, enquanto Shelley Safada disse:

– Oh, sim.

Vitória. Uma pequena vitória para mim.

– Bem, vocês já se conhecem – disse Melanie. – Precisamos ir, Roshelle, vamos para o palco. Pode me acompanhar, querida? Certo, vamos lá – com um leve toque, Mel Nêutron direcionou Roshelle ao palco. Shelly Safada precisaria de mais do que brilho labial para sobreviver àquela noite.

– Você vai ter que me explicar isso – disse Patrick, em um tom de voz de admiração.

– Mais tarde.

*****

Em algum momento entre o curto discurso de Patrick e a apresentação que Melanie fez dos Tesouros de Troia e o item do leilão Glórias da Grécia, eu recuperei a compostura. Consegui respirar de novo, pelo menos até onde meu vestido, que parecia encolher, permitia. Eu sobreviveria à Roshelle Simms assim como havia sobrevivido à venda da casa e à venda das peças de porcelana que ganhei em meu casamento... Com a aceitação do inevitável.

Será que a grande lição da vida poderia ser "a vida acontece"?

– Escutei vinte mil dólares? Vinte mil dólares?

O leiloeiro profissional havia assumido o microfone, levando a plateia abastada ao *frenesi*. Pelo meu canto nos bastidores escuros, consegui ver um pedacinho de Patrick, pouco à vontade no palco. Assim que o leiloeiro gritava o valor dos itens, as placas eram erguidas. Vinte e cinco, trinta, trinta e cinco mil, quarenta mil. De onde eu estava, não conseguia ver quem estava dando lances, mas a competição estava acirrada. Parecia que a cabeça de

Melanie explodiria de animação, segurando sua plaquinha ao lado do corpo, deixando os outros darem lances. Talvez ela estivesse esperando para ser a última e sair vencedora? Quando a aposta total chegava a cinquenta mil, o ritmo diminuía, a tensão aumentava. Naquele instante, Jennifer Barham passou correndo por mim nos bastidores, segurando um bilhete. Ela subiu as escadas correndo e entregou o papel a Melanie.

Melanie ergueu o microfone e gritou:

– Parem os lances. Parem os lances! – ela só precisou de um sotaque alemão para dar mais efeito. O salão ficou em polvorosa. Ou receoso. – Não tenho palavras. Sem palavras! Recebemos um lance que foi muito além do que poderíamos sonhar! O dono do lance quer permanecer no anonimato... Mas posso anunciar a quantia do lance. Pasadena, vocês estão prontos?

A plateia de *black-tie* fez o que pôde para preservar a dignidade aplaudindo e gritando, como no *American Idol*.

– Estou segurando um lance para os Tesouros de Troia e as Glórias da Grécia de um quarto de um milhão de dólares. Duzentos e cinquenta mil dólares! – Naquele momento, as pessoas gritaram muito, comemorando.

Melanie começou a dar pulinhos, chacoalhando o papel e repetindo o número sem parar. As pessoas em cima do palco começaram a se abraçar sem parar, como se tivessem encontrado a cura do câncer e reunido os Beatles ao mesmo tempo. Melanie, o leiloeiro, a superintendente, Roshelle e Jennifer se abraçavam sem critérios. Oh, por favor, Roshelle estava com os olhos marejados?

Patrick ficou mais para o lado, balançando a cabeça sem acreditar. Quem daria um lance daquele para viajar com ele? Melanie estava fazendo a mesma pergunta.

– Trata-se de um lance anônimo. Mas o dono do lance gostaria de se apresentar agora? Sua contribuição fará uma grande diferença para milhares de alunos de Pasadena. Por favor, permita-nos agradecer pela generosidade.

Os pescoços se esticaram e os aplausos nervosos ganharam ritmo. Eu espiei pela cortina para ver se algum velho rico ou emergente de Pasadena ficaria em pé para ser reconhecido. Ninguém queria ser anônimo de verdade, certo? Seriam os Gamble? Os Montague? Aquele cara que torcia para os

Dodgers? Aquelas pessoas que inventaram os *Post-its*, os Avery? Os aplausos ficaram mais altos, mais insistentes. Melanie tentou mais uma vez.

– Por favor, pessoa generosa, permita que digamos obrigado.

E então, da Mesa 2, a Deusa Minuana Serpente surgiu. Mitsy Fairchild ficou em pé, ereta, e foi até o palco. Trajando um elegante vestido dourado e joias douradas nos cabelos, Mitsy se tornou a dona da noite. Não teve pressa, criando uma apresentação como nenhuma outra. Fez um gesto para que Mikki e Mimi se unissem a ela no palco, o que, claro, elas fizeram. Mitsy não parecia estar me procurando na multidão.

Enquanto eu a observava se aproximando do palco, de onde eu estava nos bastidores, uma coisa ficou clara: ela nunca teve a intenção de se manter no anonimato. Mitsy retirou um pequeno pedaço de papel da manga. Anotações para o seu discurso. Inacreditável.

Foi quando eu percebi que tudo aquilo tinha sido ensaiado. E Melanie era a estrela coadjuvante. Por isso ela não havia erguido sua plaquinha para dar lances. Ela já sabia do lance de Mitsy muito antes de o leilão começar.

Mitsy cumprimentou Patrick com um gesto falso de humildade, com as mãos em posição de oração, a cabeça abaixada. Deu dois beijos em Melanie e abraçou o superintendente embasbacado. E, como era de se esperar, ignorou totalmente os braços abertos de Roshelle Slusky. Recebendo a adulação, ela caminhou até o microfone. Por fim, agradecendo aos aplausos em pé dos fiéis escudeiros, ela começou seus comentários:

– Gostaria que meu filho Merritt estivesse aqui esta noite...

Ar. Eu precisava de ar.

*****

– Ei, estou à sua procura – Patrick me descobriu recostada na tenda na parte de trás, olhando para a lua. – Estava se escondendo?

– Sim. Mas eu sabia que você me encontraria. Você é um arqueólogo, certo?

– Você viu aquilo? – Patrick estava achando graça e, ao mesmo tempo, assustado com o drama dos últimos minutos.

– Você conseguiu o seu desejo. Uma senhora rica ganhou você.

– Sim. Esquisito, não? Ela não é a sua...

– Sim. É ela.

Não havia mais nada a ser dito a respeito daquele assunto.

Pelo menos, não ali.

Patrick pegou as minhas mãos e me puxou contra seu peito. Encostei a cabeça em seu peito, fechei os olhos e imaginei que estávamos em algum lugar, mas não ali.

– O que você quer fazer agora? – perguntou ele, delicadamente.

Não hesitei.

– Quero tirar este vestido.

Capítulo 22

– Como você se sente?

– Ótima. Totalmente... Satisfeita.

E como estava! O *cheeseburger deluxe* (com fritas doces) entregue pelo serviço de quarto do luxuoso Langham Hotel fazia jus ao título de "O Hambúrger mais Delicioso Levado a Sua Porta". O preço de US$36, mais impostos, gorjeta e taxa de serviço, valia cada centavo. O *milk-shake* de chocolate seria um suicídio, mas Patrick insistiu para que eu pedisse um. Ele bebera grande parte dele, enquanto eu beberiquei um chá de ervas.

O comitê do Evento das Cinco Escolas havia oferecido a Patrick a suíte junior do histórico Langham Hotel and Spa como forma de agradecer pela doação feita por ele ao leilão, e por outros serviços. Patrick teria o quarto pelo fim de semana todo, e explicou isso enquanto fugíamos da cena do evento.

– Está brincando? É claro que eu aceitei. Eu viajo muito, mas os lugares aos quais vou não têm hotéis cinco estrelas. A maioria deles tem bodes no jardim. E a acomodação da faculdade, onde tenho dormido há meses, está perdendo seu encanto, agora que a equipe de botânicos se mudou para os quartos vizinhos. Botânicos sabem farrear, posso lhe garantir.

Ele continuou falando de coisas sem importância, talvez para me fazer esquecer o fato de que a minha sogra, que não se importava em dar um centavo furado para investir na educação de Aiden, havia acabado de doar um quarto de milhão de dólares para a educação de jovens totalmente desconhecidos. Ou que a amante de meu marido havia aparecido vestindo o mesmo traje que usara na noite em que entreteve meu marido em seu camarim, um ano antes. Ele continuou falando como eu teria feito se eu estivesse no lugar dele.

– Além disso, o quarto tem uma entrada privativa. Ninguém conhecido. Prometo. Só nós dois.

– Isso é perfeito. Obrigada – respondi.

Ele tinha razão. Entramos no quarto sem sermos visto. O local tinha cheiro de lençóis limpos e de lavanda. A luz era fraca e eu ainda conseguia escutar a banda do evento a distância. Não me senti nem um pouco desconfortável. Por trabalharmos tão próximos um do outro, já tínhamos uma intimidade natural. E o alívio que eu sentia por estar longe do evento era muito forte.

A prioridade era tirar meu vestido Mary McFadden. Patrick sugeriu que ele soltasse a parte de cima enquanto eu tomaria medidas emergenciais para impedir que meu busto ficasse exposto. Depois de diversas tentativas sem sucesso, ele perguntou:

– Será que devo pedir um pé de cabra na recepção?

Eu ri ainda mais, e tornei o processo de abertura ainda mais difícil.

– Não rasgue! Foi alugado! – eu disse, o que fez Patrick rir tanto a ponto de não conseguir reunir as habilidades motoras finas de que precisava para concluir a tarefa.

Por fim, eu me livrei e consegui ir ao banheiro para fazer o restante da remoção. Ele me emprestou uma calça e a Blusa Marrom, que eu vesti de modo agradecido. Eu me sentia uma universitária vestindo as roupas do namorado. Senti aquele perfume cítrico de novo. Soltei os cabelos, tirei os apliques e passei batom de novo. Uma olhadela rápida no espelho, que me mostrou que eu havia deixado de ser a Helena de Pasadena para ser a Helena normal de novo.

Pelo menos, estava de batom.

Quando o serviço de quarto chegou, eu já tinha contado a história de minha vida. Bem, pelo menos a versão curta e divertida do último ano:

meu casamento frio e normal; a confissão de Merritt no ano-novo, a respeito de Roshelle; a morte causada pelo panda; minha situação financeira ruim, que resultara em vender quase tudo o que eu tinha; as admissões de Aiden nas escolas e, por fim, meu medo de encarar um futuro sem emprego, sem marido, sem casa. Demorei cerca de 25 minutos para contar tudo. E, sinceramente, quando cheguei à parte do "sem emprego, sem marido, sem casa", estava me sentindo cheia de energia.

– O mais engraçado é que não tem sido tão ruim. Conheci você, trabalhei com você, redescobri coisas que adorava... Isso tem sido ótimo. Isso me mudou.

E então, eu comi todo o resto do *cheeseburguer* enquanto Patrick terminava de tomar o *milk-shake*, absorvendo minha confissão.

– Todo mundo tem uma história inesperada, Helena. Não foi isso o que provamos essa primavera? Agora, eu conheço a sua história. E posso dizer que você é uma boa atriz, então pode ser que Aiden tenha herdado esse talento de você. Eu nunca teria imaginado *tudo* o que estava ocorrendo em sua vida.

– Eu não estava interpretando no escritório. Estava fugindo. O caso ilícito de Rudy e Sophia? Ou o lado quente de Helena e Páris? Eram coisas muito mais fáceis de lidar do que com o comportamento de meu marido.

– É isso o que chama a atenção na arqueologia. Você consegue se envolver tanto na vida de alguém, que se esquece da sua.

– Essa é a sua história?

– Vou contar amanhã.

Patrick afastou o carrinho do serviço de quarto porta afora, caminhando descalço e com a calça do *smoking*, provavelmente porque eu estava usando o seu moletom. *Vai me contar amanhã?*

– Certo, tenho uma pergunta: quer que eu leve você e seu vestido para casa? – Ele se aproximou; eu fiquei em pé para recebê-lo. – Ou vai ficar comigo esta noite?

Havia apenas um motivo para pegar o vestido e ir para casa: eu não sabia qual era o plano. E, no passado, não saber teria me feito parar. Mas não mais.

– Gostaria de ficar.

– Tem certeza?

– Absoluta.

*****

Nem mesmo sentir as mãos de Patrick subindo e descendo por minhas costas serviu para que eu relaxasse. *Pare de pensar, Helena!* Eu tentei me concentrar na sensação da pele dele contra a minha, em meus ombros, braços e quadril. Eu estava tremendo? Dava para perceber? Patrick se inclinou para me beijar, mas parou.

– Você está nervosa.

Acho que eu estava tremendo e *dava para perceber*. Por favor, não permita que eu estrague tudo. Eu me esforcei para me pressionar contra o corpo dele, como se uma ligação física fosse me dar a coragem de continuar.

– Faz muito tempo que eu não...

– Eu sei – Patrick acariciou meus cabelos, passando os lábios pelo meu pescoço, em cima das orelhas e então nos lóbulos das orelhas. Ele desceu as mãos para a minha cintura e, sem fazer esforço, tirou a calça, que em mim estava grande, passando os dedos fortes por meu quadril. A blusa dele chegava às minhas coxas, mas eu estava sem nada por baixo, como ele descobriu com as mãos. Uma descoberta boa, a julgar por sua respiração acelerada. E pela minha.

Patrick continuou passando a boca pelo meu corpo, sem me soltar.

– Você se lembra daquele dia no escritório, quando mostrei a você as fotos do local da escavação e você não conseguia ver o contorno do local antigo, a mudança na elevação, porque estava se esforçando demais?

Eu assenti ao passar as mãos delicadamente pelo peito dele, um pouco receosa.

– Sim.

Os lábios dele encontraram o ponto certo em minha testa, em minhas têmporas, em minhas pálpebras.

– E então, você relaxou. Parou de se concentrar e finalmente viu.

Mais uma vez, as mãos dele desceram pelas minhas costas e sob a proteção limitada da blusa.

– Faça isso, Helena.

Os dedos dele passaram sobre meus seios, e então foram para as costas mais um pouco. Respondi imediatamente.

– Relaxe.

O quadril dele estava muito firme contra o meu.

– Respire.

As pernas dele estavam entrelaçadas nas minhas. E então, como antes, Patrick passou o dedo levemente pela lateral de meu rosto e sussurrou:

– Pare de se concentrar.

E então, parei.

*****

E quando o quadril dele se encostou ao meu totalmente, eu não prestei atenção a mais nada além do prazer, da sensação de ser desejada. E ai, meu Deus, de querer um homem, de querer Patrick demais. Ficamos em pé, pressionados um contra o outro no meio do quarto, a pressão entre nossos corpos nos mantendo em pé. Seus lábios foram delicados em certos momentos e intensos em outros. Todas as dúvidas desapareceram. As minhas mãos ganharam vida, procurando tocá-lo. Não cansava de fazer isso, como se eu nunca tivesse tocado outro corpo. Precisava sentir a pele dele perto da minha. A camisa dele saiu lentamente, um botão foi aberto por vez. E então, eu abri o zíper de sua calça rapidamente. Ele a deixou cair ao chão e elegantemente saiu da poça que ela formava ao redor de seus pés. O Dr. Patrick O'Neill estava usando uma cueca preta tipo *short*, europeia. Se havia defeitos naquele homem, eu não conseguia ver. Ele era maravilhosamente real. Eu o analisei por inteiro: seus braços lindos, seu peito, que eu vinha observando há meses, querendo escorregar meus dedos por ele, sobre seus pelos. A tatuagem do sol e das estrelas. Puxa! Ele era lindo. Eu abaixei a minha cabeça, envergonhada demais pelo meu desejo de olhar nos olhos dele. Passei os lábios por seus mamilos. Patrick gemeu, o doce som de sua excitação.

– Helena...

– Não estou me concentrando, como você me disse – eu provoquei, passando a língua de um lado a outro, primeiramente do lado direito, depois do esquerdo. O corpo todo dele ficou rígido.

– Por que não para de se concentrar na cama?

Os joelhos dele bambearam quando meus dedos passaram em cima daquela cueca preta apertada. E enfiei a mão dentro dela. Delicadamente, eu o empurrei para trás, na direção da cama, curtindo as reações dele. Patrick se deitou nos lençóis frios da grande cama do hotel, observando-me o tempo todo quando me aproximei. Eu me ajoelhei na beirada do colchão. Ele sorriu de modo travesso.

– Acho que quero a minha blusa de volta agora. Estou com frio.

– Ah, você nunca terá sua blusa de volta – eu disse ao me colocar sobre o meu arqueólogo, pressionando as minhas coxas contra as dele. – É a minha Blusa Marrom.

– Por quê? – perguntou ele, apoiando-se nos cotovelos, acentuando os músculos abdominais muito proeminentes. – A sua Blusa Marrom?

– Você a estava usando no dia em que nos conhecemos. Perto da estátua de Diana.

– Eu me lembro. Você estava usando um lenço muito bonito.

Patrick esticou os braços para tocar as minhas coxas, e foi mais fundo e além. Seu toque era quente; a pressão, perfeita. Fiz um movimento circular com o quadril, quase sem conseguir me controlar. Agora foi a minha vez de gemer involuntariamente enquanto Patrick assumia o controle.

– Você ainda tem aquele lenço?

– Tenho.

– Talvez possamos fazer uma troca.

– Combinado.

Eu me afastei, sem querer apressar o inevitável.

Patrick relaxou no travesseiro. Seus olhos estavam muito azuis, mas ele já não estava brincando.

– Agora, por favor, pare de falar e tire essa blusa.

Obedeci.

*****

A batida na porta do hotel indicava que eu já podia me levantar e caminhar pelo quarto. Patrick havia saído e, a julgar por sua roupa, que eu espiei enquanto fingia dormir, ele havia saído para correr. Mas não sem antes me deixar um café grande, um bolinho, uma sacola de loja e itens diversos e um bilhete em cima do criado-mudo.

Acendi a luz e peguei o café. No bilhete, li:

Saí para correr. Volto às dez. Não vá embora.

Não vá embora. Que romântico.

Pare. Você disse que não entraria por esse caminho, Helena.

Eu me diverti com a tarefa de abrir a sacola, em vez de ficar pensando em finais felizes. Era uma blusa linda da loja do *spa*. Daquelas de veludo com capuz e calça larga que estava na moda, saíra de moda e voltara de novo, porque era muito confortável e bonita para desaparecer para sempre. Exatamente o tipo de roupa que eu nunca compraria para mim, temendo nunca conseguir assumir aquele *look sexy* casual com meu culote. Mas Patrick não pensava isso! E era cinza-carvão, a minha cor! Mais uma vez, precisei controlar as minhas expectativas.

Observação a mim mesma: *ele vai embora na terça-feira. Você vai ficar. Vocês dois são adultos e foi só uma noite. A vida dele vai continuar. E a sua também. Precisa tirar isso da sua cabeça. E ele também. Foi ótimo, mas acabou.*

Foi ótimo, mas acabou. Eu repeti em voz alta para ter certeza de ter entendido. E, assim, eu saí da cama e fui tomar banho, um pouco relutante em tirar do meu corpo as evidências da noite anterior tão rapidamente.

*****

Patrick me encontrou sentada na varanda da suíte, observando a área da piscina, animada, de modo pouco natural, com o sucesso do agasalho de veludo em meu corpo. Eu sentia uma alegria fora do comum.

Antes de ele retornar, eu fiquei respondendo às mensagens de texto de Tina da noite anterior, uma mais irritada do que a outra, até que ela se conformou.

Kd vc?

Meu Deus, a Shelley Safada.

Meu Deus, que diabos? Mitsy.

Vc ainda tá aqui?

Precisa de carona?

Acho que não. Boa sorte.

Me liga amanhã.

Candy havia enviado apenas uma: Cacete. Você merece a melhor noite de sua vida. Vai nessa.

E, por fim, uma mensagem de Rita, a armênia: Encontrei a sua casa! 1112 Sunshine St. Perfeita. Encontre-me às 13 h.

Para Tina, eu respondi: Estou viva e bem. Muito.

Para Candy, respondi: Eu tive.

Para Rita, respondi: Vejo você às 13 h.

Eu havia acabado de soltar o telefone quando Patrick, suando, chegou, de *short* e uma camiseta do Arsenal.

– Oi.

– Oi – aparentemente, o tempo e a experiência de vida não haviam tornado mais fácil a manhã seguinte. Eu estava à procura da mistura certa de calor e frieza: – você foi um bom provedor: comida, abrigo, escova de dente, agasalho de veludo. Obrigada.

– Que bom que a loja do *spa* abre bem cedo. Achei que o agasalho seria um pouco melhor do que o roupão de banho. Mas, pessoalmente, prefiro o roupão – disse ele, pegando uma garrafa de água de nove dólares de dentro do frigobar e dando um grande gole. – Imaginei que você não ia querer caminhar pelo hotel com seu vestido. Metade das pessoas que estão chegando para o *brunch* estava na festa ontem. Elas se recuperam depressa!

Claro! O *brunch* no Langham era o ponto de encontro clássico para o pós-festa!

– Bem, o Langham tem um novo *chef*, e ele é muito bom – eu disse na minha melhor imitação de Mitsy mandíbula trancada. E então, completei com a minha própria voz: – e eu acho que você está muito bem integrado aqui se consegue reconhecer as pessoas na fila do Langham – era a oportunidade perfeita de abordar o assunto. – Que bom que você vai embora antes de Pasadena o engolir.

– Obrigado pelo aviso. Acho que estou indo embora na hora certa... – ele riu e então a conversa fácil terminou. Ele parecia estar procurando uma maneira de falar sobre o inevitável. – Helena, olha, eu não tenho o tipo de vida ideal para um ótimo relacionamento. Até agora, meu trabalho tem sido tudo. Eu moro em Atenas durante uma parte do ano, e então vou para a Turquia no verão. E faço viagens também. Eu não tenho quase nada...

Minha hora de bancar a forte. Ergui a mão.

– Patrick, eu me diverti demais ontem à noite. Mas compreendo a realidade de sua vida. A minha também não comporta um relacionamento. Você não tem que me explicar nada. Por favor. Eu sei como é. Entendi. As coisas morrem aqui. Nada mais.

Nós nos entreolhamos por um momento desconfortável.

– Bem, Ok – ele concordou um pouco desajeitado, aparentemente surpreso com a minha interrupção. Será que eu o havia assustado? Será que ele queria falar sobre outra coisa? – Eu só... Não importa, você tem razão. Temos vidas muito diferentes e precisamos cuidar delas, Helena. Acho que as coisas são assim, mesmo. Mas ontem à noite, bem... Eu gostei de sua companhia – ele respirou profundamente, como se aquela parte da conversa estivesse acabada e ele estivesse aliviado. Em seguida, uma longa pausa. – E agora? Quero dizer, hoje. O que faremos hoje?

Eu quase disse: "Venha ver uma casa comigo!". Mas consegui me controlar. Se aquele fosse um relacionamento normal, se Patrick não fosse partir em dois dias, para nunca mais voltar, e se eu não tivesse de estar de luto pelo meu marido falecido, não haveria nada mais lindo do que passar o dia com meu novo homem. Um sonho: um almoço demorado e preguiçoso;

procurar casas com prazer; jantar com Patrick e Aiden, para que os dois se conhecessem melhor.

Mas aquilo não era um sonho. E tentar integrar Patrick à minha vida em Pasadena apenas tornaria a terça-feira mais difícil. Então, eu o dispensei com uma mentira.

– Tenho algo muito importante a fazer mais tarde, com Aiden. Coisa dos Fairchild. E... – comecei a gaguejar. – Você deve ter de fazer as malas e cuidar de toda a loucura que deve estar acontecendo. Nossa, você vai embora em dois dias. Mal consigo imaginar tudo o que tem a fazer. Que pena...

Que pena *o quê?* Que eu não havia conhecido Patrick vinte anos antes?

– ...que nos envolvemos nesse momento.

– Sim, o momento não foi nada certo – ele me olhou demoradamente. – Tenho algumas coisas a fazer. Mas você poderia almoçar antes? Coisa rápida. Tacos? – e sorriu daquele jeito.

– Claro – *tacos ou pedra*, o que você quiser.

– E um banho?

Eu inclinei a cabeça.

– Acabei de tomar um.

– Acho que pode ser que você precise de mais um – disse o arqueólogo, tirando a camiseta. – Eu sei que eu preciso.

Talvez eu aprendesse a gostar daquele lance de não ter expectativas.

*****

A casa nunca esteve tão quieta quanto naquela noite. Eu havia criado o hábito de ligar a televisão, o rádio, o som – qualquer coisa que fizesse barulho para cobrir o silêncio – desde a morte de Merritt. Mas, naquela noite, fiquei sozinha, sentada na sala de estar, curtindo o silêncio, chegando até a ignorar o toque de meu telefone celular. Um telefonema de Annabeth. E outro. Que estranho, pensei. Eu escutaria a mensagem de voz no dia seguinte.

Aiden estava no quarto dele, no andar de cima, fazendo a lição de História sem entusiasmo, tentando sobreviver às últimas semanas na Millington.

Passe nas matérias, implorei. Saia limpo e pronto, estará livre! Ele estava se esforçando para não tirar nenhuma nota D.

Eu estava segurando uma taça de vinho e analisando o calendário escolar, meu último vestígio de vida não digitalizada. Tudo o que eu tinha de fazer nas seis semanas seguintes estava anotado no dia adequado, como antigamente: Patrick sai, visita a escola de artes performáticas, último dia na Huntington, dia das Mães com a Mitsy, trabalho final marcado, vendedor de antiguidades vem para ver o conjunto da sala de jantar, provas do Aiden, reunião com o contador, formatura de Aiden, chegada dos funcionários da empresa de mudança. Eu adicionei uma anotação a mais no dia da mudança: fechar a casa da Sunshine Street?

Como Rita havia prometido, a casa da Sunshine Street era perfeita, um exemplo ideal de típica arquitetura de Pasadena, como um sonho na revista *Sunset*. Era pequena, confortável e dentro do que eu podia pagar. Tinha dois quartos, um banheiro e um pequeno sotão onde Aiden poderia escapar de minha supervisão constante. A cozinha era bem organizada e do tamanho de uma caixa de fósforos. Na sala de estar, havia uma lareira; o canto da sala de jantar tinha um vitral. Do lado de fora, uma varanda ampla o suficiente para abrigar duas cadeiras e uma mesa, de modo que podíamos nos sentar na parte da frente, observando o trânsito ou as crianças do outro lado da rua. O jardim era resistente à seca e não daria muito trabalho, e havia um espaço para acender fogueiras e um chuveiro do lado de fora, em um quintal minúsculo. A casa estava pronta para mudar, com tons de azul e verde. Se a minha vida fosse um filme de Reese Witherspoon, aquele seria o cenário.

– Se você não fizer uma oferta, mato você – dissera Rita depois de nossa visita, um pouco antes de o agente abrir a casa. – Faça isso agora, o *open house* começa em uma hora. Quero que você tenha a sua proposta na mesa assim que eles abrirem as portas para as outras pessoas – disse ela, mexendo as mãos, indicando as pessoas que logo seriam meus vizinhos. – Você será feliz aqui por alguns anos. É jovem, vai encontrar um homem bacana, talvez seja viúvo ou divorciado e vai voltar a viver em uma casa maior. Não se preocupe. Isto não é para sempre. Mas é perfeita por enquanto.

Não é para sempre. Mas é perfeita no momento. Esse deveria ser o meu novo mantra. E, de fato, a casa era perfeita por enquanto. Bem conservada e em uma rua relativamente boa, tirando o restaurante Tanzou Chicken na esquina. (Lado positivo: sempre teríamos o que comer.) E ficava bem perto da estação de trem, onde Aiden pegaria o transporte para o centro, para estudar. Ele poderia ir e voltar sozinho, uma vantagem se eu tivesse de ficar presa em um escritório o dia todo.

Quando disse a Aiden a respeito da casa da Sunshine Street, ele simplesmente respondeu:

– Ótimo, não aguento mais esperar. Nossa casa não parece mais nossa.

Ele acertou na mosca. Era como se estivéssemos vivendo na casa de outra pessoa; na casa de Merritt. Eu também queria me mudar logo. Ofereci o preço cheio.

E agora, estava olhando para o meu calendário. Depois da data da mudança, eu não tinha mais nada escrito. Nem uma coisinha que fosse.

*****

Cheguei para trabalhar na manhã de segunda-feira pensando em apenas uma coisa: não chorar.

Não se torne a tola chorona quando chegar a hora de se despedir de Patrick no fim do dia. Aguente firme, Helena. Você conseguiu no velório, pode fazer a mesma coisa agora. *Que incentivo.*

Demorei de manhã, não queria chegar cedo. Seria melhor que ele chegasse antes e eu fizesse uma entrada dramática. Vesti uma calça *jeans* e uma camiseta de gola em V. Na minha opinião, minha roupa dizia: "Estou aqui para guardar as coisas e mandar você para Moscou", sem ser muito óbvia, apesar do fato de que, no ângulo certo, qualquer pessoa conseguiria ver os meus sentimentos de verdade. Passei perfume e batom. Eu estava um caco.

Café e bolinhos foram a minha grande ideia. Esperando evitar o momento estranho no qual ficaria claro que a relação física entre Patrick e eu estava terminada, pensei que incentivos ajudariam. O hotel tinha sido ótimo, ótimo, principalmente a parte do banho, que foi muito quente. Mas aquilo tinha ocorrido há 24 horas. No meu modo de ver as coisas, nós havíamos voltado a ser colegas. Imaginei que estar com as mãos cheias ao chegar resolveria a questão do momento "devemos nos beijar"? Todo mundo sabe que não se abraça uma pessoa que está segurando uma bandeja de café. Um plano muito bom, pensei.

Ao olhar para dentro do escritório, ficou claro, como sempre, que eu havia exagerado nos planos.

Patrick já havia partido. Sua mesa estava limpa. Os arquivos estavam nas caixas. *Post-its* com endereços e orientações pontuavam a sala.

Ele não estava mais ali.

E eu achando que era ruim com despedidas.

Havia um bilhete em minha mesa. E uma sacola da loja de presentes da Huntington! Bem, dane-se ele, não precisava de um peso de papel decorativo. Ai, meu Deus, eu estava tão irritada que queria gritar, mas não gritei, temendo a excelente audição de Karen da Biblioteca. Então, amassei os bolinhos em cima da mesa.

Como ele podia ter partido daquela maneira? Que covarde.

E então, eu li o bilhete:

Helena,

Meus planos mudaram no último minuto. Precisei passar em Londres para ver minha filha. Ela está bem, mas preciso estar presente. Eu não quis incomodar você em sua casa ontem à noite, pois você disse que tinha obrigações familiares.

Espero que compreenda.

Fiz o melhor que pude para limpar a minha bagunça, e espero que as instruções a respeito do que fazer com todas as caixas estejam claras. Enviarei mais orientações. Envie um e-mail se tiver dúvidas.

Nunca pensei que minha temporada em Pasadena seria tão frutífera pessoal e profissionalmente. Helena, você é parte desse prazer inesperado.

Por favor, abra a sacola. Eu cumpri a minha parte de acordo.

Patrick

Abri a sacola e tirei dali a Blusa Marrom, ainda com o perfume cítrico de Patrick.

E foi quando comecei a chorar.

Capítulo 23

Nossos passos ecoaram pelo Rose Bowl. Aquela era a quadrigentésima vez que Candy, Tina e eu percorríamos aqueles cinco quilômetros? Ou já tinham sido quatro milhões de vezes? Quem saberia? Eu só sabia que era muito bom acordar cedo, enfrentando o calor forte de Pasadena em julho.

– Então, a teoria é a seguinte – contou Candy mais uma vez –, o Candysdish está bombando, pode ser que eu ganhe um programa na Access Hollywood, e ainda assim a minha filha se recusa a estudar na Raleigh. Está dispensando um lugar de lista de espera! Estarei lá com as mães católicas exaustas na Ordem das Irmãs Sagradas. Pelo menos, não vou precisar me arrumar para as reuniões do Clube das Mães! Acho que, quando você enfrenta a maratona do ensino médio pela quinta vez, não se preocupa muito com a própria aparência. É tão revigorante estar em uma sala de mulheres na qual ninguém pesa menos de oitenta quilos. Quem imaginaria, um ano atrás, que a minha filha iria para uma escola de saia pregueada e seu filho iria para uma escola de participantes do programa *Fame*, que dançam no refeitório? Certo, o que mais?

Como sempre, Candy era uma boa moderadora, guiando a nossa conversa durante a caminhada, permitindo que todas nós falássemos e extravasássemos antes de passar a bola para a próxima pessoa ou para o assunto seguinte.

Tina já havia contado a ela quais eram seus planos de férias: queria ir ao Tênis Clube de La Jolla, claro, e depois passaria uma semana em Minnesota com a família de Anders em "uma maldita casa perto de um lago com aranhas e mofo. Dez mil lagos e vamos ao mesmo lugar infernal todos os anos".

Tina também nos contou a respeito do acampamento de imersão de espanhol do qual Lily participaria em breve, seguida de uma semana no Acampamento de Liderança "As Meninas Mandam". E então faria serviços comunitários, que incluíam "jogar xadrez com crianças pobres". A construção do diploma havia começado na casa dos Chau-Swenson.

E então, Tina chocou a mim e a Candy anunciando sua nova carreira. Depois de sua experiência em melhorar o meu ânimo física e legalmente, além de melhorar as minhas roupas, ela teve uma epifania. Suas habilidades eram excelentes para as mulheres que estavam se recuperando de um divórcio ou da morte do marido. Ela estava se autointitulando como orientadora de lei/vida, especializada em "Recuperação Pós-Traumática da Alma, do Guarda-Roupa e dos Contratos".

– Tina, é um nicho maravilhoso – disse Candy, e eu concordei. – Vou colocar você em meu *site*. Helena, você precisa divulgar a Tina. Você é a cara da recuperação pós-traumática!

Tina parecia extremamente feliz consigo mesma.

– Obrigada, meninas. Fiquei com medo de vocês pensarem que a ideia era ruim. Mas acho que tenho um talento! Às vezes, isso começa com um acordo de divórcio. E às vezes pode começar com o seu guarda-roupa. Convenhamos, depois de uma década realizando trabalho voluntário, eu quero receber pelo tempo que dedico!

– Amém para o pagamento – disse Candy.

Ela estava de excelente bom humor. Devia ser seu novo namoro com o mais novo dermatologista solteiro da cidade. Esqueça o Dr. Sensação Boa... Candy havia encontrado o Dr. Aparência Boa. Ela havia comprado uma série de injeções de Botox no leilão discreto do evento, e uma aplicação era tudo de que a relação precisaria para florescer. Apesar de ter jurado que nunca mais se envolveria com um médico, parecia que os dermatologistas não se encaixavam nessa promessa. Nos últimos dois meses, os dois tinham dividido momentos quentes e intensos, mas com discrição. Quanto menos ela falava sobre um relacionamento, mais ele valia a pena. E no caso do distinto médico, ela quase não havia dito nada, além de:

– A melhor doação para a caridade do mundo! – Será que seria o Marido Número Três?

– Candy, você precisa ficar atenta a toda aquela interação com Hollywood. Está começando a falar como uma pessoa artificial. Cuidado – eu disse. – Mas, claro, vou recomendar fortemente o seu trabalho, Tina. Você quer fotos do antes e depois também?

– Adoro! – Gritou Candy. – E olha aqui, Senhora Produtora de Hollywood Teto de Vidro. É você que tem o título pomposo, não eu. E tenho certeza de que escutei você dizendo "ao encontro de" outro dia, então você não pode falar de mim.

– Como está o trabalho? – perguntou Tina enquanto dávamos a volta no lado mais distante do Rose Bowl, e a conversa virou para mim.

– Ainda está sendo um sonho. Está ótimo – meu emprego dos sonhos havia começado um dia depois do pesadelo da partida de Patrick. Annabeth e Olympia insistiram para que eu fosse almoçar em Beverly Hills, apesar de eu estar tendo dificuldade para pensar, e muito mais para me vestir, para um almoço em Hollywood. Eu havia sido acometida pela Paralisia dos Desiludidos. Mas eu me forcei a sair da cama e a vestir a Roupa De Trabalho Número 5, com calça cáqui atualizada e uma blusa de caxemira com gola V. O almoço no famoso Ivy acabou se tornando um encontro de três horas com vinho, risadas e Julia Roberts, a qual vimos por ali. Durante o almoço, a Equipe Aphrodite me ofereceu o emprego de produtora executiva do *A Arqueóloga Suja*. Eu quase caí da cadeira dentro de um vaso de planta.

Olympia, com sua dicção e pele perfeitas, insistiu dizendo que elas simplesmente não conseguiam imaginar fazendo o *show* sem minha ajuda constante e sábia. Enquanto ajudava Patrick nas gravações, mostrei ser a candidata perfeita para a vaga: pesquisando sobre assuntos, agendando gravações; lidando com o diretor; escrevendo perguntas para a apresentadora; ensaiando as respostas com o entrevistado; garantindo café a todos os envolvidos. Aparentemente, aquilo podia ser considerado produção! Olympia terminou dizendo que só eu entendia a língua delas *e* tinha a ética de trabalho prático para fazer o que era preciso.

Annabeth aproveitou para afagar ainda mais o meu ego. Eu havia moldado o segmento dos Diários de Schliemann, havia feito Patrick dar o melhor de si *e* cuidado de todos os detalhes da produção, até dos arranjos de flores. Era aquele o tipo de abordagem acadêmica com instinto de entretenimento de que o programa precisava.

Quando protestei, dizendo nunca ter sido a produtora-executiva de um programa de televisão, as duas comemoraram.

– Nós também não, mas isso não nos impediu! A televisão está cheia de pessoas que só conhecem a televisão, e não a vida real. Você sabe algo essencial, Helena. Você sabe como fazer as coisas.

Apesar de eu ter tentado inventar uma desculpa para não aceitar o trabalho – o trajeto de quinze minutos, o horário, a possibilidade de ter que viajar –, não havia nada de forte me impedindo. Eu precisava aceitar. Naquele momento. Assim, quinze anos depois de meu último emprego remunerado, seis meses depois da morte de meu marido e um dia depois da partida de Patrick, eu me tornei a produtora-executiva do *A Arqueóloga Suja*.

No último mês, eu precisei me beliscar enquanto ia ao trabalho todos os dias. Eu tinha um escritório em Burbank, e passava os dias sugerindo matérias, agendando convidados, pré-entrevistando os participantes e tomando decisões a respeito de música, imagens e arte. O tipo de coisa que eu havia feito por anos como parte de meu trabalho voluntário ou para ajudar Aiden com seus trabalhos de escola. Eu adorava todos os aspectos do emprego, principalmente por trabalhar com Annabeth e Olympia, que viajavam o mundo todo, gravavam em locais arqueológicos do Peru a Stonehenge, constantemente pedindo conselhos para mim.

– Fique à vontade para tratar o resto da equipe de produção como se eles fossem seu filho adolescente. Repita tudo dez vezes, cobre ações e grite, se preciso. Assim, deve dar certo. Eles farão todas as coisas mais simples: a agenda, os detalhes de viagens, os vistos para as gravações. Precisamos que você faça a coisa grande – Olympia avisara, sussurrando: – e mantenha Annabeth em um estado mental são.

Foi exatamente o que fiz, menos gritar com os funcionários. Não era bem o meu estilo sair gritando. Muitos anos sob as limitações dos Fairchild para começar a gritar agora. Na verdade, ser a produtora executiva de um programa de televisão não era tão diferente de organizar o festival Palavra-Escrita.

Devia até ser mais fácil.

Mas não disse isso a Tina e a Candy. Estava curtindo o fato de as pessoas da cidade estarem impressionadas com o meu trabalho, não o trabalho de meu marido, como antes havia acontecido. Além disso, eu precisava de uns conselhos.

– O negócio é o seguinte: Annabeth e Olympia querem que eu vá para a Turquia, para o local onde ficava Troia, para fazer uma entrevista de acompanhamento com Patrick. Elas acham que nós precisamos disso para o episódio-piloto. O que Patrick aprendeu em Moscou? O tesouro do Príamo é falso? Ele provou isso? Sabe como é, coisas básicas. Em termos da entrevista, pelo menos. Só acho que não consigo fazer isso. Não sei se consigo encará-lo pessoalmente. Não sei o que fazer.

– Vá! – Tina e Candy disseram ao mesmo tempo.

– Mas e se eu chegar lá e as coisas forem ruins? E se for esquisito? Acho que eu posso ter imaginado coisas entre nós dois.

Candy teve a resposta.

– Você não imaginou a noite no Langham. Primeiro, mais pessoas viram vocês saírem daquele hotel do que você pensa! E em segundo lugar, você merece um pouco de diversão. Então, por que não? Vá para Troia e viva uma aventura maravilhosa. Qual é o problema nisso?

– Parece que já foi, que acabou – pelo menos, a julgar por Patrick e seu tom todo profissional em nossas interações. Ele me atualizava a respeito da pesquisa, enviava fotografias do local da escavação e solicitava comunicados de imprensa e documentos a respeito do programa de TV, mas não fazia qualquer menção a nenhum relacionamento pessoal. Era simpático e caloroso, mas nem um pouco sugestivo. Parecia ter apagado aquela noite de sua mente.

Mas eu, não. Oito semanas depois de sua partida, eu ainda não havia parado de pensar dele, apesar de minhas tentativas constantes de tirá-lo de minha mente criando grandes distrações de trabalho e de vida.

Comecei a planejar uma festa de formatura para Aiden e me preparei para a reação de Mitsy ao saber da nova escola de Aiden. Mudei de uma casa para outra. Vi Emilia casar-se com Juan e ir trabalhar para os *gays*, com a minha bênção. Embarquei Aiden em um avião para que ele passasse o verão trabalhando no rio com meu irmão e passasse um tempo com meus pais malucos e adorados. Trabalhei todos os momentos livres, tentando pegar no tranco. Cheguei até a marcar sessões de terapia para entender o ano que havia se passado.

E, ainda assim, não conseguia esquecer Patrick.

Eu ficava animada com todos os *e-mails* simples dele. Corava com as mais simples mensagens que trocávamos. Ficava imaginando a noite do Langham... Droga, eu repassei todas as interações que tivemos, e repassava sem parar.

– Eu acho que preciso de um sinal, de algo que me diga que atravessar metade do mundo e aparecer no local de escavação de Patrick não será uma humilhação total. Preciso de um augure, como os gregos. Alguém que converse com pássaros e me diga o que fazer.

– Você precisa mesmo de um bando de pássaros para saber o que fazer? Às vezes você é mais parecida com a sua mãe *hippie* do que imagina!

Eu sei. Enquanto dávamos a volta no lado nordeste do Rose Bowl e seguíamos para casa, Candy perguntou:

– O que a Conselheira Tina tem a dizer?

– Isso, quero saber o que tem a dizer.

– Helena, pegue o que você aprendeu nesse último ano e coloque em prática – Tina disse da maneira mais obtusa, com seu discurso de Conselheira de Vida.

– *O quê?* Foi isso que eles ensinaram a você na Escola de Conselhos para a Vida? Não está bom. Seja Tina, não a Tina Conselheira de Vida.

– Tudo bem. Vamos lá. Pegue aquele voo amanhã. É o que eu faria – disse Tina, estalando os dedos para dar ênfase. – Mas, se precisa de um sinal do universo, espere por um sinal. Mas não espere demais. O verão vai terminar logo. E eu não acho que você quer que a poeira se assente por muito tempo, sem duplo sentido.

– Vá, Helena – Candy concordou. – Seja corajosa. E então, saberá a resposta.

Era esse o problema, eu pensei. Eu saberia a resposta.

*****

Não havia como não reconhecer a elegante figura ou o ritmo dinâmico. Sarah White estava marchando em minha direção, fazendo um gesto com a mão, de que precisava chamar um táxi ou queria que eu esperasse. Como não havia táxis nas ruas da Antiga Pasadena, imaginei que ela queria conversar comigo. Droga. Fui flagrada com um *frozen yogurt* com kiwi e amêndoas. Comer em público, na rua, com meu agasalho de veludo e capuz, era algo que a Sarah bem-criada nunca faria.

Ai, meu Deus! Será que Karen da Biblioteca havia descoberto a página rasgada no diário? Eu estava frita!

– Olá, minha velha amiga! – Sarah enrolou, aproximando-se para um abraço social enquanto tentava evitar meu *frozen yogurt*. – Você deve estar de folga. Olha como está casual hoje. Que beleza. Como estão as coisas? Como está a Terra da TV?

– Tudo ótimo – aleluia, ela não queria falar sobre a página rasgada. Que alívio! Eu não via Sarah desde a noite do evento. Minha partida repentina de Huntington para produzir um programa de TV coincidiu com a peregrinação anual que ela fazia à reunião da Smith, por isso a nossa despedida havia sido ruim. Trocamos alguns *e-mails*, mas não nos encontramos pessoalmente. Como sempre, ela parecia uma modelo das páginas do catálogo da Saks, com uma saia curta, justa e preta e uma blusa brilhante cinza, continuando a fazer que eu me sentisse baixinha e mal vestida. – Estou bem...

– Que maravilha. Bem, as coisas estão boas na Huntington. Sentimos a sua falta, claro, e estamos ansiosos para ver o episódio do Schliemann. E tenho certeza de que você já soube que a Melanie entrou no quadro como a nova diretora de desenvolvimento. Ela é uma máquina! Vai tornar as coisas nas Relações Públicas muito mais fáceis. Ela faz mágica! – disse Sarah, totalmente séria.

– Fiquei sabendo. Vocês duas são demais. Cuidado! – que bom para a Melanie! Ela havia conseguido encontrar uma válvula de escape para sua ambição que não envolvia despedir babás, aterrorizar membros de comitê ou gastar mais da considerável fortuna de seu marido. Ela seria muito útil para a Huntington, apesar de a aposentadoria repentina do antigo diretor de desenvolvimento, aos 52 anos, levantar suspeitas. Meu palpite? Melanie ofereceu a ele um "pacote" e ele aceitou. – Deve ser divertido ter a Melanie por perto!

Tive a impressão de que Sarah queria dizer outra coisa. E tinha mesmo, como ela explicou de modo dramático:

– *E* temos um novo Acadêmico Exemplar. Milton Westbrook. De Swarthmore. Ele é Mestre de História de Litografia e Coisas Efêmeras. Sua especialidade é o século XIX. É um gênio no que diz respeito a litografia colorida e o impacto na constituição social dos Estados Unidos. Ele é maravilhoso.

Que diabos são coisas efêmeras?

– Deixe-me adivinhar... Ele é solteiro?

– Bem, ele era até chegar a Pasadena! Ai, Helena, foi amor à primeira vista. Agora eu sei que a litografia não é tão sensual quanto a arqueologia. Mas ele gosta de mim. E eu posso aprender a amar *vellum** – naquele momento, a compostura de Sarah saiu de cena e ela corou totalmente. Pensei que ela pudesse pedir para tomar o meu iogurte, porque estava bem esquisita.

– Sarah, estou muito feliz por você – e estava, mesmo. Ela havia me ajudado quando precisei. Fiquei feliz por ela ter encontrado o que queria. – Por quanto tempo o Professor Westbrook ficará em Pasadena?

– Um ano! Já é tempo suficiente, não é, Helena?

– Tempo suficiente para o quê?

– Para decidir o que fazer pelo resto de minha vida – Sarah estava realmente preocupada.

---

* ***Vellum*** é a pele ele de animal preparada para escrita e impressão, muito utilizada na Antiguidade. (N. E.)

– Mais do que o suficiente! – eu ri. Eram meses a mais do que Patrick e eu tivéramos, eu pensei. Que sorte, a da Sarah. – Você está linda, então eu aproveitaria o Acadêmico Exemplar sem me preocupar demais com o futuro neste momento.

– Foi o que aconteceu entre você e Patrick?

Fiquei sem expressão, em parte porque eu nunca havia percebido um tipo de relacionamento de verdade entre Patrick e Sarah. E em parte porque meu *frozen yogurt* estava derretendo e começando a escapulir pelo copinho de papel e eu precisaria secar as mãos na calça, o que provavelmente causaria um desmaio em Sarah. Então, para ganhar tempo dos dois lados, eu gaguejei:

– Hummm...

– Ai, Helena, todo mundo sabia! Ou você acha que nós não percebíamos o... *lance* entre vocês dois? Até mesmo o guarda do portão de entrada dizia que vocês formavam um casal lindo! Ele nos contou que, em uma noite, vocês voltaram para a Huntington muito tarde. Juntos – Sarah estava cheia de surpresas. E, tecnicamente, eram apenas nove da noite, mas não importava. – Eu também tinha a mesma opinião. Por isso fiquei surpresa quando soube que vocês terminaram.

– Como? O que você soube? – Joguei o copinho no cesto de lixo mais próximo e sequei as mãos na calça, que se danasse. O que Sarah estava dizendo? – Quem disse isso?

– Patrick. Patrick me disse. Conversamos uma meia dúzia de vezes desde que ele teve de partir para Londres para visitar a filha no hospital. Com certeza você soube que ela teve meningite. Coitado dele, estava arrasado quando partiu. A filha dele já estava fora de perigo, mas ele queria vê-la – disse Sarah.

Meningite? Eu não fazia a menor ideia. Ele não me contou sobre a meningite. Só deixou no bilhete a informação de que precisava ver a filha. E nada nos *e-mails* depois, além de dizer que tinha ido a Londres. Por quê? Por que ele não havia explicado? Eu não queria mais fingir com Sarah.

– Sarah, o que ele disse a respeito de nosso rompimento?

– Ele disse que você achava que o momento não era o mais adequado. Parece que você quis que o relacionamento fosse “uma coisa passageira”.

Eu devo ter demonstrado todo o meu susto, porque Sarah se surpreendeu.

– Helena, você está bem?

Não, eu não estava.

– Sou uma idiota.

– Fiz alguma coisa de errado?

– Não, você fez o certo. Eu disse isso. Pensei que estava dizendo o que Patrick gostaria de ouvir.

– Como foram as coisas para você na primeira vez? Com Merritt? – aquilo foi a coisa mais adequada que Sarah já tinha me perguntado, talvez a pergunta mais certa que alguém já tinha feito a mim. Será que era isso o que a Conselheira de Vida Tina estava tentando sugerir? Que eu pegasse o que aprendi no ano passado e colocasse em prática? Sarah olhou para mim com a compreensão de alguém que não tinha ido muito bem no departamento dos relacionamentos.

– Sabe como é, não foram muito boas – e nós duas rimos.

*****

Mais do que os metros quadrados a mais e o endereço requintado, eu sentia falta de meu velho ar-condicionado. Na pressa para fazer uma oferta na casa da Sunshine Street, eu havia me esquecido de perguntar sobre o sistema central de ar. Descobri, durante a primeira onde de calor de quase 40 ºC, que a minha casa dos sonhos tinha apenas uma janelinha e circulação de ar limitada.

Eu ainda estava tentando resolver a minha situação financeira com Bruno e Billy Owens depois da venda da casa. "Não faça coisas cedo demais", dissera Bruno. E Billy acrescentou: "Vamos deixar a poeira baixar antes de você começar a fazer reformas".

Billy queria dizer que os investidores da Fairchild Capital poderiam, do nada, começar a me processar. Minha estratégia? Sentar e rezar. No próximo verão, eu saberia se poderia comprar um sistema de ar-condicionado. Enquanto isso, eu tomei muitos banhos frios no chuveiro de fora e vestia o mínimo de roupas possível. Graças a Deus Aiden estava passando o verão em Oregon.

E foi assim que Mitsy me encontrou em uma noite quente de julho, suando em bicas e quase sem roupa. Eu fiquei tensa, torcendo para que ela não ligasse para a minha blusinha e meu *short*, que me davam a opção de vestir roupa íntima ou não. Mas ela ligou.

– Você vai praticar a dança indígena do limbo mais tarde? Está parecendo uma nativa – Mitsy também, vestindo uma saia cor de maçã verde, camiseta polo cor-de-rosa e sandálias Jack Rodgers. Nativa de Pasadena.

Nosso relacionamento estava frio desde a noite do evento e sua grande doação. É claro, passamos pelos eventos familiares obrigatórios com civilidade e responsabilidade, como o almoço de Dia das Mães no clube e a formatura de Aiden na Millington. Até nos sentamos juntas, em solidariedade, na missa do Dia dos Pais, lembrando que Aiden era um garoto órfão de pai. O lado bom de não ter um relacionamento próximo com Mitsy era que uma onda repentina de frieza não era percebida pelo público em geral. Mikki e Mimi nunca perceberiam o clima ruim, e Aiden não havia feito qualquer pergunta.

Nem mesmo a temida tarefa de informar a Mitsy que Aiden estudaria em uma escola pública especializada em artes performáticas e não na amada *alma mater* católica de Merritt tinha sido cordial. Certo, quase vomitei pelo estresse, mas Mitsy tinha sido muito simpática com Aiden. Guardou sua crítica mais ferrenha para mim.

– Não consigo imaginar como Merritt teria se sentido em relação a isso. Mas talvez porque não faça sentido. Isso nunca teria acontecido se Merritt ainda estivesse vivo.

Eu me senti inabalada pelo acesso de raiva dela. Eu estava progredindo.

A visita de Mitsy a nossa casinha era inédita. Ela não havia se importado em conhecer o novo local, apesar de termos nos mudado mais de um mês antes. Claro, ela estivera em Nantucket por três daquelas semanas visitando uma colega de faculdade e bebendo gim e tônica, um ritual anual ao qual ela chamava de "Estadia na Ilha". Olhando para a minha casa nova, ela levantou uma sacola e perguntou:

– Que charmosa. E tão perto daquele restaurante de frango descendo a rua! Que sorte! Um presentinho para a casa nova.

Na lista de Coisas de que Nunca Mais Precisaria na Vida, uma arte baleeira de um navio caçador de baleias devia estar no topo do topo. Será que ela estava zombando de mim? Eu havia vendido todas as peças de arte decente que havíamos colecionado ao longo de quinze anos e ela me dava um *souvenir* daqueles?

– Obrigada. Por favor, sente-se. Quer um pouco de limonada? Ou um refrigerante *light*? – Deixei o vinho fora da lista de propósito, apesar de estar gostando de beber drinques com limão. Não queria que ela se demorasse.

– Sim, está quente aqui dentro. Mas não quero nada, não vou me demorar. Só queria entregar isto a você – disse ela, puxando um grande envelope de dentro de sua bolsa de palha Nantucket.

Eu estava com pressa demais para esperar.

– O que é isso?

– As passagens do evento. As passagens para a Grécia. Imaginei que você quisesse ir. Afinal, eu as comprei para você. E para o Aiden, claro.

Fiquei surpresa, mas não a ponto de me calar. Fiquei meio irada. Que ousadia!

– Olha, Mitsy, se você quisesse dar férias de presente a mim e ao Aiden, certamente não precisava gastar tanto dinheiro. Podemos muito bem ir ao México. Então, não vamos fingir que você fez essa doação para mim e para o Aiden.

– Claro que não. Não quis dizer isso – disse ela, mantendo a calma, como um réptil. – Já estava na hora de eu tomar uma atitude e fazer algo importante para Pasadena. As passagens foram consequência. Mas imaginei que você ficaria contente.

– Quer que eu me sinta agradecida? Você deu um quarto de um milhão de dólares para os filhos de outras pessoas poderem estudar quando seu próprio neto pode não ter dinheiro para a faculdade. E eu deveria me sentir grata? – Eu não estava me controlando.

Nem ela. Mitsy endireitou as costas e olhou para a frente, sem estabelecer contato visual. E disse cuidadosamente:

– Eu sei tudo sobre o Merritt. Eu sei o que ele fez com você. Eu sei a confusão que ele criou, e que você precisou endireitar.

– Se você sabia, se compreendia, então por que me disse, depois da morte de Merritt, que não nos ajudaria? Ou melhor, vou refazer a frase. Você disse que "não era possível" nos ajudar – não disse que a verdade era que ela tinha o dinheiro, mas não tinha compaixão.

Mitsy ficou em pé para dar ênfase.

– E se eu tivesse ajudado? E seu tivesse dito a você que cuidaria do dinheiro da faculdade do Aiden? Ah, não se preocupe com o ensino médio. Eu ajeitaria as coisas na Ignatius com uma doação enorme. O que aconteceria?

– Talvez eu tivesse conseguido dormir mais do que tenho conseguido nos últimos seis meses. Talvez, talvez...

Talvez *o quê?*

– Oh, você teria dormido. Mal teria conseguido sair da cama. Teria se encolhido e esperado tudo cair antes de tentar acabar com a dor.

– Como você sabe disso?

– Porque foi o que fiz quando meu marido morreu. Fiquei paralisada de medo. Pensei que alguém cuidaria de mim pelo resto da vida... e aí ele morreu! Então, passei um ano encolhida antes de voltar a encarar meu futuro. E quando fiz isso, vi que ele estava quase destruído. As finanças, o relacionamento com meus filhos, meu... meu... amor-próprio. Não queria que a mesma coisa acontecesse com você. Se eu tivesse dado aquele dinheiro a você, a promessa de que eu cuidaria de você financeiramente falando, você ainda estaria dentro daquela casa, assustada e chocada. Mas você não está. Você se levantou e fez o que tinha que fazer. Você seguiu em frente de um modo que eu não consegui. Olhe para você! – E ela olhou. Mitsy e eu nos olhamos. – O emprego, a casa nova, o ambiente que criou para Aiden... Você conseguiu. Você vai ficar bem porque conseguiu.

Eu não tive palavras. Misty havia se superado. Ela havia me manipulado de todas as maneiras. Eu havia caído direitinho em sua armadilha.

Felizmente. Depois de *finalmente* receber a aprovação dela, eu me vi à beira das lágrimas.

– Você ficará bem – disse ela. – Merritt foi um homem errado. Eu me culpo por isso. Naquela fase de minha vida, quando ele precisou de mim, eu não estava por perto. Ele aprendeu a lidar com a situação, mas não com valores. Você foi uma boa esposa para ele – sua voz estava um pouco embargada. Ela empurrou o envelope para mim. – Pegue as passagens. Vá ver o seu arqueólogo.

Em meus quinze anos com os Fairchild, nunca tinha visto Mitsy tão vulnerável.

E então a Deusa Serpente ressurgiu, calma, fria e no controle.

– É uma viagem para duas pessoas. Você pode levar o Aiden antes de as aulas começarem. Ou simplesmente ir sozinha e ver o que acontece.

Consegui falar:

– Obrigada.

Será que eu deveria abraçá-la? É o que devo fazer agora? Tarde demais.

– Fiquei sabendo que você saiu do clube – aparentemente, nosso momento de emoção havia terminado. Estávamos de novo fazendo o que as mulheres da família Fairchild sabiam fazer de melhor: logística.

– Sim. Estou sem dinheiro este ano.

– Sim. Ainda assim, espero que você e Aiden estejam presentes no baile social da família no Dia do Trabalho. O Jantar de Lagosta. Como meus convidados, claro.

– Adoraríamos.

– Ótimo. Não se esqueça – e com isso, ela se foi.

Mas eu tive o meu sinal.

*****

De: Helena Fairchild

<pasadenaHelena@rosecity.net>

Assunto: Entrevista/Viagem

Patrick...

Rápida atualização. Em primeiro lugar, gostaríamos de realizar uma entrevista de acompanhamento para o episódio-piloto a respeito do que você encontrou em Moscou. Precisamos de cinco a sete minutos de conversa a respeito do tema "O tesouro do Príamo era real ou falso?". Annabeth acha que eu deveria fazer a entrevista. Podemos marcar isso para meados de agosto?

Além disso, você se lembra de minha sogra, que comprou você no leilão? (!) Bem, em uma demonstração chocante de humanidade, ela deu a viagem a mim e a Aiden. Sei que pode ser que você não tenha tempo de cumprir a coisa toda do leilão. Mas se tiver sugestões de lugares para conhecer, já que temos o benefício das passagens de primeira classe e as acomodações de cinco estrelas, por favor, fico aguardando. Obrigada.

Avise a respeito das datas que podemos marcar.

Oh, e fiquei sabendo, pela Sarah, que sua filha teve meningite. Que horrível.

Helena

De Dr. Patrick O'Neill
<poneill@americanschoolathens.edu>
CC: ProprietorTed@invinoveritas.com
Assunto: re: Entrevista/Viagem

Ótimo. Sim, claro. Sim para a entrevista. Você sabe sobre Moscou e a pesquisa do Tesouro do Príamo. Estou pronto para dizer para a câmera que Schliemann forjou a descoberta, tudo pelo amor de uma mulher de valor questionável. Pode ser o fim de minha carreira. Não importa. Eu me diverti.

Sim para a viagem. Dei a minha palavra para aquela sua amiga maluca. Não quero que Melanie rasgue a minha garganta com seu enorme anel de diamante se eu me recusar a cumprir o prometido. Os Gamble estão vindo conhecer os locais de escavação. Imaginei que eles seriam uma companhia excelente se eu tivesse que passar duas semanas com a sua sogra. Ela me assustou. Desculpe. Então, podemos viajar todos juntos.

Já enviei cópia ao Ted. Vocês dois podem combinar a viagem, então. Eu estou à sua disposição em meados de agosto, até o final. Preciso voltar para Atenas no dia 1º de setembro para dar aulas.

Helena, venha alguns dias antes para a entrevista. Acho que seria melhor se conseguíssemos fazer a entrevista antes de Pasadena inteira chegar a Troia. Darei a você o nome de uma equipe da região que pode ajeitar as coisas para você.

Envie a confirmação de seus planos quando souber o que vai fazer.

Tudo de bom,

Patrick

PS: Sim, Cassie esteve muito doente. Não sei como pude ter esquecido de contar. Foi uma noite difícil quando precisei fazer as malas e partir. para Londres. Quando consegui reserva em um voo, o pior já tinha passado. Dê a vacina em Aiden. Pode acreditar que passar pelo que passei é horrível.

De: Helena Fairchild
<pasadenaHelena@rosecity.net>
Assunto: re: re: Entrevista/Viagem
Patrick,

Estamos prontos! Que correria! Chegarei no dia 7 de agosto. O resto de Pasadena, como você disse, chegará no dia 12 de agosto. Aiden irá com os Gamble (marquei uma vacina!). Eu acho que assim teremos tempo suficiente para fazer uma entrevista de sete minutos. Também foi quando consegui os melhores voos. Pode ficar à vontade para me fazer trabalhar no local da escavação: cavar, tirar o pó, levar bolinhos para a equipe... É minha nova especialidade.

Você precisa de cabelo e maquiagem, Dr. O'Neill? Ou de um trailer com um *personal trainer*? O que acha de um orientador de sotaques ou uma massoterapeuta no local? Por favor, avise com antecedência. Nosso orçamento não cobre muita coisa... Mas para você, com certeza, consigo algo especial.

Yasu,

Helena

De: Dr. Patrick O'Neill
<poneill@americanschoolathens.edu>
CC: ProprietorTed@invinoveritas.com
Assunto: Traga Cheeseburger
Cara senhora Fairchild,
Acredito que consigo cuidar de meu cabelo e da maquiagem, mas gostaria de comer um *cheeseburger* do Langham.
Quente, por favor.

Até logo,

Patrick

Capítulo 24

Era difícil não se deixar envolver no encanto de tudo aquilo. Ao atravessar o Dardanelos de barco para chegar à cidade turca de Hissarlik, o local de Troia antiga, parecia que eu estava viajando no começo da História. Meu barco atravessou as mesmas águas que os barcos que levavam Helena e seu amante, Páris, fugindo de um furioso Menelau, o marido traído, atravessaram. Aquelas águas haviam sido atravessadas por guerreiros gregos de Esparta para vingar a traição do líder. Mais tarde, as águas escuras do Dardanelos trariam Heinrich Schliemann, sua nova noiva, Sophia, e seu futuro amante Rudy, para descobrir o passado e escrever um novo capítulo nos livros de história. Eu mal conseguia acreditar, emocionada por embarcar em algo tão importante em conjunto com o cenário lindo diante de mim... As ondas, as margens, o contorno de uma cidade sobre um monte.

E me senti enjoada.

Eu havia me esquecido de tomar um Dramin no carro, a caminho de Istambul. Como se o trajeto de carro não tivesse sido ruim, o de barco foi pior ainda. Eu havia enfrentado passeios difíceis de barco pelo mar Egeu antes, na minha época como aluna, por isso eu sabia quais remédios tomar. Mas a animação com aquele momento tomou conta de meu bom-senso. Talvez a razão, subconsciente, que me fizera abandonar a arqueologia tenha sido os enjoos, não a sensação de não estar no lugar certo.

Respire profundamente e concentre-se no horizonte, eu pensei. A famosa margem ficava a quase um quilômetro dali. Diferentemente de outros locais antigos, não havia ruínas em Troia. Não havia templos destruídos nem paredes caindo de modo que fizesse um turista moderno se lembrar do que havia acontecido ali três mil anos antes. Apenas encostas íngremes e mato alto cobriam a margem oposta, para decepção dos leigos, que afirmavam que Troia "não valia o esforço", nos *blogs* de viagem. A maioria dos visitantes daquela parte do mundo era de australianos, que chegavam para ver o local da Primeira Guerra Mundial, de Gallipoli, não as trincheiras de Patrick. Mas eu mal podia esperar para ver as camadas de história enterradas na terra.

Pensar em Patrick me deixou intranquila de novo. Por favor, não permita que ele esteja no cais me esperando. O verde-enjoo não é a cor que me cai melhor, eu pensei, sorrindo. *O que estou fazendo aqui?*

Tudo havia acontecido depressa demais: as passagens de Mitsy, a aprovação de Annabeth e Olympia, o plano de me encontrar com a família Gamble para fazermos o *tour* completo pelos locais antigos. E o detalhe final: convencer Aiden. Não precisei me esforçar muito e ele não fez muitas perguntas. Duas semanas na Turquia e na Grécia com os Gamble e com o Dr. O'Neill? Sim. Há praia por lá? Sim. Aiden aceitou. Ele chegaria com os Gamble dentro de cinco dias.

Eu teria cinco dias a sós com Patrick, para o que Deus quisesse.

A frase "que diferença um ano faz" é usada para descrever problemas e recuperações, mas nunca pensei que ela se aplicaria a mim. Antes, eu tinha certeza do que o futuro guardava para mim por décadas, não apenas dias. Mas eu estava enganada. De jeito nenhum eu teria pagado uma consulta com uma vidente que tivesse me dito, um ano antes: "no próximo mês de agosto, você estará navegando para a Troia antiga, para ligar seu passado a seu futuro. Você estará viúva e viajará sem seu filho. O caminho será tortuoso e difícil, mas no meio dele você encontrará um cara lindo. *Ridículo!*, ri só de pensar naquilo.

O que, por sua vez, só fez com que eu me sentisse pior.

Eu precisava sair daquele barco e pisar em terra firme.

*****

– Você está se sentindo melhor agora? – Ekram, meu guia e recepcionista, perguntou assim que saí do que a placa indicava ser o banheiro das mulheres, mas que podia ser bem um quarto de vassouras, dado o tamanho, o cheiro e a falta de coisas básicas, como luz, água e um espelho. Graças a Deus eu tinha um pacote de lenços umedecidos!

– Sim – eu sorri. *Só espero não ter borrado toda a minha boca passando o batom.*

– O Dr. O'Neill pediu para eu levar a sua bagagem para a tenda dele e mostrar o local onde ele está trabalhando logo em seguida. Peço desculpas em nome dele de novo, que está no meio de um trabalho, e os barcos, bem, eles nunca chegam na hora certa, não é? Meu carro está aqui ou a senhora pode ir andando e eu levo as malas. Às vezes, é bom andar para fazer o enjoo passar.

Eu devia estar muito verde, pensei. *Espere um pouco. Ekram disse que teria de levar as malas para a tenda de Patrick?* Mais um sinal positivo! Ou um problema de comunicação, pela barreira linguística.

– Vou caminhar. Obrigada.

Fiquei feliz por Tina ter me convencido a levar as botas de escalada *Merrell*, *super* na moda, para a viagem. "Empoeirada, porém *sexy*", ela dissera.

Ela tinha razão a respeito do "empoeirada"; eu já estava coberta de areia dos joelhos para baixo. Balancei a cabeça pensando em Melanie e na promessa que ela fizera de acomodações e passagem cinco estrelas. Era difícil imaginar Mitsy ou qualquer um dos moradores de Pasadena participantes do leilão indo a Troia. Afastei aquela imagem de minha mente e logo me senti melhor.

E comecei a pensar: como Helena de Troia havia conseguido subir aquele monte sem destruir seu vestido?

*****

A poeira de Troia é cinza-escura com pedacinhos de calcário prateado, mas sobre o Dr. Patrick O'Neill, que estava levemente coberto com aquilo, ela mais parecia uma camada de óleo. Ele estava dentro do buraco de três metros de profundidade, brilhando. Seus olhos estavam fixos em um tesouro invisível nos muros, medindo e fazendo anotações. Alguns alunos estavam ali perto, tirando fotos e também fazendo anotações. Eles se viraram para me olhar, a intrusa com roupas em excesso. Patrick não havia escutado a minha aproximação, então eu pude observar a conhecida camisa de linho, as pernas compridas e a força de seus braços expostos. E eu achava que ele ficava bem na frente de um computador, mas ali, em seu *habitat* natural, ele estava... ele estava...

Ekram interrompeu o banquete para meus olhos.

– Dr. O'Neill, sua mulher está aqui.

Patrick se virou e estreitou os olhos para olhar para mim, pois meu corpo estava contra o sol que se punha. A camada de poeira destacava os olhos azuis dele, o contorno de seus lábios.

– Helena, bem-vinda à Troia.

Quando Patrick subiu a escada para sair do buraco, eu passei por um momento de pânico sem saber como cumprimentá-lo. Deveria apenas abraçá-lo? Dar dois beijinhos, no estilo europeu? Dar um selinho rápido, seguido por um abraço? Eu não deveria ter me preocupado.

Patrick sabia exatamente o que queria: um beijo profundo e longo na boca. Quem se importava com a sujeira que ficaria na Roupa De Viagem Número 3? Eu estava muito nervosa; Patrick, não. Ele sussurrou:

– Você está aqui. Finalmente.

Sim, finalmente.

Eu acho que uma das alunas quase desmaiou.

– Certo, pessoal, terminem sem mim. Não se esqueça de catalogar as amostras de solo, Greta. Oh, Ekram, pode avisar ao cozinheiro que não vou comer com a equipe hoje à noite? Vamos comer algo em minha tenda às sete. Deixe um pouco de suco de lima e vinho agora, com algumas frutas. A senhora Fairchild e eu temos muito o que fazer.

Ekram assentiu e desapareceu como em um passe de mágica. Os universitários ficaram olhando totalmente em silêncio. Meus joelhos bambearam um pouco quando Patrick me levou em direção ao pequeno vilarejo de tendas a distância.

Quando estávamos longe dos ouvidos dos outros, ele começou a falar, finalmente.

– Sua viagem foi boa?

– Não me lembro de nada antes dos dois últimos minutos.

– Você trouxe o meu *cheeseburger*?

– Ele foi confiscado em Frankfurt. Algo relacionado com o palito de dente que o prende.

Patrick parou e me puxou para mais perto.

– Senti muito sua falta, Helena.

– Não acredito que estou aqui. O que estou fazendo aqui?

– Temos alguns dias para descobrir, não é? – Ele acariciou meus cabelos e então se inclinou para beijar meu pescoço. – Quer passear pelas escavações?

– Mais tarde – passei os dedos sobre o peito empoeirado de Patrick, e então toquei a lua e as estrelas de seu braço. – Quero fazer uma coisa antes.

– E o que é?

– Tomar um banho.

*****

Horas mais tarde, relaxando no deque de madeira na frente da tenda branca e resistente de Patrick, senti a forte ligação entre Helena, Sophia e eu. Talvez houvesse algo na poeira cinza brilhante que tornasse as mulheres mais corajosas. Ou menos inibidas. Ou simplesmente apenas bem idiotas.

Aqueles lençóis turcos certamente fizeram jus a sua reputação.

– Tenho uma ideia muito boa: vamos passar os próximos dias recriando algumas das cenas dos Diários de Schliemann. Sabe, de Rudy e Sophia e daquelas longas noites de verão. Como a página 118 do Diário XI. Aquilo foi bem *sexy*. O que acha?

– Helena de Pasadena, estou chocado! – riu Patrick, servindo-me mais uma taça de vinho, parte do banquete simples que o cozinheiro havia preparado para nós. – Acho que você pode querer recriar certas cenas da "pesquisa" do diário. Só acho uma pena não ter conhecido esse interesse acadêmico antes. Certamente teria animado as nossas tardes na Huntington.

– Na época, eu não estava muito pronta para esse tipo de... comprometimento com o trabalho, Dr. O'Neill – eu disse, meio na brincadeira.

– E agora?

– Eu acho que estou pronta.

O céu tinha um tom azul-escuro, não preto ainda.

As planícies antigas se estendiam diante de meus olhos até o mar. Eu tinha a sensação de já ter estado ali antes.

– Posso fazer uma pergunta?

Patrick se inclinou para a frente.

– Claro.

– Aquela manhã de maio. No hotel. Você ia dizer algo e eu interrompi. Fiquei com medo de deixar você terminar. Pensei que poderia deixar as coisas mais fáceis para nós dois se começasse o discurso do "não é a hora certa, nem o lugar certo". Mas eu acho que estava errada. Você se lembra do que ia dizer?

– Sim, eu me lembro. Eu ia dizer que eu não poderia... – Patrick se recostou, evitando olhar em meus olhos. Parecia estar tendo dificuldade com as palavras. *Droga.* – ... Que eu não poderia oferecer a você o que você tinha: uma vida tradicional. Com casa, estabilidade e um homem que usasse terno e gravata para trabalhar. Mas eu queria oferecer algo a você, parte de... mim. Estou sozinho há anos, sempre trabalhando. E eu não queria ficar, não quero mais ficar sozinho. Naquela manhã, eu queria pedir a você para fazer parte de minha vida. Você sabe, Helena... Meu trabalho, minha vida. Eu moro em Atenas, eu trabalho aqui, mas, ainda assim, queria que você fizesse parte disso, de alguma forma.

Você me ganhou desde o começo.

Patrick riu.

– Nossa, isso me parece bem egoísta, agora que eu disse em voz alta.

– A sua oferta ainda está de pé?

Ele assentiu, levemente surpreso, esperando por uma explicação. Então, eu dei a melhor que pude.

– Gosto de fazer planos, Patrick. Sempre fui assim. Mas, depois do último ano, compreendi que as coisas nem sempre acontecem conforme o planejado. E estou em paz com isso. Não sei exatamente como será a próxima etapa de minha vida, além de ver Aiden formado no ensino médio. Mas também gostaria que você fizesse parte da minha vida. Não preciso mais de uma vida tradicional, pelo menos eu acho que não. Podemos fazer as coisas darem certo. De algum jeito.

– Voltarei para a Califórnia para um jantar beneficente em dezembro, que Ted Gamble está organizando. Isso pode ser considerado "algum jeito"? – Patrick me deu um beijo delicado no nariz.

– Sim, pelo menos por enquanto. Espere aqui – eu me lembrei de mais um item de minha lista de afazeres. Voltei para dentro da tenda, no que esperava que fosse um andar sensual, e ressurgi um minuto depois com o lenço cor-de-rosa no bolso de minha camisa de linho. – Acho que estou devendo isto ao senhor, Dr. O'Neill.

Estiquei a mão com o acessório valioso. Patrick ficou em pé, pegou o lenço de minhas mãos e delicadamente o amarrou em meu pescoço, beijando-me suavemente.

– Venha comigo, Helena. Quero mostrar algo a você.

– O que é?

– *A terra e o mar, o incansável sol e a lua cheia...* *

– Fechado.

---

* Trecho de Ilíada de Homero. (N. E.)

Agradecimentos

Ainda que escrever um romance seja uma tarefa solitária, a publicação de um não é. *Helena de Pasadena* continuaria sendo apenas uma ideia sem o apoio, incentivo e torcida das seguintes pessoas:

Colleen Dunn Bates que tem sido amiga, vizinha e cobaia do equilíbrio vida/trabalho há anos; agora, ela é minha editora. Agradeço muito a Colleen e à Prospect Park Books por darem uma chance a esta romancista de primeira viagem e por fazerem isso com muita fé e diversão. Também agradeço a Caroline Purvis da Prospect Park, cujo entusiasmo só se equipara a suas habilidades organizacionais.

O Hell-Raising Heroines, meu grupo de redação *on-line*, que me manteve nos trilhos e pontuou perfeitamente quando a gramática me escapou. Agradeço especialmente à:

Kate Mason e Catherine Lucey, duas escritoras maravilhosas, leitoras atentas e mulheres fabulosas. Um dia, devemos nos encontrar em algo que não seja uma sala de bate-papo do Google. Agradeço também Erika Mailman, que ministrou o curso de redação de romances no mediabistro.com. Seu entusiasmo inicial pela Helena foi inspirador.

Linda Francis Lee, que compartilhou sua sabedoria e inteligência comigo, uma desconhecida completa ao telefone, quando precisei. Obrigada, Alana Sanko, por nos conectar. Agradeço também a Sally Bjornsen e Jodi Wing pelo tempo e generosidade dedicados.

Meu Grupo de Pasadena, todas as mulheres que me incentivaram e apoiaram minha carreira na imprensa em todas as suas formas... Obrigada pela amizade e energia positiva. Devo um almoço para: Ryan Newman, meu terapeuta pessoal e parceiro de caminhadas; Susan Pai, uma ótima intermediária e amiga; Sally Mann, minha consultora de moda para Helena; e Candy Renick, que me deixou roubar seu nome.

Minha família: agradeço a Brookes e Colin por sua paciência e compreensão. E por não me perturbarem por horas e horas, para eu poder escrever.

Por fim, toda a gratidão do mundo a meu marido, Berick Treidler.

Pronto.

Perguntas e respostas com a autora Lian Dolan

Diferentemente de sua protagonista em Helena de Pasadena, *você não é filha de artistas maconheiros de Oregon – você foi criada em Southport, Connecticut. A sua cidade-natal não é parecida com Pasadena? Como você conseguiu essa perspectiva de pessoa de fora que permite um olhar tão crítico e sagaz ao lado mais abastado da cidade?*

Costumo dizer que Pasadena é como Southport com palmeiras. Existe uma sensação real de tradição e orgulho cívico em Pasadena que é muito familiar para uma Yankee de Connecticut. Muitas famílias estão aqui há gerações, frequentando as mesmas escolas, associando-se aos mesmos clubes, conseguindo dinheiro para organizações antigas e vivendo nos mesmos bairros. Os moradores de Pasadena adoram a cidade e tudo que ela representa em termos de arte, cultura, educação e esportes. Não conseguem se imaginar vivendo em outro local.

Mas, apesar de me sentir à vontade com as ações da sociedade de Pasadena, não me sinto tão integrada, só vivi aqui duas décadas! Assim, sobram muitas oportunidades de críticas.

A Escola Pomona foi o que trouxe você ao sul da Califórnia. O que fez você ficar? E por que Pasadena?

Eu deixei o sul da Califórnia depois da formatura, mas acho que ele nunca me deixou. Seis anos antes, eu voltei porque me apaixonei por um rapaz de Pasadena. Eu estava morando em Portland, Oregon, e trabalhava em transmissões esportivas quando nos envolvemos. Não deu muito certo, porque ficou claro que ele nunca deixaria o sul da Califórnia para viver no nordeste do Pacífico. Além disso, ele já tinha uma casa perto do Rose Bowl aos 25 anos! Tudo o que eu possuía cabia em meu Volkswagen. Mudar fazia sentido para mim. Eu fiquei por causa da beleza e da energia da cidade, que combinavam muito com meu estilo. Além disso, mais uma vez, com o marido aqui, eu não tinha muita escolha.

Você se formou em Estudos Clássicos na faculdade e estudou em Atenas no primeiro ano. Você queria ser Indiana Jones?

Eu tinha 16 anos quando o *Indiana Jones e os Caçadores da Arca Perdida* foi lançado, então eu queria me casar com o Indiana Jones. Mas o filme me inspirou a amar a arqueologia. Além disso, meus pais me forçaram a fazer latim no ensino médio, o que eu acabei adorando. Na faculdade, estudei grego, além de história e arqueologia. Depois de passar um semestre em Atenas, eu pensei que teria uma carreira muito gratificante e romântica escavando coisas das Ilhas Gregas. Mas, sinceramente, eu não fui suficientemente esperta. O grego antigo me fez mudar. Assim como a ideia de passar anos pós-faculdade em busca de um doutorado. Em vez de fazer a graduação, eu me mudei para Jackson Hole para esquiar por dois anos. Acho que isso diz o bastante a respeito de minha determinação acadêmica.

Mas eu ainda amo história e tenho muita inveja das pessoas que conseguem fazer carreira buscando detalhes históricos com intensidade e estudo. Seria o meu emprego dos sonhos.

Dizem que os primeiros romances costumam ser autobiográficos. A protagonista foi baseada em você?

De jeito nenhum. Hahahaha.

Patrick O'Neill foi baseado em um de seus professores da faculdade?

Quem me dera! Se fosse o caso, então talvez eu tivesse encontrado um motivo para estudar! Na verdade, eu tive um professor de arqueologia por quem eu tinha uma quedinha... Mas ele não tinha blusas marrons, até onde eu saiba. Para criar Patrick O'Neill, eu pesquisei arqueólogos de verdade e moldei o papel fictício dele e seu currículo inspirando-me no verdadeiro Dr. Manfred Korfmann, um arqueólogo alemão famoso que cuidou da escavação de Troia até morrer precocemente. Quanto ao burburinho, eu me inspirei no grupo do Facebook, "Bringing Sexy Back To Archaeology". Sim, esse grupo existe, e as mulheres da Arqueologia *Sexy* foram muito úteis descrevendo os professores mais sensuais que tiveram. Eu devo as blusas de Patrick, sua tatuagem, os braços bronzeados e seus hábitos discretos de trabalho a elas.

Você já tem uma vida muito atribulada como mãe, colunista, podcaster, *blogueira, voluntária, esposa, irmã, filha e passeadora de cães... Como conseguiu enfiar o romance nisso tudo?*

Minha professora de redação disse que, ao escrever um romance, você precisa abrir mão de algo, então eu deixei a ioga de lado para poder escrever de manhã. Mas, antes de chegar a esse estágio, eu sabia que tinha um romance dentro de mim... Porém, com tanta coisa acontecendo, não conseguia me concentrar na ficção. E então, quando o meu programa do rádio, o *Satellite Sisters*, terminou inesperadamente, consegui uma vaga em minha agenda. Eu estava acostumada a criar e a atuar seis dias por semana no ar, por isso reconcentrei essa energia para escrever! Fiz aulas de redação pela Internet e me forcei a escrever para o grupo de aulas de crítica para me manter na linha. Eu acredito muito que os prazos nos motivam. E a chave foi anunciar ao mundo que eu estava escrevendo um romance e dedicar a minha energia ao processo.

Não existe momento perfeito para escrever. Se você esperar por um, pode ser que nunca consiga escrever. Concentrar-me foi o segredo para mim.

Você vive em Pasadena há muito tempo e tem muitos amigos e familiares lá. Você teme que eles possam se ofender por você ter se divertido à custa da cidade deles? Ou se eles se enxergarem em alguns dos personagens mais engraçados?

Devo me preocupar? Caramba, espero que ninguém jogue ovos na minha casa. Acredito que a maioria das pessoas tem senso de humor a respeito de si mesmas e da vida que levam. Eu satirizo com muito amor. Oi, sou a moça que abriu mão da carreira em esportes por um Volvo com controle sem chave. Além disso, eu tive a sensatez suficiente de não usar nenhuma pessoa totalmente como personagem. Nem uma determinada escola ou instituição de caridade. Tudo e todos são fictícios... Uma mistura das pessoas, lugares e acontecimentos pelos quais passei.

Seu filho adolescente leu Helena de Pasadena*? Ele acha que Aiden foi inspirado nele?*

Não, ele não leu. Esse é o lado bom de ter um filho que não gosta de ler! Eu poderia ter criado o Aiden exatamente como ele, e meu filho nunca saberia. Existem semelhanças entre os dois, mas Aiden não é uma cópia fiel.

Fiz Helena tendo um filho porque conheço os meninos melhor, por ser mãe de dois jovenzinhos. Pela história, eu queria que Aiden tivesse um paralelo com Merritt e a pressão que ocorre com isso. Além disso, ao contrário do que as pessoas pensam, os meninos dessa idade são muito emotivos e complicados. E eles conseguem ser muito doces com suas mães.

Seu marido se parece com o Merritt?

100% diferente! Em primeiro lugar, meu marido é um fã da UCLA, não da USC. Só isso já basta.

No romance, muita energia física é gasta com educação... Especificamente, o pânico de matricular um filho na escola "certa". Você acha os pais norte-americanos são muito obcecados com a educação dos filhos?

É claro que somos! Como pais, isso dá sentido à nossa angústia. Não sei por que aumentamos as expectativas por nossos filhos, mas aumentamos. Pasadena é uma cidade onde muitas crianças frequentam escolas privadas e religiosas, então a luta pela admissão começa no jardim de infância e perde o controle na época da faculdade. Isso foi novo para mim, pois frequentei escolas públicas a vida toda, tendo passado pelo processo de admissão apenas no ensino médio. Mas isso não acontece apenas em Pasadena; hoje, a pressão para que as crianças tenham bom desempenho acadêmico e atlético existe em todas as comunidades do país.

Colocar Aiden em uma escola de ensino médio diferente da esperada foi uma maneira não muito sutil de dizer que, apesar de termos expectativas para nossos filhos, eles têm seus pontos fortes e fracos, esperanças e desejos. Um pouco de mensagem para os pais na ficção!

Soubemos que você está escrevendo mais dois romances que estão sendo chamados de Trilogia da Cidade Rosa. Pode falar um pouco sobre eles?

Os dois livros combinarão mulheres contemporâneas e suas semelhantes histórias. Os dois livros continuarão a explorar os muitos papéis que as mulheres desempenham como esposas, irmãs, mães, filhas, clientes de salão de beleza. E, claro, os dois livros terão como cenário Pasadena, usando a herança cultural rica da cidade como pano de fundo. E pode ser que alguns personagens familiares apareçam de novo, porque todos os livros a respeito de Pasadena devem incluir uma ex-Rainha das Flores!

Sobre Lian Dolan & Helena de Pasadena

Lian é conhecida por seu bom humor ao abordar questões do dia a dia que as mulheres de todas as partes enfrentam.

— Oprah.com

Helena de Pasadena fica triste, mas não arrasada, quando sua vida vira de cabeça para baixo e ela é forçada a começar do zero. Os leitores se divertirão com a Helena moderna e esta história inteligente e cheia de charme a respeito de segundas chances.

— Linda Francis Lee, autora do *best-seller* do *The New York Times: The Devil in the Junior League.*

Sempre soubemos que nossa irmã Lian era engraçada e sensual, e que estava tentando entender como usar sua formação na faculdade. Mas não sabíamos que ela estava, secretamente, dedicando-se a uma história quente, engraçada e sensual a respeito de mulheres contemporâneas que enfrentam dilemas clássicos.

Olá, Helena de Pasadena! Bem-vinda à família!

— Julie, Liz, Sheila & Monica Dolan: as outras *Satellite Sisters*

Com uma heroína carismática e um elenco de apoio muito divertido, Helena de Pasadena *é uma leitura animada e divertida. Lian Dolan oferece uma história moderna de redescoberta e dá um toque bem-humorado a questões universais, como autoestima, compromisso e identidade – questões com as quais todas as mulheres conseguem se identificar.*

— Jo di Wing, autora de *The art of social war*

Toda leitora verá algo de si mesma na heroína simpática de Lian Dolan, Helena de Pasadena. Mostrando os maiores medos das mulheres, Dolan puxa o tapete de Helena, e testemunhamos quando ela se redescobre e se reinventa com graça, charme e inteligência. A Helena Fairchild de Dolan é como Rachel Samstat, de Nora Ephron: forte, determinada e destemida.

— Sally Bjornsen, autora de *A Single Girl's Guide to Marrying a Man, His Kids and His Ex-Wife*

Lian é "inteligente, esperta"

— New York Times

Ela é realista, engraçada e não se leva muito a sério.

— Daily Candy

Uma mãe de 40 e poucos anos que de repente se vê viúva, sem dinheiro e é forçada a se reinventar... [Lian Dolan] é uma mulher de opinião, cheia de energia e engraçada.

— Arroyo Monthly

Adorei este livro... Já estou querendo saber: quanto tempo terei de esperar pelo segundo?

— Bookwormwithaview.com

Adorei a Helena... uma protagonista adorável, cheia de defeitos, insegura e divertida. Grande história... texto de primeira.

— Larry Wilson, *Pasadena Star-News*

Este livro foi composto em Adobe Garamond Pro
para Rai Editora em setembro de 2012